講談社文庫

天使の遊戯

アンドリュー・テイラー｜越前敏弥 訳

講談社

キャロラインに

天使の遊戯

●主な登場人物〈天使の遊戯〉

サリー・アップルヤード　セント・ジョージ教会の副牧師
マイケル　サリーの夫　部長刑事
ルーシー　サリーとマイケルの娘
デレク・カッター　セント・ジョージ教会の牧師
マーガレット・カッター　デレクの妻
カーラ・ヴォーン　ルーシーの子守り
オリヴァー・リックフォード　マイケルの同僚　警部
マクサム　主任警部
カーロウ　部長刑事
イヴォンヌ　巡査
ジュディス　巡査
フランク・ハウエル　フリーの記者
エディ・グレイス　無職の青年
スタンリー　エディの父
セルマ　エディの母
エンジェル　グレイス家の下宿人
オードリー・オリファント　謎の老女
デイヴィッド・バイフィールド　マイケルの名づけ親　高教会派の司祭

プロローグ

つまるところ、われわれはみな怪物、すなわち人間と獣の結合したものである。

——『医師の信仰』第一部五十五節

生まれてこのかたずっと、エディはサンタクロースがほんとうにいると信じていた。子供の時分は何も考えずにそのまま受け入れたし、同じ年ごろの仲間が信じなくなっても思いを断ち切れず、ようやくあきらめたときはしぶしぶだった。そのかわりに、新たな信念が、第二のサンタクロースが生まれた。それは最初のものよりあいまいな存在で、だからこそ壊れにくい。

このサンタクロースは自分だけの神さまで、ささやかな奇跡や思いがけない喜びをもたらしてくれる。ルーシー・アップルヤードの件も、ほかのだれでもない、このサンタクロースのおかげだった。

ルーシーは、カーラ・ヴォーンの家の裏庭に立っていた。エディは路地の暗がりにいたが、ルーシーがいたのは明るい窓のそばだから、見まちがえようがない。雨が降っており、ルーシーの黒っぽい髪には真珠さながらに輝く水滴がちりばめられていた。その姿を見て、エディは息を呑んだ。自分を待っているかのようだ。美しく包装されたクリスマスプレゼントが、ひと足早く届いたのだろう。エディは近づいて、門の前で立ち止まった。

「やあ」柔らかく低い声で話しかけた。「こんにちは、ルーシー」

返事がなかった。名前を呼ばれても、驚く様子がない。ルーシーの落ち着きを見て、エディはたじろいだ。自分は子供のころこんなふうではなかったし、これからも無理だろう。長いあいだ、互いに見つめ合った。ルーシーは外出用とおぼしきコートを着ている。緑色で、フードのついたキルト地のものだ。不釣り合いに大きいコートのせいで、実際より幼く見える。袖口にほとんど隠れた両手を、体の前で握りしめている。何か持っているらしい。足には赤いカウボーイブーツを履いている。

その背後にある家の裏口は、戸を閉めてある。明かりがついているが、何も動く気配がない。これほどルーシーに近づいたのははじめてだ。少し前かがみになって手を伸ばせば、ふれることもできる。

「もうすぐクリスマスだな」エディは言った。「三週間と半分だろう?」

ルーシーは軽く顔をそらした。四歳にして、すでにあだっぽい。

「サンタクロースに手紙は書いたのかい。何がほしいかって」

ルーシーはじっとエディを見つめた。それからうなずいた。

「何をお願いした?」

「いろいろなもの」年齢のわりに、ことばがしっかりしている。発音が明瞭で、声の調子も落ち着いている。ルーシーは明かりのついた窓を振り返った。動いた拍子に、手のなかのものがエディの目にはいった。財布だ。この子のものにしては、どう見ても大きすぎるのではないか。ルーシーは向きなおった。「あなたはだれ?」

エディは顎ひげをなでた。「サンタクロースの使いだよ」長い沈黙があった。調子に乗りすぎたろうか、と思った。「こんなにたくさんの家に、サンタクロースはどうやってはいると思う?」テラスハウスの家並《いえなみ》に沿って手を振り、屋根や煙突、物置小屋や衛星アンテナの立ち並ぶさまを差し示す。家並は隣の家並と平行に伸び、エディは二列の裏庭にはさまれたせまい路地に立っていた。

ルーシーはバレリーナの人形よろしく片足で爪先立ちになって、エディの示した先を目で追った。そして肩をすくめた。

「考えてもごらん。数えきれないほどの家が、ロンドンじゅう、世界じゅうにあるんだ」思案をめぐらせるルーシーを見守っていると、しだいに目が大きくなるのがわかった。「煙突はたいして役に立たないさ。近ごろ、まともな暖炉がついてる家なんてほとんどないだろう？　だけど、ほかに出入りする方法があるんだよ。教えられないけどね。それは秘密」

「それは秘密」ルーシーは鸚鵡返《おうむがえ》しに言った。

「クリスマスの何週間か前になると、サンタクロースはぼくたち何人かを送り出して、問題がないか、どんなはいり方がいちばんいいかを調べさせる。厄介な家もあるからね。アパートはもっと大変だ」

ルーシーはうなずいた。頭のいい子だ、とエディは思った。サンタクロースとその行動の意味を、すでに考えはじめている。子供のころ、エディ自身もその問題と折り合いをつけようとしたものだ。大きな袋を持った太った男の人が、クリスマスイブにどうやってあんなたくさんの家にはいれるのか。袋のなかのおもちゃをどんなふうに手に入れたのか。なぜ親たちに見つからないのか。魔法か、せめて超自然の力を借りないと、その問題は解決しないはずだ。ルーシーはそこまでは考えていない。不思議に思っているだろうが、いまはまだ、自分の疑問から筋道立った結論を導き出す力はない。周囲を信じきっている年ごろだから、わからないことにぶつかると、反射的に自分のせいだと決めつけてしまう。

エディは肌が粟立つのを感じた。感覚を研ぎ澄ませて、ルーシーだけでなく、周囲の家や庭にも目を配った。日が暮れはじめている。秋から冬への変わり目なので、闇の訪れが早い。きょうは冷えびえとじめついた、陰鬱な一日だった。この路地へはいってから、だれも見かけていない。

　遠くで車の行き交う音が聞こえる。かすかだが執拗なディスコ音楽の低音に、かなたのサイレンの響きが重なる。たぶんハロー・ロードからだろう。けれども、このあたりは音ひとつない。ロンドンには、こういう思わぬ静けさに満たされた場所がそこここにある。街灯がともりはじめ、立ち並ぶ屋根の向こうの空が不健康な黄色に染まっている。

「出かけたそうな感じだね」すぐに、まずい言い方をしたと悟った。ルーシーはまた後ろを振り返って、裏口との距離をたしかめている。つぎの瞬間、エディは別のことに気づいた。おそらく、ルーシーは自分をこわがっているのではない。ドアの向こうにいる人間を怒らせるのが恐ろしいのではないだろうか。

　ふと思いつき、言ってみた。「散歩にはちょうどいい夕方だ」まぬけに聞こえようが、緊張を解きほぐす効果はあったらしい。ルーシーは向きなおって、エディの顔をじっと見あげた。

　エディは門の上に両腕をもたせかけた。「お出かけですか」大人同士のように、礼儀にのっとって尋ねた。

　ルーシーはまた軽く顔をそらした。こんどは心の葛藤があるらしい。「〈ウールワース〉へ行きたいの」

はない。

みせる。横長の大きなもので、ポケットではなくハンドバッグに入れるたぐいだ。子供用で

見つかった。「魔法のセットよ。手品をするの。ほら、お財布だってある」と、差し出して

ルーシーは声をひそめて、「きじゅ……」その単語は出てこなかったが、すぐにかわりが

「あの店で何を買うんだい」

エディは長々と深呼吸をした。急に息苦しさを覚えた。禁断の領域へと、一線を踏み越える瞬間が訪れるのは避けられそうもない。エンジェルが激怒するのはわかっていた。周到な準備をして、計画どおりに実行するのが彼女の信条だ。そうすればだれも傷つかないのだという。思いつきの行動を忌みきらっている。エンジェルの反応を思うと、心臓が止まりそうになった。

とはいえ、こんな好機にどうして背を向けられよう。ルーシーは自分から身を委ねようとしている。こんなにすばらしいクリスマスプレゼントがあるだろうか。でも、だれかに見られたら？ それがこわかったが、欲望が恐怖を包みこんだ。

「遠いの？」ルーシーが訊いた。「〈ウールワース〉のことだけど」

「そうでもないよ。すぐに行くかい」

「行きたいけど」また家を振り返る。「門に鍵がかかってる。かんぬきがあるのよ」

門の高さは四フィート余りある。エディは左手を伸ばして、かんぬきを探りあてた。前後

に動かし、ゆるめてみる。ルーシーの年齢の子では、手が届いたとしても固くて動かせないだろう。それはようやくはずれ、金属がぶつかって大きな音があがった。エディは凍りついた。いまにもドアが開き、窓に顔が現れ、犬が吠え、怒りの質問が飛んできそうな気がする。押しだまった様子から見て、どうやらルーシーもそれを恐れているらしい。いっしょに緊張を感じて、ふたりは仲間になった。

エディは門を押した。ため息に似た長いきしみを立てて、門が内側へ開く。ルーシーは身を引いた。青ざめてこわばった顔は、何を考えているのかわからない。

「来るかい」エディは立ち去るそぶりをした。ぜったいに恐怖を与えてはならないのは承知している。「よかったら、バンに乗せていってあげるよ。二、三分でもどれる」

ルーシーはまた家を振り返った。

「カーラのことは心配ない。感づかれる前に帰るから」

「カーラを知ってるの？」

「もちろんさ」ここまで来ればこちらのものだ。「言ったろう、サンタクロースのために働いてるって。サンタクロースはなんでも知ってる。きのう、図書館できみがカーラといっしょにいるのを見かけたよ。覚えてるかな。きみにウィンクしたんだけど」

ルーシーは何も言わないが、様子が変わった。いまや好奇心が頭をもたげ、おそらくこちらに気を許してもいる。

「それから、この前の日曜に、セント・ジョージ教会でも見かけた。お母さんの名前はサリーで、お父さんはマイケルだね」

「ママとパパのことも知ってるの？」

「サンタクロースはみんなのことを知ってるさ」

ルーシーはまだためらっている。「カーラが怒るわ」

「だいじょうぶだよ。もしカーラが今年もクリスマスプレゼントをほしかったら、怒ったりしない」

「カーラは宝くじをあてたいんだって。訊いたから知ってる」

「考えておくよ」

エディは路地を一歩、歩きはじめた。そこで立ち止まって後ろを向き、ルーシーに手を差し出した。ルーシーは振り返ることなく門をすり抜けて、エディと手をつないだ。

1

おのれを滅ぼそうとする者の自己憐憫を、だれが慈しまずにいられようか。許されるなら、悪魔さえも滅びの道を選ぶであろう。

――『医師の信仰』第一部五十一節

「主はお変わりになりません」サリー・アップルヤード師は言った。「けれども、わたしたちは変わるのです」

そこでことばを切り、会衆を見おろした。つぎに何を語るべきかわからなくなったのでも、怖じ気づいたのでもない。時間そのものが急に凍りついてしまった。時が流れず、永遠に現在がつづく。

思春期を過ぎてからは回数が減ったものの、こういう感覚には子供のころからよく見舞われた。感情が高ぶる前ぶれであることが多い。夢で緊張しているような気分がその特徴で、てんかんの発作の前駆症状に似ているのではないかとサリーは思っていた。ある種の霊感と呼んでもいいのかもしれないが、なんの役にも立ちそうになく、ひどく居心地が悪かった。不安は去っていた。こういうときの常で、完全な静寂が支配している。だれも咳払いひとつせず、赤ん坊は眠り、子供たちもおとなしい。行き交う車の音さえ消えている。南の側廊の窓や高窓から八月の日差しが注いで光の滝となっていたが、いまはそれも動きを止めている。何か恐ろしいことが起こる、とサリーは直感した。

サリーがこの世で最も愛するふたりが、前から二列目にいる。自分のほぼ真下だ。マイケルの膝にルーシーがすわって、気むずかしげな顔で母を見あげている。隣の席には、一冊の本と、ジミーという名の小さな布製の人形が置かれている。マイケルの顔はルーシーの顔のすぐ上にある。ふたつの顔を並べて見れば、その間柄はだれしも疑うまい。あまりに似ていて、考えるまでもない。マイケルはルーシーをしっかりと抱いている。その視線は説教壇や身廊の祭壇を通り越し、内陣の上の主祭壇を見つめている。さびしげな顔だ、とサリーは思った。どうしてこれまで気づかなかったのか。

サリーの位置からは、振り向かないかぎり、デレクの姿は見えない。だが、砂色の長い睫毛にふちどられた薄青い目が自分を見つめているのはわかっていた。サリーはデレクが苦手なので、落ち着かなかった。デレクは教会区牧師で、うらやましいほど弁が立つ。髪が白っぽい金色で、肌の血色がよいやせ形の男だ。

ほかはほとんどが知らない顔だった。なぜ自分がここで黙《もく》しているのか、だれもが不思議がっているにちがいない。とはいえ、こういう瞬間は時間の外に存在していると、サリーは経験から知っていた。ある意味では、みんなが眠っていて、自分だけが起きている。

圧迫感が強くなった。自分の内側からか外側からかはわからない。汗がにじみ、講話用にていねいに記された原稿が、湿った指に貼りついた。

こういう瞬間の常で、サリーは後ろめたさを感じた。下にいる夫と娘を見ながら思った。自分にもっと強靭な精神があれば、こんな状態を脱するか、もっと前向きな態度に変われるのに、と。絶望が胸に満ちあふれた。

「主の御心《みこころ》がおこなわれますように」サリーは言った。あるいは、言った気がした。「わたしの思いではなく」

そのことばが合図になったかのように、時間がふたたび流れはじめた。ひとりの女が会衆席の後方で立ちあがった。サリーは身構えた。どんなものであれ、訪れるとわかったいま、気持ちが楽になった。ただ待たされるよりもずっといい。

サリーは身廊へ目をやった。女は六十代か七十代で、小柄でやせた体に、度はずれて大きな薄汚れたベージュのレインコートを着ている。ビニール袋を両腕で持ち、赤ん坊でも抱くように胸に押しつけている。頭には、耳まで引きおろしたベレー帽。そのふちから、脂ぎって乱れた灰色の髪がはみ出している。暑い日なのに、老女は青ざめて生気がなく、寒そうだった。

「悪魔。キリストを冒瀆する者。背教者」老女はサリーをまっすぐ見据えて、そう言った。離れていても、口から唾を飛ばしているのがわかる。低く単調な、教育を受けた者の声だ。「穢らわしい不信心者。バビロンの淫婦。サタンの娘。おまえとその一族に災いあれ」

サリーは何も言わなかった。老女を見つめ、相手のために祈ろうとした。信仰心のない者でさえ、おのれの人生の不遇を神のせいにしたがるものだ。神はたやすく見つからないから、聖職者が手ごろな身代わりにされる。

老女の唇はなお動いている。下劣の度を強める呪いのことばを、サリーは耳に入れまいとした。会衆席の後方へ首を向ける者が増えた。幼い顔もある。これを子供に聞かせてはならない。

マイケルが立ちあがり、前の席にいるデレクの妻にルーシーを預けて、側廊へ歩み出た。ステラが身廊を西へ歩きはじめ、レインコートの老女に近づいていくのもわかった。ステラは教会区委員をつとめる長身巨軀の黒人女性で、あわてる姿を見せたことが一度もない。

ルーシーやマイケルも含めて、目に映るすべてが、遠く離れたとるに足りないものに感じられた。音を消したテレビのちらつく画面を観ている気がする。ベレー帽とレインコートの老女に、意識が集中している。風貌や物言いにではなく、より深遠な真実に。サリーは老女と心をかよわせようと全霊を傾けた。有刺鉄線に覆われた石壁が脳裏に浮かんだ。

マイケルとステラは、すでに老女のもとに着いている。両親と向き合った幼児さながら、老女は神妙に腕を差し出し、片手をマイケル、片手をステラに預けた。口はようやく閉じられたが、目はいまもサリーを見据えている。その瞬間、マイケルとステラと老女の三人が、妙になじみ深い活人画を形作った。それはルネサンス期の絵画を思わせる一場面で、泣き言も漏らさずに磔柱へと引きずられる殉教者を表している。その視線は、告発者のいるべき場所に立つ作者の、こちらからは見えない顔を突き抜け、やはり見えない天の光へと向けられている。

やがて絵は崩れた。あいているほうの手で、ステラがビニール袋を拾いあげた。マイケルとともに老女の手を引き、後方の扉へと進んでいく。明るいヴィクトリア朝風のタイルを靴が乱れ打ち、暖房用の格子蓋を叩く。老女は抗いはしなかったが、身をよじって横向きに歩いた。その恰好のまま思いきり首をひねり、サリーをにらみつづけた。

オーク材の重い扉が開いた。往来の音が流れこむ。日を浴びた建物や黒い手すりや青空が、サリーの目にはいった。鈍い音をとどろかせて、扉が閉まる。一瞬、それが扉の音に聞こえず、巨大な翼が空を搔くうなりかと思えた。

サリーは深く息を吸った。吐くときに、ひとつの光景が心に満ちた。険しい顔の天使が、硬くつややかな羽根の隙間なく生えた翼を震わせている。サリーはその映像を追い払った。「主はお変わりになりません」もう一度、決然たる声で言った。「けれども、わたしたちは変わるのです」

礼拝のあと、デレクが言った。「昨今は教会区委員ではなく、用心棒が必要だね」

サリーは振り返った。聖具室の鏡に映ったデレクが、薄くなりかけた髪を梳かしている。

「本気でそんなことを?」

「前例はある」鏡のなかのデレクがいかにも牧師然とした笑みを浮かべた。「むろん、その気はないがね。しかし、こういった邪魔がよくはいることに、きみにも慣れてもらわなくては。ケンサル・ヴェイルにはあらゆる種類の人間がいる。のんびりした郊外とはわけがちがう」

これまでセント・オルバンズ教区の中流階級が住む教会区にサリーがいたことへのあてつけだった。デレクはケンサル・ヴェイルの苦難の多さに妙な誇りを持っている。

「あの女性には助けが必要です」サリーは言った。

「そうだね。以前もこういった騒動を起こしたんじゃないだろうか。教区のあちこちで、似た例が報告されている。女性が聖職に就くことに過敏に反応するわけだ」デレクは櫛をポケットに滑りこませ、サリーと向き合った。「残念ながら、そういう人たちはいたるところにいる。わたしたちはその手のこと、数々のことに対して、笑みを浮かべて耐えるほかないんだよ。頭のおかしい老女より性質《たち》の悪い邪魔がはいる場合もある——ありとあらゆる種類の酔っぱらい、麻薬中毒者、異常者」デレクは口の端を吊りあげて微笑み、入れ歯と見まがうほど完璧な歯並びをあらわにした。「やはり、用心棒というのもさほど悪い考えではないかもしれない」

なぜもっと前向きに対処できないのかという反論を、サリーは嚙み殺した。時期尚早だ。ここケンサル・ヴェイルのセント・ジョージ教会で副牧師の職に就いてから、まだ日が浅い。女性の執事が教会区の職で俸給を得るのはまれであり、最初の日曜日が終わる前からデレクを敵にまわすのは賢明ではない。それに、自分がデレクを誤解している可能性もないとは言えない。

サリーは鏡を見て自分の身なりをたしかめた。いまだに立ち襟が首になじんでいない気がする。立ち襟に象徴されるものを、サリーは長いあいだ求めてきた。だが、いまはわからない。

管理者として抜け目のないデレクは、わだかまりを必要以上に増長させはしなかった。「きみの講話はよかったよ。幸先がいい。フェミニズムと奴隷廃止運動の類似を、もっとはっきり説明したらどうだろうか」

数分後、サリーはデレクのあとについて教会の外へ出て、かつて聖母礼拝堂として使われていた信徒会館に着いた。去年おこなわれた改築は、デレクの粘り強く資金を調達する才覚によるところが大きい。きょうは礼拝が終わったあとも三十人ほどが居残って、灰色の水っぽいコーヒーを飲みながら、新任の副牧師との対面を待っていた。

ルーシーが真っ先に母を見つけた。部屋の奥から駆け寄って、サリーの脚に抱きついた。

「さみしかった」ルーシーは責めるようにつぶやいた。人形のジミーを鼻に押しつけているのは、退屈しているか、緊張しているせいだ。「さみしかった。さっきの意地悪なおばあさんのこと、大きらい」

サリーはルーシーの背中を軽く叩いた。「だいじょうぶ。ママはここにいるわ」

ステラがマイケルを引き連れてきた。ステラはたぶん四十歳代で、たしかに気がいいが、確実なことにしか手を出さず、教会区の行事のなかで自分の立場がもたらす発言力や権威に魅せられているのではないか、とサリーは思っていた。マイケルは当惑顔だった。

「みんなであなたのことを話していたところですよ」ステラが誇らしげにサリーに言った。「この場に居合わせることで関係者全員が栄誉に浴するとでも言いたげだ。「すばらしい講話でした」長い人差し指でマイケルの胸をつつく。「これから、日曜のお昼はご主人が料理をなさるのよね」

サリーはマイケルの差し出したコーヒーを受けとった。「あの女性はどうなりましたか」ステラに尋ねる。「どこに住んでいるかわかりました?」

ステラはかぶりを振った。「それが、あっちへ行け、ほっといてくれの一点張りで」

「ふざけた話だな」カップに語りかけるかのように、マイケルが言った。

「そうしたら、そこにバスが来て」ステラはつづけた。「あの人、それに飛び乗ってしまいました。無理やり押さえつけるわけにもいかないし、どうしようもなかったわ」

「すると、ここの信徒ではないんですね」

「見かけない顔でした。忘れてください。あなたに恨みがあったわけじゃないでしょうから」

ルーシーがサリーの手を引っ張って、コーヒーが受け皿にこぼれた。「あんな人、牢屋にはいればいいのよ。魔女なんだもの」

「あの人は何も悪いことをしていないの」サリーは言った。「ただ不幸せなだけ。不幸せだからという理由では、人を牢屋には入れられないわね」

「不幸せ？　どうして？」

「不幸せ？」デレクがステラの横に現れ、ルーシーの髪を掻き乱した。「きみのような小さな女の子を不幸せにはできないよ。そんなことは許されない」

ルーシーは怯えて顔を紅潮させ、母の後ろへ逃れた。

「サリーから聞いたんですが、以前ここには聖母礼拝堂があったとか」マイケルが口をはさみ、デレクの関心をルーシーからそらした。「時代は変わるものですね」

「さいわい、こうして有効に活用することができました。しかも、この場の雰囲気を損なわずに」デレクはひとりの中年男に手招きをした。背が低くて眼光が鋭い、頭の禿げかかった智天使《ケルビム》のような男だ。「サリー、フランク・ハウエルを紹介するよ。フランク、こちらはサリー・アップルヤード。この教会の新しい副牧師だ。そちらはご主人のマイケル」

「部長刑事ですね」ハウエルの目のふちは赤かった。

マイケルはうなずいた。

「地元紙に奥さんの記事がありました。そこに書いてあったんです」

デレクが咳払いをした。「人はみな、大なり小なり穿鑿《せんさく》好きだと言っていいでしょうね。フランクはフリーのジャーナリストです」

ハウエルはステラと握手をした。「因果なものですよ」

「実はフランクから、セント・ジョージ教会の特集記事を組みたいという申し出があってね。当節のロンドンにおけるイギリス国教会の実情について」デレクは鼻をひくつかせた。

「新しいボトルにはいった古いワインとも言える」

「考えてみると、驚きですね」ハウエルは一同に笑いかけた。「信仰心が薄れつつある社会のなかで、一般大衆は飽くことなく、古きよき国教会を求めている」

「フランク、きみの意見に賛成していいのかわからないがね」デレクは歯を見せて笑みをつくろった。「そんなふうに考えたがる人もいるようだが、そこまで信仰心は薄れていないと思うことも多いんだ。実のところ、会衆の数は増えている。お望みなら、統計を見せてもいい。流れを変えたのは低教会派のおかげだ。むろん、このセント・ジョージ教会でも、広く教派にとらわれない方法を採り入れて、万人に普及すべくつとめている。わたしたちはみずからを——」

「たしかに、あなたがたは努力しておられる」ハウエルの視線はサリーから離れなかった。「しかし、つまるところ、記事の売れ行きを伸ばすのは、人間への興味です。人間がすべてじゃありませんか。では、いずれまたお話しする機会を設けましょう」ハウエルは、小さな輪となって並ぶ顔を見まわした。「みなさんといっしょに」

「喜んで」デレクは一同を代表して答えた。「わたしは——」

「またお電話します。その節はよろしく」ハウエルは腕時計を見た。「しまった、こんな時間だ。失礼しなくては」

デレクはハウエルが去るのを目で追った。「聖母礼拝堂からの改築にあたって、フランクは大いに力になってくれた」サリーの腕を軽く叩きながらささやく。「落成式の記事を書いてくれたんだよ。もちろん、主教もいらしていた」突然、爪先立ちになり、妻に向かって勢いよく手を振った。「マーガレットだ。きみと話をしたがっていたよ。子守りの人を紹介できるかもしれない。ここの信徒ではないが、おもしろい女性だよ。そのうえ、ぜったいに信頼できる。名前はカーラ・ヴォーンだ」

ハーキュリーズ・ロードの自宅へもどる途中、カーステレオから流れる〈パフ・ザ・マジック・ドラゴン〉に合わせて、後部座席のルーシーが歌を口ずさむなか、前ではマイケルとサリーが声を落として言い争っていた。議論というよりグローブ着用のけんかに近かった。

「飛ばしすぎじゃない？」サリーが訊いた。

「こんなに遅くなるなんて思わなかった」

「わたしだってそうよ。予想以上に礼拝が長引いて——」

「昼食のことを心配してるんだ。鍋を火にかけたままだから」

これまでマイケルが仕事で遅くなったために台なしになった数々の食事を、サリーは思い出した。腹立ちを抑えるために、五まで数えた。

「例のカーラという女性のことだけどね——子守りの」

「どう思う？」

「どんな人かわからないのが困るな」

「よさそうだと思うけど。どちらにしても、会ってから決めるつもりよ」

「できれば——」

「できれば？」

マイケルは速度をあげ、信号の変わりつつある交差点を渡った。「子守りを雇う必要がないのがいちばんだ」

「その話は片がついたはずでしょ」

「きみの仕事はもっと融通がきくと思ってたんだが」

「きかないの。残念だけど、どうしようもない」

サリーのことばと話しぶりを受けて、マイケルは返した。「ルーシーはどうなる」

「あなたの娘でもあるのよ」サリーは十まで数えはじめた。

「わかってる。ふたりとも仕事をしたいというのも、最初に話し合った。でも――」

八まで数えたところで、サリーの自制心の糸が切れた。「教師みたいな手ごろな仕事に就いてほしいんでしょう？　無難で、あなたの邪魔にならない仕事。子持ちの女にふさわしい仕事。理想を言えば、専業主婦にしたいわけね」

「子供は親を必要としている。それだけの話だ」

「この子には親がふたりいるのよ。そんなに心配なら――」

「ルーシーが大きくなったらどうするんだ。鍵っ子にしたいのか」

「わたしには仕事があるし、それはあなたも同じ。ほかの夫婦だってなんとかやってるわ」

「そうかな」

サリーはサンバイザーの裏についたミラーを一瞥した。ルーシーは相変わらず音階を大きくはずしたまま曲に合わせて歌っているが、いまはジミーを頬に押しあてている。親のけんかに感づいたのだろう。

「聞いて、マイケル。聖職を授かるのは、主の思し召しなの。知らん顔できることじゃないのよ」

マイケルは返事をせず、そのせいでサリーの不安は頂点に達した。夫は沈黙を攻撃の手段に使う。

「ともかく、この件については結婚前にしっかり話し合ったじゃない。考えていた以上に現実がきびしいのは認めるわ。だけど、ふたりで決めたのよ。忘れたの？」

マイケルの両手はハンドルを強く握った。「事情が変わったんだよ。それはルーシーが生まれる前の話だ。いまのきみはいつも疲れている」

何より、疲れきってセックスもできない。それが罪悪感のもうひとつの理由だった。最初のうちこそそれを冗談の種にしていたが、どんなにおもしろい冗談も、繰り返すうちに興が失せる。

「そういう問題じゃないわ」

「いや、そこが問題なんだ。きみは多くのことに手を出しすぎてる」

また沈黙が落ちた。〈パフ・ザ・マジック・ドラゴン〉が〈ホイール・オン・ザ・バス〉に変わった。ルーシーはサリーの座席の後ろを蹴って拍子をとっている。注意を引くための行動だ。本来なら、サリーがセント・ジョージ教会ではじめての講話を終え、祝いのときを迎えているはずだった。しかし、いまのサリーは、そもそも自分が聖職者に向いているのかどうかと考えている。

「聖職に就いてほしくなかったのね」事実を述べるというより恐怖を伝えるつもりで、サリーは言った。「あなたは心の底で、女が聖職に就くのは不自然だと思ってる」

「そんなことは言ってない」

「言わなくたってわかるわ。あなたはデイヴィッド伯父さんと同じよ。さあ、認めなさい」

マイケルは道路から目をそらさないまま加速し、制限速度を超えて車を走らせた。デイヴィッド伯父の名前を出したのはまちがいだった。それはいつも失敗につながる。

「ねえ」サリーはマイケルに揺さぶりをかけたかった。「なんとか言ってよ」

沈黙のうちに、車は家に近づいた。時間を有益に使うべく、サリーは自分を罵倒した老女のために祈ろうとつとめた。祈りのことばが暗い虚空に吸いこまれていく気がした。

「御心がおこなわれますように」サリーは静まった心のなかで繰り返し唱えた。そのことばは、意味を持たない単なる響きにすぎなかった。相手が聞いているのか、そもそも相手がいるのかさえわからないまま、受話器に語りかけている気分だ。いまこの瞬間の緊張感のせいだと自分を納得させようとした。すぐに緊張は解け、電話の状態も正常にもどるだろう。老女の呪詛が災いを呼ぶなんて、子供じみた考えだ。

「くそっ」車がハーキュリーズ・ロードに乗り入れたとき、マイケルが言った。わが家の駐車場に、すでにだれかが無断で車を停めている。

「だいじょうぶよ」サリーはマイケルのことばがルーシーの耳にはいらなかったことを願い

つつ、そう言った。「あっちにも場所があるから」

マイケルは左の後輪を縁石にぶつけながらも、ローヴァーをバックさせて駐車した。サリーがルーシーと荷物をおろしているあいだ、マイケルは鍵束をもてあそびながら歩道で待っていた。

「お昼ごはんはなあに?」ルーシーが尋ねた。「おなかすいちゃった」

「パパに訊いてごらんなさい」

「インゲン豆を添えた子羊のキャセロールってとこかな」マイケルは自分の食べたいものを作る傾向がある。

「うえっ。あたし、コーンフレークを食べていい?」

アップルヤード家のフラットは、一九三〇年代に造られた小さな建物のなかにある。結婚前にマイケルが購入したものだ。ひとり暮らしにはあり余るほどの広さで、ふたりで住むにも申し分なく、小さな子供ひとりを加えてもじゅうぶんに余裕がある。サリーが玄関のドアをあけたとたん、焦げくさいにおいが押し寄せて一同を迎えた。

「くそっ」マイケルが言った。「最低だな」

ルーシーが生まれる前、サリーとマイケルは、子供ができて生活を乱されるのはごめんだと考えていた。子供を持った友人たちの多くは、そのせいで暮らしが悪い方向へ転じたように見えた。自分たちだけは罠に陥るまいと心に決めていた。

　ふたりが知り合ったのはマイケルの仕事を通じてであり、サリーがケンサル・ヴェイルの副牧師になる六年近く前のことだった。そのころマイケルは、盗難車を転売していた自動車整備工場の経営者を逮捕したことがあった。当時、執事に叙任されたばかりだったサリーは、その経営者の夫人と教会活動を通して面識があり、悲嘆に暮れた夫人からの電話に応対した。その差し迫った様子に、サリーは庭仕事のいでたちで化粧をほとんどしないまま、立ち襟もつけずにあわただしく駆けつけた。

「何かのまちがいよ」夫人は入念に化粧が施された顔を涙で濡らして叫んだ。「ひどい誤解だわ。何者かが主人を陥れたんです。どうして警察はわかってくれないの？」

　夫人が泣きわめくのを尻目に、マイケルともうひとりの警官が家宅捜索を進めた。サリーは子供たちの面倒を見たり、事務弁護士と話したりし、ふたりの警官の質問に夫人が答えられない、あるいは答えようとせずにいるあいだは、その手を握ってやった。マイケルについては、むずかしい仕事に予想以上の配慮を示しつつ取り組んでいるという印象を持っただけで、ほとんど気に留めなかった。

　三日後の夜、サリーのフラットに突然マイケルが現れた。今回、サリーは立ち襟をつけていた。訪問の口実は、失踪した夫人の居場所を知らないかと尋ねにきたということだった。サリーは何も考えずにマイケルを招き入れ、コーヒーを勧めた。この二度目の対面で、サリーはマイケルをひとりの男として意識し、おおむね好印象を持った。色白の細面に黒い瞳。かつて金色だったとおぼしき茶色っぽい髪。中ぐらいの背丈、広い肩幅、引きしまった腰。コーヒーを持って居間にもどると、マイケルは本棚の前にいた。棚の中身についても、壁に掛けられたキリストの磔刑像についても、マイケルは何も口にしなかった。

「叙任されたのはいつ？」

「ほんの数週間前よ」

「国教会で？」

サリーはうなずき、コーヒーを注ぐことに神経を集中した。

「ということは、職位は執事なのかい」

「ええ。総会で女性司祭の叙任が承認されないかぎり、これ以上にはなれそうにないけど」

「聖餐式の執行を除いて、執事は司祭と同じ権限を持つ。そうだろう？」

「まあ、そんなところね。あなたは――」

「熱心なキリスト教徒かって？　残念ながら理論だけで、実践がともなわなくてね。名づけ親が司祭なんだ」

「どこの？」

「いまはケンブリッジに住んでる。もう退職してるよ。以前はアメリカの神学校で教えていた」マイケルはコーヒーをひと口飲んだ。「デイヴィッド伯父さんは、女性の聖職者を認めないだろうな」

「年輩の司祭の多くは受け入れがたいことだと思ってるわ。若い司祭も似たようなもの。簡単には認められないのよ」

ふたりは話題を変えて語りつづけた。帰り際にマイケルは戸口で立ち止まり、サリーを夕食に誘った。これにはサリーも驚いたが、誘った当人も（のちに自分で認めたところによると）同じくらい驚いていたらしい。サリーはことわったが、相手があきらめないので、追い払いたい一心で誘いに応じた。

マイケルはサリーをスイス・コテージにある中華料理店へ連れていった。そのあいだじゅう、マイケルはもっぱらサリー自身の話をさせようと促し、投げ返された問いに対しては、うまくかわすか、最小限の返事をするかのどちらかだった。サリーは、神学校にかようために就職相談員の仕事をやめたことを話した。聖職を授かったとはいえ、近い将来に副牧師に昇格する見こみはほとんどなく、父親が病気でそのそばを離れたくないため、なおさら望みが薄いということも。

「それに、多くの教区で女性執事はきらわれてるわ」

マイケルは鴨肉のローストの皿をサリーの前へ押しやった。「執事なり、司祭なりの職位にあるという事実は、きみにとって最優先課題なんだろうな。人生でいちばん大切なこと、何よりも忠誠を尽くすべきこと」

「もちろんよ」

「それで、人との付き合いはどうなるんだろう。きみが結婚していないのは知ってるけど、恋人はいるのかい。子供はどうするつもり？　それとも、神のほうが大事なのか」

「いつもそんなふうなの？」

「そんなふうって？」

「すごく厚かましい」

「いつもってわけじゃない」

サリーは豊かな髪が顔を隠してくれるだろうと思い、皿の上に身を乗り出した。当時は髪を長く伸ばし、それが自慢だった。

「独身主義じゃないんだろう？」

「あなたには関係ないわ」

「関係あるさ」

「あいにく、そういう主義じゃない。だけど、あなたには関係ないのよ」

三ヵ月後、ふたりは結婚した。

不幸な老女の罵倒のことばに意味を見いだすなんてばかげている、とサリーは自分自身に言い聞かせた。それを何かの前兆と考えるのは迷信にほかならない。にもかかわらず、セント・ジョージ教会でのはじめての講話のあと数週間は、老女の姿が頻繁に心に浮かんだ。あのときのことばが胸に残り、大きなしみのようになっていた。それはどんなにこすっても消えなかった。

おまえとその一族に災いあれ。

ケンサル・ヴェイルでの副牧師の話が持ちあがったとき、あまりのうれしさに信じられず、祈りが聞き入れられたと思えないほどだった。セント・ジョージ教会の牧師であるデレク・カッターとは面識がなかったが、なかなかの評判だった。天分に恵まれた献身的な司祭で、低調だった教会の活動に新たな生命を吹きこみ、教会区全体に多大な貢献をした人物と言われていた。

いい時機だとも思った。前年の冬に父が他界し、悲しみとともに思いがけない解放感がもたらされた。ルーシーも学校へあがる年齢になっていた。ようやく、後ろめたさを感じずに常勤の仕事に就ける立場になったのだ。そのうえ、ケンサル・ヴェイルは通勤に便利だった。ハーキュリーズ・ロードからセント・ジョージ教会の牧師館までは、歩いて四十分。車なら、道が混んでいなければはるかに短時間で着く。唯一の問題は、マイケルが乗り気ではないことだった。

「ルーシーはどうなる」サリーがその話を切り出したとき、マイケルはつとめてさりげない口調でそう尋ねた。「いつも学校にいるわけじゃないんだぞ」

「子守りを見つけるわ。案外、それがあの子のためになるかもしれない。家庭で得る以上の刺激が必要なのよ」

「そうかもな」

「ねえ、このことについては話し合ったわ」それも一度ではなく、何度もだ。「家にこもって一日じゅうシーツにアイロンをかけてるような母親になるつもりはないの」

「わかってる。ルーシーはきっとだいじょうぶだろう。でも、ケンサル・ヴェイルでほんとうにいいのかい」

「望みどおりの教会区よ」

「どうして?」

「試練になるから。長い目で見れば、いいことだと思う。それに、自分にもできると証明したいの。女性にもできると」サリーはマイケルを凝視した。「わたしにも刺激が必要なのよ。長いあいだのんびりしすぎたわ」

「よく考えたのかい。とてもじゃないが、近ごろのケンサル・ヴェイルは安全とは言えない」マイケルはためらった。「特に女性にとっては」

「うまくやるわ」サリーは強い口調で言った。「わたしだってばかじゃない」マイケルが口を引き結んだのを見て、サリーは声を和らげた。「いずれにせよ、こういう仕事は簡単に見つかるものじゃないのよ。もしことわったら、何年もつぎの機会が来ないかもしれない。司祭に叙任されるには、経験を積む必要があるの」

マイケルは納得できないまま肩をすくめ、転任にともなう具体的な問題へと話を転じた。賛成したくない様子ではあったが、少なくとも反対はしなかった。

夏が秋へと変わり、サリーはマイケルが正しかったのではないかと思いはじめた。熟睡できず、夢が不気味な生々しさに彩られていた。仕事は楽ではなく、さらに悪いことに、回復力が衰えた気がした。最初の週には、女性だという理由で臨終間近の信徒に拒絶され、身なりのしっかりした中年男性から通りで唾を吐きかけられ、ナイフを持った少年の集団にハンドバッグを奪われた。以前にも似た出来事があったが、そのときは苦もなく消化して、過去へ追いやることができた。いまは心のなかで消化不良を起こしていて、それぞれの光景が脳裏から消えない。慰めのことばを投げかけても顔をそむける、枕の上の白い顔。ハンカチの表面で光る粘っこい唾液。そして何より忘れられないのは、ルーシーよりほんの五歳ほど年上の子供たちが、手にナイフを持ち、顔に興奮の色を浮かべながら、自分を取り巻く残忍なゲームを楽しんでいる場面だった。

家庭でも、何ひとつうまくいかなかった。教会からの帰り道に口論になり、昼食が燃えかすと化したあの日曜日以来、マイケルはいっそう自分の殻に閉じこもるようになった。表立ったけんかはないものの、ふたりのあいだの沈黙は日増しに長くなった。問題は自分と関係のないところにあるのかもしれない、とサリーは考えた。もしかしたら、マイケルは仕事で厄介事をかかえているのではないか、と。

「すべて順調さ」面と向かって尋ねると、マイケルはそう答えた。跳ね橋があがって、城門の落とし格子が落下する音が聞こえた気がした。

サリーは引きさがらなかった。「最近、オリヴァーと会ってる？」

「いや。あいつが昇進してからは会ってない」

「すごいじゃない。昇進したのはいつ？」

「二、三週前だ」

なぜ話してくれなかったのだろう。オリヴァー・リックフォードは、結婚式でマイケルの付き添い役をつとめた親友だ。ふたりはともにヘンドン警察学校の有望株だった。警察官になってからは同じ職場で働いたことはなかったが、いまも連絡をとり合っている。

「オリヴァーが警部に昇格して、あなたがそうならないのはどうして？」

「あいつは委員会で的確な発言をする」マイケルはサリーを見た。「それに、優秀な警察官だ」

「オリヴァーとシャロンを夕食に招待しましょう。お祝いをしなくちゃ」サリーはシャロンが苦手だった。「火曜の晩なら都合がいいわ」

マイケルは喉を鳴らし、ゆっくりと視線を目の前の新聞にもどした。

「いつかカッター夫妻も招かなきゃね」

「まさか」こんどはマイケルも顔をあげた。「その必要があるのかい」

目と目が合い、ほんの一瞬、カッター夫妻への嫌悪感のおかげでふたりの心が通じた。これもサリーのかかえる問題のひとつだった。数週間のうちに、デレク・カッターがサリーに教会区の雑事をあてがおうとしているのがわかった。執事のストールを着用しているかぎり、仮免許運転の標識板をつけているのと変わらないと思い知らされた。マイケルの名づけ親のデイヴィッドと同じく、デレクも心の底では女性の聖職者を認めていないのではないだろうか。少なくとも、デイヴィッド・バイフィールドは反対の意思を堂々と明らかにしているが、デレク・カッターは本心を慎重に隠している。サリーは、デレクが自分を教会区に迎えたのは打算の結果にすぎないと考えた。この地方の大執事は女性の聖職叙任を強く支持しており、デレクは望むものを手に入れるために、すぐ上の立場の人間に追従しなくてはならない。たいがいの相手に対して、デレクは調子を合わせようとする。

「お会いできてうれしいです」礼拝のあとや、会合の場や、訪問先の戸口で、デレクはこう話しかける。「生き生きとして見えますよ」そして機会があれば、老若男女を問わず相手の体を軽く叩く。身体的な接触が好きなのだ。

デレクは教会区の機関誌にこう書いている。「互いに愛し合うだけでは不十分です。それを目に見える形で示さなければなりません。思いを率直に伝えなくてはならないのです。子供のように」

デレクは子供が好きだが、その輝かしい面ばかりに目を向けたがった。そのため、慈愛の対象は七歳未満の子供にかぎられている。ケンサル・ヴェイルの子供たちは早熟で、幼い犯罪者がいたるところで見られるが、信徒会館に飾られたデレクの写真は、見映えのする赤ん坊を腕に抱いてにこやかに笑っている。サリーがセント・ジョージ教会で迎えた二度目の日曜日に、デレクは気に入りとおぼしき一節を講話のなかで引用した。

「イエスは弟子たちに言われた。子供たちをわたしのところに来させなさい。止めてはなりません。神の国はこのような者たちのものです。マルコ伝、第十章十四節」

人との体の接触を好み、幼い子供に感傷的な愛情を示し、広報担当者や地方議員に転じてもかなり稼げるだけの世俗的な才覚を備えている。それだけでは牧師として物足りない、とサリーは思っていた。

それがデレクへの偏見なのはわかっていた。管理者として、デレクは一流と言える。教会区の財政状態は良好だ。教会は住民の尊敬を集めている。百人を超える信徒からなる、統制のとれた信徒委員会もある。教会区全体として、セント・ジョージ教会は連帯感と目的意識を持っており、それはデレクの手腕によるところが大きい。そして、その一部は妻の功績でもあるはずだ。デレクの口癖どおり、カッター夫妻はひとつのチームだった。

マーガレット・カッターは肉づきのいい女性で、服のなかに無理に押しこめられているように見えた。灰色の髪は金属たわしを連想させる。その思いやりは具体的な行動、とりわけ肉体労働に顕著に表れるたぐいのものだった。セント・ジョージ教会ではじめて講話をおこなったあとの火曜日、サリーはマーガレットから牧師館でコーヒーを飲まないかと誘われた。窓の桟と、ソファーの後ろの巨大なコピー機ばかりが目を引く、せまく暑苦しい居間で、ふたりは腰をおろした。テレビの上には、柔らかなピンクの毛で覆われたおもちゃのウサギと、デレクとマーガレットの結婚式の写真があった。妻が年上に見える、とサリーは思った。

「あたしたちふたりだけよ」マーガレットはそう言って、干からびた全粒粉のクッキーを勧めた。「ちゃんと話し合いたいと思ってたの」話し合いは、一瞬にしてひとり語りに変わった。「ほんとうに厄介なのは女性たちよ。あの人たちがどんなふうにデレクに接するか、あなたには信じられないでしょうね」信頼している口ぶりではあったが、その黒い瞳はまるで屍衣の寸法を測るかのごとく、サリーの上を行き来している。「もちろんデレクは気にしていない。けど、男ってそういうものでしょう？　女がからむと、男はどうしようもなく愚かになる。だから、目付役にわたしたちが必要なの」マーガレットはそこでたっぷり間をとって、サリーが話を理解するのを待った。驚いたことに、デレクを欲望の対象と考えるのは禁物だと釘を刺しているらしい。「結婚したときには、あの人が常勤の職を得ることがわかってた。あたしも講師をしていたでしょう？　そう、専門はパーティー料理よ。つづけてくれって頼まれたけど、〝そうしたいのはやまやまですが、いまはデレクのことを考えなくちゃいけませんから〟って言ったわ。よかれあしかれ、結婚ってそういうものよね。最優先に考えないなら、結婚なんてしないほうがいい」マーガレットは愛しげに自分の前腕をなでた。

「夫婦共働きで、しかも子供を気にかけなきゃならないのがどんなに大変か、あなたにはわかってるはずね、サリー。けど、ルーシーなら慣れていけるんじゃないかしら。ほんとにかわいらしい子ね。でも、ある意味では、わたしとデレクのあいだには子供がいなくてよかった。正直言って、必要なだけの愛情と関心を子供に注いでやれるだけの時間がなかったと思う。それで思い出したけど、カーラ・ヴォーンの電話番号を教えるって約束してたわね。だれにでも好かれる人じゃないのは認めざるをえないけど、デレクはあの人のことを買ってるわ。どんな人に対しても、デレクはその人のいちばんいい部分を見つけてあげるの。カーラが未婚の母なのは知ってるでしょう？　たしか父親のちがう小さな子供がふたりいて、どちらの父親とも結婚しなかったはずよ。もちろん、デレクに言わせれば、〝あなたがたのなかで罪のない者が、最初にこの女に石を投げつけるがよい〟って話になる。カーラが現金での支払いを希望してるのは聞いた？」

翌日の水曜日、サリーはルーシーを連れてカーラに会いにいった。カーラは、セント・ジョージ教会とハーキュリーズ・ロードのほぼ中間にある小さなテラスハウスに住んでいた。西インド諸島とアイルランドの混血であるカーラは、巨大なモップを思わせる赤い巻き毛を、十七世紀のかつらのようにまとめていた。家のなかは小さな子供でいっぱいで、すさまじいやかましさだ。カーラは裸足で、緑色のタンクトップとぴったりしたズボンを身につけていて、たくましい脚と豊かな尻の形がはっきり見てとれた。見る者に想像の余地を残す女ではないらしい。

カーラは椅子のひとつに載っていた雑誌の山をおろした。「コーラか何か飲む？　あんたはどうなの、ルーシー」

ルーシーは激しくかぶりを振った。そして母にしがみついたまま、目をまるくしてまわりの子供たちを見つめたが、向こうはルーシーを無視していた。カーラは冷蔵庫から缶をふたつ取り出して、ひとつをサリーに渡した。

「洗う手間が省けるから。かまわないわよね」カーラはあからさまな好奇の目で立ち襟を見つめた。「ところで、なんて呼べばいいのかしら。牧師さまとか？」

「サリーでいいわ。広くてすばらしい部屋ね」

「恋人のひとりが建ててくれたの。大工だった。家を倒さないまま、できるだけ壁を取っ払ってくれって頼んだのよ。できあがったとたん、その男はお払い箱。男なんてうんざり。言わせてもらえば、男なんていないほうが幸せよ」カーラは身を乗り出して、わずかに声を落とした。「セックスもね。あたしはもうけっこう。でも、ちょっとばかり日曜大工が必要になったときは、男も役に立つものよ」

サリーは内装に見とれているふうを装って、部屋を観察した。水平な面のほとんどに、洗濯物、使い捨ておむつ、おもちゃ、本、菓子の空箱、ビデオテープが山と積まれている。裏口のドアはあけ放たれ、その向こうにある日あたりのいい庭に、小さなぶらんこと砂場らしきものが見える。散らかって物に覆われてはいるが、不潔ではないし、子供たちも幸せそうだ。欲目で見ていなければいいのだが、と思った。

サリーとカーラが段どりを話し合っているあいだ、ルーシーは、暖炉の跡のくぼみから光と音を発する二十四インチのテレビに気をとられているふりをしていた。〈きかんしゃトーマス〉はきらいなのに、夢中であるかのように見せかけている。

「一時間か二時間、この子を置いてったら？　試運転みたいに」

ふいに訪れた心の動揺を抑えつけながら、サリーはうなずいた。ルーシーが腕に飛びついてきた。

「いいから行って」カーラは片手でルーシーを引き離し、もう一方の手でサリーをそっと押し出した。「チョコレートの目玉がついたジンジャークッキーのロボットを作ったことはある？」とルーシーに尋ねる。

「ううん」そのひとことを発するあいだだけ、泣き声がやんだ。

「あたしもないの。チョコレートを探すのを手伝ってくれないと、作れないんだよ」

サリーはそっと家を出た。ルーシーを他人にまかせるのは不愉快だった。しかし、どんなことをしても、やましい気持ちになったろう。現代の母親が頻繁にいだく感情を十位まであげるとしたら、罪悪感はそのかなり上位、まちがいなく三位以内にはいるはずだ。

何者かに監視されているのではないかという疑念をはじめて持ったのがいつだったか、サリーは思い出せなかった。まず恐怖が訪れ、気づかぬうちに徐々に生活に忍びこんで、不安の仮面をまとった。めまいをともなう降下と、ゆっくり開く扉と、人気《ひとけ》のない街路に響く足音とで、夢が埋めつくされた。

正否はさておき、サリーはこうした心情の変化を、フランク・ハウエルの書いた特集記事が九月中旬に《イブニング・スタンダード》紙に掲載されたことと関係があると考えた。あの髪の薄い智天使《ケルビム》は、独特の表現を使ってセント・ジョージ教会を賛美した。これぞ真の国教会といった書きぶりに、サリーは興味を持った。記事には二枚の写真が添えられていた。一枚は、デニムの上着に立ち襟といういでたちのデレクが、カリブ系黒人の幼児を抱いているところを撮ったもので、もう一枚はサリーの写真だった。記事のなかで、ハウエルはサリーのはじめての講話の際に起こった事件にふれていた。

「よりによってセント・ジョージ教会を選ぶなんて」マイケルが記事を見て言った。

「どうして？」

「これで、頭のおかしい人間全部にきみの居場所が知れてしまう」

サリーは一笑に付したが、そのことばはずっと胸に残った。いまの気持ちにそれらしい説明をつけるのはたやすいことだ。自分は疲れ果て、思い悩んでいる。特に女性の場合は、ただの不安感を、監視されているのではないかという疑念と結びつけることは珍しくない。ある程度の魅力を備えた女性がひとりで歩いては危険な場所が教会区内にいくつかあることも知っている。一部の男にとっては、聖職者という職業がよけいに欲情を掻き立てる場合さえあるらしい。こうした考えは、いつの間にかマイケルに植えつけられたものだろうが、監視されているというのは事実と言えなくもなかった。サリーはケンサル・ヴェイルでは依然としてもの珍しい存在だった。立ち襟をつけた女性は、見つめられ、指さされ、ときに笑われ、ときに罵られた。

悪魔。キリストを冒瀆する者。背教者。穢らわしい不信心者。バビロンの淫婦。サタンの娘。

月末に近いある晩、サリーは予定より遅れて帰宅した。マイケルが窓から見ていた。

「いったいどこにいたんだ」マイケルはドアをあけ、きびしい口調で言った。「何時だと思ってる」

「ごめんなさい」サリーはすぐに言ったが、頭のなかは先刻までいた部屋のことでいっぱいだった。ベッド、人々、におい、テレビの音。そして、この世の終わりを思わせる西の空の下にウィルズデン・ジャンクション駅が見える、高窓からの景色。「臨終間際の人のところにいて、電話もなかったの」

「なら、だれかに頼んで連絡させればよかったじゃないか。こっちはカッター夫妻のところにも、病院や警察にも電話をしたんだぞ」

マイケルの表情が崩れた。その体に、サリーは両腕をまわした。ふたりは開いたままのドアのそばで体を寄せ合った。マイケルの手が、サリーの背中と太腿をなでる。唇が重なる。

サリーは顔をそらした。「マイケル——」

「だまって」

マイケルがふたたびキスをし、こんどはサリーも応えた。サリーは高窓のある部屋の記憶を消そうとした。マイケルの片手がなめらかに動き、サリーのジーンズの前へ移った。サリーはマイケルの指がウェストバンドのボタンに届くよう、体を引いた。

「ママ」ルーシーの声がした。「喉が渇いた」

「まったく」マイケルは体を離し、顔をしかめてみせた。「行ってくれ。おれは飲み物をとってくる」

翌日の晩、マイケルは個人用の防犯アラームと携帯電話を持って帰宅した。

「ほんとうにこんなに必要なの?」

「おれにとって、必要なんだ」

「だけど値段がね。うちには——」

「値段なんか気にするな」

サリーは微笑んだ。「わたし、機械は苦手なの」

「使えば得意になるって」

サリーはマイケルの腕にふれた。「ありがとう」

防犯アラームと携帯電話は、少なくともしばらくは安心感を与えてくれた。カーラといつでも連絡をとれるようになったのも心強かった。だが恐怖が、いつもの悪魔がもどってきた。監視されているという感覚はその一部だ。しかも、つねに計算ずくの悪意が感じられた。監視という行為の奥に、確たる目的がある気がした。

けれども、それを裏づけるものはないに等しかった。根拠は薄弱で、ほとんど実体がなく、まるで無関係な出来事と解釈することもできた。ある日の午後、こちらのあとについて三回つづけて左折した、白っぽい小型のバン。夜遅くに長いレインコート姿でハーキュリーズ・ロードをぶらつきながら、わが家の窓を見あげていた人影。スーパーマーケットの通路に渦巻く人ごみのなかで、うなじに感じた生あたたかい吐息。カーラやほかの子供たちといっしょに図書館へ行ったときに、男の人にウィンクされたと言い張るルーシーのことば。そのほかの出来事は、首筋にときおり覚える寒気《さむけ》、なんとなく見張られているような感覚と大差がない。

さらに厄介なことに、サリーは直感を信じていなかった。恐怖とは外界の事物に対する反応なのか、それとも心中の混乱が具体化したにすぎないのか、自分でもわからなかった。信じないのはいまにはじまったことではない。十代のころから、直感に翻弄されないよう心がけてきた。その正体を理解できなかったからであり、そういうものが人を迷わせかねないと知っていたからでもある。直感とは、不快なほど鮮明な夢や、時が止まったかのように感じられる瞬間と似たものだと思っていた。どれも興味深く、心を乱されるけれど、それらが生体電流の気まぐれな放出以上のものだと考える根拠はない。

今回の場合、いつにも増して慎重になる必要があった。自分はかなり緊張していて、ある種の妄想をいだいてもおかしくない状態にある。つまるところ、これは程度の問題だ。暴漢対策用のアラームを持ち歩くことは、本物の危険に備えた良識的な防御策と言える。テロリストにねらわれているかのようにふるまうのは、その域を超えている。

十一月になって、木の葉が歩道に舞い散り、ガイ・フォークス夜祭の花火の残骸が側溝を覆い、排気ガスや腐りかけた野菜のにおいの漂う霧が、建物の輪郭を和らげはじめた。十一月になって、デイヴィッド伯父が昼食にやってきた。

〝伯父〟というのは、一種の敬称にすぎない。デイヴィッド・バイフィールドはマイケルの名づけ親である。デイヴィッドはマイケルの両親の友人だったが、夫妻が死に、マイケルが信仰への興味を失ったあとも、ふたりの関係はつづいていた。高教会派に属するデイヴィッドは、同じ宗派の人々からバイフィールド師父と呼ばれることが多い。十一月にロンドンの家へ昼食に招くのは、恒例と化していた。その返礼として、五月にケンブリッジのユニバーシティ・アームズ・ホテルで恐ろしく堅苦しい食事会が設けられ、アップルヤード夫妻が足を運ぶことになっている。

今回の土曜日は、これまでで最悪だった。デレクから緊急の電話がかかり、歯痛がひどいから、かわりに結婚式を執りおこなってくれと頼まれたのがつまずきの発端だった。サリーは昼食の準備とルーシーの世話をマイケルにまかせた。結婚式も、パーティーへの形ばかりの出席も、サリーの自尊心を傷つけた。新郎と新婦はデレクではなくサリーが来たことに不満げで、新郎の母親は、ふたりが幸せになるには、あとから本物の聖職者にまともな結婚式をあげてもらう必要があるのではないかと尋ねてきた。

ハーキュリーズ・ロードの自宅に帰ると、食事がすまされ、汚れた皿が流しにあふれ、デイヴィッドの煙草のにおいが充満し、ルーシーが涙を浮かべていた。デイヴィッドが立ちあがり、サリーの立ち襟から視線をそらしたまま握手をした。ルーシーはここぞとばかりに、カーラの家で最近覚えた斬新な言いまわしを披露すべく、〝パパはうんこ野郎よ〟と言い放った。マイケルがその脚を平手で打つと、ルーシーの涙は苦悶の叫びに変わった。

「ここにいてくれ。おれがなんとかするから」マイケルはサリーに言い、ルーシーを連れて子供部屋へ向かった。

デイヴィッドは椅子にゆっくりと体を沈めた。デイヴィッドは長身痩軀で頬骨が高く、腰の関節炎のために足を引きずっている。若いころはかなりの美男子だったにちがいない。七十歳以上なのは確実で、自己鍛錬の人生を送ったせいか、顔つきはきびしく、横柄な印象さえ与える。肌はひび割れて見え、どことなくほかの人より薄く感じられる。

「昼食をごいっしょできなくて、ほんとうにすみませんでした」遠くから聞こえる泣き声を耳に入れまいとしながら、サリーは言った。「急に結婚式がありまして」

デイヴィッドは聞こえたしるしに頭をさげた。

「カッター牧師が救急病棟に入院なさったのです。膿瘍《のうよう》ができていたそうで」ずいぶん明るく快活に響くのはどうしてだろうか。「ルーシーは面倒を起こしませんでしたか」

「元気のいい子だ。異常じゃない」

「むずかしい年ごろなんです」サリーはそう言ってから、思慮が足りなかったと思った。どんな年齢だろうとむずかしいのに。「わたしがそばにいないと、行儀が悪いようで」

そのことばに、デイヴィッドはもう一度おごそかにうなずいた。同時に唇を震わせたのは、仕事を持つ母親を非難する気持ちの表れかもしれない。

「マイケルはしっかりおもてなしできたでしょうか」

「ああ、ありがとう。きみこそ、昼食をとる時間はあったのかね」

「いえ、まだです。急いではいません。どうぞ、煙草をお吸いになってください」

デイヴィッドはそんなつもりは毛頭ないとでも言いたげに、サリーを見つめた。

「聖トマスのほうは進んでいますか」サリーは尋ねた。

「本のことかね」非礼を咎めるような口調だった。「少しずつだが」

「アクィナスはとても興味深い題材ですね」

「たしかに」

「どこかで読んだんですけど、学友はアクィナスのことをシチリアのだまり牛と呼んでいたとか」サリーは半ば自棄《やけ》気味に言った。「伯父さまはなんと呼ばれていたんですか」

「天使博士（トマス・アクィナスの愛称）だ」

サリーは苛立った。しばしそれを抑えつけたが、つぎの瞬間、また自棄になった。「では、天使の性質に魅せられた先人のことばのなかに、わたしたちの役に立つことがあるとお思いですか」

「耳を傾けようとする者に対して、聖トマスはつねに有意義な答を与えてくれると思う」

話をつづける自信がなかったので、サリーはテーブルの上にある封のあいた瓶から、グラスに赤ワインを注いだ。そして、デイヴィッドにも手ぶりでワインを勧めた。

「いや、けっこうだ」

ふたりはしばらく、ハーキュリーズ・ロードの往来の音と、おさまりつつあるルーシーの泣き声に耳を傾けた。

電話が鳴った。サリーはほっとして受話器をつかんだ。

「サリーかい？　オリヴァーだ。マイケルはいるかな」

「呼んでくるわ」

サリーは居間のドアをあけ、子供部屋へ向かった。マイケルはルーシーのベッドに腰かけて、膝の上でルーシーの体を揺らしていた。ルーシーは目を閉じて、指を口に入れている。ふたりとも穏やかに見える。マイケルは娘の頭越しにサリーを見た。

「オリヴァーから電話よ」

一瞬、マイケルの顔が、カメラのシャッター音が聞こえたかのようにこわばった。「寝室で出る」

サリーに預けられるや、ルーシーはべそをかいた。居間へ行くと、ルーシーはソファーの隅に身をかがめてすわり、何も映っていないテレビ画面をものほしげに見つめた。サリーは居間の受話器をとった。オリヴァーの声が聞こえる。「…… という訴えだ。わかってるだろうが……」サリーは受話器を受け台にもどした。

「マイケルの同僚です。仕事の話じゃないかしら」

「そろそろ帰るよ」デイヴィッドは椅子から体を起こそうとした。

「ごゆっくりなさってください、ほんとうに。お茶でもお飲みになって。マイケルだって、出かけなくていいかもしれないんですし」なんとか当たり障りのない話をしようと、サリーはつづけた。「電話はオリヴァー・リックフォードからでした。覚えていらっしゃいますか。

結婚式のとき、マイケルの付き添い役だった人です」

「覚えている」

また沈黙が訪れた。当たり障りがない話題ではなかった。それどころか、デイヴィッドがふたりの結婚式の司宰を拒んだ事実を、いまのやりとりがきっかけになって互いが思い出した。マイケルによると、神学上の理由からサリーを聖職者として認めていない以上、そんな役目を引き受けるのは適切ではないと考えたという。ところが、デイヴィッドは式に姿を現し、祝い事にふさわしからぬいかめしい雰囲気を漂わせながらも、パーティーに参加した。デイヴィッドはふたりに、妻の両親の持ち物だったという小さな銀の時計を贈った。動かない時計だったが、マイケルは暖炉の上に置くと言い張った。いま、永遠に三時十分前を指しつづける、甘い思い出のかけらもないその時計を、サリーは見やった。

マイケルがもどってきた。サリーは夫の表情から、これから外出するのだろう、何か問題が持ちあがったのだろうと察した。ルーシーが泣きだした。日が落ちる前にこんどこそ帰らなければ、とデイヴィッドが言った。

十一月最後の金曜日は、朝食のさなかの言い争いで幕をあけた。学校が教員研修のために休みなので、ルーシーを一日じゅうカーラの家に預けなくてはならないのだが、どちらが連れていくかで口論になった。

「マイケル、きょうだけはお願い。けさはステラを病院へ送っていく約束があるの」

「なぜもっと早く言わないんだ」

「言ったわ、ゆうべ」

「覚えてないな。ステラは病気じゃないんだろう？」

「娘さんの陣痛を誘発するんですって。初産なの。予定日を二週間過ぎてるそうよ」

「ステラが三十分ばかり遅れても、たいした影響はないさ」

「渋滞につかまったら、もっと時間がかかるわ」

「すまない。無理な相談だ」

「どうして？　いつもは、そのぐらい――」

マイケルがシリアル食品のはいった碗を脇へ押しやったので、その勢いで紅茶がこぼれた。「いつもとはちがうんだ」声は大きく、とげとげしい。「九時十五分から会議がある。遅れるわけにいかない」

サリーは言い返そうと口を開いたが、そのときルーシーと目が合った。ルーシーはふたりを凝視している。

「わかった。ステラに話したほうがいいわね」

サリーは部屋を出た。電話をかけたあと、キッチンへもどる気になれなかったので、ベッドを整えはじめた。マイケルがフラットから出る音が聞こえる。出がけの挨拶はなかった。

たいがいはキスをしてから行くのだが。あまりに多くの会話がけんかに終わってしまうことが、惨めに感じられた。もっとも、最近は言い争う時間さえあまりない。

カーラの家へ向かう途中、サリーはマイケルのことが気になって、なかなか運転に集中できなかった。しかも、ルーシーがのべつ幕なしにしゃべっている。ルーシーは攻め手をふたつ用意していた。第一に、きょうはどれほどカーラのところへ行きたくないか、母といっしょに家にいたいかを訴える作戦。第二に、テレビで宣伝されていた奇術セットを買ってもらえるかどうかで、この先の幸せが決まると言い張る作戦。巧妙さに欠けるものの、これは強烈で、素朴ゆえの説得力がある。とはいえ、ルーシーには頃合を見計らうことができなかった。

「静かにしなさい、ルーシー」サリーは横を見て声を荒らげた。「〈ウールワース〉へなんか連れていかない。それに、奇術セットなんかを買うお金はないの。きょうもだめ、クリスマスもだめ。ただの無駄づかいよ。あんな高いばかりでくだらないもの」

ルーシーはまず悲しみの涙で訴え、うまくいかないと見るや、怒りの涙で攻めてきた。このときばかりは、カーラに預けることができてサリーはほっとした。

悪い一日は、すぐに最悪の一日に変わった。ステラを病院へ送り届けるのには、道路工事のせいで予想よりずいぶん時間がかかった。ステラは娘を心配するあまり、遅れたサリーにつれない態度を見せた。ところが、いざ病院に着くと、なかなか帰してくれなかった。

病院へ寄ったせいで、サリーは教会区の財政に関する十一時からの月例委員会に遅刻した。デレクはサリーがいないのをいいことに、ディスコ音楽を流す装置を信徒会館用に購入する案を、急いで承諾させていた。サリーはこれを、無駄に費用のかさむ計画だと考えていたのだ。勝利をおさめたにもかかわらず、デレクの機嫌は悪かった。夜のうちに牧師館の入口に落書きが記されていたからだ。〝そもそも、死の前に生などあるのか？〟と。

「腹が立つよ」会議が終わると、デレクはサリーに言った。「あまりに幼稚だ」

「卑猥ではありませんけどね」

「あんなことをせずに、わたしに話しにくればいいのに」

「神学上の問題が含まれています。講話に使えますよ」

「おもしろいな」

デレクは顔をしかめてみせた。一瞬――ほんの一瞬だが――サリーはデレクを好きになりかけた。それから、牧師館の駐車場に停めてある車にもどった。そのとき、小切手帳と請求書の束を家に忘れてきたのを思い出した。請求書の支払い期日はかなり過ぎているし、それは別としても、週末のために現金を引き出しておきたい。昼食をとらないままハーキュリーズ・ロードへ帰ると、驚いたことにマイケルがいた。居間の机の前にすわって、抽斗《ひきだし》のひとつを調べている。机の上にはラガービールの缶がある。

「何をしてるの？」

マイケルはサリーを横目で見た。朝の口論を忘れたわけでも、サリーを許したわけでもないらしい。「調べ物がある。それだけだ」

サリーは、マイケルの口ぶりに劣らずそっけなくうなずいた。そして、無言で小切手帳と請求書をまとめた。家を出るとき、行ってきますとしぶしぶ声をかけた。車に着くなり、携帯電話を家に置き忘れたことに気づいた。またマイケルと顔を合わせると思うと、とりにもどる気になれなかった。

ケンサル・ヴェイルへ車を走らせながら、サリーの心は暗澹《あんたん》としていた。マイケルなら何日も根に持ちかねないからだけではない。さらにひどい事態になる前ぶれだという気がしたからだ。もしかしたら、マイケルは別れたいと思っていて、自分なりに力を振り絞ってそれを伝えようとしているのではないだろうか。夫をつなぎとめるものは多くない。すでにふたりの生活は、苛酷で複雑な時刻表に支配された単調労働に堕している。マイケルのいない生活を考えると、腸《はらわた》がちぎれそうだった。

午後一番に老人ホームを訪問する予定だったが、サリーが牧師館に着くと(〝そもそも、死の前に生などあるのか?〟)、デレクの几帳面なイタリック体で書かれたメモが残されていた。

きみの携帯電話を呼び出したのだが、つながらなかった。大執事と会ってくる。マーガレットは、午後はブラウニーズにいる予定。ケンサル・ヴェイル警察（ハザリー巡査部長）に、自殺未遂の件で電話してもらいたい。落書きは消えないようだ。

サリーは受話器を取りあげ、ケンサル・ヴェイル警察署の番号をダイヤルした。すぐにハザリーにつながった。

「ゆうべ年輩の女性が自殺を図りましてね。いまは病院にいます。昏睡状態だそうです。そちらの信者でしょうから、お知らせしたほうがいいと思いまして」

「お名前は？」

「オードリー・オリファントです」

「存じません」

「おそらく、向こうはあなたを知っていますよ、副牧師」ハザリーはぎこちなく肩書きを口にした。教会の内外を問わず多くの人がそうであるように、女性聖職者にどう呼びかければいいのかわからないのだろう。「住まいは、ベルモント・ロード二九番地にあるひと間きりのアパートです。ご存じですか？　家主の女性によれば、社会保障省の厄介になっていたようですね。とても信心深かったそうです。部屋じゅう、聖書や磔刑像でいっぱいだとか」

「どうしてうちの信者だと思われたんですか」

「そちらのちらしがありましたから。ローマ・カトリック教会にも連絡しましたが、まったく知らないそうです」

サリーはメモ帳を引き寄せ、詳細を書き留めた。

「薬物の過剰摂取と思われます。おそらく睡眠薬でしょう。家主の女性によると、少々頭が弱かったらしい。以前は施設のたぐいにいたそうです。そこから追い出されたのでしょう。かわいそうに」

「病院に電話をかけて、面会できるか訊いてみます。まずベルモント・ロードに寄って、必要なものがないか見てきましょう」

「家主の名はミセス・ガンター。よろしければこちらから連絡して、あなたを待つよう伝えます。だれかに処理をまかせられるとなったら、きっと喜びますよ」

喜ぶのはあなたもでしょう、とサリーは思った。


「厄介な人だってことはわかってた」ミセス・ガンターは振り返って言った。「オードリーみたいな人間は、現実の生活と向き合えないのよ」踊り場で息を切らして立ち止まり、充血して濁った目でサリーを見る。「結局、変人は変人だってこと。ああいう連中に町なかをうろつかれちゃたまらないからね。だれかが面倒を見てやらなきゃ」

ふたりはゆっくりと残りの階段をのぼり、最上階に着いた。下の階の住人がロック・ミュージックを演奏している。料理と煙草のにおいが漂っている。ミセス・ガンターは最上階に三つ並ぶドアのひとつの前に立ち止まって、鍵束を取り出した。

「けさ社会保障省の担当者に電話したのさ。悪いけど、あの人をもう引き受けられないって言ってやったよ。だって、無理だよね。こっちは補助金をもらって、部屋と朝食の面倒を見てる。けど、奇跡を起こせるわけじゃないからね」ミセス・ガンターは険悪なまなざしをサリーに向けた。「奇跡を起こすのはあんたにまかせるよ」

ミセス・ガンターはドアの鍵をあけ、押し開いた。部屋はせまくて細長く、天井が傾いている。まず目に留まったのは、手製の祭壇だった。整理棚の上に白い布が掛けられ、そこに二本の真鍮の燭台にはさまれる恰好で、磔刑像が置かれている。それは段のついた台座に載り、八インチほどの高さがある。十字架は木で、キリストの像は骨か象牙でできているらしい。

「階段ですれちがうと、あの人、いつもひとりごとをつぶやいてたよ」ミセス・ガンターが言った。「祈ってたんだと思う」

上げ下げ窓の上部が六インチあいていて、そこから建物の裏手の景色が見える。空気は新鮮だが、湿っぽくて冷たかった。シングルベッドは整えられていない。オードリー・オリファントが横たわっていた跡とおぼしき、驚くほど小さなへこみを、サリーは見つめた。壁には一枚の絵も飾られていない。衣装棚と並んで、ポータブルテレビが床に置かれているが、プラグは差しこまれておらず、画面は壁側を向いている。窓の前にはテーブルと椅子がある。衣装棚の反対側の壁に、しみひとつない清潔な洗面器が立てかけられている。

「メモが残ってたよ」ミセス・ガンターは唇をゆがめて、不快そうな顔つきになった。「こんなふうに面倒をかけてすまない、主の赦しをたまわらんことを、って」

「本人を見つけたいきさつは？」

「朝食におりてこなかったんだよ。出かけてないのはわかってた。それに、そろそろシーツを替える頃合だったから。バスルームの使い方のことで話もあったし」

衣装棚から、壊れた錠のついた、革とキャンバス地の鞄が見つかった。ふたりでそれに荷物を詰めているあいだ、ミセス・ガンターは愚痴をこぼしつづけた。その一方で、色あせた寝間着を手際よくたたみ、ツイードのスカートの皺を伸ばしていた。

「練り歯磨きを切らしてるよ、どうしようもない人だね。うちに中身がちょっと残ってるのがある。それを持たせてやればいい。どうせ捨てようと思ってたものだし」

「どこの教会へかよっていたか、ご存じですか」

「かよってたかどうかも知らないよ。少なくとも、決まった場所はなかった。言ってみれば、ここがあの人の教会だったんだろうね」

サリーはベッド脇のテーブルから三冊の本を手にとった。部屋のなかに、ほかに読むものはまったくない。三冊とも小さくて、よく使いこまれている。それらを鞄におさめる前に、サリーは軽く目を通した。まずは、欽定訳の聖書。つぎは祈禱書で、〝オードリーへ、初聖餐式に際して。一九三七年三月二十日。母より愛をこめて〟と中に記されている。

三冊目はサー・トマス・ブラウンの『医師の信仰』のポケット版で、色あせた青い布表紙がついていた。サリーはしおりのはさんであるページを開いた。ある一節の下に、鉛筆でうっすらと線が引かれている。〝人間の心は悪魔の住みかである。ときおり、わたしはおのれの内に地獄を感じる。魔王がわが胸に宮殿を構え、その軍勢がわたしのなかでよみがえる〟。それを読むにつれ、気分が変わった。ギアチェンジを誤ると車のエンジンに影響が出るように、変化は急激だった。もとより、サリーは孤独と憂鬱を感じていた。それがいまや絶望のふちにある。この哀れな女性がわびしい人生を送りつづけることになんの意味があるのか。自分が手を差し伸べることになんの意味があるのか。

絶望感に襲われるのには慣れているが、きょうはいつもより強烈だった。頻繁に絶望を感じることは、厄介ながら受け入れざるをえない事実のひとつだ。悪夢や、時が止まっているかに思える理不尽な瞬間と同様、心が妙な気まぐれを起こしたにすぎない。病院へ車を走らせるあいだ、サリーは祈ろうとつとめたが、気分は変わらなかった。心は闇のなかだ。パニックに陥る前ぶれを感じた。今回はなかなか抜け出せないかもしれない。

それでもサリーはふだんどおりふるまった。車を停めて、病院のなかへ進んだ。受付の近くで、セント・ジョージ教会にときおり現れる理学療法士と二、三ことばを交わしたあと、エレベーターで八階まであがった。オフィスでは、デスクに積まれたファイルの山の前で、ひとりの看護婦がうたた寝をしていた。ガラスの仕切りを叩くと、看護婦は立ち襟を見て、目をこすった。サリーはオードリー・オリファントについて尋ねた。

「間に合いませんでしたね。四十分ほど前に亡くなりました」

「どんな具合だったのですか」

看護婦は肩をすくめた。冷淡というより、疲れ果てた様子だ。「心臓が重圧に耐えきれなかったというところでしょう。お会いになります？」

オードリー・オリファントは廊下の突きあたりの個室をあてがわれていた。シーツがベッドの頭側まで引きあげられている。看護婦がシーツを折り返した。

「お知り合いだったんですか」

サリーは死者の顔を見つめた。骨と皮ばかりで、人間らしさは跡形もない。怒りも悲しみも、もはや表すことはかなわない。「一度教会で見かけたことがあります。名前は知りませんでした」

ベッドの上に横たわっているのは、サリーに呪いのことばを浴びせたあの老女だった。

オードリー・オリファントの死に、サリーはある意味で責任を感じずにいられなかった。その思いは、老女が名前を持ったことでなおさら強まった。行方を追うべく努力していたら、オードリー・オリファントはいまも生きていたかもしれない。あの年齢と境遇の女性が自殺した陰には、あまりに大きな心の重圧があったはずだ。

サリーは病院のロビーでミセス・ガンターに電話をかけて、状況を伝えた。

「実のところ、みんなにとって何よりの結末よ」

サリーはだまっていた。

「きれいごとを並べたってしかたないでしょう？」ミセス・ガンターは鼻を鳴らした。「さて、荷物をまとめてやらなきゃ。教会へかよってた人なら、もっと分別があってよさそうなものなのに」

サリーはオードリー・オリファントの鞄を返したいと告げた。

「手間をかけるだけの価値はないと思うけど。オードリーは身寄りがないって言ってたのよ。いたとしても、遺品なんかほしがらないだろうけどね。価値のあるものなんか、ひとつもないんだから。がらくたといっしょに始末するのがいちばん。でも、社会保障省だけは大目玉をくれるかも。そうじゃない？」

午後のあいだに、絶望感が少しだけおさまった。それは頭をもたげる機会を待ち構えていた。サリーは老人ホームを訪ねたあと、セント・ジョージ教会にもどり、オードリー・オリファントのために祈ろうとした。教会は冷たく、よそよそしい感じがした。想念もことばも浮かばない。気がつくと、子供のころ以来口にしていない旧式の主の祈りを唱えていた。死んだあの老女も、きっとこんなふうに祈ったのだろう。〝天にましますわれらの父よ〟と。

調理を誤った脂肪のように、そのことばは消化されないまま、心に重く沈んだ。

半分終えたところで、サリーは腕時計を見やり、気をつけないとルーシーの迎えに遅れることを思い出した。早口で残りをすませ、教会を出た。牧師館にはだれもいなかったが、いまだ大執事と歓談中であろうデレクに向けて、メモを残した。

雨が降り、街灯の光の輪が金色の糸筋を浮かべている。サリーは車を運転しながら、ルーシーは奇術セットのことを忘れたろうかと考えた。それはありそうにない。幼い子供にしては、あの子は始末に終えないくらい執念深い。

サリーはカーラの家の外に車を並列駐車して、雨のなかを玄関まで走った。たどり着く前に、ドアが開いた。

カーラが戸口に現れた。両手をひろげ、顔をくしゃくしゃにし、目を細め、浅黒い頰に涙を伝わせている。その背後に見える大きな居間は、大人と子供が入り交じって騒然とした様子だ。暖炉のくぼみでテレビが明滅している。制服姿の婦人警官がカーラの腕に手をかけた。婦人警官が何か言ったようだが、サリーには聞きとれなかった。

そこにマイケルもいて、電話に向かって腹立たしげに話していた。あいている手で脚を叩きながら、自分のことばを強調している。目をサリーのほうへ向けたが、妻の存在に気づいていない様子だった。その視線はサリーを通り越して、何やら想像もつかないものを見つめていた。

2

わたしは生来内気である。人と交わり、齢を重ね、旅を経ても、大胆さや力強さは得られなかった。

――『医師の信仰』第一部四十節

エディはその女をエンジェルと呼び、子供たちもそう呼んだ。女がそう呼ばれて喜ぶことをエディは知っていたが、理由はわからなかった。ルーシー・アップルヤードは、どんな名前でも呼ぼうとしなかった。その点でも、ほかの多くの点でも、ルーシーは特別だった。

エンジェルがルーシー・フィリッパ・アップルヤードを選んだいきさつからして、ほかの子供たちのときとちがっていた。ルーシーを求める特別な理由があるのではないかとエディが思いはじめたのは、もちろんあとになってからだ。とはいえ、またしてもエンジェルにだまされたことになる。問題は、どの程度か、いつからか、そして、どうしてかだ。

はじめは、すべてが偶然に思えた。エディは、あまり読むわけでもない《イブニング・スタンダード》紙をよく買っていた（エンジェルはめったに読まなかったが、それは記事そのものに興味がなく、しかも手が汚れるのをきらうからだ）。ある金曜日に、ケンサル・ヴェイルのセント・ジョージ教会についての、フランク・ハウエルによる特集記事が載っていた。たまたま、と言っていいかどうかわからないが、エンジェルは翌週の火曜日にその記事を目にした。ふたりで夕食をすませ、エディが片づけをしていたときのことだ。エンジェルは自分の靴を磨こうとしていた。身につけるものは、ぜったいにエディに手をふれさせない。

エンジェルはキッチンのテーブルに新聞紙をひろげ、靴と用具を持ってきた。濃紺と黒のパンプスが一足ずつと、なめし革のサンダルが一足。靴墨を塗りはじめたところで、動きを止めた。エンジェルの行動をいつも意識しているエディは、彼女が靴を新聞から押しのけて、腰をおろすのを見守っていた。エディはナイフやフォークを片づけにいって、その隙に新聞をのぞき見た。写真が載っており、立ち襟とデニムの上着を身につけた金髪の男が、左腕に黒人の赤ん坊を抱いている。

「闇夜にその男と出くわしたくないな」エディは言った。「イタチみたいだよ」こんなやつがズボンを駆けのぼってきたら気味が悪いと思ったが、エンジェルの気に障るのがこわくて、そこまでは口に出さなかった。

エンジェルは顔をあげた。「副牧師と警官ですって」

「そいつ、おまわりもやってるのかい」

「ちがう。この教会区には女の執事がいて、その夫が警官なの」

エンジェルが新聞に顔を向け、つややかな髪に覆われた頭が見えた。エディはキッチンを歩きまわりながら、コンロや調理台の表面をぬぐった。エンジェルが押しだまっているので、落ち着かなかった。

沈黙を破るべく、エディは言った。「近ごろは、牧師と言ってもそれらしく見えないな。その上着のことだけど。ひどいもんだよ」

エンジェルはエディを見た。「ふたりには女の子がいるんだって」

エディは興味を引かれた。「イタチに?」

「ちがうったら。副牧師と警官によ。ほら、その女の写真がある」

女はサリー・アップルヤードという名前で、髪が短くて黒っぽく、細面で目が大きい。

「女の聖職者か。そんなのおかしいと思うな」エディはためらいがちに言った。「もしイエスが女に聖職者になってほしかったのなら、女の使徒を選んだはずだ。そうだろう? だったら筋が通る」

「きれいだと思う?」

「いや」エディは顔をしかめ、エンジェルが聞きたいであろうことばを探した。「冴えないよ。どうってことない」

「そうね。それに、身なりに気をつかっていない。なんにもしようとしないたぐいの女よ」

「女の子がいるのか。何歳だい。書いてある?」

「四歳。名前はルーシー」

エンジェルは靴磨きにもどった。その晩遅く、エディが一階の居間でテレビを見ていると、エンジェルが地下室を動きまわる音が聞こえた。エディが最後に地下室へおりたのは一年以上前だ。あのときのことを思い出すと不安になる。エディはキッチンへ行って紅茶を淹れた。そこで、ケンサル・ヴェイルのセント・ジョージ教会についての記事を読み返した。

翌日の朝食の席で、エンジェルから腹を決めたと聞かされたとき、驚きはなかった。

「危なくないかな」エディはサリー・アップルヤードの写真をスプーンでつついた。「夫が刑事捜査部に勤めてるなら、警察は血眼で捜査するんじゃないか」

「注意深く計画すれば、特に危険はないわ。ほんとにわかってないのね。そういうことだから、わたしと会う前は失敗ばかりだったのよ。計画というものは、時計と同じ。正しく組んであれば、かならず動くの。必要なのは、ねじを巻いて手を離すことだけ。チクタク、チクタク」

「お金はだいじょうぶかい」

できのいい学生をほめる教師のような微笑を、エンジェルは浮かべた。「いざというときに備えて、少し多めに仕事を入れないとね。でも、いつもどおりに過ごすのが肝心。ミセス・ホーリー＝ミントンに、クリスマスのころに休みをとるかもしれないと伝えておくわ」

それから二ヵ月間、九月半ばから十一月半ばにかけて、エンジェルは平均で週四日仕事をした。夕方や夜に出かけるときもあった。ミセス・ホーリー＝ミントンの斡旋所は、小規模で料金が割高だった。宣伝は口コミがすべてだ。顧客のほとんどは、外国人のビジネスマンか、短期帰国中の海外在住者である。非の打ちどころのない紹介状を持ち、甘やかされた子供たちを手なずけるこつをつかんでいる有能なフリーの保母に、みな高額の報酬を払ってくれる。チップもじゅうぶんで、度はずれて多いこともあった。

「ある意味で、汚れたお金よね」エンジェルは説明した。「親たちは感謝してるわけじゃない。罪の意識を感じてるの。自分たちの義務を果たしていないから――子供を他人に育てさせてるからよ。正しいことじゃないわね。お金で愛は買えない」

ふたりは忙しく過ごした。仕事のある日には、エンジェルはベルサイズ・パークから地下鉄に乗って、ウェストミンスターやベルグレイヴィアやナイツブリッジやケンジントンへ行った。濃紺の服に身を包み、金髪を後ろで束ね、スカートの裾を膝のすぐ下で揺らして歩くその姿は、颯爽としていた。ミセス・ホーリー＝ミントンから派遣される女性は、淑女であって召使ではないのだから、制服は着なかったが、この職業にふさわしい控えめな服装をするよう求められている。エンジェルが働いているあいだ、エディは料理と掃除とほとんどの買い物をこなした。

暇を見つけて、ふたりは準備を進めた。エンジェルは地下室のペンキを塗りなおしたがったが、エディには無駄に思えた。

「どうして？　一年半前に塗ったばかりじゃないか」

「何もかも新しく快適にしておきたいのよ」

戸外の調査は、ふたりで手分けして進めた。無駄な情報などない、というのがエンジェルの口癖だった。関連がありそうな情報をすべて集め、あらゆる不確定要素を考慮しておけば、計画が失敗することはないという。ふた手に分かれ、東はケンティッシュ・タウンから西はウィルズデン・ジャンクション駅まで、太い三日月形のロンドン北部を綿密に調べた。バンで行ったときもあれば、徒歩やバスのときもある。そのあとで、エンジェルはよく問題を出したものだ。

「ケンサル・ヴェイルから出発すると考えてみて。ラッシュアワーで、キルバーン・ハイ・ロードでは道路工事がおこなわれている。メイダ・ヴェイルへ行きたいとすると、どの道を通るのがいちばんいい？」

調査のなかで特に危険なのは、ルーシーと両親の行動を観察するときだった。マイケル・アップルヤードの仕事を考えれば、ほかの場合よりいちだんと用心すべきだとエンジェルは言った。アップルヤード家の人間がふだん行く場所がいったんわかると、あとはたやすかった。ロンドンの住民の大多数と同様、この家族もかぎられたほんの数ヵ所でほとんどの時間都市を過ごし、それらを行き来しているだけだった。そんな者たちにとって、実のところ、都市は目に見えぬ村にすぎない。

エンジェルはキッチンのテーブルの上に地図をひろげた。「可能性は四つよ。セント・ジョージ教会、ハーキュリーズ・ロードのフラット、子守りの家、ケンサル・ヴェイル図書館」

「買い物をする店は？」エディは口をはさんだ。「ルーシーと母親はウェスト・エンド・レーンへよく出かけるんだ。それに、見張りをはじめてから二回は〈ブレントクロス・ショッピングセンター〉へ行ってる」

エンジェルは首を横に振った。「だめよ。ビデオカメラが多すぎる。特に〈ブレントクロス〉にはね。ジェイミー・バルジャーって男の子の事件を覚えてるでしょう？」

その年は、冷たく湿った秋が、身を切る風と容赦ない雨の冬へと、いつの間にか変わっていった。道行く人々はあたたかい服をしっかり着こみ、はたから見てもだれだか判別できないほどの恰好で歩道を急いだ。エンジェルはフードのついた長いレインコートにたいがい身を包み、黒いかつらと眼鏡を着用することも多かった。

「修道士みたいに見えるよ」ある夜、エンジェルが玄関広間の鏡に自分の姿を映しているのを見て、エディは小さく笑いながら言った。「いや、修道女か」

エンジェルは平手打ちを見舞った。「二度と言わないで、エディ」

いつものとおり許しを乞うべく、エディは痛む頰をなでつつ謝った。どんなに気をつけていても、ときどきエンジェルを怒らせてしまう。自分のふがいなさに腹が立った。エンジェルに機嫌を損ねられると、何もかも不愉快になった。

エンジェルが夜ひとりで出かけることがあるのは、エディの心配の種だった。近ごろのロンドンの街はだれにとっても安全とは言えないし、美しい女性ならなおさら危険が大きい。十月のある晩、真夜中近くにエンジェルが帰ってきたとき、コートが裂け、顔が紅潮し、眼鏡がなくなっていた。クエックス・ロードで酔っぱらいにからまれた、とエンジェルは説明した。

「うんざりよ。吐き気がしたわ」

「だけど、何があったんだい」エディはエンジェルを居間へ連れていった。このときばかりはふたりの役割が入れ替わる。エディはなんとしてもエンジェルを守りたかった。「どうやって逃げてきた？」

「ああ、そんなの簡単よ」エンジェルはポケットから右手を出した。銀色の光がきらめいた。

「なんだい」エディはじっと見て、眉をひそめた。「メス？」

「手に切りつけてやった。顔にも。それから逃げたわ。獣のようにふるまう人間は、獣のように扱われるべきなのよ」

それとは別のある日、ふたりでセント・ジョージ教会へ行き、雨に洗われたスレート屋根と堅固な尖塔を備えた、薄汚い赤煉瓦造りの教会を見つめた。エンジェルがドアをあけようとしたが、鍵がかけられていた。驚いたことに、エンジェルは憤慨した。

「ひどいわね。わたしが子供のころは、鍵のかかってる教会なんかなかった。特に昼間は」

「教会にかよってたのかい」急に好奇心をそそられ、エディは訊いた。「うちはかよわなかったんだ」

「そう？」エンジェルは眉をあげた。「さあ、行きましょうよ」

十一月の半ばには、ルーシーを連れ出すのは子守りの家にいるときがいちばんだと、エンジェルは決めていた。有権者名簿によると、子守りの名はカーラ・ヴォーンという。エンジェルはたった三語でこの女を言い表した。でぶ、下品、黒人。

「そこから連れ出すのが楽だと思うのかい」エディは尋ねた。

「そうよ。あの女はとんでもない数の子供を預かってる。全部の子供にいつも目を配るなんて無理よ」

「図書館にいるとき、あの女は子供たちにお菓子をやる。あとで歯を磨かせてるとは思えないな。それに、図書館で大騒ぎするんだ。あの女があおってるようなものだよ」

「ひどいわね。家にいるときは、たぶん子供たちをテレビの前にすわらせて、チョコレートを餌におとなしくさせてるのよ。なんの資格も持ってないに決まってる」

「ルーシーはぼくたちといっしょにいるほうが幸せだろうな」エディは言った。

「当然よ。あんな女に子供の世話をさせるなんて、どうかしてる」

十一月二十九日の金曜の午後には、準備はほぼ終わっていた。この日、エディはとっさの行動に出た。いつものことだが、ほかに選ぶ道がない気がしたからだ。エンジェルが知ったら何を言うかという恐怖よりも、どうにも抗しがたい感覚のほうが強かった。

状況はおあつらえ向きで、行動せずにいられなかった。分厚い毛布のような冷たい霧が立ちこめ、暗い空から午後のあいだじゅう雨が落ちつづけたせいで、人々はよんどころない用事でもないかぎり家にとどまっている。エンジェルの指示を受けたエディは、カーラの家の周辺を下見しようと出かけていた。

キルバーンからケンサル・ヴェイルへ至る入り組んだ裏道を歩くのはわびしく退屈なものだが、エディはそれ以上に怖じ気づいていた。ロンドンのこのあたりには、麻薬中毒者や、肌の黒い暴漢や、手に負えない十代の与太者や、IRAを熱狂的に支持する酔いどれのアイルランド人ばかりが住んでいる、と思いこんでいた。

自分の大胆さにおののきつつ、エディは〈ローズ・オブ・コネマラ〉というパブの前にバンを停めた。地図を頼りに、カーラの家の近所を歩きまわった。建物の多くは後期ヴィクトリア朝風のテラスハウスで、窓が歩道に面している。たくさんの窓に明かりが輝いている。小ぎれいな室内に目をやると、自分とは無縁の人間模様がそこここに見られた。アイロンをかける女。テレビに見入る子供たち。肘掛け椅子で眠る老人。見物人がいることなど気づかずに、腰を寄せ合って踊る黒人のカップル。ほかに通行人はほとんどなく、エディに襲いかかる者は皆無だった。

ルーシーを見つけた、いやむしろ、ルーシーが近づいてきたのは、振り返ってみれば奇跡も同然だった。もしも神を信じていたら、自分が神の加護を受けている証拠だと解釈したかもしれない。エディは裏庭のふたつの列にはさまれた細い道を歩いていた。右側のどれかがカーラの家だ。どの家かわかるよう、エディは庭の数を注意深く数えていた。人の姿はなかったが、ある家の横を通り過ぎるとき、アルザス犬が飛び出してきて、門の向こうで吠えた。

カーラの家は苦もなくわかった。窓は家の正面と同じ形だ。塩化ビニールの窓枠に、菱形の模様がはいったガラス。まったく時代遅れの家だが、この地域や住む人々に似つかわしいものだった。

サンタクロースからのささやかな奇跡の贈り物は、真珠のような雨のしずくを黒い髪に輝かせて、エディを待っていた。

「ルーシーのせいさ」あとから、エディはエンジェルにそう言った。「うるさくせがんだんだ。自業自得だよ」

ふたりがロシントン・ロードに着くと、エンジェルは激怒した。ルーシーの前では多くを口にしなかったが、呼ぶまで自分の部屋で待っていなさい、とエディに冷たく言い放った。それからルーシーを地下室へ連れていった。ルーシーは泣きはじめていて、エディはますます惨めになった。子供たちがつらそうだと、ひどく悲しくなる。

「やさしすぎるんだな」エディはつぶやいた。「それがぼくの問題だ」

エディはベッドに腰かけ、体内の激痛を抑えこもうとするかのように、両手を肉づきのいい腹に重ねた。向かいの壁には、黄ばんだプラスチックの額縁に入れられた色つきの複製画が掛かっている。描かれているのは、ピンク色の薄手のワンピースを着た少女だ。黒っぽい髪にピンクのリボン、縮んだサクランボのような唇、色の濃い睫毛にふちどられた大きな目。一九六九年に、エディの母親へクリスマスプレゼントとして贈られたものだ。

涙の向こうに見える少女は、かすみ、ゆがんでいる。**神さま、どうして助けてくれないの？　もうやめて。**神などいない、とエディはわかっていた。だから、助けを求めても無駄だ。ルーシーの両親のことをふと考えた。警察官と聖職者。母親のほうの神がふたりを慰めてやればいい。それが神の仕事だ。どのみち、アップルヤード家の苦しみは自分のせいではない。さらおうと決めたのはエンジェルだから、責任はエンジェルとルーシーにある。自分はただの仲介人、手先、犠牲者にすぎない。

時間が流れた。キッチンへ行って飲み物を作りたいが、やめたほうがいいだろう。エンジェルをこれ以上怒らせるべきではない。ロシントン・ロードを行き交う車の音や、通行人の会話の切れ端が耳にはいる。家のなかはまったく音がない。地下室は防音処理がされており、エンジェルはインターホンのスイッチを入れていなかった。

「ルーシー」エディは静かに言った。「ルーシー・フィリッパ・アップルヤード」

エディは少女の絵を見つめながら、柔らかく短い顎ひげをなでつけた。その年のクリスマス、エディは五歳だった。この画家は、ルーシーのような本物のモデルを得る幸運に恵まれていたのだろうか。母がゆっくりと包みをあけ、絵を見つめる様子が頭に浮かんだ。吸いさしの煙草を口からとって、灰皿に落とす。暖炉前の敷物の向こうを見て、絵を贈った張本人である父に目を据える。母が実際に感想を口にしたのか、それとも自分が想像で返事を作りあげただけなのか、エディは思い出せなかった。

「いい絵よ、スタンリー。もしこういうのが好きならね」

父が好きだったことはなんだろう。知り合いに尋ねたら、十人十色の答が返ってくる。たとえば、ドールハウス作り、芸術写真の撮影、自分よりも不幸な人たちを助けること。こうした答はすべて真実だ。

スタンリー・グレイスは、パラディン生命保険の本社での仕事に人生のほとんどを費やした。この会社はもはや存在しない。一九八〇年代後半に、規模の大きいライバル会社による敵対的買収の餌食になった。存続していたころ、パラディンは社員の生活のあらゆる面に配慮してくれる、母なる子宮のごとき組織だった。パラディン休暇、パラディン・クリスマスカード、パラディン鉛筆、パラディン運動会、パラディン舞踏会などがあったのを覚えている。一九六一年、スタンリーはパラディンを通じて住宅ローンを組んで、ロシントン・ロード二九番地に家を購入し、すぐさま、家と家財道具と自分と妻にパラディンの保険をかけた。

父がパラディンで実際に何をしていたのか、エディにはわからずじまいだった。父と母の関係についても同じく謎だった。〝関係〟というのは、助け合いや、人間同士の働きかけや、ともに過ごすあり方を意味するから、この場合はふさわしいことばだと思えない。スタンリーとセルマは、ともに生きてはいなかった。ちがう種の動物が、たまたま同じ水飲み場に来てしまい、警戒しつつやむをえず共存しているだけだった。

幼いころ、エディは母に、自分は人間なのかと質問したことがある。

「もちろんそうよ」

「それで、お母さんも人間なの？」

「そうよ」

「お父さんも？」

「まったく。そうに決まってるでしょう。あたしを困らせないでおくれ」

スタンリーは大柄で動きの鈍い、熊に似た男で、妻よりはるかに背が高かった。セルマはやせぎすで、身長は五フィートに満たず、そのしぐさは驚いた鳥を連想させた。細長い筒に目鼻をあとから付け足したような顔立ちだった。衣服はたいがい冴えない色で、ひとまわりほど大きすぎ、カーディガンやスカートに煙草の灰が点々とついていた（死ぬ前の年まで、夫に劣らぬヘビースモーカーだった）。のちに、粗布をまとって灰をかぶる人々の話が聖書にあるのを知ったとき、エディは母を思い出した。

エディが生まれたとき、母は四十歳になるところで、スタンリーは四十七歳だった。両親というよりは、祖父母に見えた。ふたりの生活には厳密に定められた境界線があり、けっして侵されることがなかった。セルマの本拠はキッチンで、その権限は居間、食堂、そして二階のすべての部屋に及んだ。一方、地下室はスタンリーだけのものだった。スタンリーは玄関広間から地下室へ通じるドアに、タンブラーが五枚ついた錠を取りつけた。本人が冗談交じりに語ったところによると、鍵をかけなければ、セルマがすぐに掃除や片づけをはじめて、どこに何があるかわからなくなるからということだった。家の正面と歩道の境にあるせまい舗装部分と、裏手の荒れ果てた一角も、スタンリーが支配していた。

庭仕事はスタンリーの趣味ではなく、裏庭は草木が伸び放題だった。とりわけ、その隅には、何年も前に生えたニワトコやトネリコやフジウツギが野放図に茂っていた。木々の向こうに公営アパートの上半分が見え、そのせいで近隣の品位がさがるとセルマはこぼしたものだ。夜に明かりのついた窓が並んでいるのを見ると、エディは船の甲板室を連想した。飲食や踊りに興じる客たちを乗せて暗い海をゆるやかに進む船を思い浮かべるのが好きだった。

子供のころ、エディはもつれ合った木々と列車の遠音とを結びつけて考えていた。ゴスペル・オークやプリムローズ・ヒルのほうから、ケンティッシュ・タウンやキャムデン・ロードのほうへ風向きが変わるとともに、列車の音が聞こえる方角も変わった。金属と金属がこすれ、空気がうなりを立て、ときには悲鳴にも感じられる奇妙で動物的な音が、家にいるよりも、路上にいるよりもよく耳に響いた。かなり幼いころは、あれは列車の音ではなくて、木々のあいだや塀の向こうの空き地に身をひそめる恐竜が発する音だと、半ば信じていた。スタンリーは庭いじりなどしなかったが、夏の晩に外で煙草を吸うのが好きだった。列車のとどろきに耳を澄ますかのように首を傾けながら、木々をながめるとき、その青白くさびしげな顔が幸せそうに見えることとさえあった。

一九六〇年代後半から一九七〇年代前半にかけて、ロシントン・ロードには子供があふれていた。近ごろはひとり用やふたり用のフラットが多いが、当時はほとんどの家に大家族が住んでいた。車も少なく、子供たちは庭で遊ぶのと同じように道路でも遊び、みんなが顔見知りだった。一八九〇年代にこの通りができて以来、同じ一族が住みつづけている建物もあった。

セルマが言うには、この家を選んだのはスタンリーだった。セルマ自身は、緑が多く、黒人がいなくて公営アパートもない、快適な郊外の新しい家に住みたかったという。けれども、スタンリーは時間を惜しむあまり、通勤に無駄な手間をかけたがらず、パラディンの本社やシティに近い区域に住むことを望んだ。この家はすすけた煉瓦造りの二戸建て住宅で、地上二階と地下室からなっていた。奥へ向かって土地が低くなっているので、そのぶん建物の後方を高くしてある。通りに並ぶほかの家も二戸建て住宅で、建物同士の隔たりはあまりない。このあたりは戦時中に爆弾の被害を受けていた。通りの端に爆弾が投下されたため、のちに市当局は瓦礫を撤去して、ロシントン・ロードと線路のあいだに、新たにできる居住区への連絡道路や駐車場を造ったらしい。

家に大人の訪問者はほとんどなかった。「人が来るのはがまんならないよ」セルマは言った。「ひどく散らかるもの」

外出するとき、セルマは家々の窓から顔をそむけて道端へ視線を落としつつ、ロシントン・ロードを急いだものだ。エディの幼いころには、その腕を握りしめて引きずりながら歩いた。「急ぐんだよ」エディが痛みを訴えると、セルマは苛立たしげな口調で言った。「やることがたくさんあるんだから」

スタンリーはまったくたちがった。家を出るときには、傘と帽子とブリーフケースで別人に成り変わった。ロシントン・ロードを駅まで歩く道すがら、スタンリーは愛想がよく、社交的ですらあった。余裕があるときには、胸を突き出し、ふたつの足が直角をなすようにゆっくり進んだので、はた目にはよろめいて見えるほどだった。そのあいだじゅう、白い丸顔を左右に向け、隣人であれ見知らぬ人間であれ、大人であれ子供であれ、人の姿を探していた。

「おはよう。すばらしい日和《ひより》ですな。長持ちするでしょう」雨であっても笑顔を振りまき、たいていこう切り出した。「まあ、庭にとってはいい天気ですよ」

職場では、博愛主義者だという評判を得ていた。パラディン扶養家族委員会という、死去した社員の妻と子供にささやかな楽しみを提供する組織の幹事をつとめていた。毎年恒例のクラクトンへの遠足や、やはり年に一度おこなわれる一週間のキャンプで、子供たちを〝すがすがしい空気に囲まれたテント生活〟に親しませる計画を立てた。

そういう機会に、エディは参加したことがなかった。「楽しいわけないったら」エディが行きたがると、セルマは答えた。「ひどく不幸せな暮らしをしてる子供たちも来るのよ。去年はシラミの卵が山ほどあった。わかる？　頭につくシラミよ。もううんざり」エディはテントにいるセルマの姿など想像もできなかった。それはドレスを着た山羊のように、あまりに現実離れした不釣り合いな姿だった。それを言うなら、スタンリーとセルマの結婚自体もそうだったと言える。

ふたりは寝室をともにしていたが、どう見てもあいだにガラスの壁があったはずだ。では、なぜ毎夜いっしょに過ごしていたのだろうか。申し分のない客用寝室もあったのに。ふたりはさまざまな点で相容れなかったにちがいない。セルマがいびきをかくこと、スタンリーが何度もトイレへ行くこと、セルマが深夜まで本を読むこと、スタンリーが六時にのそのそ起き出し、服とポケットの中身とを捜して歩きまわること。

孤独？　それが理由だろうか。こんな複雑な問いへの答としては、不十分としか思えなかった。

好都合なことに、スタンリーはひとりでいるのが好きだった。暇な時間の多くを地下室で過ごした。

玄関広間からの階段をくだると、家の裏側にかつてキッチンだった大きな部屋がある。部屋の外側にはふたつのドアがあり、一方は昔の石炭貯蔵室へ、もう一方は床に四角いタイルが張られた湿っぽい洗い場へ通じていた。地面の傾斜のせいで、洗い場と石炭貯蔵室のある場所は、家の前側から見ると地下に相当した。もうひとつ、裏庭へ出るためのドアが以前はあったが、スタンリーが防犯上まずいと言って、戸枠に留めつけてしまった。

地下室のにおいには、エナメル塗料、テレピン油、おがくず、写真現像液、煙草、湿気が入り混じっていた。手先が器用だったスタンリーは、裏庭の見える窓の下に、壁の端から端まで作業台を作りつけた。壁にコルクのタイルを貼って掲示板にし、写真をとっかえひっかえピンで留めたり、作成中のドールハウスの構想図を掲げたりした。家具は必要最小限しか置かなかった。作業台用のスツール。休憩用のふたり掛けソファー。背もたれにボタンがつき、脚に凝った彫刻のある、ヴィクトリア朝風の低い肘掛け椅子（これはスタンリーの写真の多くに繰り返し登場し、たいていひとりか数人がすわっていた）。

そして、暖炉の左側のくぼみに、背の高い戸棚がしつらえられていた。棚は奥行きが深くて幅が広く、家ができた当初からあったらしい。スタンリーは大きな南京錠でしっかり施錠していた。

幼いころ、エディは地下室への立ち入りを禁じられていた（成長してからも、はいれたのは招かれたときだけだ）。たいがいドアは閉められていたが、通りがかりに見て、半開きになっていたことが一度ある。エディはかがみこみ、階段の下に目を凝らした。スタンリーは作業台の前に立って、虫眼鏡で写真を観察していた。

スタンリーはエディに顔を向けた。「やあ。母さんはキッチンにいると思うよ」手に虫眼鏡を持ったまま、猫のように頬の肉が盛りあがるほどの大きな笑みを浮かべて、階段へ向かってきた。「さあ、行きなさい。いい子だから」

エディは五歳か六歳だったにちがいない。ふだんは大胆なところはなく、むしろその正反対なのだが、未知の部屋を垣間見たせいで好奇心が掻き立てられた。立ち去らずにすむ手はないかと、考えをめぐらせた。「お父さん、そのドアだけど。どうして鍵がついてるの？」

笑みは顔に貼りついたままだった。「戸棚に危ないものをしまってあるんだよ。毒のある現像液とか。よく切れる道具とか」スタンリーは体をかがめ、猫の笑みをエディに近づけた。「事故があったら、大変なことになるんだ」

おそらくそれと同じ年ごろに、エディはある音を耳にしてとまどったことがあるが、当時はその意味を理解できなかった。大人になってからも、完全に理解したとは言えない。

それは夏の真っ盛りの、暑い夜のことだった。夏にはなかなか寝つかれないのがわかっているので、エディはいやいや二階の寝室へあがった。顔を火照らせ、汗をかきつつ、ベッドに横たわり、ミセス・ワンプ――人間に似ているが性別のない柔らかな人形――を抱いていた。子供時代にはよくあることだが、時間が伸びに伸びて、永遠へと届くのではないかと思えた。エディは自分の体をなでながら、何かほかのもの、おそらく猫か犬をなでているつもりになっていた。その時分は、犬も猫も好きだった。手のひらは腿の曲線をなぞり、脚のあいだに滑りこんだ。ミセス・ワンプとたおやかで愛らしい犬の出てくる夢想に、エディは身をまかせた。

往来の音が消えた。両親が二階に来た。いつもどおり、エディの部屋のドアは半開きだった。そして、いつもどおり、両親はのぞきこまなかった。ふたりがいつもどおりのことをしているのを、エディは感じとった。服を脱ぐ、洗面所を使う、寝室へもどる。しばらくして――数分、いや数時間後だったかもしれない――エディは突然目を覚ました。

「ああ……ああ……」

父のうめき声だった。長くかすれた響きがあり、いままで父の発したどんな声ともちがっていた。人間とは思えない複雑な音で、遠くから聞こえる列車の響きにどことなく似ている。静寂が落ちた。それは、多少とも聞こえるより悪かった。おかしい。エディは自分が何か悪いことをしたのかと思った。

ベッドがきしんだ。寝室の床を歩きまわる音が聞こえる。明かりが漏れるのがわかった。母の声がした。毒のある低い声が闇に響いた。

「あんたは、けだものよ」

エディがルーシー・アップルヤードを気に入ったのは、ひとつにはアリソンを思い出すからだった。似ていると知って驚いたのは、十月の中ごろに、カーラがルーシーやほかの子供たちを公園へ連れていったときだ。離れてあとを尾《つ》けてみると、運よくルーシーがぶらんこに乗っているのが見えた。

アリソンはエディよりほんの数ヵ月年下だった。しかし、エディの知るアリソンは、いまのルーシーと比べてさほど年上だったはずがない。肌の色や目鼻立ちはまったくちがっていた。似ているのは、身のこなしと微笑み方だった。

エディはアリソンの苗字さえ知らなかった。エディがロシントン・ロードのはずれの幼児学校にまだかよっていたころ、アリソンの家族が隣の家を六ヵ月契約で借りて住みはじめた。同居していたのは、両親と、サイモンという腕白な兄だった。

アリソンの父親は、庭の端に並ぶ木のひとつにぶらんこを吊ってやった。ある日、わが家の庭の隅にひろがる茂みで遊んでいたエディは、塀に隙間を見つけた。二本の横木で支えられるはずの板が一枚はずれていたからだ。そのせいで隣のぶらんこがよく見える一方、木々のおかげで、こちらの姿はほかの家の裏窓から見られずにすんだ。

アリソンの髪は豊かな金色の巻き毛で、顔立ちは小さくまとまって、瞳はきれいな青だった。記憶にあるかぎりでは、フレアスカートとパフスリーブのついた、丈の短いピンクのワンピースばかり着ていた。ぶらんこをだんだん速くこぐと、風がスカートをふくらませた。ときどき、スカートが大きくめくれあがって、なめらかな太腿や白い下着が見えた。アリソンはエディより背が低く、小作りでうっとりするほどかわいらしかった。この子が人形だったらおもちゃにしたいと思ったことを、エディは覚えている。男の子は人形遊びなんかしないと決まっているから、もちろんだれにも教えなかったが。

アリソンを観察するのは楽しかった。そのうち、相手が見られることを楽しんでいるのではないかと思えてきた。アリソンはときおりぶらんこの上で体の位置を変え、塀の隙間へ顔を向ける。歌を口ずさみ、見られていると気づかないふりを巧みにすることもある。そんなときにはエディでさえ、それはただの見せかけではなく、見せかけと悟らせるためにそうしているときることができた。アリソンはスカートをみごとにめくれあがらせてから、あわてて脚の上へなでつけたものだ。

記憶は過去を削りとる。数々の出来事が、無駄な部分をそぎ落とされたことだろう。瑣末なことは消え、大切なこともいくつか消えたかもしれない。エディは塀のにおいを覚えている。夏の日差しに熱せられて朽ちかけた木や、古びたクレオソートや、放置された堆肥の山や、遠くの焚き火のにおいもだ。いつの間にか、アリソンとエディは仲よくなった。絹のようになめらかな肌の感触が、いまも記憶に残っている。それほど柔らかいものがあることに驚いたものだ。その柔らかさは奇跡だった。

ひとりきりだったら、エディは裏の塀をくぐり抜けたりしなかったろう。グレイス家の裏にはふたつの場所があり、異なる理由からだが、どちらも興味深いと同時に恐ろしかった。右側は公営アパートの敷地の角にあたり、左側は、第二次世界大戦の前にそこにあった会社の名をとって、大人も子供も〝カーヴァーズ〟と呼んでいた。

公営アパート側を探検するのは危なすぎた。立ち並ぶ建物のまわりの薄汚れた草地は、大きな犬や乱暴な子供たちのたまり場となっていた。一方、カーヴァーズはちがった危険をはらんでいた。その土地はいびつな四角形で、北の端は線路、南の端はロシントン・ロードの家々の庭だった。東側は公営アパートで、砕けたガラスと有刺鉄線を上に据えた高い煉瓦塀で隔てられ、西側は線路と直角に並ぶ商店群に接していた。空き地全体が、雑草と、崩れた煉瓦と、錆びた波形鉄板の迷宮になっていた。

エディの父親によると、カーヴァーズは鉄道関係の工事を請け負っていた会社で、戦時中に爆撃をまともに受けたらしい。エディの学校の運動場では、はっきりはわからないが悲惨な死に方をした少年の幽霊がカーヴァーズに出没する、という噂が飛び交っていた。

ある朝、エディが庭の隅へ行くと、アリソンが塀を調べていた。足もとには、前に隣家の道具小屋で見たことのある、錆びた手斧が落ちていた。刃が長く、先端にまるい突起がついている。アリソンは顔をあげた。

「手伝って。もうちょっとで、いい大きさの穴になるの」

「だけど、だれかに見られるかもしれない」

「だいじょうぶよ。ほら、やって」

アリソンが手斧を動かしているあいだ、エディは言われたとおりに手で塀を押した。幽霊や、両親や、警察や、公営アパートの不良たちのことは考えないようにした。朽ちかけていた塀の板がふたつに割れた。エディは息を呑んだ。

「しーっ」アリソンは長い破片をはじき飛ばした。「あたしが先に行く」

「いいのかなあ」

「赤ちゃんみたいなこと言わないの。あたしたちは探検隊よ」

アリソンは頭から穴をくぐった。エディはしかたなくつづいた。塀から数ヤードのところに小さな煉瓦造りの物置小屋があり、屋根がほとんど残っていた。アリソンはまっすぐそこへ向かい、蝶番《ちょうつがい》ひとつでかろうじて固定されているドアを押し開いた。

「あたしたちの場所にしようよ。特別な場所」

アリソンが先にはいった。小屋はがらくただらけで、湿っぽかった。右側の壁には、ガラスがほとんどなくなった縦長の窓があった。屋根の穴から空がのぞけた。一匹の蜘蛛が、ひび割れたコンクリートの床を走っている。

「完璧ね」

「だけど、何に使いたいんだい」エディは尋ねた。

アリソンはスカートをふわりと舞いあがらせて体をまわし、エディに微笑みかけた。「遊ぶために決まってるでしょ」

アリソンはゲームをするのが好きだった。相手の腕をねじあげる遊びを兄から教わり、エディに試したりした。くすぐりっこも楽しんだが、人に気づかれないよう、できるだけ静かにしなくてはならなかったので、いっそう興奮した。降参するか、ささやき声より大きい音を最初に立てたほうが負けで、ほとんどの場合それはエディだった。

ゲームはほかにもあった。年下なのに、アリソンはエディよりずっとたくさん知っていた。何かをはじめるのはたいていアリソンで、おしっこゲームをやろうと言いだしたのもそうだった。

「知らないの？」驚きで口をOの字にあけると、乳白色の歯と、舌の先がその奥で輝いた。「だれでも知ってると思ってた」

「聞いたことはあるよ。やったことがないだけさ」

「お兄ちゃんとあたしは何年も前からやってる」

エディはうなずき、自分が何も知らないことがばれませんようにと祈った。

「おしっこを入れるものがなきゃね」アリソンは、エディも当然その遊びに加わると決めつけた。「探そうよ。ここには何かあると思う」

エディは小屋のなかを見まわした。〝おしっこ〟ということばを使うだけでも恥ずかしかった。グレイス家では、排尿の行為について口にされることはまずなかったし、仮にあったとしても〝一ペンス払ってくる〟という遠まわしな言い方をした。小屋の奥の棚にジャムの空き瓶が載っているのを、エディの目はとらえた。ガラスの両面をほこりの膜が覆っている。「あれはどうかな」

アリソンはかぶりを振り、髪に結んだピンク色のリボンが揺れた。「小さすぎよ。もっともっと出るんだから。それに、どっちみち、それじゃだめ。穴が小さすぎる」エディが理解できずにいるのを、顔つきから察したにちがいない。「あんたはいいのよ。おちんちんを突っこめばいいんだもの。でも、女の子は飛び散っちゃうんだ」

好奇心が掻き立てられ、きまり悪さはしばし消えた。エディはブリキの缶を拾いあげた。

アリソンはじっくりと真顔でそれを見た。直径六インチほどの、ペンキがはいっていた缶だ。「だいじょうぶ」そう言うと、栄誉を与えるといった調子で付け加えた。「最初にやっていいよ」

エディの体じゅうの筋肉がこわばった。冷たい水に足を踏み入れようとするときのように。

「これはどう?」

「男の子が先にやるものよ」アリソンは言った。「サイモンはそうする」

どうしようもなさそうだった。エディは後ろを向き、チノクロスの半ズボンの前ボタンをはずしはじめた。ふいに、アリソンが目の前に来た。ペンキの缶を手にしている。

「ズボンもパンツもおろさなきゃだめ。サイモンはそうするもの」

エディはたじろいだ。下唇が震えた。

「ばかね、ただのゲームよ。赤ちゃんみたい。さあ、やってあげる」

缶がコンクリートの床に落ち、音を立てた。アリソンは看護婦のように手際よく、スクールカラーである緑と紫の縞模様がついたゴムベルトに手をかけて、蛇革のバックルをはずした。エディが抗う間もなく、アリソンは一度すばやく手を動かしただけで、ズボンとエアテックスのパンツを引きさげた。そして、エディの体を見おろした。エディは自分の体が――腹や太腿についた、赤ん坊並みにたるんだピンクの脂肪がきらいだった。ゼリーみたいな体だ、とプールでほかの男の子に言われたこともあった。

目をそらさないまま、アリソンは言った。「サイモンのよりちっちゃい。それに、サイモンのは先っぽがまるくなってるよ」

さいわい、アリソンが何を言っているのかはわかった。サイモンは割礼を受けている。

「ぼくのは皮かむりなんだ」

「あたしは皮かむりのほうが好きだな。かわいいもの」アリソンは缶を拾いあげた。「さあ、おしっこして」

アリソンは缶を差し出した。エディは右手の人差し指と親指でペニスをつかみ、目を閉じて祈った。何も起こらなかった。たっぷりたまっているはずだから、ふだんならなんの問題もなく出るはずなのに。

「一日じゅうそうやってるつもりなら、あたしが先にやる」アリソンはエディをにらみつけた。「まったく。サイモンはこんなへまをしないよ」

アリソンは缶を床に置き、パンツをさげてしゃがみこんだ。小便が勢いよく缶のなかへほとばしった。アリソンはワンピースの裾を持ちあげ、縫い目の出来でもたしかめるかのように見ていた。女の子のあそこってあんなふうなんだ、とエディはまだペニスを握ったまま思った。ずっと興味があったことだ。もっとよく見たくて、首を伸ばしたが、アリソンは取り澄ました笑みを浮かべて裾を直した。

「ずっとおちんちんをこすってたら、すごく変な感じになるのよ。知ってる?」アリソンは立ちあがり、パンツを引きあげた。「サイモンのはそうなるんだけど。ほら見て。いっぱい出た」

エディは見た。薄い金色の液体が缶の四分の一ぐらいまでたまっている。それまでエディは、さわっているうちに形や大きさや硬さを変えるペニスを持っているのは恥ずかしいことだと思っていた。大きくなったら治ってほしいと願っていた。

「半分近くいっぱいになった。あんた、こんなにたくさんは出ないよ」

アリソンに目を向けたとき、窓の外で何か動いた気がした。よく見たが、そこにはだれもおらず、木の枝が風に揺れているだけだった。

「言ったでしょ。硬くなってきた」

エディはまだペニスを握っていた。それどころか、無意識のうちにさすっていた。

「外であたしのおしっこを捨ててきてよ」アリソンは命令した。「それからもう一回やってみて」

膝までズボンとパンツをおろしている姿をだれかに見られたら、どんなに恥ずかしいかということに、エディは急に思いあたった。あわててパンツとズボンをあげ、前ボタンを留めてベルトを締めた。

「どうしてわざわざ穿くの。すぐにまた脱がなくちゃいけないのに」

エディは外へ出て、藪の下に缶の中身をあけた。缶はあたたかかった。乾いた地面に液体が吸いこまれていく。見た目もにおいも、小便とは思えなかった。どんな味がするのか。気色悪いと思い、エディはその考えを頭から押しのけた。待ち受けている残酷な儀式のことで頭がいっぱいのまま、小屋へもどろうと体を起こした。一瞬、火をつけたばかりの煙草の香りが漂った気がした。

エディとアリソンは、それからもよくおしっこゲームで遊び、そのたびにいろいろ試してみた。

見つかるかもしれないと思うと、よけいに楽しさが増した。カーヴァーズにはいると、公営アパートのベランダのひとつに女がいるのをよく見かけた。そのベランダからは、カーヴァーズも、ロシントン・ロード二九番地の庭も見渡せる。女は洗濯物を干したり、植物に水をやったり忙しげなこともあったし、ただそこに立って空をながめていることもあった。頭がおかしいのよ、とアリソンは言った。カーヴァーズに忍びこんでいることを親に言いつけられるのではないかと、エディは気がかりだった。だが、そうはならなかった。

当時についてのエディの記憶は、あいまいなものにすぎない（あいまいにしたいという願望があるかどうかは、深く考えたくない）。そのころは六歳で、もうすぐ七歳になるところだったから、一九七一年の出来事だ。夏の長い休みのさなかだった。よく着ていた色あせた緑色の半袖シャツのにおいや、ふっくらとして起伏のあるアリソンの手が剝き出しの腕にふれた感触を、いまも覚えている。

終わりは九月に、まったく突然に訪れた。ふだんどおり二七番地で暮らしていたアリソンの一家が、翌日にはいなくなっていた。前の日の午後、アリソンはエディに、イーリングへ引っ越すと告げた。

「でも、イーリングってどこ？」エディは泣き声になった。

「知らない。ロンドンのどこかよ。手紙を書いて」

別れるとき、エディは泣いた。アリソンは新しい住所を教え忘れた。指の隙間からこぼれ落ちる砂のように、アリソンはエディの前から消えてしまった。

3

ときおり、わたしはおのれの内に地獄を感じる。魔王がわが胸に宮殿を構え、その軍勢がわたしのなかでよみがえる。

――『医師の信仰』第一部五十一節

舞台の幕がおりたか、あるいは熱帯地方の太陽が沈んだかのように、突然サリーは睡魔に襲われた。それまでは、見ず知らずの婦人警官の手を握りながら、ベッドに横たわっていた。婦人警官の唇が動いているのが見えたが、なぜ他人の手を握っているのかと頭を忙しく働かせるあまり、何も耳にはいらなかった。やがて、睡眠薬の錠剤と、皮下注射に含まれていたと思われる精神安定剤とが相まって、効果を現しはじめた。

マイケルの姿はなかった。もう数時間見かけていない。

サリーの心は黒い霧のなかへ果てしなく落ちていった。薬のせいで何時間も眠りつづけ、その深さはとても生きた人間とは呼べないほどだ。土曜の早朝になって、霧が少しずつ晴れてきた。まだ眠ってはいたが、夢を見るようになった。最初はおぼろで実体のない夢で、張りあげられた声や明るい輝きや猛烈な悲しみがかすかに感じられるだけだった。

それからしばらくたっても、頭に浮かぶのは、絵とも物語ともつかないものだった。寒い朝、汗に濡れたまま目覚めると、冬の空気に鈍らされた鐘の音《ね》が響いている。丸石敷きの道に薄黒い雪が積もり、藁くずや尿や大便らしきものが混じっているのが見える。黄色く粗い石造りで、はるか上に十字架を戴いた尖塔が、灰色の空へ伸びている。

その夢では、ひとりの男がサリーの苦手な太く耳障りな声で話している。ゆっくり演説しているとでも言うべきかもしれない。あまりに離れているし、何かがこすれたりぶつかったりはじけたりする音のせいで声がひずんでいることもあって、話の内容はおろか、何語で話されているかさえわからない。子供のころに祖父の家の屋根裏へ行って、ぜんまい仕掛けの蓄音機で聴いた七十八回転のレコードを思い出した。サヴォイ・オーファンズやファッツ・ウォーラーの軽快な音色が、針のきしる音に掻き消されていたものだ。

起きあがったときには、口が渇き、頭が朦朧としていた。意識がもどるにつれて、夢は遠ざかり、細部が手の届かぬかなたへ滑り落ちていった。

「もどってきて」胸のなかで呼びかけた。閉じたままの目が涙で濡れているのがわかる。夢で何か恐ろしいことが起こっていて、なんとしても解決しなくてはならない。とはいえ、これはただの夢だ。ほんの一瞬、安堵の思いに包まれた。ありがたいことに、夢にすぎない。そこで目をあけると、見知らぬ女がベッドのかたわらにすわっていた。そのとたん、現実を突きつけられた。**ちがう、ちがう。これは現実じゃない。ぜったいに。**

「ねえあなた、だいじょうぶ？」女がベッドに身を乗り出して言った。

サリーは片肘を突いて体を起こした。**これは現実じゃない。ぜったいに。**「ルーシーは見つかったの？」

女は首を横に振った。「情報がはいりしだい、連絡が来ます」

サリーは女を見つめた。何者だろうが、知ったことではない。自分より若いのは確実だ。丹念に化粧が施され、茶色い瞳には隙がない。わずかに反った歯が唇を押し出していて、顔のなかでいちばん重要な部分は口だという印象を与えている。膝の上に《デイリー・テレグラフ》紙が置かれ、内側の紙面が見える形で折りたたまれている。結婚指輪はしていない。そういう些細なことに、サリーはすがりついた。まるでそれらが地獄の上に張り渡されたロープを編みあげていて、手を離せば自分が落ちてしまうかのように。

「ほんとうなのね」声が——自分の声が——そう言っているのが聞こえた。「全部現実なのね？」

「ええ、残念ながら」

サリーは頭を枕へもどし、目を閉じた。頭のなかには、あまりに異常で悲鳴をあげたくなるほどの映像が満ちあふれている。母を呼んで泣いているのに、だれにも答えてもらえないルーシー。男の汗のにおいがするせまい寝室で、血を流している裸のルーシー。線路近くの土手で、剝ぎとられた衣類に囲まれて横たわるルーシーの死体。こんなにもむごい、残酷きわまりないことをできる人間がいるのだろうか。

「ちょっと迷子になっただけかもしれない」自分を力づけようとして、サリーは言った。

「疲れきって、物置小屋か何かで眠りこんでるのよ。そのうち目を覚まして、どこかの家のドアを叩くはずだわ」

「そうかもしれませんね」

そうかもしれない、しかしほとんどありえない、とサリーは思った。

女は体を揺すった。「知らせがないのはよい知らせ、と言いますし」

サリーはふたたび目をあけて言った。「なんの知らせもないの？　ほんとうに？」

「どんな内容であれ、情報がはいりしだい、あなたかご主人にお伝えします。まちがいなく。ところで、わたしはイヴォンヌ・ソーンダーズ巡査です。ジュディスから引き継ぎました」一瞬の間があった。「ジュディスを覚えてらっしゃるかしら。ゆうべの」

サリーは枕の上で頭を軽く動かした。記憶がつぎつぎよみがえる。ジュディスという私服の婦人警官に腕を押さえられ、赤茶色の巻き毛の医者に皮下注射をされた。知り合いの家へも病院へも行かない、と自分は言った――いや、叫んだ。ぜったいにここハーキュリーズ・

ロードの家から離れたくない、ルーシーは自宅の住所と電話番号を覚えていて、母親がここにいると思っているのだから、と。

「きっと見つかりますよ。警察は全力をあげて取り組みます」また間があり、抜け目なさが顔をのぞかせた。「お医者さまから薬が出ています。心を静める効果があるとか。お飲みになりますか」

「要らないわ」反射的に拒否したが、理由はあとからついてきた。精神安定剤などを飲んだら、ルーシーが見つかったときに――仮に見つかったときに何もしてやれない。こちらが生ける屍《しかばね》になっていたら、状況を理解できないし、まわりの人間も教えてくれないだろう。ルーシーのためにも、できるだけ頭をはっきりさせておく必要がある。サリーは頭を枕にもどした。「マイケルは？　わたしの夫はどこ？」

イヴォンヌの目が泳いだ。「出かけていらっしゃいます。すぐお帰りになると思いますけど。ところで、気分をすっきりなさりたいのでは？　お茶を淹れましょうか」

この女を寝室から追い払いたい一心で、サリーはうなずいた。マイケルのことを考えたいが、集中できなかった。

中途半端な笑みを漂わせながら、イヴォンヌは立ちあがった。「じゃあ、お好きになさいな」まるで知能の低い人間に語りかけるかのように、ゆっくりと言う。「用があるときには、キッチンにいますからね。だいじょうぶかしら、ねえあなた」

いいえ、とサリーは言いたかった。だいじょうぶであるはずがないし、今後永遠に無理かもしれない。それに、ねえあなた、などと呼ばれる筋合いはない。けれども笑顔を返し、ありがとうと言った。

ひとりになったサリーは、上掛けをはねのけてベッドから出た。肌の汗がすぐに乾き、体が震えはじめる。警察が自分に洗濯ずみのパジャマを与えているのに気づいた。パジャマが古くて恥ずかしくなった。生地の色はあせ、上着のボタンがひとつとれ、ズボンにはいやなしみがいくつかついている。震えがいっそうひどくなり、事件の衝撃がまた襲ってきた。膝が崩れる。サリーは急にベッドにすわりこんだ。**ルーシー、どこにいるの？**　涙が頬を流れた。

イヴォンヌがもどってくるといけないので、物音は立てられなかった。**全部わたしのせい。あの子から離れてはいけなかったのよ。**サリーは横向きに倒れこみ、ベッドの上で身をまるめた。声を殺したすすり泣きで体が揺れた。

水道管から何やら響いている。その音の意味を熟知しているサリーは、イヴォンヌがやかんに水を入れているのだろうと察した。それに気づくや、体の向きを変えた。いまにもあの女がもどってくるかもしれない。手で口を覆って、恐怖が吐瀉物のようにほとばしるのを防ぎながら、ベッドから這い出して衣装棚を引きあけた。整理棚の上に並ぶ写真のなかの咎めるような顔から、目をそむける。適当に服を選んで腕にかかえ、バスルームへ静かにはいって鍵をかけた。

　ボートとアヒルとテディベアが浴槽のへりに集落を作っている。洗面台の下にルーシーの靴下がひとつ落ちている。サリーはそれを汚れ物の籠に入れるつもりで、何気なく拾いあげた。だが、そこで便器に腰かけて、靴下を顔に近づけた。ルーシーの香りを求めてそのにおいを嗅ぎ、意志の力だけでこの場によみがえらせようとする。ルーシーは布の人形のジミーぐらいは持っているだろうか。それとも、まったく心の安らぎを得られずにいるのか。涙が頬をこぼれ落ちた。ひとしきり泣いて、涙がおさまったあとも、サリーはじっと動かずに靴下を握りしめたまま、はじめて経験する深みに沈んでいた。

　ドアを叩く音がした。「ねえあなた、調子はどうかしら。お茶がはいりましたけど」

「だいじょうぶよ。すぐに出ます。シャワーを浴びようかと思って」

　薬物による長い眠りの後味を口から洗い流すべく、サリーは歯を磨いた。パジャマを床に脱ぎ捨て、浴槽にはいってシャワーの下に立った。体を動かしも洗いもせず、数分間水が体を流れ落ちるにまかせた。ゆうべ取り乱したことをかすかに覚えている。カーラの家でも、その後自宅でも泣き叫んでいた。マイケルの顔は青白くてどことなく責めるようで、見知らぬ警官たちは気づかわしげだったものの、こちらの身に起こったことから距離を置いている気がした。赤茶色の髪の医者は小柄で、自分の肩より背が低かった。あんな男に二度と注射を打たれるつもりはない。

サリーはシャワーを止めて体を拭きはじめた。またドアが叩かれた。

「ねえあなた、おいしいトーストはどう?」

わたしがまだ生きているかどうかを見にきたのね。「ええ、お願い。パンは冷蔵庫のなかにあるわ」

食べ物のことを考えると吐き気がしたが、餓死してはだれのためにもなるまい。ジーンズとTシャツとニットのセーターを急いで身につけた。あわてていたせいで、用意した靴下は左右が不ぞろいで、片方のかかとに穴があいている。髪に櫛を入れ、ふと思いついてルーシーの靴下をジーンズのポケットに押しこんだ。いつもどおりにシャワーを浴びて着替えると、心が落ち着いた。だがドアの鍵をあけたとたん、ルーシーがいないという事実に鎚矛《つちほこ》で打ちのめされたかのように、息が詰まった。

イヴォンヌと顔を合わせるわけにはいかない。サリーは足をふらつかせながら寝室にもどった。戸口の真正面には、暖炉の上の壁にキリストの磔刑像が掛かっている。十字架に張りつけられた小さな真鍮の像を見ているうちに、顔をゆがめさせたり、脚や腕や腹の筋肉をよじれさせたりする苦痛がどれほどのものなのか、はじめてわかった気がした。こんな苦しみを与えた神を、どうやって許すというのか。しかし神は同じ神を許さず、十字架を与えた。わが子イエスにこんな仕打ちをするなら、ルーシーをどんな目にあわせるつもりなのか。

サリーはベッドの乱れが気になった。上掛けを引きあげ、枕を叩いてふくらませる。ふだんならベッドを整えたあとで部屋を片づけることを思い出した。けれども、きょうは散らかっていない。いつもは椅子にマイケルの汚れた服が掛けてあり、マイケルが寝る側の床に雑誌や本が落ちており、水のはいったグラスや携帯ステレオが机の上に置かれている。夫は家のなかを混沌とさせたまま去っていく。

整理棚の上に積まれた本の山が目に留まった。どの本も小さくて傷みが激しく、見覚えがない。いちばん上のものをとってみると、それは祈禱書で、この本がどこから来たのかを思い出した。表紙を開いて、遊び紙に目をやった。〝オードリーへ、初聖餐式に際して。一九三七年三月二十日。母より愛をこめて〟。

オードリー・オリファントの自殺については、はるか昔に読んで半ば忘れてしまった物語と同程度の実感しかなかった。あの老女の遺体を病院のベッドで見てから、まだ二十四時間もたっていないなんて。ひと間きりのわびしいアパート、失われた信仰の祠堂が頭によみがえる。特に思い出されるのは、セント・ジョージ教会でのはじめての講話のさなかに立ちあがった老女の姿だった。

悪魔。キリストを冒瀆する者。背教者。穢らわしい不信心者。バビロンの淫婦。サタンの娘。おまえとその一族に災いあれ。

汚《けが》れたものであるかのように、サリーは祈禱書を落とした。おまえとその一族に災いあれ。部屋の外へ出てドアを閉め、駆けださんばかりの勢いで逃げだした。もはやイヴォンヌは顔を合わせたくない相手ではなく、頼りにすべき存在だ。

ところが、その思いは居間に着いたとたんに消えた。いつもはキッチンで、しばしば夫婦ともに忙しく動きまわりながら朝食をとっているのに、イヴォンヌはテーブルを居間の窓際へ移動していた。おまけに、皿もマグカップもティーポットも、まちがったものが出されている。紙ナプキンや、上等のジャムとマーマレードや、去年のクリスマスに家族で使ったテーブルクロスさえある。幼い少女のままごとが連想されたが、どうにか腹立ちを抑えた。テーブルクロスを洗っておけばよかったと思った。

「蜂蜜はお好きよね」イヴォンヌはキッチンへ走りこもうとしている。「それから、バターはどこかしら、マーガリンしか見つからなくて。それでもいいけど、ひょっとして――」

「かまわないわ」サリーは嘘をついた。「マーガリンでいい。なんでもいいの」

サリーはフルーツジュースを飲み、甘ったるい紅茶を口に流しこんだ。トーストをひと口かじったところで、吐きそうになった。勧められるままイヴォンヌに二杯目の紅茶を注がせて、トーストをかじる合間に紅茶で喉を潤した。まるでここがイヴォンヌの家で、心配性の女主人に招かれた客になった気分だ。

教会区での習慣のおかげで、サリーの口から自然に質問が流れ出た。イヴォンヌはそれにつぎつぎ答えた。パディントン署に勤務していること、恋人も警察官で、交通整理担当の巡査部長であること、ウェンブリーの小さなフラットにふたりで住んでいること、近いうちにもう少し広い部屋へ移りたいと思っていること。親近感が芽生えたかに感じられたが、イヴォンヌが恋人との同棲生活を〝罪深き暮らし〟と呼んだとたん、幻は掻き消された。

「ごめんなさい」化粧の下でイヴォンヌの顔が赤らんだ。「そういう言い方をしちゃまずいわね。あなたは聖職者なんだから」

「聖職に就くと決める前は、ふたりの男性と暮らしたことがあるわ」サリーはわざとらしく間《ま》を置いて、それからいつもの決め台詞をさらりと言った。「もちろん、同時にじゃないけど」

イヴォンヌがくすくす笑うと、仮面が滑り落ちて、その奥の若さと繊細さがあらわになった。日ごろはこんなに気安く他人と話したりしないのかもしれない。だがマイケルが警察官だから、サリーは形の上では内輪の人間だ。イヴォンヌがひどく気をつかっているのは、おそらくこの手の任務の経験がないからだろう。そのとき、記憶の鎚矛がふたたびサリーを打ちのめした。〝ベビーシッター〟または〝子守り〟――こういう付き添いの任務を、警察ではそう呼ぶのではなかったか。数秒間、サリーはメアリー大伯母のリネンのテーブルクロスに朝食をぶちまけてしまいたい衝動と闘った。

電話が鳴った。

「わたしが出ます」イヴォンヌがすでに立っていた。受話器をとり、耳を傾け、それから答えた。「ええ、警察の者ですが……はい、起きていらっしゃいます……お尋ねしてみますね」

それから、送話口を押さえて言った。「デレク・カッターという人からですよ。あなたの上司にあたるかただそうです。お話をなさいますか。こちらへ出向いてもいいとおっしゃってますけど」

会いたくも話したくもないと言おうと、サリーは口を開いた。どちらも二度としなくていいなら、こちらはよけいな涙を流さなくてすむ。けれども、すぐに自制した。デレクに非があるわけではない。デレクに対しても、教会区に対しても、自分には果たすべき義務がある。また、自分が動揺していないと周囲に思いこませる必要もあるだろう。そうしなければ、情報を与えてもらえなくなるかもしれない。

「もし時間があったら、こちらに来てほしいと伝えて」サリーは一石二鳥をねらうことにした。ミス・オリファントの遺品をデレクが持ち帰ってくれるかもしれない。

イヴォンヌはサリーのことばを伝えて、受話器を置いた。「すぐに来られるそうです。いまはブロンズベリー・パークのコミュニティ・センターにいらっしゃいます」

「その電話は何かしら。うちのものじゃないわね」

「ええ、すべての通話を録音して、探知しています」イヴォンヌの顔に緊張が走った。「これは通常の手続きです。ご心配になることは――」

サリーは椅子を後ろに押しやって、立ちあがった。体が震えるあまり、テーブルに寄りかからざるをえなかった。「ルーシーが誘拐されたと思ってるのね。そうなの？　そうなんでしょう？」

デレクはサリーの両手を自分の手に包みこみ、ほんとうに気の毒に思うと告げた。ケンサル・ヴェイルからヤマハのオートバイでここまで来たという。革服姿の自分自身を気に入っているのだろう、とサリーは思った。イヴォンヌを紹介すると、デレクは首に巻いていた白い絹のスカーフをゆるめて、その下の立ち襟を見せた。

イヴォンヌが無用の心づかいをして、キッチンに引きこもってしまったので、サリーはすっかり牧師然としたデレクの相手をひとりでせざるをえなくなった。

「わたしたちはみな、きみのために祈っているよ」

「ありがとうございます」祈ってくれなくていいから、ルーシーに会わせてもらいたい。

サリーの手を握ったまま、デレクは話しつづけた。ルーシーが無事に見つかるまで、仕事にもどる必要はまったくない。心配はいらない。問題なくやっているから。

「マイケルとふたりでうちに泊まらないかね。マーガレットもわたしも、きみたちに来てもらえたらうれしいよ。予備の寝室を使えばいい」

デレクのパジャマ姿の映像が、望んでもいないのに脳裏にひろがった。胸毛も髪と同じ薄い金色なのだろうか。そもそも胸毛はあるのか。それとも、骨張った胸をピンクの肌が一面に覆っていて、単調さを崩す役割しか持たないふたつの乳首がついているだけなのか。笑いたいのをがまんして、また吐き気を覚えた。気がつくと、カッター夫妻の親切な申し出について礼を言い、マイケルと相談してみると約束していた。ぜったいに忘れないとさえ言った。

「たくさんの人がきみのことを心配している。特にステラが」

「ああ、ステラ」車で病院まで送ったのは、二十四時間余り前だ。「娘さんは出産なさったんですか」

一瞬の間があった。「うん、ゆうべね。女の子だ。母子ともに健康だと聞いたよ」

サリーはステラの幸せを祝福しようと必死に気持ちを集中した。「よかったわ。わたしがどれほど喜んでいるかをステラに伝えてください」こみあげる苛立ちと、ルーシーに会いたい思いを抑えつけるのに苦労した。「オードリー・オリファントは？」

「だれだって？」デレクはサリーの手を離した。

「自殺を図った老女です。覚えていませんか。きのう、会いにいくようにご指示くださったでしょう」

「思い出したよ」

「わたしが病院に着く前に亡くなっていました」

「うちの信徒だったのかね」

「ええ、ある意味では」サリーは腰をおろした。「わたしのはじめての講話のときに、騒動を起こした人です」

「あのかわいそうな女性か。ふだんはどこで礼拝していたんだろう」

「教会へかよっていたかどうかもわかりません。家主の女性は、どこへも行っていなかったと思っています。それでも、しっかり埋葬してあげられるように、こちらで計らうべきでしょう」

「執りおこなうのは男性にしてやらないとな」デレクは笑みを浮かべかけたが、なぜ自分がここにいるかを思い出して顔を引きしめた。

「選ぶとしたら高教会派ですね。部屋はまるで礼拝堂のようでした。衣類を袋に詰めて持ってきたんです」その袋はどこへ消えたかと思い、サリーはあわただしく部屋を見まわした。

「それに、本も何冊か持ってきました」ゆうべ自分は本を持ち出したのか。だとしたら、なぜだろう。

「その件はいま考えなくていいさ。あとで処理しよう」

デレクの声になだめるような含みがあったので、サリーは自分の声が興奮気味に響いているにちがいないと思った。そこで、話題を教会区や必要な手配のことにもどそうとつとめた。

デレクの態度は牧師から管理者のそれに変わった。こうなると水を得た魚で、手際のよさはみごとなものだ。サリーの仕事を代行する手筈は、すでに整えられていた。母親や幼児やシングルマザーの面倒は、サリーが復帰できるまでずっとマーガレットが見ることになる。

サリーは説明を聞きながら、デレクが会議につぐ会議、昇任につぐ昇任を経て、国教会の出世階段を果てしなくのぼっていく、気の滅入りそうな図を思い浮かべた。地を受けつぐのは柔和なる者ではなく、デレクのような人間だ。教会はデレクの同類を必要としているし、自分のほうがすぐれている根拠などどこにもない、とサリーは思った。

「もしきみやマイケルが何か入り用になったら」デレクの声が聞こえ、サリーは思考の筋道をもとへもどした。「電話をくれればいい。いつでもかまわないよ、サリー。わかるだろう。昼でも夜でも」

デレクは立ちあがり、細い首に絹のスカーフを結んで、ヘルメットのストラップを腕に掛けた。デレクのここまでのふるまいはそれなりに洗練されていたし、サリーのなかにもプロ意識を賞賛したい気持ちがある。サリーは居心地の悪さを覚えた。キッチンの開いたドアから、イヴォンヌが話を盗み聞きしていたのはまずまちがいない。

「ごきげんよう、サリー」デレクはまたサリーの両手をつかみ、左右の手で包みこんだ。「さっきも言ったが、どんなことでも力になるよ」発作でも起こしたのではないかと思うほどの強さで、もう一度手を握る。「言ってくれればいい。わかってるね」

とんでもない、この男はわたしに気がある。そう思って、虫酸《むしず》が走った。デレクは手を振って、イヴォンヌに別れの挨拶を告げたあと、帰っていった。サリーはミス・オリファントの袋のことをいまごろになって思い出したが、呼びもどす気にはなれなかった。

イヴォンヌが居間にはいってきた。「なかなか魅力的な人ですね」

「がんばってくれてるわ」サリーはデレクのことを考えるのをやめた。「この件の担当はどなた？」

「ミスター・マクサムです。ご存じですか」

サリーは首を横に振った。

「経験豊富なかたですよ。昔気質《むかしかたぎ》で」

「なぜ質問しにこないの？　なぜだれも訊きにこないの？」自分の声が大きくなるのがわかったが、抑えようがなかった。「わたしはルーシーの母親なのよ」

「だいじょうぶよ、ねえあなた。すぐにだれかが来ると思います。ミスター・マクサム本人がいらっしゃるかも。みんな最善を尽くしてますよ。ねえ、ちょっとすわりましょう。あたたかい飲み物を作りますから」

「飲み物なんていらない」

サリーはすわりこんで泣きだした。イヴォンヌがティッシュペーパーを渡し、おざなりの慰めのことばをかけてくる。涙はすぐに止まった。サリーはバスルームへ行って、顔を洗った。鏡に映っているのは赤の他人であり、目が潤んでふちが赤く、頬がこけ、髪につやがない。サリーは居間にもどった。イヴォンヌとであれ、だれとであれ、いっしょにいるほうがひとりでいるよりましだ。孤独は危険に満ちている。

　時計の長針がゆっくりとまわっている。一分が一時間に、一時間が一週間に感じられる。どこへ目を向けても、ルーシーを思い出すものばかりだ。写真、絵、おもちゃ、服、本。目にしていちばんつらいのは、後悔の念と結びついた品々だ。木曜の夜、ルーシーが絵合わせゲームをしようとせがんだが、サリーは夕食の支度があるからと突っぱねた。寝る前に本を読み聞かせてやったとき、森の仲間たちの退屈きわまりない話をもう一章読んでとねだられて、サリーがだめだと言うと、ルーシーはわざとらしく癇癪を起こした。ルーシーが父親にもおやすみのキスをしてもらいたがったのに、マイケルは家にいなかった。そのときルーシーは泣かなかったが、だまりこむのは泣き叫ぶより性質《たち》が悪い。この前、人間の形のジンジャークッキーを焼きたがった。〈ウールワース〉で奇術セットをほしがったこともあった。ルーシーはこうだった。ルーシーはああだった。サリーは静かに机に向かって雑誌を読むふりをしたが、ルーシーにとって必要でふさわしい母親に自分がなれなかった証拠や、失われた機会の数々が部屋じゅうにあると感じていた。

　苦しみとは単調なもの、とサリーははじめて知った。電話の音だけが退屈さを突き破る。電話が鳴るたびに、ルーシーについての新たな知らせか、それがかなわぬならマイケルからであってほしいと願った。出るのはいつもイヴォンヌだった。サリーは息をひそめ、爪を手のひらに食いこませて待ったが、相手はこちらの時間を無駄にするだけか、悪くすればルーシーの知らせが届く邪魔をする者ばかりだった。

「アップルヤードご夫妻は、いまお話しできません……」

サリーの手のひらに、赤く生々しい、半月形の爪痕が残った。友人からの電話もあったが、マスコミからのほうが多かった。

「もうすぐマスコミが入口の階段にキャンプを張るわ」イヴォンヌは窓際へ行って、通りを見おろした。「こちらとしても、たいしたことはできないんです。あなたをほかの場所へ移すぐらいしか」

「なぜ興味があるのかしら」起こったことを冷静に受け止めようと、サリーは懸命につとめた。「毎年何千人もの子供たちが失踪しているけど、ニュースになんかならない」

「父親が刑事捜査部の人間で、母親が聖職者なら、そうはいきませんよ。こちらが望もうと望むまいと、ニュースになってしまうのは避けられないんです」

マイケルからの電話はない。サリーはなんとしても連絡をとりたかった。いったい何に手間どっているのか。イヴォンヌから情報を聞き出そうとしてみたが、うまくいかなかった。サリーが知る以上のことを聞かされていないのか、事件について話すことを禁じられているのかのどちらかだろう。

十時半には、建物の前に三人の記者がいた。じゅうぶん着こんでいるにもかかわらず、寒さに縮みあがっている様子なので、サリーは気の毒に思った。ひとりは裏の通用口から忍びこもうとして、憤慨した一階の住人に共有の庭から追い払われた。カーラはどんな気持ちでいるのだろう。何度かカーラに電話をかけたが、だれも出なかった。奇妙なことだが、サリーは責を一身に負いたかった。自責の念を感じているのか。そのころには、ふたりとも話しかける努力をしなくなっていた。

十一時になり、サリーは窓に面した自分の机の前にすわり、両手のあいだで湯気を立てるマグカップから少しずつ飲みながら、何かが起こるのを待っていた。いくつもの絵が脳裏に浮かぶ。木々の下の剝き出しになった地面へしみ入る血だまり。枯れ葉の山に半ば埋まった、ルーシーの傷ついた体。走り去る男。笑い声。炎のはじける音、鐘の鳴る音。丸石敷きの路面に積もった雪、藁くず、排泄物。目覚める直前に心を占めていた夢が、つかの間よみがえった。女の叫び声がしなかったか？　夢なのか、現実なのか。他人の声なのか、自分の声なのか。

「クロスワードはなさいますか」イヴォンヌが訊いた。

サリーは混沌から自分を引きずり出した。「いいえ――前はよくやったけど。最近はあまり時間がなくて」

イヴォンヌは《デイリー・テレグラフ》紙のクロスワード・パズルを解いていて、すでにかなりの個所を埋めていた。「時間がつぶれますよ。問題を言いましょうか」

サリーはかぶりを振った。本を読もうとしたが、集中できなかった。蝶のように心が飛びまわる。ポケットに手を入れて、ルーシーの靴下に手をふれた。これは自分のお守り、自分にとってのジミーだ。

主よ、お願いです。ルーシーがジミーを持っていますように。お願いです、あの子を返してください。

ふつうにふるまうことが肝心で、そうしないと強い精神安定剤を飲まされるか、悪くすれば入院させられてしまう。そうは言っても、いまや何がふつうなのかわからない。現実が非現実へと傾いている。実体のあるものが空虚になり、空虚なものが実体を持つ。もし人差し指を目の前のマツ材のテーブルに突き立てたら、そのまま板を通り抜けて下の空間へ届くかもしれない。家で何もせずに待っているなんて、現実とは思えない。セント・ジョージ教会でガールスカウト幼年団のバザーを手伝っていないのも、現実とは思えない。そして何より、ルーシーの居場所がわからないなんて、とうてい現実とは思えない。飢えた小動物さながら、ルーシーの不在はサリーの胃を食い荒らした。

「薬を飲まなくてだいじょうぶですか」イヴォンヌの声はさりげなさを装っていた。

「ええ、要らないわ」

通りで叫び声があがった。サリーが窓から見おろし、すぐにイヴォンヌもその横に来た。ひとりの男が腕を振りながら記者たちに怒鳴っている。

「だれかしら」イヴォンヌが言った。「ご存じの人ですか」

「マイケルよ。わたしの夫」

マイケルは疲れきっていた。サリーが抱擁すると体をもたせかけてきたが、ほかの反応はほとんどなかった。ひげが剃られておらず、目が血走っている。きのうの服のままで、汗のにおいがした。

「連中は何も話してくれない」サリーの髪に向かって、マイケルは不機嫌そうにささやいた。「おれに何もさせたくないんだ」

玄関に足音が響いた。イヴォンヌと男性の声がする。

マイケルは顔をあげた。「オリヴァーが付き添ってきた。マクサムが呼んだんだ。おれたちの仲がいいと、だれかに吹きこまれたんだろう。何かしたいのに、連中が考えつくのはおれに子守りをつけることだけだ」

戸口でオリヴァー・リックフォードがためらっている。古びた防水ジャケットにセーター、ペンキのしみの目立つジーンズというでたちだ。イヴォンヌはその向こうから首を出したり引っこめたりしている。イヴォンヌは背が低く、あと三十年もすれば肥満体になりそうだが、オリヴァーは長身でやせている。サリーは異邦人のまなざしでふたりを見た。ちがう世界の住人に思えてきた。

「残念なことになった」オリヴァーは爪の具合を調べるかのように両手をひろげた。「マクサムは全力で事にあたってくれているよ」

「外にいる禿鷹どもだってそうだ」マイケルは言った。「殺してやりたい」

「休んだほうがいいわ」サリーは言った。

マイケルはそれを無視した。「おれが下へおりたときにまだいたら、ひとり選んで殴ってやる。やつらにそう伝えてくれ、オリヴァー。事前に警告するんだから、フェアだろう」

サリーは一歩さがって、マイケルの腕を揺すった。「お風呂にはいって、眠ったらどう？」

マイケルはサリーの目を見据えた。「ばかを言うな。眠る？　いまから？　気が変になったんじゃないのか」そこで、顔から険しさが消えた。「すまない」手をサリーの腕に置く。

「自分でも何を言ってるかわからないんだ」

「サリーの言うとおりにしろ」オリヴァーの顔はきびしいが、声は穏やかだ。「歩きながら眠ってるぞ、マイケル。それじゃなんの役にも立たないさ」

「命令するな。おれはおまえのろくでもない部下じゃない」マイケルはオリヴァーからサリーへ鋭く視線を移した。顔がゆがむ。「ちくしょう」

よろめきながら部屋を出て、バスルームへ向かった。

オリヴァーはジャケットを脱いで、椅子に無造作に置いた。「手伝えることはあるかい」

サリーは答えなかったが、オリヴァーとともにあとを追ってバスルームにはいった。マイケルは浴槽のへりに腰かけて、洗面台に頭をもたせかけている。サリーは蛇口をひねった。

それからオリヴァーと協力して、マイケルを風呂に入れ、パジャマに着替えさせ、ベッドへ寝かせた。医者が置いていった薬のなかから、イヴォンヌが睡眠薬を二錠出してくれた。マイケルが眠りに落ちるまで、サリーは枕もとにすわっていた。

「犯人が見つかったら殺してやる。マクサムも殺してやる。あのぺてん野郎」時間がたつにつれ、マイケルの呂律はまわらなくなった。一度大きく目をあけ、サリーをまっすぐ見つめて言った。「こんなことがあっていいはずがない。そうだろう、サリー。全部おれたちのせいだ」

涙を隠すために、サリーはうつむいた。マイケルの言うことは理不尽だが、サリーの心の一部分は、実は正しいのではないかと恐れていた。

サリーにはもう目を向けず、マイケルはひとりごとを言った。「お願いだよ、ルーシー」

そして、おとなしくなった。目が閉じられ、呼吸がゆっくりと静まった。サリーは立ちあがり、足音を忍ばせてドアへ向かった。ノブに手をかけたとき、ベッドの上の体が少し動いた。

「いつもこうなるんだ」マイケルはつぶやいた――というより、つぶやいたのではないかとサリーは感じた。「不公平だよ」

サリーは寝室から出て、ドアをそっと閉めた。居間にはだれもいない。キッチンへ行くと、オリヴァーが流しに身をかがめてソースパンを洗っていた。

「イヴォンヌは？」

「サンドイッチを買いにいったよ」

サリーはすぐにふきんを手にとって、マグカップを拭きはじめた。「そんなことしなくていいのに」

「かまわないさ」

「仕事はいいの？」

「休みなんだ。マイケルはどうなった？」

「眠ってるわ」

「マイケルはさぞつらいと思う」オリヴァーはためらいがちに言った。わたしはつらくないとでも思うの、とでも叫ばれるのではないかと気づかっているのだろう。「同じ立場にあるほかの父親と比べて、ずっとつらいという意味だよ。知ってるだろうけど、似た事件をいくつも担当してきたからね」

　嫉妬が胸のなかで渦巻いた。サリーは食器を拭いて気をまぎれさせようとした。マイケルはめったに仕事の話をしない。結婚して数ヵ月はちがったが、その後は壁が築かれた。マイケルはもともとそういう性格だった、とサリーは強く自分に言い聞かせていた。妻のせいでそうなったわけじゃない、と。

　夫の人生は船のようにいくつかの仕切られた部分から成り立っているのではないかと考え

て憂鬱になったのは、今回がはじめてではない。サリーとルーシーとこの家。オリヴァーたちとの交友や仕事。名づけ親のデイヴィッド・バイフィールドと分かち合う過去。思考の流れを切り裂く刀のように、ルーシーがここにいないという事実が迫ってきた。サリーは後ろを向き、マグカップを食器棚にもどすふりをした。肩が震えていた。

一瞬ののち、オリヴァーの声が聞こえた。「すまない。こんなことを言わなければよかった」

サリーは振り返った。せまいキッチンだから、ふたりのあいだにあまり隙間はない。「あなたのせいじゃないわ。マイケルはさっきまで何をしていたの?」

「捜査妨害だ。ひとりで勝手に動きまわったんだよ。例の子守りの家のまわりをうろついて、近所の住民に聞きこみをしようとしたり」

そんなことをせずに帰ればよかったのに、とサリーは思った。「何かせずにいられなかったのね」かばうつもりではなく、事実を述べたにすぎない。

「マクサムの機嫌を損ねたのはたしかだ」

「わたしたち、これからどうすればいいのかしら」

「待つことぐらいしかできない。マクサムはやり手だと言われてる。結果は出す人間らしい」

ことばの微妙な響きに感づいて、サリーは言った。「好きじゃないのね」

「よく知らないんだよ。古株のひとりだ。もうすぐ定年になると思う。大事なのは、仕事ができるということさ」オリヴァーが言いよどんだので、何か隠しているとサリーは思った。「カウンセリングを受けたいかどうか、たぶん訊かれるだろう」オリヴァーはつづけた。「イエスと言ったほうがいいんじゃないかな。援助の申し出は全部受けるといいよ。これ以上つらい状況に自分たちを追いこむことはない」

「マイケルに助けが必要だと？」

「きみたちのような境遇に置かれた人は、みな助けが必要だ」

ふたりはだまって食器を洗い、ふきんで拭いた。それが終わると、オリヴァーはマイケルの様子を見にいった。そのあいだ、体を動かさずにいられなかったので、サリーは汚れ物のかごから衣類を洗濯機へほうりこんだ。スイッチを入れたあとで、衣類を分別《ぶんべつ》するのを忘れたことと、色あせしない衣類用の設定のままであることに気づいた。

「眠ってたよ」オリヴァーがキッチンのドア枠にもたれて言った。「ねえ、サリー」

「えっ？」

「ぼくは担当じゃないんだ。なんの権限もない」

「何が言いたいの」

「あまり力になれないってことさ」

「あなたは親切にしてくれてるわ」

「つまり、マクサムが何を考えているかを、マイケル以上にくわしく知ってるわけじゃないんだ」

「わかった」

サリーの声は低く、落ち着いていた。同時に心のなかで叫び声をあげていたことを考えると、それは驚きだった。**マクサムなんかくそ食らえよ。わたしはルーシーを取り返したいだけ。**自分は聖職者なのだから、たとえ心のなかであっても、そんな言い方をしてはならない、とすぐにおのれを戒めた。居間へ行こうとすると、オリヴァーが脇へ体をそらした。サリーはオリヴァーの背の高さを実感し、ふたりの体がうっかり接触しないように相手がうまく身を引いてくれていることにも気づいた。それから居間の窓へ歩み寄って、下の通りへ目をやった。

オリヴァーは肘掛け椅子からジャケットをとった。「まだいるかい」

「六人見えるわ。ふたりが近所の人に話しかけてる」サリーは窓からさがった。「包囲されてるのね」

「親戚か友達のところへ行くほうがいい」

「だけど、ルーシーが帰ってくるのはここよ。電話番号も住所も知ってる」

「電話は転送できるし、ルーシーが帰った場合に備えてだれか残すこともできる」オリヴァーがじっと見おろしたので、サリーは自分が皿の上の標本になった気がした。「考えてみてくれ。まだはじまったばかりなんだ。解決しなければ、もっと人数が増えるだろう。ラジオやテレビの連中も来るかもしれない。まるでサーカスだ」

オリヴァーの言うとおりかもしれないと認めながらも、そう考えるのは気が進まなかったため、サリーは肩をすくめた。

「もしよかったら、今晩電話するよ」オリヴァーは先がわずかに右へ曲がった細長い鼻をさすった。「ぼくの番号を書いておこうか」

サリーがペンと紙を渡すとき、ふたりの目が合った。オリヴァーはそつなくふるまおうとしているのだろうか。マイケルが家族と友人とのあいだに目に見えない壁を築いていることを察しているのだろうか。リックフォード家がホーンジーにフラットを購入したことは知っているが、住所も電話番号もわからなかった。

「今年いっぱい休みをとってるんだ」オリヴァーは言った。

「シャロンとどこかへ行ったりしないの?」

「実は、シャロンはもういないんだよ」オリヴァーはジーンズの小さなしみをこすった。「二度と帰らない。ふた月前に出ていった。どうにもならないということで、意見が一致してね」

「ごめんなさい」またしてもマイケルのことばが足りなかったことを、サリーは思い知らされた。もはや屈辱感を通り越している。

「シャロンはサマセットで――ぼくたちの昔の職場で、仕事を見つけたんだ」オリヴァーはどんなことでもいいから、気分転換の必要を感じているのだろう。「ちょうどいい頃合だったよ」

「別れるにあたって、前向きな理由もあったわけね」

オリヴァーはうなずいた。話しやすい人だ、とサリーは思った。呑みこみが早く、威圧感がない。オリヴァーとシャロンが別れたことには驚かなかった。ふたりは似合いの夫婦ではなかった。シャロンは気が強く頭が切れる女性で、人生の目的がはっきりしているという印象があった。

「いまもいい友達だよ」オリヴァーは指を震わせ、いい友達ということばを目に見えない引用符でくくった。「でも、いまはこんな話を聞きたくないだろうね。帰る前にぼくにできることはあるかい」

サリーは首を横に振った。「マイケルを連れ帰ってくださって、ありがとう」

その文句はばかばかしいほど堅苦しく聞こえた。パーティーのあと、子供を家まで送ってくれたあまりよく知らない人に、母親がお礼を言っているような口調だ、とサリーは思った。相手が話すのを互いに待つあいだ、沈黙が支配した。鍵をあける音がそれを破り、緊張が解けた。振り返ると、イヴォンヌが部屋にはいってきた。化粧の下の顔が青ざめて見える。

「テレビのニュースを観ました？　それともラジオで聞きました？」イヴォンヌはだしぬけに言った。

サリーはそちらへ足を踏み出したが、よろけて椅子の背にしがみつき、小声で言った。

「何があったの？」

イヴォンヌは口を開き、みごとに整った歯並びを見せた。しかし、ことばにならなかった。

「さあ、話して」オリヴァーがきびしい声で言った。

「あの記者たちが」イヴォンヌは目をしばたたいた。「例の話を聞いたかと言うんですよ」サリーのほうを向く。「申しあげるのは気が引けますけど、けさ子供の手が発見されたそうです。手だけが。キルバーン墓地の墓石の上に置いてあったということです」

4

われわれの内側にはそれぞれにひそむ敵があり、外側にはより悪辣な敵が公然と存在する。

——『医師の信仰』第二部七節

十一月三十日、土曜日の朝、エンジェルはエディの寝室のドアをあけ、戸口に立っていた。額縁に囲まれた絵のようだ。

「起きてる?」

エディはベッドの上で起きあがり、眼鏡に手を伸ばした。エンジェルが着ているのは、部屋着にしている長く白い木綿のガウンで、どことなく聖職者を思わせる。ふだんのこの時間と同じく、輝く髪をヘアネットでまとめている。エディは化粧をしていないエンジェルが好きだった。素顔のときも美しいことに変わりがないばかりか、柔らかさが化粧で隠されず、大人のなかに子供が垣間見える。

「朝食はふたりだけよ。ルーシーは寝かせておきましょう」

「いいよ。下へは行ったのかい」エディは階段がきしむ音を先刻聞いていた。

「知ってるんでしょう？　ルーシーはだいじょうぶ。赤ん坊みたいに寝てるわ」

ほっとすると同時に、罪悪感を覚えた。「やかんをかけてくるよ」

しばらくして、エディはキッチンへおりた。やかんに水を入れ、湯が沸くのを待ちながらテーブルの上を整えた。すでに洗濯機がまわっていて、丸窓から小さな白いものが見える。ルーシーの肌着かタイツだろう。洗濯機の動きが穏やかになると、エンジェルがバスルームで動きまわる音が聞こえた。ゆうべほとんど眠れなかったので、頭が朦朧としている。きのうの午後の無謀なふるまいをエンジェルが許しているかどうかはわからない。しかし、ルーシーを無事に地下室に留め置けたことを喜んでいるのはまちがいない。それがきのうの件を帳消しにしてくれればいい、とエディは願った。

かなりたってから、地下室へ通じるインターホンの受信機を持って、エンジェルが二階からおりてきた。調理台の上のソケットにプラグを差すと、小さなスピーカーから空電音が聞こえた。

「ルーシーが寝てるあいだに洗濯しようと思ったの」エンジェルは言った。「ほとんどルーシーのものよ。あのおもちゃがひどいにおいだから」

「ジミーのこと？」

エンジェルはエディを見つめた。「だれ？」

「人形だよ」

「あの子がそう呼んでるの？　あんなもの、人形じゃないわ」

エディは肩をすくめて、議論を避けた。

「いずれにせよ、洗わなきゃならないのよ」エンジェルはつづけた。「だからいま洗うの。気持ち悪いだけじゃなくて、不衛生だもの」

エディはだまってうなずいた。ジミーは布製の小さな人形で、丈は四、五インチしかない。きのうルーシーは、母親が作ってくれたと話していた。大部分は青だが、顔だけは色あせたピンク色で、目鼻や髪が縫いつけられている。ルーシーにとって特別な人形なのだろう、とエディは思った。自分にとってのミセス・ワンプと同じだ（ミセス・ワンプはいまも二階の整理棚のなかで靴箱にしまいこまれ、ハンカチのシーツとタオルの毛布にはさまって安らかに眠っている）。ゆうべのルーシーはジミーを抱きっぱなしで、指を吸いながらしじゅうにおいを嗅いでいた。眠っているときでさえ、握ったままだった。

「ルーシーはわたしがあの歳だった時分に似てる」朝食をとりながら、エンジェルは言った。「もちろん、髪の色はルーシーのほうがずっと濃いわよ。でも、ほかは驚くほどそっくり」

「けさはあの子に会ってもいい？」

「どうかしら」エンジェルはレモン・バーベナのハーブティーをひと口飲んだ。「本人の様子によるわ。最初はあまり居心地がよくないと思う。わたしたちに慣れさせる時間もやらないと」

だけど、連れてきたのはぼくじゃないか。エディはそう言いたかった。「あの子は奇術セットをほしがってる。〈ウールワース〉で買えるよ。たしか十二ポンド九十九ペンスだ。朝のうちに買ってこようと思うんだ。どっちにしろ、買い物に出なきゃならないし」

「ほかにも似てるところがあるの」エンジェルは夢見るような声で言った。「性格がね。ほかの子とは比べ物にならない。もちろん、あの子は四番目よ。四番目はとても大事」

「どういうこと？」

「それは──」エンジェルはことばを切った。「奇術セットがどうかしたの？」

「ルーシーがほしがってる。買ってきて、午後にでもプレゼントしようかと思うんだけど」

エンジェルはスプーンを碗と口のあいだで止め、エディに目を向けた。「ルーシーはほかの子とちがうのよ。わかる？」

「うん」エディは目を伏せた。青い瞳ににらまれるのは、太陽をじかに見るのに近い。「わかると思う」

わからなかった。なぜルーシーは特別なのだろう。かわいらしさではシャンタルやケイティをしのぐほどではないし、頭のよさやことばの歯切れよさではスーキに及ばない。それに、四番目であることがどうして大事なのか。

エディはひまわり油の低脂肪マーガリンを全粒粉のトーストに薄く塗りながら、エンジェルのことを、数千年前に人類が住んでいた豪華な遺跡のようだと思った。苦労して土の層を取り除いても、その下にまだあって、さらにその下にもあり、果てしなくそれがつづく。進化の最後の部分を理解したくても、それに先立ついくつもの過程がわからなければ、理解できるはずがない。

エンジェルはナプキンを口に押しあてた。「何かプレゼントしたいのなら、人形を買ってあげればいいじゃない」

「だけど、あの子は奇術セットをほしがってる」

「人形があれば、あのぼろきれから気をそらすでしょう。なんて呼んでいたっけ」

「ジミー」

インターホンからかすかに音が聞こえた。

エンジェルは首をかしげた。「しいっ」

猫のような泣き声がキッチンに流れた。

ジェニー・レンは人形が好きで、大人の生活を模した豪華な装飾品を身につけられるたぐいを特に気に入っていた。本名はジェニー・レノルズだったが、エディの父はいつもジェニー・レンと呼んだ。太り気味で、髪の色は濃く、目鼻が小作りで、いつも驚いた表情をしていた。

ジェニーの父は小さな工務店を経営していた。いまも妻とふたりで、ロシントン・ロードの裏にある公営アパートに住んでいる。レノルズ宅のベランダは、二九番地の庭から木々を隔てた上方に見える。その場所を知ったとき、エディは悟った。アリソンとふたりで見た、カーヴァーズの上空へ目をやっていたあの女は、ミセス・レノルズだったにちがいない、と。

ジェニー・レンはひとりっ子で、エディより二歳年上だった。グレイス家をはじめて訪れたのは一九七一年の夏で、サンディというお気に入りの人形を決まって持ち歩いていた。その夏にはアリソンも遊びにきていて、よくジェニー・レンをからかって笑い、エディも仲間意識からそれに加わった。

なぜ父のスタンリーがジェニー・レンに興味を持ったのかはわからない。スタンリーはチャリティの寄付を募るためによく戸別訪問をしていたから、顔が広かった。ミスター・レノルズがグレイス家の工事をしたのか、スタンリーがレノルズ家に資産運用の助言をしたのか。何かの折に、ジェニー・レンを路上で呼び止めたのかもしれない。エディは父のやり方をじかに見て知っていた。

「かわいいお人形を持ってるね」スタンリーは女の子に言う。「お人形の名前は?」やがて女の子が答えると、「そりゃいい名前だ」と応じる。「うちに人形の家があるのは知ってるかい？　きみのお人形はそいつを見にきたいんじゃないかな。もちろん、まずパパとママに訊いてみるといい」

相手がレノルズ夫妻のような心配性の親なら、スタンリーは注意深く説得した。「ええ、エディが友達をほしがってるんです。ひとりっ子で、少しさびしがり屋でしてね。家内に電話させて、時間を決めましょう。お茶の時間あたりはいかがですか。セルマもケーキを焼く口実ができると言って喜びますよ」

子供たちを誘うにあたって、セルマはそれなりの役まわりを演じたわけだが、そのせいで苦手な近所付き合いをしばしばせざるをえなくなった。だが、玄関口を女の子がくぐるや、できるだけ掛かり合いにならぬようにつとめた。スタンリーとセルマのあいだでは、女の子を〝小さなお客さん《リトル・ビジター》〟、略して〝LV〟と呼んでいた。

それはたいてい、キッチンのテーブルを囲んでのお茶の時間からはじまった。出されるものは日ごろよりはるかにぜいたくで、レモネードかコカ・コーラにチョコレート・ビスケットとケーキが加わった。

「おや、お茶か」スタンリーは青白い頬に皺を寄せて微笑んだものだ。「こいつはいい。猟犬みたいに腹ぺこだから」

お茶の時間に、セルマは必要最小限しか口をきかなかったが、食べることにかけては、いつもと同じく貪欲ですばやかった。食べ終わって、セルマとエディがあと片づけをはじめると、スタンリーはLVを地下室へ連れていき、中からドアを閉めた。ふたりが地下室でドールハウスを見ているあいだ、エディとセルマは何事もないかのようにふだんどおり過ごした。LVを家へ帰す時間になると、セルマとエディはたいてい無言のまま、歩いて両親のもとへ送り、スタンリーはひとり家に残った。

何も問題が起こらなければ、また来てくれた。そこでスタンリーは第二の趣味である写真の話題を持ち出した。例によって、両親の扱いには細心の注意を払った。お嬢さんの写真を二、三枚撮ってもよろしいでしょうか。お嬢さんは実にすばらしい。近々、全国規模の写真コンテストがありまして、もしご承諾をいただけるのなら、お嬢さんの写真を出品してみたいのです。ご両親にも焼き増ししてさしあげましょう。

アリソンが引っ越したあと、スタンリーははじめて、LVがいるときにエディを地下室へ誘った。

「大きな椅子にふたりがいる写真をとりたいんだ」スタンリーはセルマとエディのあいだの空間に向かって言った。「ひとりが金髪で、もうひとりが黒っぽい髪だとうまくいく」

エディは胸を躍らせた。招かれたのは父が自分を認めてくれたしるしだと思い、うれしかった。そのときのLVはジェニー・レンだった。

最初の午後のことは鮮明に覚えているが、記憶というものの常で、どの程度が事実そのままでであるかは定かでない。エディもジェニー・レンも、恥ずかしさのあまり多くのことばは交わせなかったし、どのみち二歳の年の差は当時のふたりには大きかった。子供ふたりが腰かけてもじゅうぶん余裕があるヴィクトリア朝風の低い肘掛け椅子に、スタンリーはエディたちを膝から肩まで寄り添わせてすわらせた。脚を引っ張ったり腕を垂れさせたりして、ふたりの姿勢を調整した。カメラはすでに三脚に取りつけられていた。

「さあ、力を抜いて」スタンリーはふたりに言った。「お姉さんと弟のつもりになってごらん。じゃなきゃ大の仲よしでもいい。エディ、頭をジェニーの肩に載せて。そう、ジェニー・レン、エディににっこり笑いかけるんだ。さあ、こっちを見て」目を細めてファインダーをのぞきこむ。「笑って」

シャッターが音を立てた。ジェニー・レンが吐く息はチョコレートの甘い香りがした。ドレスは腿の付け根までまくれあがっている。椅子に貼られた粗い布がエディの素肌をこすり、掻きむしりたくなった。椅子のかびくさいにおい、くたびれた生活の凝縮されたにおいを覚えている。

「さあ、また撮るよ」カシャッ。「よし。じゃあ、ジェニー・レン、脚を少しあげて。そう」カシャッ。「こんどはエディ、ほっぺにキスするふりをしてごらん。ちがう、そうじゃない。顔をあげて、しっかり目を見るんだ」カシャッ。「つぎはジェニー・レンだけの写真を何枚か撮ろう。その前にチョコレートはどうだい」

写真だけではなかった。スタンリーはふたりにドールハウスを見せた。スタンリーの許しを得て、ジェニー・レンは人形のサンディをドールハウスに押しこみ、椅子にすわらせたりベッドに寝かせたりしたが、サンディはあまりに大きすぎるし、ジェニー・レンの動作もぎこちなかったので、小さな家具がいつも危険にさらされた。子供たちは大きなチョコレートの箱から自由に食べてよかった。エディは食べすぎて気持ちが悪くなった。やがて、ジェニー・レンが家へ帰る時間になった。

「よかったら、こんどの週末も遊びにおいで」

ジェニー・レンは口にチョコレートを頬張って、ドールハウスを見ながら首を縦に振った。

「そのときまでにフィルムを現像しておくよ。写真を何枚かあげるってパパとママに伝えてくれないか」

つぎの週末には写真ができていた。またチョコレートが出され、ポーズをとって撮影し、ドールハウスで遊んだ。スタンリーが特別な芸術写真を撮るというので、子供たちは服を一部脱いだ。そのつぎの週末は一日じゅうとても暑く、初秋なのに夕方まで真夏を思わせた。スタンリーの提案で、子供たちは服をすべて脱ぎ捨てた。

「芸術作品のモデルは服を着ないものだ。知ってるね。ふたりともおこづかいをもらうのはいやじゃないだろう？　そう、有名な芸術家はモデルにお金を払うんだよ。だからきみたちにも払うつもりだ。でも、ここだけの秘密さ。これは大事なことだ。秘密にできるね？」

撮り終わると、ジェニー・レンが帰る時間になるまで三人で遊んだ。暑かったので、スタンリーも服を脱ぐことにした。

「気にしていないね、ジェニー・レン？　エディはだいじょうぶ。わたしの裸を見慣れてるから。これも秘密だよ」

そういうことが繰り返された。ジェニー・レンだけでなく、ほかの子が相手になることもあった。スタンリーの芸術的感覚を刺激するのはいつも女の子だった。子供心に、エディは自分が脇役であると気づいていた。撮影のときも遊びの時間も、自分の役割はあの肘掛け椅子と大差がない。父の関心はいつも自分ではなく、女の子に向けられていた。時がたつにつれ、地下室へ誘われる回数も減っていった。

思春期になると、エディはまったく呼ばれなくなった。あるとき、勇気を振り絞って地下室のドアをノックしてみた。そのころエディは十四歳で、スタンリーはいちばん新しいLVであるレイチェルという少女の写真を撮ろうとしていた。明るい茶色の髪と用心深い目を持った、そばかす顔の女の子だ。父の重い足音が階段に響き、鍵がまわってドアが開いた。

「なんだね」

「あの、よかったら……」エディは父の肩越しに地下室を見た。三脚にカメラが載っていて、レイチェルはドールハウスをいじっている。「つまり……前みたいに」

スタンリーは月のような顔で息子を見つめた。「だめだ。おまえをきらってるわけじゃない。子供の写真には雰囲気というものがあるんだ」

「はい」エディは恥ずかしさで顔が熱くなり、あとずさった。「わかりました」

「小さい子は芸術的だ」スタンリーはここぞとばかりに、自分の写真が高尚な芸術であると強調した。「古代の彫刻家たちに尋ねてみるといいさ」そこで振り返り、地下室のなかへ目をやった。まるでフェイディアスが肘掛け椅子からうなずき、プラクシテレスが窓のそばの作業台に寄りかかって励ましの笑みを浮かべているかのように。スタンリーはドールハウスに夢中になっているらしいレイチェルを見て言った。「子供は柔軟だよ」


幼いころはエディもスタンリーを尊敬し、喜ばせたいと思っていた。やがて、父は天気のような存在――それ自体はよくも悪くもなく、時と場合によって変化する存在になった。そして、スタンリーが自分の趣味の芸術性について講釈を垂れたとき、エディは悟った。自分は父がきらいで、それもかなり前からそう思っていたことを。

父をきらう気持ちはエディの分別を失わせ、いくつかの結果となって表れた。些細なことも多く、たとえば、こっそり父のお茶に唾を吐いたり、父の靴を持ち出して、歩道に落ちている犬の糞にかかとを押しつけたりした。しかし、中には尾を引いたものもあり、父よりもむしろエディ自身に大きな影響を与えた。ある意味では、エディが教師になったのはスタンリーのせいであり、そのことでエディは父を許さなかった。

　高校の最終学年に、エディは将来考古学者になりたいと打ち明けた。スタンリーがパラディン保険を退職する数ヵ月前のことだ。

「ばかを言うな」スタンリーは言った。「考古学なんて金にならないぞ。勤め口だってそうあるわけがない。まともな仕事は見つからないさ」

「だけど、興味があるんだ」

「ローンの返済もできない仕事はだめだ。趣味にすればいいじゃないか」

「考古学者にだって仕事はあるよ」

「恵まれた一部の人間にだけだろう。トップクラスの学者だけだ。百万人にひとりだよ。現実を見ろ。パラディン保険で面接を受けられるように手配しようじゃないか。人事部に知り合いがいるから」

　結局、エディは考古学の世界で仕事をする土台を築くべく、ロンドン郊外の技術専門学校《ポリテクニック》で歴史学を学ぶことにした。それは楽しいものではなかった。成績はよくなかったが、内容がむずかしかったと言うより、すべきことが多すぎてどれが重要かを判断できなかったからであり、そのうえ、妄想にふける癖も災いした。自宅からかよっていたせいで、ほかの学生とも隔たりができた。最初の夏休みに、エディはエセックスの遺跡発掘現場で二週間過ごし、そこでひげを伸ばしはじめた。雨が降りしきり、作業はつらくて退屈だった。考古学への興味はすっかり消え失せた。

まばらで中途半端ながら、ひげを生やしつづけたのは、何よりも父へのあてつけだった（「だらしない与太者みたいだ。まともな仕事に就きたいなら剃ってしまえ」）。反抗心のしるしとして、ひげは将来の考古学のキャリアと比較にならないほど貧弱だが、何もないよりはましだった。

スタンリーはなおもパラディンへの就職を迫り、採用の枠があると繰り返し言い聞かせた。

「ずっとおまえの右耳に言いつづけてきたがね」エディの最終学年の終わりが近づいたころ、スタンリーは言った。「いや、両耳にだ。法曹関係の友人がいるのは悪いものじゃない。そしてもちろん、元社員の息子は、会社ではまちがいなく有利なスタートを切れる。ただし、そのひげはいただけないぞ」

いま思うと、パラディンに就職すれば、エディの能力と必要に見合った仕事ができたかもしれない。ところが、言いだした本人が期せずして芽を摘むことになった。そのとき、エディは逃げ道を求めて部屋を見まわした。父が椅子の肘掛けにひろげていた《イブニング・スタンダード》紙の見出しのひとつが目に留まった。〝新給与体制の教師ら声をあげる〟。その近くに、プラカードを掲げた教師たちの写真が載っている。何人かがひげを生やしていて、それが決め手となった。

「成績がよかったら、教師になりたい」

スタンリーは鋭く反応した。「そうか。小さい子供たちを教えられるといいんだがな。噂どおりなら、近ごろの年長の子は手がつけられなくなってるらしい」

「中学や高校のほうがずっとおもしろそうだな。学問として」十六歳で学校を去り、息子の得た資格の多くを手にしていないことをスタンリーに思い出させるために、エディは〝学問〟ということばを使った。

「おまえの人生だ」スタンリーは答えた。自分が教養の面で劣っていることは気にしていないらしい。「昔のようには、教師は尊敬されていないがね。長い休暇はありそうだが」

「教師は休暇中も仕事しなきゃいけないんだ。楽じゃないよ」

スタンリーはゆっくりと煙草に火をつけた。「ああ」煙を吐き出す。「もう一度言うが、おまえの人生だ。やれるかどうかわからないけれど、それはおまえの問題だぞ」

セルマも同じ部屋にいたが、会話にはまったく加わらなかった。エディはいまでも、両親がもっと巧みに自分を導いてくれれば、その後の悲劇を避けられたはずだと思っている。両親のあと押しを受けたので、エディはあえてもう一年学校に残って、教員免許を取得した。幸運にも――あるいは、不幸にもと言うべきか――教育実習では、中流階級の生徒が集まる静かな学校に派遣された。クラスの人数が少なく、教えていてつまずいた場合は懇切ていねいな指導を受けた。エディはその時点で、自分は生まれながらの教師ではないものの、運と忍耐によってどうにかなると信じていた。

しかし、デイル・グローブ総合中等学校《コンプリヘンシブ・スクール》からすれば、エディなどお呼びではなかった。その学校があったのはロンドン北西部のケンサル・ヴェイル付近で、当時でさえ市当局が見放していた地域だった。そこに応募したのはロシントン・ロードから地下鉄でかようのに便利だからで、エディも両親も、話し合うまでもなく、当面は自宅に住むのがいいと考えていた。

生徒の秩序を保つことは、教師という仕事の最も厄介な面だった。それがうまくいかなかったために、ほかの教師との関係にも影響し、エディは苛立ちと軽蔑が入り混じった視線で周囲から見られた。話を聞いている生徒が最前列の三、四人だけで、残りは騒々しい小グループに分かれて好き勝手にふるまっていることもよくあった。

エディは生徒を恐れ、それが当人たちにも伝わった。生徒の騒ぎ声や甲高い笑い声、げっぷや屁、にきびや吹き出物、妙な服装やさらに妙な習慣を見聞きするにつけ、異様で気味が悪いと思った。図体の大きい野獣にすぎない男子生徒よりも、女子のほうが性質《たち》が悪かった。人をあざけっては喜び、手口も巧妙で、鮫が水中で血のにおいを嗅ぎつけるように、相手の弱点を見つけ出した。エディは猛獣の群れのなかに落とされていた。

夏学期が終わるころには、事態は危機に瀕していた。エディには相談する相手がいなかった。父が健康を害し、母は扱いづらい人間なので、家族を頼ることもできない。そんな状況だから、悪化の一途をたどるのも当然だった。

ふたりの女子生徒が、エディに対する性的ないやがらせを公然とはじめた。名前はマンディとシアン。ふたりともエディより背が高かった。マンディはにきび面でやせていて、長く柔らかい赤毛を持ち、シアンは太り気味で、並はずれて発育がよかった。ふたりのいやがらせは、教室の後ろでひそひそとあてこすりを言うことからはじまった。「先生ってセクシーだと思わない?」それは徐々に勢いづいた。「ねえ先生、この本でわからないことばがあるの。〝精液〟ってどういう意味ですか」

抑えつけることに失敗するたび、いじめは激しさを増した。

「わたし、テディベアといっしょじゃなきゃ眠れないのよ」マンディはクラスじゅうに聞こえるように言った。

「あたしもよ」シアンが応じた。「うちのはエディ・テディっていうの。あったかくて、抱きしめたくなっちゃう」

教室にはいると、エディの机には不快ないたずら書きがあった。生来の話し上手であるマンディは、耳を傾ける相手にはだれでも——つまり、クラスのほとんどに——卑猥な冗談をぶちまけた。

数週間が過ぎ、シアンのスカート丈は日に日に短くなった。ふたりは前の席につくのが常だった。並んで椅子を引いて、脚をひろげてすわり、いやでも下着がエディの目に留まるようにした。それはおよそ学生にふさわしくない、それどころか商売女ぐらいしか身につけない代物だった。七月はじめのある日、マンディは明らかに何も穿いていなかった。

金曜日の午後遅くに、最悪の事態が訪れた。エディは生徒たちが帰宅したと思っていたので、警戒心をゆるめていた。教室で机の前に腰かけ、一週間の授業を終えてひと息つきながら、来週の授業の計画を練っていた。

そこへマンディとシアン、そのほかに三人の女子生徒が何食わぬ顔で現れた。マンディとシアンはエディの両脇に立った。ひとりの女子生徒が戸口で監視をはじめ、残りのふたりは観客になった。

「先生、わたしとしたくない？」マンディが左からささやいた。椅子の後ろに手を載せて、エディにもたれかかった。

「だめ——あたしとよ」シアンはシャツの第二ボタンまでをはずした。「もっといいこと。ほんとうよ、先生。あれをしゃぶってあげる」

エディは椅子を後ろに押しやろうとしたが、マンディが足を椅子の後ろに固定させ、手で背もたれを押さえていたので、びくともしなかった。

ほかの少女はくすくす笑い、ひとりが大きなかすれ声で言った。「見て——あそこ、硬くなってるよ」

マンディもシャツのボタンをはずしはじめた。「さあ。おっぱいをなめて。シアンのよりい味がするはずよ」

エディは声を絞り出した。「やめなさい」声を強めた。「すぐにやめるんだ。やめろ！　やめろ！」

「無理しないで、先生。やりたいくせに。さあ、認めなさい」

「やめろ！　やめてくれ。でないと報告──」

「もし報告するなら、先生にいたずらされましたって言うもの」

「グレイス先生は最低の変態だってね」シアンが言った。「こっちには証人もいる」

いまやシアンのシャツは、ボタンがすべてはずされていた。毒々しい黒のブラジャーに包まれた豊かな乳房を、エディの顔に強く押しあてた。レースが鼻をこすった。すえた汗のにおいがした。

「ねえ、ファックして」シアンはささやいた。

エディは飛びあがり、椅子を突き倒した。マンディが金切り声をあげ、エディの股間をまさぐった。エディはブリーフケースを投げ出して、ドアへ走った。少女たちの手がつかみかかる。戸口の監視役にぶつかったが、壁へ突き飛ばした。笑い声は廊下まで追ってきた。学校の駐車場を駆け抜け、若者の集団を散らしながらも、開いた窓からの笑い声が聞こえた。ある意味では、最後の屈辱が訪れたのは幸いだった。失敗にはその代償が付き物だから。

翌週の月曜の朝、エディは学校の事務官に電話をかけた。これまで病気を理由にしたことが多かったから、やむをえず祖母が危篤という口実をひねり出した。同じ日に主治医のもとへ行ったところ、五分間の診察ののち、精神安定剤を処方された。火曜日には校長宛に辞表を書いた。

「驚かないね」エディが打ち明けると、スタンリーは言った。「最初からこうなると思っていたさ。言ったろう？」

「父さんにはわからないよ。ぼくは教育の現場の根っこにあるものに絶望したんだ」

スタンリーは眉をあげ、不信感をしぐさで示した。「いまさら何を言う。パラディン号にはもう乗れないぞ。ただし、もしよければ、わたしが――」

「いや」**パラディンなんか吹っ飛んでしまえ。**「それは勘弁だよ」

「じゃあ、これからどうするつもりだ」

そのときは質問に答えられなかったが、年がたつにつれ、答はおのずと明らかになった。はじめは、気乗り薄ながらも、小学校の教師になるために再教育を受けようかと考えた。しかし、たとえ小さな子供が相手でも、熱意が湧かなかった。いずれにせよ、デイル・グローブの校長がまともな推薦状を書いてくれるとは思えない。規則上の問題がないにしても、マンディとシアンがエディを被害者ならぬ加害者にして、性的いやがらせの噂を広めている恐れもあった。

その夏、さらにひどいことが待ち受けていた。チャールストン・ストリートのプールで起こったいまわしい出来事だ。子供のころ、エディもそこで泳ぎを覚えたが、あまり上達しなかった。古い建物で、音がよく反響し、汚れた足や塩素のにおいがしみついていたものだ。デイル・グローブをやめてからふた月のうちに、エディは何度かそのプールへ行ったが、ひとつには、家から抜け出して、いまやほとんど寝たきりの病人となった父から離れたいからだった。

更衣室はきらいだった。騒いでいる少年たちがデイル・グローブの生徒を思い出させるからだ。プールはしばしば混んでいて、それも好きになれなかった。他人の前で服を脱ぐのもいやだった。腹や腿についた贅肉や、体毛の薄さや、背丈の低さが気になってしかたがない。けれども、水のなかで体を冷やしたり、小さな子供たちを観察したりするのは楽しかった。

少女が泳いで競争するところや、母親が子供に泳ぎを教えているところを、よくプールサイドで見ていたものだ。大人が付き添っていない子、プールを眼下に望むバルコニーにさえ保護者がいない子が何人かいた。母親が仕事に出ているせいで鍵っ子にされた子供たちだ。自分の母は学校から帰ったときも、休みの日もずっと家にいてくれたから、エディは子供たちが気の毒になって同情の目を向けた。

ときにはそんな子と仲よくなって、いっしょに遊ぶこともあった。子供を水上高く投げあげて、落ちる途中で受け止め、くすぐって笑い転げさせるのが、エディは大好きだった。あるとき、エディはジョージーという小さな女の子とその遊びをしていた。ジョージーの面倒は十歳の兄が見ることになっていたのに、プールの深いところで友達とふざけるのに夢中だった。こんなか弱い子をほうっておくなんて、母親は何を考えているのかと、エディは憤慨していた。

「おもしろい人」ジョージーは言った。「ミスター・ファニーと呼ばせてね」

エディはつぎの日もプールに出かけ、ジョージーを捜した。

「こんにちは、ミスター・ファニー」大きな声がした。

数分間、ふたりで遊んだ。四度目にほうりあげようとしたとき、ジョージーの顔に驚きの色がひろがった。その直後、エディは肩を叩かれた。振り返ると、監視員のひとりが、トラックスーツを着た年輩の小男と並んでプールのへりに立っていた。

年輩の男が言った。「もういいだろう。さあ、出なさい。子供をおろして」

エディは敵意に満たされたふたつの顔を順繰りに見た。別の監視員がジョージーの兄を連れて歩いてきた。不当だと思ったが、エディは逆らわなかった。逆らっても無駄だとわかっていたからであり、トラックスーツの男がこわかったからでもある。

はしごをのぼった。周囲の視線を感じた。ほかの監視員ふたりも、泳いでいた何人かの大人も、自分を見ている。だれもが話すのをやめた気がした。聞こえるのは、プールサイドに打ちつける水の音と、拡声器から響くゆがんだロック・ミュージックの低音だけだ。ふたりの男はエディを更衣室へ連れていった。

「服を着なさい」年輩の男が命じた。

ふたりにはさまれたまま、エディはどうにか服を着た。体についた水を拭くこともできなかった。どうしようもなく恥ずかしかった。着替えるのを人に見られるのは大の苦手だ。やがて、更衣室にいるほかの者も異変に気づいた。人々の話し声はしだいに小さくなり、エディがサンダルのストラップを留めるころには、だれも話していなかった。

「こっちだ」年輩の男がドアをあけた。エディは廊下をついていき、受付へ向かった。若い監視員が後ろからつづく。年輩の男はエディを外へ連れ出すのではなく、左へ曲がって〈管理官室〉と書かれたドアの鍵をあけた。男は脇へ寄り、エディに前へ進むように手で示した。そこは小さなオフィスで、備品がぎっしり置かれ、三人はいっただけで息が詰まりそうだった。カールのかかった短い金髪にたくましい体つきの監視員が、ドアを閉めてもたれかかった。

「身分証明書を出しなさい」管理官が手を出した。「さあ」

エディは財布を探りあて、運転免許証を出して渡した。管理官は詳細を書き写した。大きく息をしながら、慣れない手つきでペンをゆっくり動かしている。エディは待つあいだ震えていた。相手の静けさが不気味に感じられ、いまにも殴られるものと思っていた。

管理官はようやく免許証を投げ返し、エディは受けとりそこねて、床にひざまずいて拾った。管理官は机の上にペンを落とし、エディに一歩近づいた。監視員が何やら言いたげなため息を漏らした。

「きみのことはずっと見張っていた。きみの行為は好ましかったと言えない。苦情もいくつかあった。当然だと思う」

エディはようやく声を出した。「何もしていません。ほんとうです」

「だまれ。壁の前に立て」

エディは壁までさがった。管理官は机の抽斗をあけて、カメラを取り出した。カメラをエディに向け、ピントを合わせてシャッターを押す。フラッシュが光った。

「きみは出入り禁止だ」管理官は言った。「きみの外見上の特徴はほかのプールにも通知する。もう子供には近づくな。警察に通報されないだけましだと思いなさい。わたし個人としては、おまえの一物を切り落としてやりたいところだ」

あまりに理不尽だった。自分は子供たちと遊んでいただけだ。手をふれなければ遊べないし、向こうも自分にふれた。もちろんただの遊びで、それ以上のものではない。

恐ろしかったのは、プールにいた人々がありのままの現実を見ようとせず、エディの心のなかへ立ち入って、何が起こるはずだったのか、何を起こそうとしていたのかを穿鑿《せんさく》していたことだ。丸裸にされてしまった。今後は慎重にせざるをえない。となると、結論は明らかだった。子供と遊びたかったら、人目についてはならない。大人が近くにいると、楽しみを台なしにされてしまう。

夏が秋に変わった。両親にせき立てられ、エディは二件の事務職に応募したが、どちらも採用されなかった。両親には、家庭教師の派遣会社に登録したと嘘をついた。自分の将来像を思い描いてみても、退屈で孤独な姿しか浮かばない。両親の無言の圧力が冷えきった土のように感じられたが、デイル・グローブやプールでの一件を知る人に会うのがこわくて、外出するのが億劫だった。

あたたかいうちは、テレビの前にスタンリーとセルマを残し、悪臭の漂う古びた家から広々とした庭へと抜け出した。カーヴァーズのかなたの線路を列車が走る音に耳を傾けた。レノルズ家のベランダに植えられたゼラニウムの陰から、夫人の姿が見えることもあった。一度、太り気味の女と熱心に話していた。おそらくジェニー・レンだろう。醜いアヒルの子がさらに醜くなった、とエディはひとりごとを言った。

年月を経て、グレイス家の庭をふちどる木々の茂みは、上にも横にもひろがっていた。ロシントン・ロード二七番地と二九番地の裏庭を隔てる塀はかなり前に補修された。けれども奥の塀にはいまだに穴があいていて、大人のエディのたるんだ体では通り抜けられないが、小動物が使っているのは明らかだった。猫か、もしかしたら狐かもしれない。

セルマはカーヴァーズが目障りだと言った。スタンリーによると、爆撃を受けた工場が修理されないのは所有権が争われているからだという。家族信託、相続人の失踪、長引く裁判など、ディケンズの小説さながらに複雑な事情が裏にあるらしい。

「あそこには金鉱が眠ってる」年をとるにつれて繰り言の多くなったスタンリーは、何度もそう言った。「覚えておけ。ものすごい金鉱だぞ。でも、儲けは弁護士連中のものになるだろうな」

時の流れはおおむねカーヴァーズにやさしく、ごつごつした煉瓦塀や錆びた波形鉄板を蔓植物が覆い、コンクリートの裂け目から出た芽が木に生長した。シャクやフジウツギやヤナギランが白や紫やピンクの彩りを添えた。公営アパートの非行少年たちがクラックを吸ったり、社会保障に寄生する連中が酒を飲んだり寝たりするたまり場にならないのが、エディには不思議だった。幽霊でもいて近寄れないのだろうか。もっとも、ロシントン・ロードの家々の裏庭からでなければ、カーヴァーズにはいるのは簡単ではない。北側は線路が走り、東西には粗末な煉瓦で粗雑に造られた高い塀がめぐらされている。道路から行くには幼児学校の脇の小道を通り抜けなくてはならず、突きあたりは警告標示と有刺鉄線のついた高い門になっていた。

庭の隅にいるかぎり、エディは人々の好奇の視線にさらされずにすんだ。ひざまずいて穴からカーヴァーズをのぞくのは楽しかった。物置小屋はまだあったが、記憶のなかのものより小さくて近くにあり、トネリコの若木が二本、屋根から突き出していた。九月のある夕方、エディは穴の横の板を引き剝がし、心臓を高鳴らせながら、ひろがった穴をすり抜けた。立ちあがって、あたりを見まわした。遠くから鳥の鳴き声が聞こえた。

慎重な足どりで小屋に歩み寄ると、そこはイラクサの茂みや使い古しのタイヤに囲まれていた。扉は蝶番からはずれ、外側へ倒れている。エディは静かに中へ進んだ。屋根はあらかた消え、屋内の半分以上が若木やほかの植物に覆われている。多数の布切れと二本のシェリーの空き瓶があり、煙草の吸い殻が散乱している。だれかがときどき来ていたらしい。アリソンと〝おしっこゲーム〟をしたペンキの缶がないか、過去と現在を結ぶものがないかと期待して、エディはゆっくりと見渡した。

何もかも変わってしまった。喉から嗚咽がこみあげた。エディは目を固く閉じた。涙がゆっくりと左の頰を伝い落ちる。いまの自分は、二十五歳のできそこないだ。ここで何を捜しているのか。ピンクのリボンを髪に結んだアリソン、バレリーナのようにまわって微笑みかけてきたアリソンだろうか。

エディはよろめきながら外へ出た。塀にもどる途中でふと目をあげた。驚いたことに、木々の枝を通して、塀のはるか上を見ると、アパートのベランダにミセス・レノルズの姿があった。手のなかで何かが光り、沈みかけた日の光を受けて金色にきらめいた。エディはイラクサの茂みを走り抜けて塀にたどり着き、穴へ飛びこんだ。つぎの瞬間、ロシントン・ロード二九番地の裏庭にもどっていた。眼鏡が落ち、ズボンに穴があいていた。

呼吸が落ち着いてから、どうにかわが家へと歩きはじめた。裏口で振り返ると、ミセス・レノルズがまだベランダにいるのが見えた。双眼鏡らしきものでカーヴァーズを観察している。少なくともいまは自分に目を向けていない。エディは身震いして、家のなかにはいった。

秋が冬に変わった。クリスマスのあとで、スタンリーが風邪をひき、例年と同じく気管支炎になった。今回はさらにこじらせて肺炎になったのだが、手遅れになるまでだれも気づかなかった。二月のはじめに、スタンリー・グレイスは七十二歳で死んだ。

そのころには、ＬＶの訪問も途絶えていた。しかし、スタンリーは死ぬ数日前まで地下室へかよい、新しいドールハウスを製作していた。退職してからは作業が遅くなり、出来映えも悪くなっていたが、最後の作品は完成間近だった。背の高いヴィクトリア朝風のテラスハウスで、両隣の建物がないため滑稽に見えた。死んだときはカーテンを縫っているところだった。

スタンリーは朝早くに病院で死んだ。その日の午後、居間のくずかごにミニチュアのカーテンの束が針や生地とともに捨てられているのを、エディは見つけた。父の死を実感したのは、あとにも先にも、葬儀の折よりも、このときがいちばんだった。

葬儀は宗教色なしでおこなわれた。グレイス家は教会にかよっていなかった。エディが宗教に接した経験と言えば学校での礼拝ぐらいで、それも形ばかりの退屈なものだった。

「夫は無神論者だったの」葬儀屋が遠慮がちに故人の宗教について尋ねたとき、セルマは断固として言った。「だから牧師は呼ばないで。ヒューマニストのたぐいもごめんよ」

父の死に対する母の反応に、エディは驚いた。まったく悲しむそぶりを見せず、よけいな仕事をさせられてただただ面倒だと思っているらしい。いろいろな面で、ひとり身になって張り合いができたらしく、ここ数年にないほど心も体も元気になった。

「お父さんの荷物を少し片づけたら」葬儀のあった日の夜、セルマはキッチンでフィッシュ・アンド・チップスを食べながら言った。「下宿人を置けるよ」

エディはフォークを置いた。「だけど、他人と同居なんてしたくないんだろう?」

「ここにいたかったら、そうするしかないの」

「ローンの支払いはもう終わってる。それに、パラディンから年金をもらえるんじゃないのかい」

「あんなもの、年金と言える? 笑わせないで。会社にもそう言ったよ。お父さんのもらってた額の三分の一になるはずだけど、もともとがたいした額じゃない。頭が痛いね。あそこで四十年以上も働いたのに、ろくなものを出そうとしない。やつらは鮫だよ。どいつもこいつも同じ」

「だけど、ほんとうに暮らしていけないのかい」

「空気だけじゃ生きられないんだよ」セルマは唇を結んでエディを見つめた。「こんどあんたが仕事を見つけたら、考えなおしてもいいけど」

こんど。ふたりのあいだにそのことばが居残った。母はこんどではなくもしもと言いたいのだと、エディは悟った。父と同じく、母も自分が無能だと思っている。ほんとうはもしもと言って、問題をはっきりさせたいのだろう。

「それじゃ、いいね」セルマは言った。

「わかったよ」

セルマは皿へ顎をしゃくった。油じみた衣のついたタラが半分と、冷めた白っぽいポテトの山が載っている。「もう食べ終わったかい」

「うん」

「じゃあ、こっちにちょうだい」セルマの食欲は、小柄なわりに驚くほど旺盛だったが、前年の夏に喫煙をやめて以来さらに増していた。「無駄をしなければ不自由しない、というからね」

「奥の寝室をきれいにしないといけないな」

「勝手にきれいにはなってくれないものだよ」セルマは口いっぱいにエディの食べ残しを頬張って言った。「それに、地下室の整理もしなきゃ。下宿人を置くなら、収納場所がたくさん要るから」

それから数日間は大忙しだった。セルマの性急さは常軌を逸していた。奥の寝室はエディの物心がついたときから物置として使っていたが、セルマはそこにあるものをほとんど捨てることにした。また、スタンリーの衣類を箱に詰めて、チャリティ・ショップに送った。ある朝、セルマはエディに地下室の片づけをはじめるよう命じた。工具や撮影機材のほとんどが売れるだろうから、とセルマは言う。

「あんたはあまり関心がないようだけどね。写真も処分したほうがいい」

「ドールハウスはどうするんだい」

「当分そのままでいいさ。でも、ズボンを替えなさい。古いジーンズを穿くんだよ。膝に穴があいてるやつを」

エディはまず写真に手を着けた。抽斗にあるものではなく、戸棚の奥にしまってある芸術作品からだ。錠前の鍵がなくなっていたので、エディは金てこで掛け金をはずした。

写真はていねいにアルバムに貼られていた。ネガも残っていて、透明な封筒に入れて日付順にリング・バインダーに保管してあった。どの写真にも、父は名前と日付を読みやすい字ではっきりと記入していた。ほとんどにタイトルがつけられている――〈溌剌!〉、〈シャボン玉は楽しい!〉、〈人生最高の瞬間!〉。

エディはアルバムのページを後ろから少しずつめくった。何枚かの写真に惹かれたので、取りはずしてあとでゆっくり寝室で見ることにした。少女のほとんどは見覚えがある。幼いころの自分の写真もあったが、それはろくに見なかった。レノルズ家の娘ジェニー・レンの写真を見つけ、子供のころの醜さにあらためて驚いた。記憶が彼女に味方していたと言えるだろう。そのとき、知っている顔をもうひとつ見つけた。こちらに微笑みかける写真で、〈なんという小悪魔！〉という題がついている。その顔を見つめるうち、興奮が冷め、鈍い悲しみが残った。

それはアリソンだった。疑問の余地はない。スタンリーが写真を撮ったのは、あの〝おしっこゲーム〟の夏だ。ほかに機会があったはずがない。この年ごろの子供は成長が速い。写真のなかのアリソンは裸だが、カーヴァーズでいっしょにゲームをした少女そのものだ。髪につけていたリボンまでも、エディは覚えていた――少なくとも、覚えていると思っていた。

父とアリソンは、ふたりして自分をだましていたわけだ。なぜアリソンは教えてくれなかったのだろうか。友達だったのに。

その日の昼食後、セルマはエディを買い物に行かせた。エディは家を抜け出す口実ができてほっとした。アリソンのことを考えずにいられなかったからだ。二十年近く会っていないのに、写真の顔が脳裏に焼きついて消えなかった。

家へ帰る途中、ロシントン・ロードでレノルズ夫妻に会った。角を曲がったところにふたりがいたので、避けようがなかった。グレイス家とレノルズ家は、ジェニー・レンがドールハウスを見にきて以来、ことばを交わすようになっていた。エディはミセス・レノルズの不快そうな冷淡な顔を見て、秋に自分がカーヴァーズに侵入したのを目撃されたのかもしれないと思った。

「お父さまのことは残念だ」ミスター・レノルズが同情で顔を曇らせて言った。「しかし、あまり苦しまなかったのはよかったよ。きみたちみんなにとって幸いだったろう」

「はい、突然のことでした」

「すばらしい隣人だった。あれだけの人はいない」

それは慰めのことばだったが、エディは笑みを漏らしてしまったので、顔をそむけて強く鼻をかみ、悲しみがこみあげたかのようにふるまった。そのとき、ミセス・レノルズが自分を見ているのに気づいた。エディは夫人の胸に視線を向けた。コートの襟の折り返しに、王立愛鳥協会の小さなエナメルのバッジがある。カーヴァーズを双眼鏡でよくながめていたのは、それが理由だったのか。ミセス・レノルズは熱心なバード・ウォッチャーなのだろう。そう思うと、エディは危うく笑い出しそうになった。

「何か手伝えることがあったら教えてくれないか」ミスター・レノルズはエディの腕を叩い

た。「連絡先はわかってるね」

レノルズ夫妻は公営アパートへ通じる道にはいり、鉤十字やサッカーのスローガンが落書きされたガレージのドアの前を通り過ぎた。しばらくして、エディも二九番地にもどった。

「どこへ行ってたんだい」母は自分の部屋から呼びかけた。「ポットにお茶がはいってるよ。濃すぎるかもしれないけど、がまんして」

玄関広間の様子はふだんとちがっていた。いつもより明るい。唐突に、隙間風が顔に吹きつけた。その瞬間、エディは地下室のドアがあけっぱなしなのに気づいた。スタンリーが死んで間もないので、それだけでも意外に感じられる。エディは立ち止まって戸口に目を凝らし、カーペットの敷かれていない階段をおりていった。

ドールハウスはまだ作業台の上にあった。しかし、もう四階建てではない。木片や破れた布や塗料のかけらの山と化している。その横には錆びた手斧が置かれている。アリソンがグレイス家の庭とカーヴァーズを隔てる塀を壊すのに使ったものであり、それをスタンリーが庭の端の木々の下で見つけたのだった。

エディは地下室のドアを閉めて、キッチンへとのぼった。セルマが地下におりたが、ドールハウスについては何も言わず、エディも無言で通した。その晩、エディはドールハウスの残骸を大きなボール箱にしまい、外へ運び出してごみ缶の脇に置いた。エディも母も、その件についてはは二度と口にしなかった。ふれたくない話題だったからだ。

5

われわれがきょう学ぶものは、あすには、進歩した判断によって否定されるであろう。

――『医師の信仰』第二部八節

オリヴァー・リックフォードが受話器を置いた。「だいじょうぶだ。ルーシーじゃない」サリーは肘掛け椅子にすわっていた。まだ体が震えている。イヴォンヌがその後ろでうろうろしながら、オリヴァーを見つめている。オリヴァーはサリーの横にひざまずき、腕をつかんでそっと揺り動かした。

「ルーシーじゃない」オリヴァーは繰り返した。「ルーシーの手じゃないんだ。請け合うよ」サリーは顔をあげた。三度目の試みで、ようやく声を出せた。「わかるわけがないわ。そんなこと、断言できるはずがない」

「今回はできる。肌が黒いんだよ。同じ年ごろの子供のものらしい」

「主よ、感謝します」サリーはティッシュペーパーを目に押しあてた。「わたし、何を言ってるの？　だれかの子供なのに」それでもなお、心のなかでは恥ずべき賛辞を繰り返し唱えていた。**ルーシーではなくて感謝します。主よ、感謝します。**「ほかに何かわかった？」

オリヴァーはためらいがちに口を開いた。「まだ検査の途中だけど、斧のたぐいで切り落とされているそうだ。ひどく冷たいらしい」そこでまたためらう。「冷凍庫にはいっていたんじゃないかというんだよ。まだ溶けかけだったんだと」

イヴォンヌが息を呑んだ。「まあ《ジーザス》」サリーに目をやる。「ごめんなさい」

サリーはオリヴァーから目を離さなかった。「ルーシーとの関連はないのかしら。ないと言いきれる？」

「なぜ関連があるんだ。あるとしたら、下をうろついてる連中の頭のなかだけさ」

サリーはこぶしを握りしめ、指の関節が白くなっていくのを気のないていで見つめた。

「少し休んでみるのもいいんじゃないか」オリヴァーは勧めた。「いまは何もできないよ」

疲労のあまり、サリーは反論する気になれなかった。いわく言いがたい形で、気力が萎えている。ティッシュペーパーの箱をつかみ、ふたりにおざなりの笑顔を見せてから、居間を出た。マイケルとふたりで使っている寝室はドアが閉まっている。邪魔をしたくなかったし、マイケルが目覚めたときになんと言ったらいいかわからなかった。やむをえず、深く息をついて、ルーシーの寝室に足を踏み入れた。

独房のような部屋だ――せまく、窓が壁の上方にある。ルーシーが生まれる前、部屋を飾るつもりだったが、暇を見つけられなかった。生まれてからは、さらに時間がなかった。壁紙の模様は、蔓のからまった格子柄だ。ルーシーのいたずらのせいでところどころ剝がれ、その奥に貼られた、一九六〇年代風のオレンジ色と青緑色の渦巻き模様の壁紙が顔をのぞかせている。

この部屋には、はいりたくなかった。ルーシーのにおいがし、ルーシーを思い出すものだらけだ。しかし、遅かれ早かれ、こうせざるをえなかった。長い目で見たら、避ければ避けるほど事態は悪くなる。サリーは重い動きでベッドに腰をおろした。上掛けに描かれた絵のなかで、何匹かのテディベアが、頭上を飛びまわる蜂の大群に気づくふうでもなく、蜂蜜を食べあさっている。これはルーシーが選んだもので、ベビーベッドからまともなベッドへ誘い出すために買い与えたのだった。

サリーはなんの気なしに、ベッド脇のテーブルの上とまわりに散らばった本やおもちゃを片づけはじめた。四歳児はみなこうなのだろうか。混沌のなかで過ごすのがふつうなのか。それとも、ほかの多くのことと同様に、ルーシーは例外なのか。

木曜の晩に読んでいた本がベッドと壁のあいだにはさまっている。サリーは本を拾いあげ、読み終えたページに紙切れをはさんだ。気力がついえて、ベッドに倒れこんだ。顔を枕にうずめる。どうして子供は甘い香りがするのだろう。

ルーシーのために祈らなければと思った。そのとき、けさは朝の祈りを唱えていないことに気づいた。そう言えば、ゆうべも祈らなかった。スポーツと同じく、祈りにおいても規律と日々の修練とは欠かせない。サリーは目を閉じて、精神を集中しようとした。

何も起こらなかった。だれも現れない。暗く寒いばかりで、神の姿はどこにもない。神が消えたのではなく、存在するかどうかに自分が関心を失ってしまったことに気づいた。いまや、神は人生の枠外へ押し出された瑣末な存在でしかない。主の祈りを唱えようとしたが、すぐにことばが尽きた。かわりに、切断された手のことを考えた。墓石に置くなどと考えつくのは、どんな人間だろうか。墓を選んだことに大きな意味があるのか。ひょっとしたら、手の持ち主の親族が眠る墓かもしれない。

手を切断されたとき、その子がすでに死んでいたのであってほしい、とサリーは願った。子供の体が切り刻まれ、ラップに包まれて冷凍されたかもしれないと思うと、ふたつの理由からよけいにやりきれなくなった。第一にその行為に家事のイメージが重なるからで、第二にそれは計画的で、かつ恐ろしく根気を必要とすると思われるからだ。そんな行動に及ぶ動機となりえたものはなんだろう。子供の母親を傷つけたいという欲望だろうか。イスラムの刑法典を曲解して、盗みを働いた子を罰したのだろうか。用意周到に計画を立てて子供を切り刻むほどの欲望、歯止めがかからなくなるほど強烈で利己的な欲望とはどんなものかを想像してみた。

ジーンズのポケットに手を入れて、ルーシーの靴下を握った。さまざまな人のことを考える。自分とマイケル、ルーシーと見知らぬ子供、その子の両親、ベルモント・ロードの安アパートで薬をあおった老女、病める者と虐待された者、苦しむ者と死にゆく者。人間は過ちから何も学ばない。みずから作り出したぬかるみに、深く深くはまりこむばかりだ。

そのとき、サリーはルーシーのベッドに横たわりながら、情愛深い神ならばこんなことを許すはずがないと思った。神学校にいたころ、なぜ神が人々の苦しみを放置なさるのかという論題を学んだ。それをそのまま信徒に向かって話したこともある。しかしいまこの瞬間、そういったことがいかに見かけ倒しであるかを悟った。ついに神は仮面を剝ぎとられ、正体をあらわにしたのかもしれない。

居間から何人かの声がした。ひとつは男の声だが、オリヴァーでもマイケルでもない。サリーはベッドの上で体を起こし、涙を拭いて鼻をかんだ。ドアを叩く音が響き、イヴォンヌが部屋に顔を突っこんだ。

「ミスター・マクサムが見えました。お話しできないかとおっしゃっています」

サリーはうなずき、ゆっくり立ちあがった。「オリヴァーは帰ったの？」

「ええ、十分ほど前に。気をつかって声をおかけにならなかったんです。メモを残していかれました」

体が熱く、重い。サリーはバスルームで顔を洗い、髪を櫛で梳かした。鏡のなかの自分がこちらを見ている。憔悴した他人の顔だ。青白く、目のまわりがむくみ、化粧をしていない。髪は汚れが目立つ。

居間へ行くと、イヴォンヌが窓際に立って、うつむき加減で不安げな微笑を漂わせていた。

「こちらはマクサム主任警部です。こちらはミセス・アップルヤード」

小柄でやせた男が暖炉の上の写真を見つめていた。予想よりほんのわずかに遅れて、こちらを振り返った。

「ミセス・アップルヤード」マクサムは手を伸ばして、ゆっくりとサリーに歩み寄った。

「起こしてしまったのでなければいいんですが」

「寝てはいませんでした」マクサムの握手の感触は、かさかさとして硬く冷たかった。その手が青紫色であることにサリーは気づいた。血行障害を患っているのだろうか。「何か進展はありましたか」

「残念ながら、まだありません」マクサムは、キッチンへ通じるドアの横にいる長身の男に手招きをした。「こちらはカーロウ部長刑事です」

部長刑事はサリーに会釈をした。着ているのは量産品と思われる黒っぽいピンストライプ柄のスーツで、袖もズボンも丈がやや短すぎる。肌も髪も、そして瞳までもが青白く、人工の光のもとでコンピューターの画面を見ながら、起きている時間の大半を過ごしているのではないかと感じさせる。顎がかなり突き出ていて、そのせいで顔の下半分が上半分より大きく見える。

マクサムは椅子のひとつへ顎を向けた。「お掛けください、ミセス・アップルヤード」

サリーは立ったままでいた。「何かわかったのでしょうか」

「まだ初動捜査の段階です」マクサムの顔は肉づきがよく、赤い血管が縦横に走っている。黒縁眼鏡の奥にある目は、グレーでも青でもない、その中間の淡い色だ。アクセントはテムズ川の河口地域のもので、デレクとよく似ている。「いまわかっているのは、ルーシーが裏口から出ていったことだけです。それで――」

「あの子はそんなことをしません。ばかじゃないんです。何度も何度も言い聞かせて――」

「ミズ・ヴォーンとのあいだで少々言い争いがあったようでしてね。ルーシーがクリスマスプレゼントか何かを買ってくれと言って、ミズ・ヴォーンがそれをはねつけたらしい。ソファーの陰でふくれ面をしているルーシーをひとり残して、ミズ・ヴォーンは二階のバスルームへ行ったそうです。五分か十分たち、機嫌が直っていればいいと思いながらおりてくると、ルーシーの姿は消えていました。ほかに男の子と女の子がひとりずついたのですが、ひとりはテレビを観ていて、ひとりは二階でミズ・ヴォーンといっしょにいたもので、どちらもルーシーが出ていくのに気づきませんでした。コートもなくなっています。それに、ミズ・ヴォーンの財布も。大きな緑の財布で、キッチンのテーブルの上にあったハンドバッグにはいっていたそうです」

　困った子だ、とサリーは思った。あの子はそういう立場になるとどうしようもなくなる。いつもこちらが手を差し伸べるのを待っているだけだ。突然、そのときの状況が目に浮かび、サリーはめまいを覚えた。脚が震えはじめる。唐突に椅子にすわりこむと、マクサムも腰をおろした。マクサムは何かを期待するかのようにこちらを見ている。サリーは袖口にティッシュペーパーを一枚見つけ、鼻をかんだ。

　ようやくサリーは言った。「カーラはいつも鍵を閉めて、チェーンをかけていたはずです」

「本人もそう言っています。しかし裏口には、かんぬきがふたつと南京錠がひとつあるだけです。ルーシーはスツールを持ってきて、その上に乗ったのではないでしょうか。かんぬきには最近油を差したばかりだったし、南京錠は留め金がはずれていたのかもしれない。ミズ・ヴォーンは、午後の早い時間に裏庭へごみを出しにいって、もどるとき留め金をはめたかどうか覚えていないと言っています」

　事実であるはずがないと証明したくて、サリーはこれまで信じてきたことにしがみついた。「あの子が裏庭から外へ出られるわけがありません。柵があまりに高すぎます。外側は少し低くなっているし、あの子は高いところから飛びおりるのが苦手なんです。あそこは、路地に面して門があるでしょう？　いつも閉まっていると、カーラから聞いた覚えがあります」

「われわれが到着したとき、門のかんぬきはかかっていませんでした」

「かんぬきの位置は高かったわね」サリーは目を閉じて、日差しの強い秋の午後に見た裏庭の様子を思い出した。茶や黄やオレンジの枯れ葉がコンクリートの上で踊り、ふたつのごみ缶と砂場のあいだに吹き寄せられてたまっていた。「あけづらいものでしたか」

「実はそうです。ルーシーは同じ年齢の子供と比べて体力があるほうでしょうか」

「ママ、見て」パジャマを着たルーシーが、ベッドのへりにのぼって、ジミーを天井まで持ちあげている。「あたし、キングコングよ」

「特にあるほうじゃありません。平均より少し小柄な子です」

カーロウ部長刑事はテーブルの前にすわって、何やら手帳に書きつけている。ズボンの裾の折り返しがふくらはぎの中ほどまであがり、ずり落ちた黒い靴下とのあいだに、青白くほとんど毛のない肌が見えている。

空気の抜けるような音が沈黙を満たしている。歯のあいだにはさまった異物を取り除こうとでもしているのか、マクサムには絶え間なく口から息を吸う癖がある。そうしながらも、口の端《は》を引いて作り笑いを浮かべている。「近所の人たちから話を聞きました。路地に裏庭が接した家の住人全員からです。だれもルーシーの姿を見ていません。きのうは天気が悪かったので、用がないかぎり、みな家にこもっていました」

サリーは叫んだ。「門の外からだれかがあけたってこと?」

マクサムは細い体をすくませた。まるい顔と貧弱な首があまりに不釣り合いに見える。

「まだ結論を出せる状況ではないのですよ、ミセス・アップルヤード。いまはさまざまな可能性を検討している段階です。証拠を収集しながら。むろん、その手のことはご主人からお聞き及びでいらっしゃいますね」

妙に丁重な口ぶりになったので、サリーは張り倒してやりたかった。マクサムは微笑んだままだ。灰色の髪は長すぎるものの、頭頂部がかなり薄い。着ているのは古びたツイードのスーツで、膝の部分がたるみ、肘のあたりが光っているため、市《いち》の立つ日にほとんど売り上げがなかった農夫のような、およそ場ちがいな印象を与える。外見は好ましくないが、だからと言って仕事ができないわけではないだろう。またしてもマクサムは空気の抜けるような音を立てた。その音を意識せずにはいられず、サリーはいらついて気が散った。雛をかばおうとする鴨や、獲物をねらう蛇の姿が頭に浮かんだ。

「犬を使ったらどうですか」サリーの声は驚くほど冷静だった。

「試しました。しかし、何もわかりませんでした。あの雨ではどうにもなりません」

「では、わたしにできることが何かあるんでしょうか」

肯定のしるしなのか、マクサムは首を小さく縦に動かした。眼鏡をはずし、上着の胸ポケットから出したハンカチでそれを磨きはじめる。「いろいろありますよ、ミセス・アップルヤード。自明のことです。まず、ルーシーが鮮明に写っている最近の写真が必要です。ルーシーがどんな子なのかも話していただきたい——外見だけでなく、性格も。それから、何を身につけていたかを正確に教えてください。何もかも」そこで微妙な間を置く。「おもちゃのたぐいで、ルーシーが持って出た可能性があるものもです。ミズ・ヴォーンによると、ルーシーは〈ウールワース〉の奇術セットを買ってくれとねだっていたらしい。まちがいありませんか」

「ええ。きのうの朝、カーラの家へ行く途中で、ルーシーと言い争いになりました。あの子は意固地になることがあるんです。ほしいものがあると、手に入れるまで駄々をこねます。もちろん手に入れられない場合も多く、そういうときは癇癪を起こします」

「では、今回のように腹を立ててひとりで出ていってしまうのは、よくあることなのですね」

「とんでもない。そんなことは一度もしていません」それは嘘だ、とサリーは思った。店のなかで駆けだしたことは何回もある。しかし、それは意味も程度もまったくちがうではないか。「ただ、わがままなのは事実です。自分から出ていったのだとしたら驚きですけど、ありえないことでもないと思います」

「なるほど」マクサムは最後に一度眼鏡に息を吹きかけて磨いてから、鼻柱に載せた。「ご主人は少しちがう見方をしているようですね。自分から出ていく子ではない、そんな無謀なことはしないと言っていました」

「ルーシーは父親が好きなんです」サリーはことばを慎重に選びながら、自分がマイケルの五倍は多くルーシーと接していること、マイケルがひどく甘やかしていることを、しぶしぶ説明した。「あの子はマイケルといっしょのときのほうが、わたしといるときよりいい子だと思います。でも、気が強いのはまちがいありません。カーラに訊いてみてください。あるいはマーガレット・カッターに」尋ねる隙を相手に与えず、サリーはつづけた。「マーガレットは教会区牧師の夫人です。セント・ジョージ教会の保育所を運営なさっています」

「われわれが見てまわることをご了承いただけますか」

「どこを?」

「差し支えがなければ、この家じゅうをです。もちろん、ルーシーの部屋は特にしっかりと見せていただきたい。おわかりでしょうが、ルーシーがどんな子かを知る手がかりになりますから。立ち会っていただければ、なくなったものがあるかどうかがわかるかもしれませんん」

何を見つけるつもりなのか。ベッドの下に隠されたルーシーの死体だろうか。「わかりました。ただ、いまは夫が眠っていますから」

「ああ、ご主人ねえ」マクサムはことばを引き延ばして言った。それから息を吸いこむ。

「邪魔をするつもりはありません」

「睡眠が必要なんです」

「夜通し起きていましたからね」抑揚のない平板な口調で、マクサムは言った。「そんなわけで、けさ友人のミスター・リックフォードに迎えにきてもらいました。無事に帰宅しましたか」

「はい」思わず、マイケルの弁護をはじめた。「きのうはひどく取り乱していました。いまも変わりません。まるで別人です」

「わかります」マクサムの声には感情がこもっておらず、それ自体が非難の気持ちの表れにも聞こえる。「近ごろ大変でしたから」

「そうですね」サリーの心を疑念がよぎった。マイケルはほかに心配事をかかえていたのではないか。ルーシーが姿を消す前に何かあったのではないか。だが、いまはそれを口にするべきときではない。「何が起こったと思っていらっしゃるんですか」サリーは突然マクサムに対して腹立たしさを覚えた。「お考えがあるんでしょう。可能性が高いのは?」

「三つのシナリオがあります」マクサムは歯切れよく答えた。「第一。みずから外へ出ていって、運よく隠れ場所を見つけた。第二。男性が――若者かもしれません――そばを通りかかり、ルーシーをさらおうと考えた。その可能性があることは否定しません。ただし、それはご想像なさっているよりはるかに少ないことですから、心配のしすぎは禁物です」声には依然として感情がこもらず、その陰にあるのがやさしさなのか無神経なのか、サリーにはわからなかった。「第三。女性が連れ去った。これは第二の場合とたいてい動機が異なりますから、別の選択肢として考えるべきです。赤ん坊を亡くしてかわりを求めている母親や、一種の人形として遊び相手にほしがる少女など。もしそのケースなら、おそらくルーシーを無傷で取りもどせます」

「無傷で?」怒りと怯えで歯の根が合わないほどになりながら、サリーはつぶやいた。

「こういう場合、比較で物を言うしかないのです、ミセス・アップルヤード。どうかご理解ください」

「その女性たちはなぜそんなことをするのですか」ほかの選択肢のことは考えたくないが、あとで心に重くのしかかってくるのはわかっていた。

「よくあるのが、人間関係が壊れそうだと思っている女性の場合です。子供を使って、男性をつなぎ留めようとするわけですね。しかし、この場合はたいてい赤ん坊です。あるいは、親に愛されずに育った少女の犯行かもしれません。家庭崩壊というやつです——父親は監獄にいて、母親は新しい男を作っている。愛を向ける対象を求めているとでも言いましょうか。まあ、だれしもそういう部分がありますがね。それから、精神を病んでいる場合。たいてい犯罪歴はありません。通常は一回かぎりで、最悪の状態になったときに手を出してしまう」自分のことばがもたらした反応を探るべく、マクサムはサリーを一瞥した。「よく検討して——」

なんの前ぶれもなく、マイケルがおぼつかない足どりではいってきて、ソファーの背にもたれかかった。部屋じゅうに見知らぬ人間がいるかのようなまなざしを向けている。カーロウ部長刑事が立ちあがり、音を立ててノートを閉じた。イヴォンヌはマクサムを見つめ、無言で指示を仰いでいる。マクサムはすわったまま、膝の上で手を軽く組み合わせている。

先刻居間にはいったとき、サリーはドアをあけ放したままにしていた。マイケルはずっと廊下で話を立ち聞きしていたのだろうか。パジャマを着ていて、ひどい風采だ。上着のボタンがはずれ、髪が乱れ、ひげが伸び、睡眠薬のせいで全身の動きが鈍い。

「見つけてください、マクサム」マイケルは小声で言った。「話はもういい。とにかくあの子を見つけてくれ」

サリーはマクサムを好きになれなかったが、ぬかりなく処理を進めていることは認めざるをえなかった。マクサムは、カーロウといっしょに家のなかを案内してほしいと頼んできた。マイケルとイヴォンヌは、ともにこの場に残された。もしどちらかの男とふたりきりにされたら、マイケルはけんかを吹っかけたかもしれない。だが、女と争うことはない。よく知らない女性には、乱暴に扱ったらすぐに壊れてしまう繊細な生き物を扱うように接する。ふたりの警官を案内しているあいだ、マイケルとイヴォンヌの話す声がサリーの耳にはいった。何を言っているかはわからないが、声が高くなったり低くなったり、やんだりまた話しはじめたりする様子はごくふつうで、ひと安心だった。

しかし、三人が居間にもどったとき、マクサムを見あげたマイケルの顔を見て、サリーは何も変わっていないと悟った。

「ルーシーを連れ去ったのは男に決まってる」マイケルは言った。「知ってのとおり、女は赤ん坊をさらうものです」

マクサムは口の端を引いて、息を吸う音を立てた。「まだなんとも言えないさ」それからサリーに向きなおった。「ご協力に感謝しますよ、ミセス・アップルヤード。また連絡します。どうぞご心配なく——全力で取り組んでいますから」

サリーがふたりの警官を見送っていると、居間でマイケルが吐き捨てるのが聞こえた。

「くず野郎」

マイケルはひげを剃り、シャワーを浴びた。もう午後も半ばになっている。サリーは紅茶を淹れたが、飲みたがったのはイヴォンヌだけだった。この女性巡査の努力は認めるが、子守りを呼んだのと変わらないと思った。イヴォンヌは電話機の横にすわって、あと少し解けば完成する《デイリー・テレグラフ》紙のクロスワードに熱中しているらしい。

マイケルは自分のマグカップを脇へのけた。「ごめん、サリー。ここにいるのはつらい。壁が迫ってくるように感じるんだ。新鮮な空気を吸ってくる」

サリーは夫の手をつかみたかった。**ひとりにしないで。**かわりに発したことばはこうだった。「すぐに帰れる？」

答はなかった。ジャケットをとり、ポケットのひとつに財布を、もうひとつに鍵を入れいる。防水加工されたジャケットを見て、サリーはオリヴァーを思い出した。

「オリヴァーに電話したほうがいいんじゃない？」

「帰ってからかける」マイケルは身をかがめ、サリーの頭のてっぺんにキスをした。「愛してるよ」と、イヴォンヌに聞こえないようにささやく。そして、体を起こして言った。「すぐにもどる」

サリーの肩に手がふれた。マイケルはイヴォンヌに目礼して部屋を出た。ふたりの女は無言ですわっていた。玄関のドアが開き、閉まる。階段を一歩一歩おりていく足音が響く。記者たちともめないで、とサリーは祈った。通りから叫び声が聞こえないので、すぐに緊張が解けた。

この日、マイケルの姿を見たのはこれが最後となった。それから五時間、サリーはほとんどずっと電話機のそばにいた。呼び出し音が鳴るとイヴォンヌが出て、マイケルからではないとわかるたび、首を横に振ってみせた。

マイケルは逮捕でもされたのではないか、とサリーは思った。ルーシーの姿を求めて、涙顔でロンドンの街を歩きまわっているのだろうか。それとも、事故にあったか、錯乱したか、自殺したか。苦境にはあるものの、サリーにとっては、マイケルよりもルーシーがいないほうがはるかに心配だった。大きな恐怖が小さな恐怖を搔き消すわけではないが、マイケルの件は耐えやすい。とはいえ、夫への怒りは抑えられなかった。

「人でなし！」お呼びではない相手からの電話をまた受けて、サリーは爆発した。

「そのとおりよ」イヴォンヌは同情をこめて言った。「発散したほうがいいわ」

「マクサムはマイケルが出ていったことを知ってるの？」

イヴォンヌはうなずいた。「伝えました。ごめんなさい」

「あなたのせいじゃない」

暖炉の上にオリヴァーからのメモが見つかった。結婚祝いにデイヴィッド・バイフィールドからもらった、動かない銀の時計に立てかけられている。〝マイケルとサリーへ。何かできることがあったら、電話してくれ。オリヴァー〟。気をきかせて、名前の下に電話番号を書き添えている。礼儀正しい人だ、と思った。イヴォンヌがキッチンで紅茶を淹れているあいだに、サリーは受話器をとった。二回鳴らすとオリヴァーが出た。

「わたし。サリーよ」

「何かあったのかい」

「いえ、そうじゃないけど」サリーはマイケルのことを話した。「あなたのところにいるんじゃないかと思ったのよ」

「そうならいいんだが。実はマクサムから電話があってね。そっちへ行こうか」

「いいえ」キッチンで何かがぶつかる音がした。「じゃあ切るわ」

「電話してくれ、サリー。いつでもかまわない。いいね」

「ありがとう」電話を切ると同時に、イヴォンヌが紅茶のマグカップを持って現れた。「オリヴァーに訊いてみたの。マイケルはいないって」

サリーは紅茶を手に腰かけた。何よりつらいのは、マイケルが自分をないがしろにしたことだ。よいときも悪いときも——あの誓いの文句は、マイケルにとってなんの意味もないものなのだろうか。もしそうなら、なぜわざわざ結婚したのか。寝るだけの相手ならどこにでもいる。おそらく、いまは商売女といっしょにいるのだろう。妻が疲れ果てて与えられないものを、金を払って手に入れているにちがいない。

イヴォンヌがトイレへ行った。電話が鳴りだした。サリーは電話機へ飛びつくとき、とんでもなく熱い紅茶を脚にこぼしてしまった。

「ああ、まったく！　もしもし」

「アップルヤード師ですか」耳慣れない男の声だ。「サリー？　フランク・ハウエルです。覚えてますか。《イブニング・スタンダード》紙にセント・ジョージ教会の記事を書いた者です」

「ごめんなさい。何もお話しすることはありません」

「わかりますよ、サリー」粘っこい声だ。「質問するわけじゃありません。ほんとうです」

ようやくその男の顔を思い出した。目のふちが赤い、頭の禿げかかった智天使《ケルビム》。デレクの友人。「切りますよ、ミスター・ハウエル」ハウエルは早口でしゃべりだした。「遅かれ早かれ、あなたがた夫婦はマスコミの相手をしなくてはならない。助けになれると思いますよ。要領をわかっている人間が必要です。味方になって——」

「さようなら」サリーは電話を切った。

「だれからですか」一瞬ののち、イヴォンヌが尋ねた。

「フランク・ハウエルという記者よ」

「これまでも二回かけてきました。電話はわたしにまかせてください」

「マイケルかもしれないと思ったのよ」**あるいは、ルーシー**。サリーはまた泣きだした。

イヴォンヌはティッシュペーパーをひとつかみ手渡した。「心配しないで、ねえあなた。まったく単純な説明がつくに決まってるわ。マイケルはもどってきます、きっと」

涙を流しながら、サリーはとがった声で言った。「帰ってきてもらいたいかどうか、よくわからないの」**ルーシー、帰ってきて**。

のちにサリーが知ったところによると、マイケルは右に曲がって大通りへ進み、地下鉄の駅へと歩いていった。〈キング・オブ・プロシア〉の特別室にはいり、ビールのパイント瓶とダブルのウィスキーを注文した。部屋の隅のテーブルにつき、ひとりで過ごした。バーテンダーの話では、なんの問題も起こさなかったという。さらにダブルのウィスキーを二杯飲み、声をかけられても会話の誘いに乗らなかった。

地下鉄でキングズ・クロス駅へ向かい、そこでケンブリッジ行きの普通席の片道切符を買った。列車が来るまで余裕があったので、バーで時間をつぶした。ケンブリッジ駅に着くと、中心街をゆっくり歩いて反対側へ抜けた。途中で二軒のパブに寄った。千鳥足でハンティンドン・ロードを進んだ。八時半になろうとするころ、フィッツウィリアム・カレッジの近くにある、現代的なフラットが集まる狭苦しい一角にたどり着いた。ある家の呼び鈴を押し、濡れた草の上に横たわって目を閉じた。すぐ眠りに落ちた。

それからしばらくして、ハーキュリーズ・ロードにあるアップルヤード家の居間の電話が鳴った。イヴォンヌが出た。少し相手の話を聞いたあと、保留ボタンを押して、部屋の奥にいるサリーを見た。

「バイフィールド師父というかたです。お話しになりますか。ご主人を預かっているとおっしゃっていますが」

デイヴィッド伯父の声を聞いて、サリーは怒りと安堵を同時に感じた。嫉妬もあった。そして、挫折感も。困難に見舞われたとき、マイケルが妻ではなく名づけ親を頼りにすることに気づくべきだった。

6

それゆえ、霊にについて言えば、わたしはその存在を否定するつもりなどなく、あらゆる国々はもちろん、人それぞれがおのれの守護天使を持つと容易に信じることができる。

——『医師の信仰』第一部三十三節

「ママ、ママ、どこにいるの？」

インターホンから発せられたルーシーの声は、ロボットの少女が出す機械仕掛けの声を思わせた。地下室は防音処理が完璧なので、インターホンがなくてドアが閉まっていたら、その声は聞こえなかったろう。

「ママ」声が鋭くなり、甲高く悲しげな叫びに変わった。「どこ？」

エンジェルはナプキンをテーブルに落として立ちあがり、長く白い腕を調理台の上の鍵束に伸ばした。戸口まで行って、エディを振り返る。

「ここを頼むわ。わたしはあの子を見るから」

ルーシーはすでに涙声だ。ドアのそばにたたずんでいるか、ベッドでまるくなっている姿がエディの目に浮かんだ。〈セルフリッジス・デパート〉で特に見立てて買ってやったパジャマを着ている。濃い黄色の地に赤い星の模様が映え、ふだんならあの子の肌に似合うはずだ。しかし、ゆうべのルーシーは調子が悪そうだった。枕もとの薄暗い明かりを浴びて、その顔は白いというより青ざめていたほどで、口は黒ずんでかさつき、むくんだ目が切れ長につぶれていた。

「パパ、ママ」

インターホンから大きな音が立てつづけに響いた。エンジェルが錠前をはずし、地下室のドアをあけたのだろう。

「ママ。あたし——」

「ママにはすぐ会えるわよ」エンジェルの声は金属質ではっきりしている。ドアを閉める音がした。「どうしたの、スリッパも履かずにベッドから出るなんて」

「ママはどこ？　ここはどこ？　パパは？」

「ママとパパは、ひと晩かふた晩お出かけする用ができたの。忘れた？　エディとわたしがあなたの面倒を見てるのよ」しばし間があったが、ルーシーの反応はない。「わたしはエンジェル」

ルーシーはまた泣きだした。その声はインターホンでゆがみ、ひずんだ音になる。

「さあ、もういいわね。叱りたくないの。聞き分けがないのをママが知ったら悲しむわ」

泣き声が大きくなった。

「ルーシー。叱られたくないでしょう？　言うことを聞かない子はお仕置きよ」

むせび泣きは止まらない。鞭を打つような鋭い音が響いた。泣き声が急にやんだ。

「泣き虫はここにいられないの。いい子になるわね？」

エディはそれ以上耐えられなかった。インターホンのスイッチを切ると、水がプールに流れこむように、静寂がキッチンにひろがった。


エディは考えた。だれもがこの超満員の惑星に住み、すべて同じ種《しゅ》でありながら、ひとりひとりは互いにとって謎である。とりわけエンジェルは、チャーチルのロシア評を真似て言えば、謎のなかの謎に包まれた謎だ。たとえば、どこの生まれなのか。年齢は？　正体は？　小さな女の子があまり好きでないなら、なぜこんなに長くいっしょに過ごそうとするのか。そして何より、ルーシーが特別だなどと言うのはどういうわけか。ほかの三人とどこがちがうのだろう。

エンジェルについては、確実なことなどひとつもない。六年足らず前の三月、エディが出会ったあの晩に、大人としてこの世に現れたとしか思えなかった。エンジェルはセルマが

《イブニング・スタンダード》紙に載せた募集広告に応じて、ロシントン・ロードの家を訪ねてきた。その広告には通りの名前は記されていたが、グレイスの名も番地も伏せられていた。得体の知れない連中が街をうろつく昨今、用心するに越したことはないという配慮からだ。

端《はな》からセルマには、男性を入居させる考えがなかった。「男は不潔なけだものよ。女の人のほうが几帳面できれいに使ってくれる」エディ自身はこの男性観の範疇にはいっておらず、母に一人前の男と思われていないのではないかという疑念は確信に変わった。

エンジェルから電話があったとき、セルマはほとんど間髪を容れずに番地を教えた。声を気に入ったからだ。

「クイーンズ・イングリッシュを話すのはたしかよ。ほかのことについてはわかりっこない。でも、仕事に就いてるというし。社会保障にたかるような人に日がなうろつかれちゃたまらないからね」

エンジェルの前に九件の問い合わせがあったが、部屋に案内された者はなかった。セルマはアイルランドや西インド諸島やアジアの出身者、そして〝下層階級〟のアクセントがある者を毛ぎらいしていた。

呼び鈴が鳴ったとき、エディとセルマは居間でテレビを観ていた。

「時間どおりね」セルマは腕時計を見て言った。「その点も合格よ」

エディは玄関へ行き、ドアの向こうの階段に立つ人影をのぞき窓から見た。相手は背を向けて往来へ目をやっていたので、顔がほとんどわからなかった。長くて色の淡い、フードつきのレインコートを着ている。ドアをあけたとたん、その女は向きなおった。

美しい。エディはつかの間、その完璧さに息を呑んだ。これほど美しい女を見たのはテレビや絵や映画のなかだけで、実生活でははじめてだった。女は逆にエディを品定めするかのようなまなざしを向けている。

「あの」エディが口を開いた。「あの、ミス――ええと――どうぞ」

ごくわずかな間があった。さいわい、相手はすぐに微笑んで、雨のなかから歩み寄った。背丈はエディとほぼ同じで、五フィート六インチほどだろう。面長で顔立ちが整い、子供のように肌がなめらかだ。驚きに目を瞠《みは》るセルマは、階上へ案内して客用寝室を見せた。エディは玄関広間で耳をそばだてた。

「まあ、すてき」エンジェルの声がした。「わたしが申しあげては失礼かもしれませんけど、すばらしい内装ですね」その声は自信に満ち、歯切れのよい発音から利発さがうかがえた。

二階からもどるころには、女たちは友人同然に打ち解けて話していた。母が客を歓待していることにエディは驚いた。

「いま時分、うちではたいていシェリーをいただくのよ、ミス・ウォートン。ごいっしょにいかが」

「ありがとうございます」

セルマに見つめられ、エディはしばしまごついたが、勢いよく立ちあがってキッチンへ行き、一昨年のクリスマスにスタンリーが口をあけた甘口のシェリーを捜した。トレイにグラスを三つそろえてもどると、ふたりの女はエンジェルがいつ入居するかを話し合っていた。

「ひと月ぶんの前金と、それなりの紹介状があればだいじょうぶよ」

「わかりました」エンジェルはハンドバッグをあけた。「ミセス・ホーリー-ミントンからの紹介状をお持ちしました。勤め先の経営者です」

「看護婦さんの斡旋所？」

「保母です。看護教育を受けた保母を派遣しています」

「エディ」セルマが促した。「シェリーを」

エディはグラスをふたりに渡した。エンジェルから封筒を受けとるなり、セルマはレターヘッド入りの便箋を抜き出し、読書用眼鏡を鼻に掛けた。エディとエンジェルはシェリーをひと口飲んだ。

「ミセス・ホーリー-ミントンは、あなたのご両親のお知り合いなのね」セルマはもったいぶった物言いをあくまで貫いている。

「ええ。だからこそ雇っていただけました。そういうことにはとても慎重なかたですから」

セルマは物問いたげに眼鏡の奥で目を凝らした。

「この種の斡旋所は重大な責任を負っています」エンジェルは説明した。「特に、お子さんがかかわっている場合は。ミセス・ホーリー＝ミントンは、慎重になるに越したことはないと考えていらっしゃいます」

「そのとおりね」セルマは応じた。しばらくして付け加えた。「まったく同感よ」紹介状を折りたたんでエンジェルに返す。「これでじゅうぶんよ、ミス・ウォートン。いつ入居なさるかしら」

当時、エンジェルはつねにミス・ウォートンだった。セルマは古くさい礼節にしがみついていた。エディは面と向かってエンジェルとは呼ばなかったが、夜にひとりになったとき、アンジェラ、とクリスチャン・ネームをつぶやいてみたものだ。ぎこちなくて別人に感じられた。

エンジェルはたいてい部屋に閉じこもっていた。もちろんバスルームを使うことを許され、専用の鍵も持っていた。しばらくのあいだ、何もかもが長所に数えられ、消極的な部分さえほめ立てられた。

「煙草を吸わないのが何よりだよ」セルマは昔の嗜好を一転して悪習扱いした。「吸ったら、本人の部屋だけじゃなく、家じゅうがくさくなるもの。でも、保母ならだいじょうぶね」

エンジェルが入居する前、セルマは電話についてひどく心配していた。無断でオーストラリアに電話をかけたり、ひっきりなしに呼び出し音が鳴り響いたり（社交的な女性のようだから）、女友達や、なお悪いことに男友達と長話に興じたりされてはたまらないと言っていた。

すぐに、それは杞憂だとわかった。エンジェルはめったに自分からは電話をかけず、かけたときは通話料を几帳面に記録していた。かかってくることも多くなく、ほとんどが仕事関係で、たいがいミセス・ホーリー＝ミントンの斡旋所からだった。数週間たつと、セルマはミセス・ホーリー＝ミントンと、電話を通じてかなり親しくなっていた。

「ミス・ウォートンはすごく評判がよくてね」セルマはエディに伝えた。「ミセス・ホーリー＝ミントンが言うには、ミス・ウォートンの担当したお客さんは、かならず二度目も指名してくるそうだよ。中には本物の王子もいたんだって。父親は国王よ。ブルガリアだったかしら。もちろんずっと前に退位したんだけど、それにしてもね」

エディはエンジェルの仕事がうらやましかった。エンジェルが子供たちと過ごす場面を、よく思い浮かべた。自分がエンジェルになって、服も体も目もすべて入れ替わったところを想像することもあった。

「今週はベルグレイヴ・スクウェアで仕事だって」ほかに聞かせる相手もないため、セルマはエディに話したものだ。「ペルーの大富豪で、奥さんは大使館の関係者だよ」格子窓のある屋根裏の子供部屋にいる、目が大きく髪が黒っぽい端正な顔の子供たちの姿が、エディの脳裏に浮かんだ。自分がエンジェルと同じように面倒を見て、遊んでやる様子もだ。

セルマはエンジェルの前歴や人付き合いのなさに興味を持った。「不幸な恋愛をしたんじゃないかね。ああいう娘なら、機会が山ほどなくちゃおかしいもの。街を歩くたびに、男たちがよだれを垂らして追っかけまわすに決まってる」

エディはセルマの品のなさに驚き、衝撃さえ受けた。スタンリーが生きていたころには見せたことのなかった一面だ。セルマは想像上の婚約者が気になってしかたがないらしい。「婚約したあとで相手が不慮の死をとげて、それ以来ほかの男に目が向かないのかもね」セルマにはひどく感傷的な一面も隠されていて、それが唐突に浮かびあがることがある。「軍隊にいたのかも。いえ、ミス・ウォートンのお父さんの話だけど」ミセス・ホーリー＝ミントンの亡夫が陸軍の准将で、戦時中、任地のインドでエンジェルの父親と知り合ったという筋書きになった。「きっと両親とも亡くなってるよ。天涯孤独に見えるもの」

セルマの好奇心はエンジェルの持ち物にまで及んだ。エンジェルは部屋の掃除を怠らず、ベッドも整えていた。にもかかわらず、セルマは合い鍵を持っているので、エンジェルの留守にしばしば奥の寝室のドアをあけては、私生活を用心深く探っていた。

「穿鑿しようってわけじゃない。ある意味では家主にも責任があるからだよ。ベッドカバーを焦がして穴をあけたり、火の始末を忘れて出かけたりしてないかをたしかめなきゃ」

エディは母が忍びこむところを見守っていたことがある。奥の寝室の戸口に立って見ていると、女家主の夢とも言うべき光景がそこにあった。清潔で整理が行き届き、磨き粉と香水のにおいがほのかに漂っている。セルマは室内を時計まわりにゆっくり歩き、扉や抽斗をつぎつぎ引きあけた。衣装棚の上には、大きくてしゃれたスーツケースがある。

「鍵がかかってる」セルマは興味津々だが、もどかしげではなかった。

ベッドの脇に置かれた棚のなかに漆塗りの箱があり、やはり施錠されていた。「たぶん家族の手紙か何かをとってあるのよ。両親や婚約者の忘れ形見とか。写真が一枚もないのは変ね。鏡台の上はがらあきよ」

「自分だって父さんの写真を飾らないじゃないか」

「それは別の話よ」セルマは喉を鳴らし、ほかへ目を向けた。「恐ろしくたくさん本を持ってるのね。ほんとに読んだのかしら」並んでいる背表紙を見つめる。「信心深い女だなんて意外じゃない？」〝信心深い〟という語のなかに、驚きと憐れみと好奇心がほどよく配されていた。「想像もつかなかった」

聖書、祈禱書、讃美歌集。背表紙の列をひととおり見たあと、ほかの書名もエディの目に留まった。G・K・チェスタトンのトマス・アクィナス伝、サー・トマス・ブラウンの『医師の信仰』、『キリスト教の信仰』、『四つの終末』、『キリスト教神学事典』、『信仰の盾』、『人と神と祈り』。

「教会にはかよってない」セルマの口調は疑わしげだ。「かよってれば、あたしたちが気づかないはずがないもの」化粧台へ歩み寄り、小さな香水瓶を手にとってにおいを嗅いだ。「とってもいい香り」香水を置く。「でも、当然ね。安物じゃないんだから。彼女がおしゃれに使うお金で、四人家族が食べていける」

くだらない考えだったが、そのことばはエディの記憶にとどまった。それがセルマとエンジェルのあいだに亀裂ができる最初の兆候だった。セルマはもともと口うるさい性質《たち》で、人に対しても物に対してもつねにあら探しをして、満足しつづけることがなかった。四六時中完全を追い求めていたが、いざそれを手に入れたら、途方に暮れたことだろう。

薄ぼんやりした春がそのまま夏になるにつれ、あら探しは激しさを増した。セルマは非難を矢のごとく浴びせた。最初は折にふれてひとつふたつだったのが、着実に数を増やしつづけた。

それはスタンリーに対するものと同じだった。夫が相手だったときと同じく、セルマはエンジェルを追い出そうとまでしたわけではない。エンジェルが挑発に乗らないので、セルマは業を煮やしていた。相手が鎧のように平静をまとっていたため、打つ手がなかった。

夏の盛りのある晴れた朝、エディはコーヒーを片手に庭へ出た。セルマが久しぶりに外出したせいで――四週間ごとにタクシーで保健所へ行き、血圧を測ったり、月々支給される薬剤を受けとったりする――エディはいつになくくつろいで、奥の茂みへとのんびり歩いていった。

背後で裏口のドアがあく音がして、静寂が掻き乱された。エディは振り返った。雑草のはびこる花壇と長く伸びた芝生とのあいだを、エンジェルが慎重な足どりでやってきた。髪は束ねず、丈の短い緑のドレスにサンダルという恰好だ。右後方から浴びている日の光で、髪が金色に輝き、顔は陰になっている。

「お邪魔だったかしら」

「いや」エディは塀へあとずさりした。

「すばらしいお天気ね。外に出られずにいられなかったの」

エディは舌を焼きながらコーヒーを飲んだ。

「この前、狐を見たのよ」エンジェルはカーヴァーズのほうを指さした。「あちらへ行ったわ。奥の荒れ地にはいったんでしょう」

「あそこは野生の動物がたくさんいるから」

「ひどいありさまね」エンジェルが近寄ると、香水のにおいがかすかに漂った。その目が公営アパートへ向けられた。「でも、あそこよりはジャングルのほうがましかも」

エディはうなずいた。

しばし間を置いて、エンジェルはつづけた。「双眼鏡を持った女の人を知ってる？　ゼラニウムのあるベランダによくいるの」

ゼラニウムの花壇が置かれたベランダはひとつだけだ。その花と、小ざっぱりした外観のせいで、周囲からひときわ目立っていた。手すりにペンキが塗られたばかりで、衛星放送のアンテナがない。いま、人の姿は見あたらない。

「鳥を観察してるんだと思う」エディは言った。「ミセス・レノルズだ」

「いましがた、いたのよ。こっちは寝室から外を見ていたんだけど、あの人、あなたを観察してるんじゃないかって、ふとそんな気がしたの」

「ほんとうかい。どうして？」

「たぶんこの家を見ていたのよ。お隣かもしれない。屋根に鳥がいるのかもね」エンジェルは微笑んだ。「仮にあなたを見ていたのだとしても、気にしないことにするわ」

「ああ。だいじょうぶだよ」

「年輩の女性って、妙なことをするものね」エンジェルがわが家を一瞥したので、エディは、年輩の女性というのがミセス・レノルズだけを差しているのではないと悟った。「でも、それは向こうの問題。わたしたちには関係ないわ」

　夏のあいだ、セルマの苦情がいや増すにつれ、エディはエンジェルに惹かれていった。少しずつ、それと気づかぬうちのことだ。エンジェルは、玄関広間ですれちがうときに微笑みかけたり、きょうの天気はどうなるかと尋ねては、エディの意見がさも重要であるかのように答に耳を傾けたりした。セルマがいつにも増して理不尽なふるまいに及ぶときは、しばしばエディに視線を投げかけた。そして目が合った瞬間、秘密を分かち合う、愉悦を分かち合う甘美な感覚が訪れた。

エディはそんな誘いかけがうれしかったが、不安でもあった。女性に関心を持たれたことなどかつてなく、エンジェルのような美女となればなおさらだった。自分がエンジェルを気に入っているのは人間としてであり、女性としてではないとおのれに言い聞かせたが、その美貌が自分の反応を左右しているのもたしかだった。美しさはエンジェルの言動すべてに重みを与えていた。

そして、九月最初の日曜日が来た。晩夏の晴れた日で、朝食をすませたエディはハムステッド・ヒースまで散歩することにした（父が死んでからというもの、外出を恐れなくなっていた）。ハヴァーストック・ヒルを歩きながら、ふと後ろを見ると、エンジェルが少しあとからゆっくりと同じ道を来るのがわかった。エディは落ち着かなかった。散歩中は知り合いに会いたくない。足を速め、つぎの脇道にはいった。一度ならず振り返ったが、エンジェルのついてくる気配はない。そのままロスリン・ヒルをハムステッド・ヴィレッジへ進んだのだろうと思った。

ヒースでは楽しい時間を過ごした。ところどころ荒れ果てていて危ないうえ、互いにいかがわしい行為に及ぶ男たちがたむろしているらしいので、夕刻以降に近づくことはない。だが週末の昼間や休日ともなれば、子供でいっぱいだ。大人が付き添う子もいれば、そうでない子もいる。エディはやがてパーラメント・ヒルにベンチを見つけ、凧をあげている退屈そうな父子たちを観察した。眼下には、煉瓦や石、ガラスやアスファルトからなる青と灰色と緑の街が、霞に包まれた生き物のように揺らめいてひろがっている。

うれしいことに、八歳ぐらいの少女がふたり、ベンチの近くで体操をはじめた。ふたりともまだ体のことなど意識せずに、つい競い合う年ごろだ。ひとりはジーンズだが、もうひとり——青白く、そばかすのある真剣な顔つきの子は、きついワンピースの上にスウェットシャツを着ている。エディはその子を盗み見た。さりげなく自分を挑発しているのかどうか、と考えた。遠い夏、ぶらんこを高くこげばこぐほど脚をあらわにしながら、アリソンはこちらの視線に気づかないふりをしてからかっていた。骨張った膝の上の、スカートに隠れた肌はどれほど柔らかいのかと思いながら、少女を見つめた。

そのとき、驚愕に息を呑むとともに、甘い夢想が打ち砕かれた。

「かわいい子たちね」エンジェルが隣に腰をおろした。「元気いっぱい。どこから湧いてくるのかしら」

エディはエンジェルをまじまじと見つめた。急に姿を現されるのは、ふつうでも動転するし、ひどく恥ずかしい。しかし、いまはさらに悪い。顔に心の内がありありと出ていなかっただろうか。エンジェルは保母だ。子供を凝視する不審な男には警戒するだろう。

「ヒースを歩くには絶好の日ね。夏のなかでも最高」

「うん」エディはどうにか応じた。「ほんとうにいい天気だ」

そよ風がエンジェルの髪をエディのほうになびかせた。エンジェルがそれをもとへもどす。つかの間、袖がふれ合い、香水のにおいがした。エンジェルは青いスウェットシャツとジーンズを着ている。膝に置かれようとする左手の指はなめらかで長く、爪は楕円形というより卵形で、細い先端が指先におさまっている。指輪はしていない。

エディは自分の注ぐ視線に感づかれたのではないかと思い、目をそらした。ほっとしたことに、ふたりの少女は坂を駆けおりながら、下にいるだれかに甲高い声で呼びかけている。あの子たちへの関心をさらけ出す心配はもうない。

「こういうの、好き?」エンジェルの声がしたとき、エディは少女たちのことを言われたのかと一瞬思い、当惑して振り向いた。だが、エンジェルは銀紙の端が剝がれたミント・キャンディの筒を差し出していた。ことわって気を悪くされては困るので、エディはひと粒とった。しばしの沈黙が流れる。ミントの味が不自然に強く、エディは咳きこんだ。

「ここに来るのは楽しい」エンジェルが言った。「子供が遊んでるのを見ると気分がよくなるの」

キャンディを強く嚙んだので、粉々になった。思春期に差しかかったふたりの少年が自転車で走り去った。通り過ぎるとき、一方がポテトチップスの袋を落としていった。

「あの子たちがもっと大きくなったら、とても見られたものじゃなくなる。そう思わない？」返答を待っているふうではない。「だからと言って、しじゅう子供に囲まれてるのもいやよね。子供といると疲れるもの。あなたはどう？」

エディはキャンディのかけらをあわてて呑みこんだ。へりが喉に引っかかった。「なんだって？」

エンジェルは微笑んだ。「自分の子供を持ちたいかって訊いたのよ。わたしは持ちたくない」

「ぼくだっていやだ」意図した以上に語気が強くなった。エディは自転車の少年たちに、デイル・グローブ総合中等学校のマンディとシアンに、大きくなったすべての子供たちに思いをはせた。自分をさらけ出しすぎたかもしれないと恐れ、そこで一般論へ逃げた。「ただでさえ世界には人が多すぎるよ。五十五億人だっけ。そのうえ毎日生まれてくるんだ」

エンジェルは真顔でうなずいた。「鋭い意見ね」そういう角度から考えたことがないと言いたげな声つきだ。「でも、小さいうちはかわいいわね。だから自分の仕事を気に入ってるの。たっぷり楽しめるけど、長いこと責任を感じなくてすむんだもの」

「それはいい」

それから五分間、ふたりは眼下の街やその歴史について盛んに語り合った。エディは徐々に打ち解けていった。会話を、というより、話し相手がいる新鮮さを楽しんでいる自分に驚いた。

「ところで、わたしたちの家のある通りは、どうしてあの名前になったのかしら」エンジェルが尋ねた。「お母さまに訊いたんだけど、ご存じじゃなかったの」

「中世に、あの一帯がロシントンの主教の土地だったからだよ」

雲が太陽の前をよぎった。

「そうじゃないかと思った。寒くなってきたわね」エンジェルは思いきり体を縮こめて言った。「コーヒーでも飲まない？　サウス・エンド・グリーンにカフェがあるの」

わけのわからないうちに、エディはエンジェルとともに坂をおりていった。体がふだんより軽く、宇宙飛行士のように宙に浮いて感じられる。**こんなことがあるなんて。**逃げだしたい気持ちもあるが、ほかのさまざまな感情がそれを叩きつぶした。逃げたりしたら無礼だという思い。エンジェルといっしょにいるのがうれしくて、知り合いのだれかの目に留まればいいのにとさえ思う気持ち。そして、ふたりして母を欺いているかのような、あいまいながら力強い感覚も心地よかった。いまこの瞬間、エディはひとりぼっちではなかった。ふたり連れの片割れで、しかも相手は同志だ。ほどなく、ふたりは湯気の立ちのぼるコーヒーをはさんですわっていた。

「すてきだわ」エンジェルが笑いかけた。「外に出るのはいいことよ。ときどきお母さまのことが気になるの。ほとんど家のなかで過ごされてるもの」

「母は家にいるのが好きなんだよ。父が生きてたころだって、ずっとああだった」

「それで幸せならいいんだけど」

「だんだん年をとっていく」年寄りの幸せなど想像もつかないという意味をこめて、エディは言った。

エンジェルはそのことばにではなく、エディの心中にあるものに反応して言った。「老人って悲しいわね。年をとるのはいや」一瞬、顔つきが変わった。唇を強く結び、眉をひそめる。肌に皺が深く刻まれ、未来の姿が垣間見えた気がした。すぐにエンジェルは微笑み、時が逆行した。「ひとつには、だからこそ子供が好きなの。老いていく姿が想像できないから」

エディはうなずいた。またアリソンを思い出した。いまでもアリソンは心のなかで大きな位置を占めている。おしっこゲームをした夏の幼い姿のまま永遠にいてくれたらいいし、自分もいっしょに幼いままでいたいものだ。エディは歳月を越えて、アリソンに微笑みかけた。

「何がおかしいの？」エンジェルが尋ねた。

「えっ？　なんでもないよ」エディはうつむいて、きまり悪さを隠した。コーヒーの湯気で眼鏡が曇った。

「エディって呼んでもいいかしら」

顔が赤くなるのが、自分でもわかった。「もちろんさ」

「でも、わたしをアンジェラとは呼ばないで。ぞっとする名前よ」

エディは顔をあげた。こちらへ身を乗り出すエンジェルの顔は、湯気でぼやけて、スモッグにかすむ街を思わせた。蒸気で目鼻が溶けていくかのようだ。何か言ったが、聞きとれなかった。

「なんて言ったんだい」

「友達はかならずエンジェルと呼ぶわ」

つづく四ヵ月間というもの、ふたりのあいだに友情が育まれたことを隠す理由はなかったが、セルマに教えずにいるのは当然と思えた。母の前で、下宿人と家主の息子の間柄のままであるふりをすることに、エディは大きな喜びを覚えた。エンジェルも楽しんでいた。

「子供って、ごっこ遊びが好きなのよ」散歩中、エンジェルがそう言ったことがある。「わたしはいまだに好きみたい」

ふたりはあらゆる場所へいっしょに行った。映画館、プリムローズ・ヒル、ナショナル・ポートレート・ギャラリー、オックスフォード・ストリートの喫茶店、ハムステッド・ヒースにほど近い、子供を遊ばせながら親が飲めるパブ。

エンジェルがいるおかげで、エディは大人の目を気にせずに子供をながめていられた。なんと言っても、ふたりはほぼ同世代で、夫婦にも見える。そうでなくても、男女の連れは男ひとりより怪しまれる可能性がはるかに低い。

あるとき、そのパブの庭で、小さな女の子がぶらんこから落ちて膝をすりむいた。エンジエルがすくい起こしてなだめてやった。ようやく、その子は母親がパブにいると告げた。「じゃあ、ママを捜しにいきましょう」エンジェルはせいぜい三歳の少女をエディに預けた。「このやさしいおじさんが連れてってくれるわ」

少女はエディの腕に抱かれた。自分がうれしくてたまらないことをエンジェルは知っているのではないかと、エディは思わずにいられなかった。三人でパブのなかへはいった。

「ママはどこ?」エンジェルが少女に訊いた。

母親のほうが先に気づいた。エンジェルの前へ駆けこむや、エディから娘を奪いとった。あまりにきつく抱きしめられたので、少女はすでに楽しげな顔になっていたにもかかわらず、泣きだしてしまった。

母親は紅潮した顔でエディを見据えた。

「何があったの?　いったい——」

エンジェルがさえぎって説明した。非難の響きをこめ、声はきっぱりと自信に満ちていた。母親は感謝と後ろめたさと苛立ちとが入り混じったぞっとしない顔つきで聞いていた。ずんぐりして背が低い女で、丈の長いスカートがほこりまみれだ。化粧っけがなく、両腕に入れ墨がある。金縁眼鏡の奥で細い目が光っていた。かなり若く、かつての自分の生徒とたいして変わらないとエディは思った。

「よく気をつけなきゃ。特に近ごろはね」奇しくも、セルマの口ぶりと同じだった。母親はふたりから離れ、手にした酒を飲みほして、娘を外へ引っ張っていった。

エディとエンジェルはバーカウンターで並んだ。

「わたしがいなかったら」エンジェルはさりげなく言った。「あのろくでなしの女は、あなたが娘をさらおうとしてると思ったわね」


秋が冬に変わり、セルマは家のなかの空気が変わったこと、どことなく雲行きが悪くなったことを察したようだった。エンジェルについての愚痴をますますエディにこぼした。疑り深くなり、どこへ出かけていたかを毎日エディに問いただした。エンジェルと大っぴらに角《つの》を突き合わせはしなかったが、親しさはもはや過去のものだった。

エディは元来用心深い性格だ（同好の士の集まるグループに近づかなかったのもそのせいだが、そういうものの存在は新聞を通じて知っていた）。母との仲たがいは避けたかった。エンジェルとふたりでフラットか小さな家に住めたらどんなに楽しいだろうかと、想像することもあったが、金銭面で話にならなかった。国と母からの施し以外に頼るものはないのだから。

少なくともしばらくのあいだは、両方に与《くみ》するのが賢明だった。それゆえ、母が穿鑿しているることはエンジェルに告げなかった。衝突をあえて引き起こすような真似はしたくなかった。

そうこうするうちに一月の中旬になった。ある夕方、リージェント・ストリートの〈リバティ〉でエンジェルと待ち合わせていたエディは、階段を駆けおりた。映画を観てピザを食べてから帰る予定だった。

「エディ」セルマがキッチンから呼んだ。「ちょっと来て」

エディは腕時計に目をやった。エンジェルを待たせたくないけれど、すでに遅れかけているので気が気ではなく、戸口で躊躇した。セルマは荒い息づかいでテーブルについている。顔が上気し、両脇に汗のしみが見える。

「急ぐんだけど」

「どこへ行こうっていうの」

「ちょっとそこまで」

「ここのところ、出かけてばかりね」

「映画を観るだけだよ」

セルマはいちだんと暗い顔つきになった。「あの女と会うんだね。さあ、白状しなさい」

毒を含んだことばを急に浴びせられ、エディは玄関広間へあとずさった。「そんなわけないだろう」自分でも声に説得力がないのがわかる。

「あんたからあの女のにおいがする。あの香水の」

エディは身動きできず、母を凝視した。

「ひとつ教えておくよ」セルマはつづけた。「あの女、今週いっぱい家賃を払ってるけど、そのあとは出ていってもらうからね」

「だめだ！」抑える間もなく、ことばが飛び出した。「冗談じゃない。理由がないじゃないか」

「最初からあたしを手玉にとったんだよ。あたしだけじゃない。あの女はだれもかれもだましてた」セルマは、目の前のテーブルに置かれた頑丈なマニラ封筒を指で叩いた。「ミセス・ホーリー＝ミントンに言いつけてやるさ。ぐるだったら話は別だけどね。これは詐欺、まぎれもない詐欺だよ。れっきとした犯罪なんだから」

エディは母をまじまじと見た。「どういうことだ。気はたしかかい」

セルマは封筒をあけ、イギリスのパスポートを出した。ページをすばやくめくり、写真を見つける。薄汚れた指でそのページを開いたまま、テーブルを隔てたエディへ向けて押しやった。

しかたなくエディはキッチンにはいり、写真を見つめた。細面で髪の短い、見たこともない女性が写っている。

「これがどうした。だれなんだよ」

「目が見えないのかい」セルマは声を張りあげた。「名前をごらん」

エディは眼鏡を鼻柱に押さえつけて、身を乗り出した。名前がはっきりと浮かびあがった――アンジェラ・メアリー・ウォートン。

その後数時間のエディの記憶は、鮮やかだが切れぎれだ。あとにして思えば、ある種のショック状態だった。ロシントン・ロード二九番地の玄関のドアを、生まれてはじめて力まかせに閉めたことは覚えているが、それから先の出来事がうまくつながらない。地下鉄のチョーク・ファーム駅まで歩き、ノーザン線でトッテナム・コート・ロード駅へ行ったのは確実だ。そこからセントラル線に乗り換えて隣のオックスフォード・サーカス駅でおりたのか、ひと駅ぶんの距離を歩いたのかは思い出せない。だが、〈リバティ〉の正面玄関をはいってすぐの場所に立っていたのは、はっきり覚えている。店内は人がいっぱいで、色鮮やかな商品が並んでいた。警備員にいぶかしげな目で見つめられた。エンジェルを捜したが姿が見あたらず、どうしようもない絶望感がこみあげてきた。

そのとき、ふいに肩を叩かれた。「出ましょう。プレゼントがあるの」

これまでになかったことだが、エンジェルはエディの腕をとり、店の外へとせきたてた。グレート・マールバラ・ストリートの歩道で、エンジェルは〈リバティ〉の小さな袋を渡した。

「さあ、あけて」待ちきれずにいる子供のようだった。「ひと目見て、これは買わなきゃって思ったの」

水流が岩をよけるように、人波がふたりの横を流れていく。袋の中身は青地に緑の細い縞が斜めにはいった、絹のネクタイだった。柔らかな布地をなでながら、エディは目を涙でいっぱいにした。適当なことばを探したが、見つからない。

「見て」エンジェルが言った。「あなたの目の青が映えるわ。よく似合ってる」

自分とエンジェル以外のすべてが――白と黒でまとめた〈リバティ〉の正面も、歩道を目まぐるしく動く人々も、エンジンのうなりやファストフードのにおいも――一気に視界から消えた。

「着けて」エンジェルは有無を言わさず、エディのシャツの襟のボタンを留めた。もともとネクタイは締めていない。「このシャツならぴったりね」襟を持ちあげ、エディの手からネクタイをとって首に掛ける。器用な手さばきで作られる結び目を見ているうち、エディは自分が子供どころか人形になった気がした。エンジェルは身を離し、品定めするようにながめた。「最高よ」

「ありがとう。すてきだ」

エンジェルは腕時計を見た。「うっかりしてると、映画を見そこなうわ」

「遅れてすまなかった。母が……」

「どうしたの？　何かあったのね」

「母がきみの部屋にはいったんだ」

「珍しいことじゃないわ」

エディは一時逃れをすべく、話の方向を変えた。「知ってたのかい」

「よくあの部屋に忍びこんでる。手をふれられたらわかるようにしてあるのよ。で、どうしたって？」

エディは頭に血がのぼるのを感じ、動揺した。自分もときどき侵入していたのが感づかれていないことを祈った。「ブリキの箱のなかを探ったらしい」

腕を強く締めつけられ、エディは悲鳴をあげた。エンジェルの化粧に隠れた顔が青ざめている。パーラメント・ヒルのときと同じく、唇が引き結ばれ、皺が浮き出た。「錠をかけておいたのに」

「きっと鍵を見つけたんだ。じゃなきゃ、ぴったり合う鍵を持ってたんだろう。そのときだけかかっていなかったのかもしれない。よくわからないけど」エディは惨めな気分で視線を返した。「パスポートを持ってたよ。きみの雇い主に見せる気だ。たぶん警察にも」

ここから先の記憶もあいまいになる。つぎに覚えているのは、ソーホーの奥のフリス・ストリートにいたこと、エンジェルの金髪を追い、階段をおりて地下のレストランへ向かっていたことだ。店の音やにおいが、寄せる波さながらせりあがってきた記憶がある。壁の奥まった場所にあるテーブル、静けさの孤島にふたりは着席した。蠟のこびりついた瓶のなかで、一本の蠟燭が輝いていた。何を食べたか思い出せないが、エンジェルがまず赤ワインのボトルを注文し、さらにもう一本頼んだことは覚えている。

「たっぷり飲んで」エンジェルは言った。「さあ、あなたには必要よ。ショックだったんだから」

ワインは味がきつく、はじめはなかなか喉を通らなかった。しかし、グラスを傾けるにつれ、だんだん飲みやすくなった。

「秘密を守れる？」前菜を食べ終えたとき、エンジェルが訊いた。「だれもほんとうのことを知らないけど、あなたには教えたいの。信じていいかしら」

「うん」**いつだって信じていいさ。**

エンジェルは蠟燭の炎に見入った。「わたしの母が生きていたら、何もかもちがっていたはずなの」

エンジェルは幼いころに母親を亡くし、父親は再婚したという。そして、継母には毛ぎらいされた。

「もちろん、嫉妬のせいよ。あの女が来るまで、父とわたしは大の仲よしだったの。でも、あの女がすっかり変えてしまった。わたしを父がきらうように仕向けたのよ。いや、父だけじゃない。まわりの人全部を言いくるめたわ。そのうち、みんながわたしの敵にまわったってわけ」

なんとしても逃れたかったエンジェルは、海外の家庭で住みこみ留学生として、家事を手伝いながら暮らす道を見つけたらしい。サウジアラビアにはじまり、その後南米、おもにアルゼンチンで。やがて保母の仕事をはじめた。ひとつの家族のもとに五年以上とどまったので、先方に喜ばれた。だが結局、母国に帰りたい気持ちには勝てなかったという。

「あなたにもあるでしょう。自分の根源や過去に帰りたい気持ち。そんなころにアンジー・ウォートンに出会った。イギリス人だけど、アルゼンチン生まれだったわ。ご両親が戦後に移住したの。アンジーも母国に帰りたがっていた。一度も住んだことがないのに」

「どうして母国なんだ」エディは真顔で尋ねた。「住んだことがないなら、変じゃないか」

「心がある場所が母国なのよ。それはともかく、アンジーは保母だったの。ご両親が亡くなる前に、アメリカで養成教育を受けていた。わたしたちはいっしょに帰郷して、フラットや何やかやを共同にしようと考えてた。ミセス・ホーリー－ミントンと知り合ったのは、アンジーのおかげよ。かわいそうなアンジー」

「何があったんだい」

「あまりに悲しいこと」蠟燭のオレンジ色の炎が双眸に揺らめいた。「話すのがつらいわ」

エンジェルは顔をそむけ、ナプキンで目を押さえた。

「すまない」飲みすぎたせいか、エディはエンジェルの悲しみが自分のせいのように思えてきた。「ほかの話をしよう」

「いいえ。逃げ隠れはできない。恐ろしい悲劇が起こったの。ロンドンに着いた最初の夜のことよ。二、三時間過ごしただけで。ああ、全部わたしのせい。その罪からは逃れられない。つまり、アンジーは——ええ、アンジーはすてきな人だったけど、はっきり言って大酒飲みだったのよ」エンジェルは、エディのグラスにワインをつぎ足した。「こんなふうに、食事中に一、二杯飲む程度じゃないの。浮かれ騒いだうえに、翌日目が覚めると、何があったかも、どこにいたのかも覚えていない。それが恐ろしい悲劇を生んだ」

エディは皿を押しのけた。「というと？」

「こっちへもどった最初の晩のことよ」ワイングラスのふち越しに、エンジェルは目を大きく見開いた。「人生にはあまりに不公平なことがあるわね。アンジーは飛行機のなかで飲みつづけてたの。何杯も。ロンドンに着くと、わたしたちはアールズ・コートでホテルを見つけて、食事をした。もちろん、ワインもいっしょよ。それから、アンジーは大騒ぎをはじめた。〝お祝いしたいの〟とか〝ふるさとに帰ったのよ〟とか。かわいそうなアンジー。わたしは付き合いきれなかった。疲れきってたから、部屋へ帰って寝たの。そして、つぎに覚えてるのは、翌朝支配人がドアをノックしていたこと」

ウェイターが主菜を運んできて、だらだらと話しこもうとした。

「けっこうよ、ありがとう」エンジェルが毅然と言い放った。ふたりきりになると、またエディに言った。「ああいう男はきらいよ。まったく厚かましい。どこまで話したかしら」

「支配人がドアをノックしたところだ」

エンジェルの顔から苛立ちの色が消えた。「警官といっしょだった。アンジーはウェスト・エンドへ行ったらしかったの。もちろん、飲みつづけながらよ。そして、シャフツベリー・アヴェニューでバスの下敷きになった。劇場やパブから出てくる人でごった返してるときに」

「むごい話だ」エンジェルはため息をついた。「即死だったそうよ」

エディはことばを切ったが、もっと何か言わなくてはと思って付け加えた。

「本人だけじゃなく、きみにとっても」

「いつだって、残された者のほうがつらいものよ。アンジーのために悲しんだのはわたしだけだった。だから――そう、正直言って、誘惑に駆られたの。アンジーになりすましても、だれにも迷惑をかけないいんじゃないかって。資格がなければ、人並みの仕事は望めない。それはあまりに不当だと思ったのよ。実のところ、わたしにはアンジーより保母の仕事の実地経験が多かったし、理論の勉強もたやすかった。そして、アンジーにはミセス・ホーリーミントンとの縁故があったけれど、面識はなかった。だから、わたしは警察に対して、自分がアンジーだと言って、そのふりをしたの」

「だけど、警察は死んだのがアンジーだと知ってたんじゃないのかい。ハンドバッグか何かから」口をはさまれたエンジェルの苛立ちを感じとり、エディは弱々しくつづけた。「だって、泊まってるホテルがわかったんだから」

「アンジーは身元を確認できるものを何も持っていなかった——現金と、ホテルの名前入りのカードだけ」エンジェルは悲しげに微笑んだ。「盗まれないように、パスポートやそのほかをわたしに預けてたの」

「なるほど。それならわかる。でも、パスポートの写真は——」

「わたしのパスポートに、古い写真がはいってたのよ。わたしたち、かなり顔が似ていたの」

「検死審問があったはずだ」

「もちろんよ。嘘なんかつかなかった。つきたくなかった。その必要もなかったし」

「きみのお父さんは、身元の確認を頼まれなかったのかい」

「父はその何年も前に、仕事でアメリカへ行って、まったくの音信不通になっていた。ただ、わたしが煩わしかったのね」エンジェルは身を乗り出した。「肝心なのは、たぶんアンジーはわたしにそうしてほしかったってこと。立場が逆だったら、わたしも同じことを望んだはずよ」

「きみはまちがっていなかったと思うよ」エディの声はくぐもり、舌がうまくまわらなかった。「だれも傷つけてないんだから」

エンジェルはエディの手を軽くさすった。「そう。ある意味では逆だと言ってもいいわ。そういうことがあったからこそ、わたしは仕事に真剣に取り組んで、たくさんの子供たちの役に立つことができたって考えたいの」

「で、きみのほんとうの名前は?」

「どうでもいいじゃない。わたしは自分の名前をアンジーにあげて、いっしょに葬った。前を見つづけるべきだというのがわたしの信条よ。振り返ってはだめ。お葬式のあと、一段落ついてから、わたしはミセス・ホーリー＝ミントンに手紙を書いた。それからは何もかも夢みたいだったわ」エンジェルはことばを切り、両手に顔をうずめた。「だけど、終わりね」

声がほとんど聞きとれない。「残念よ——すべてがうまくいってたのに」

「ぼくから母に話すよ。説得してみる」

「いい人ね。でも、無理だと思う」

「なぜだ?」叫びに近い声になったので、周囲の数人が顔を向けた。

「ねえ、声が大きいわ」

「母はぼくたち両方に逃げられては困るはずだ。さびしいだろうから」

「わたしたちに嫉妬してるのよ。そう思わない? わたしにもっとお金があれば——それなら、ふたりでどこかへ逃げられるのに。友達としてよ。ただの親友。それでもいいわね?」

「ああ。いいさ」

長い沈黙があり、店内の喧噪がそれを埋め合わせた。

エンジェルがワインの瓶を手にとった。「ほかの話をしましょうよ」

エディはつとめてさりげなく言った。「きみが世話をしてるのはどんな子供なんだい。気が向いたら、いつでもうちに連れてくるといい。お茶の時間にでもね。いっしょに遊ぼう」

「子供たちはよく、わたしが住んでるところを見たがるわ。でも、お母さまが承知するわけがない」

ふたりのあいだにまた沈黙が落ちた。暗黙の意思表示や問いかけをたくさんはらんでいる。エンジェルがまた両方のグラスを満たした。

「飲んで」グラスを掲げ、エディのそれとふれ合わせる。「これが最後の機会かもしれないから、大いに楽しまなくては」

ふたりは瓶をあけて、席を立った。エディはしたたかに酔っていて、階段をのぼるのに、エンジェルの肩を借りざるをえなかった。フリス・ストリートへ出ると、新鮮な空気のせいで頭がくらくらし、明かりがやけにまぶしく感じられた。側溝と、駐車中の車のボンネットに嘔吐した。

「気にしないで」エンジェルがエディの腕をさすりながら言った。「出したほうがいいのよ」やがて、凛とした大声で呼ぶのが聞こえた。「タクシー！　タクシー！」

エディはそれからあとのことをほとんど覚えていない。エンジェルが連れ帰ってくれたのはたしかだが、母を見かけた記憶はない。深夜だから、眠っていたのかもしれない。

「さあ」家に着くと、エンジェルが言った。「階段をのぼって、おねんねよ」

エディの脳裏には、ひとつの映像が焼きついている。エンジェルが右手を差し出し、手のひらの真ん中に白い錠剤が三つ載っていた。

「お飲みなさい。でないと、朝になったらつらいから」

それをどうにか呑みくだしたはずだ。そのあと、暗くて音のない穴へ落ちていった。数時間後、まず印象に残っているのは頭痛がしたことだ。計り知れない時間が過ぎ、こんどは膀胱が破裂しそうな感覚が訪れた。その後も頭痛がひどくなった気がする。穴のなかの心地よさを手放す気がせずに夢と戯れつづけ、ベッドを出るという厄介な仕事には取り組めなかった。

つぎに目覚めたとき、カーテンの向こうの光がはるかに明るくなっており、それを見て頭痛がひどくなった。だれかに揺さぶられている。

「エディ。エディ」

びっくりして、寝返りを打った。自分の知るかぎり、この部屋にエンジェルが足を踏み入れたことは一度もない。母に見つかったらなんと言われるだろうか。

開いたドアから日の光が流れこんだ。まぶしくて、エンジェルを見つづけていられない。長い白のガウン姿で、顔は一分の隙もなく化粧が施されているのに、髪はヘアネットでまとめられたままだ。エディはまぶたが重くなるのを感じた。

「エディ」エンジェルが呼んだ。「エディ、起きて」

7

眠っているあいだ、人はみずからをいくらか超越した存在になるので、肉体の微睡《まどろみ》は精神の覚醒にほかならないのかもしれない。

——『医師の信仰』第二部十一節

ルーシーがいなくなった翌日である土曜日の夜、サリーは眠れまいと思っていた。ルーシーが自分を必要としたときのために、なんとしても起きていようと心に決めていた。しかし、デイヴィッド・バイフィールドからマイケルの無事を知らせる電話がかかると、疲れが毛布さながらに襲いかかった。

金曜日にもここに来ていて、きょうの夕方イヴォンヌと交替したジュディスは、それを見過ごさなかった。眠るように勧め、ココアを渡して、またも睡眠薬の錠剤を飲ませようとした。

「寝つきやすくなるだけです」ジュディスのウェールズ訛りの声は、静かな波に乗った小舟のようにたゆたっている。「いつまでも正体をなくすような長時間用の薬じゃありません。無理をして起きていても、どうにもなりませんよ」

「だけど、もし何か――」

「何かあったら、すぐ呼びにいくと約束します」

サリーは錠剤を口に入れ、ココアを飲んだ。ジュディスはしばしとどまって、部屋を見まわした。

「読むものをお持ちしましょうか。雑誌とか」

「あそこにある本をとってくれるかしら。整理棚の上の」

ジュディスは本を何冊か渡した。「しばらくしたら来ます。様子を見に」

サリーはうなずいた。ジュディスが部屋を出ていき、サリーはひとり残された。**ルーシー**。涙で目がうずいた。頭を壁に打ちつけて、何度も叫びたかった。

オードリー・オリファントの本が、目の前の上掛けに載っている。いつもなら、片づいていない仕事があれば、処理を終えるまで気になってたまらないのに。右手の指で一冊ずつ表紙にふれた。聖書。祈禱書。『医師の信仰』。最初の二冊はすり切れた黒い革の装丁で、年月を経て硬くなり、背表紙がひび割れてところどころ表紙からはずれている。中を見るまでもなく、ページの紙が薄くてめくりにくく、どんなに視力がよくても読むのに骨が折れるほど活字が小さいと想像がつく。『医師の信仰』のほうは少し字が大きいはずだが、傷み具合はほかと変わらない。三冊ともかびくさい。古びて気味が悪く、不潔に感じられる。サリーは身震いし、どれも開く気になれなかった。思いがけず邪悪なものが詰まったパンドラの箱の小型版かもしれない。

「自分を責めてはいけない」デイヴィッド・バイフィールドは電話でそう言った。

「じゃあ、だれを責めたらいいのですか。神を責めろとでも?」

電話の向こうに沈黙が流れた。それからデイヴィッドは淡々と言った。「おそらく、ルーシーを連れ去った者をだ」言い返す隙をサリーに与えず、たたみかける。「よく聞きなさい。マイケルのことは心配するな。今夜はよく眠って酔いを覚まし、あすにはそちらへ帰るだろう。マイケルを責めてはいけない。もちろん、自分のこともだ。わかったかね、サリー。何よりそれが肝心だ。希望を捨てたり、祈るのをやめたりしてはならない」

「祈れません」

「祈れるとも」

「無理です」サリーは言いかけた。「わたしには――」

「あれこれ考えるのはやめなさい。祈りを唱え、床に就き、眠るようにつとめる。それがいちばんだ」

デイヴィッドの電話の声は、予想以上に若々しかった。デレク・カッターと同じく、この老人もすっかり牧師然としているが、語り口がまったくちがう。デレクには落ち着かない気持ちにさせられたが、デイヴィッドには憤りを感じた。傲慢きわまりない、とサリーは思った。子供を失う気持ちの何がわかるのか。えらぶった独裁者。命令する権利をだれから与えられたというのだろう。そう思うと怒りで熱くなった。そこではじめて、デイヴィッドはまさにこういう効果をねらっているのかもしれないと気づいた。聡明な男だ。老いてなお聡明さを失っていない、と認めざるをえなかった。

まぶたが重くなり、サリーはベッドに滑りこんだ。独自の生命を与えられた指先が、三冊の本の表紙をさすりつづけている。まどろみながら思った。オードリー・オリファント。変わった名前だ。オリファントは象《エレファント》に似ている。かつてオードリーという名の聖人がいなかったか？　そのとき、稲光のごとく急激に、ルーシーがいないという事実が心を切り裂いた。サリーは起きあがり、思いきり叫んだ。ところが、口から漏れた音はうなり声ほどもなかった。また枕に頭を沈めた。

その振動で本が揺れ動いた。『医師の信仰』から紙片の端がはみ出している。それを引っ張ってみた。大きな教会を正面から写した絵はがきで、歳月に洗われて古めかしい色になっている。見たことのある建物だが、この瞬間は名前が頭に浮かばない。裏に返す。ロシントン大聖堂だ。ほかにも何か書きこまれている。目を細めて消印を見た。１９６３だろうか、それとも１９６８か。四月だ。宛名は〝ミス・Ａ・オリファント。チューダー・コテージ、ロス、ミドルセックス州〟となっている。ロスという地名には聞き覚えがある。ロンドンの西だったか？　ヒースロー空港の近く？　サリーは文字を読みとろうとつとめた。

観光客だらけだし、四月というより二月みたいだけど、聖歌隊の晩禱は最高よ。わたしたちの共通の友達は、まだ覚えていたわ。せまい世界ね！　火曜に会いましょう。

エイミーより

オードリー・オリファントがおそらく幸福であったころの人生を垣間見た思いがした。だが、こんなことをしてもどうにもなるまい。

はがきが手から滑り落ち、サリーは眠りに沈んでいった。あとになってわかったが、薬のおかげで七時間近く寝ることになった。その時間の大部分は、薄暗い幻のような夢のなかで、せわしなくルーシーを捜しまわっていた。**これが地獄にちがいないわ**。水圧の変化をひしひしと感じつつ、奈落の底から水面へたどり着こうと必死で泳いでいるところで目が覚めた。

ルーシー。

目を閉じたまま、あたうかぎりの力で痛みと恐怖と怒りをひとまとめにした。心のなかでそれをまるめて、練り粉のようにこねた。それには縞模様の色がついている。赤、茶、緑、黒――さまざまな感情の色だ。その球をつかみ、肩の後ろへほうり投げた。すると、目を開く勇気が芽生えた。

寝室は暗く、カーテンの隙間から差すひと筋の街灯の光と、時計の赤く光る数字だけが目にはいる。脈が速い。口が渇き、まぶたが腫れて痛む。

ルーシーは帰っていなくて、新たな知らせもないのだろう。何かあれば起こされたはずだ。

目覚めたのは、何かに駆られてのことだ。隠れ家へ忍び入るかのように、現実の世界へ逃げこんだ。目を覚ましてルーシーの不在を確認するほうが、奈落の底に沈んでいるよりもはるかに心地よいのではないか？

六時十五分だ。ベッドの横の明かりをつけた。ゆうべジュディスが来て消したにちがいない。ミス・オリファントの本は、ベッド脇のテーブルに整然と積んである。枕に頭をもどし、襲いかかる絶望感と闘った。祈ろうとしたが、うまくいかない。回線が切れているのか、電波が届かないのか。あるいは、相手はこちらの問いかけにわざわざ応じる気がないのか。祈れ、とデイヴィッドは言った。祈り、希望を持てと。サリーにはどちらもできなかった。

夢の断片が少しずつ意識のなかへ滑りこんだ。ミス・オリファントが主教の祭服を身にまとい、ロシントン大聖堂と思われる大きな教会の主祭壇に立っている。祈禱書から、聖灰水曜日の大斎懺悔の式文を読みあげている。**ルーシーがさらわれたのはそのせい？　呪われているの？**　この国に女性の主教はいないはずだ。規則が変わったのに、自分は知らされていないのだろうか。夢の世界では、その不安のほうが、病院で亡骸《なきがら》を目にしたはずのミス・オリファントの生き姿を見たことよりも、はるかに大きく心を揺り動かした。

ほかの夢の断片には、デイヴィッド・バイフィールドが登場した。ケンブリッジのマグダレン橋で、すぐ上を天使が飛んでいるのを見かけたという。

「本物の羽根だった」サリーとマイケルに話しかける。「鵟《のすり》の羽根に似ていたよ」

「ルーシーがいないのに！」サリーは叫んだ。

「この話のほうがずっと大事だ」

同じ夢の別の場面では、デイヴィッドといっしょに、公衆便所の臭気が漂う警察署にいた。マクサム主任警部がカウンターから身を乗り出し、舌と歯のあいだから空気を漏らして呼吸している。

「天使のはずがありませんよ。天使なんかどこにもいません」

サリーはばつが悪くなった。大人は天使の存在など信じていない。デイヴィッドはマクサムに激しい怒りをぶつけはじめた。

「物知らずだな。あんたにそんなでたらめを言う資格はない」

マクサムがにっこり笑うと、イヴォンヌの整った歯並びがあらわになった。「夢だったんですよ」

「ちがう」

デイヴィッドは両手をあげて横にひろげた。驚いたことに、黒い上着の両肩から袖口までが、腕に沿って銀白色の羽根に覆われている。翼が生えていたのだ。


サリーは八時までにシャワーを浴びて着替え、コーヒー三杯だけの朝食をとった。居間のテーブルで、ジュディスと向かい合う。ジュディスはサリーの食欲を誘い出すべく、焼いたトーストのにおいを部屋に満たしたり、自分のために卵をゆでたりした。

「知らせのないのはよい知らせですよ」ジュディスの顔には気苦労で皺が寄っている。その善意をすべてはねつけてしまうことを、サリーは後ろめたく感じた。「シリアルを――コーンフレークなどの軽いものを、ひと口でも召しあがってください」

サリーはコーヒーポットに手を伸ばした。「あとで食べるかもしれないわ」

「教会へ行きたいと思ってらっしゃるでしょう？　イヴォンヌが車でお送りしますよ」

教会なんて。「悪いけど行きたくないの」ジュディスの瞳に失意と驚きの色が見えた――あるいは見えた気がした。**出しゃばりジュディス**。とはいえ、分別顔をする習慣は、簡単には捨てられない。まるでジュディスのほうが被害者であるかのように、やさしい口調で話す自分がいた。「気にかけてくれてありがとう。でも、夫がもどってきたときにここにいたいのよ」スリッパを暖炉であたためて、新聞を椅子の肘掛けに置いて、淹れたてのお茶でポットを満たして？「それに、何か知らせがあるかもしれないし」

「わかりました」ジュディスの顔の皺がいくらか消えた。「まもなくお帰りになりますよ。おふたりでいらっしゃれば落ち着くでしょう」

サリーはうなずいてコーヒーをひと口飲んだ。マイケルが帰っても、落ち着くかどうかは疑わしい。第一に、ルーシーがいないのに心が休まるとは思えない。第二に、デイヴィッドがロンドンに来るのだから、ふたりだけになるわけでもない。第三に、夫を愛しているのはたしかだが、マイケルは問題を解決するより引き起こすほうが多い人間だ。日ごろ感情を抑えているからこそ、いざあらわにするときは、抑圧されていたものが一気に爆発する。

「新聞が来ていないかしら」サリーはジュディスと目を合わせて言った。

「見てきましょう」

サリーに返答の隙を与えず、ジュディスは立ちあがってドアへ向かった。まもなく《オブザーバー》紙を持ってもどってきた。

「もしお望みなら――」

サリーは新聞に手を伸ばした。「自分で読むわ」

記事は内側のページに数段落割かれているだけだった。四歳のルーシー・アップルヤードが子守りの家から失踪し、警察は犯罪に巻きこまれた可能性を捨てていないという。マクサム主任警部によるコメントは慎重で、警察が捜査中であること以外はほとんど何も明らかにしていない。

「教会区の信者全員がルーシーとサリーとマイケルのために祈っています」デレク・カッターが記者に語っている。「サリーはすばらしい副牧師で、セント・ジョージ教会でもすでに大きな実績を残しています」

サリーは記事のページを開いたまま、新聞を前へ押しやった。ジュディスは目を走らせた。

「問題はないでしょう」明るい声で言った。

「タブロイド紙じゃなんと書かれていることか」サリーは顔をしかめた。「知らないほうがよさそうね」

ドアの錠が耳障りな音を立てた。

「きっとイヴォンヌです」ジュディスはハンドバッグを引き寄せて、ささやかな冗談を言う冒険をした。「食後の片づけに間に合ってくれたわ」

居間のドアが開いて、マクサムがはいってきた。その肩の後ろで、戸口に立つイヴォンヌの金髪の頭が揺れている。ジュディスはサリーを一瞥し、つぎの行動のために身構えた。サリーは手を口にあてて、マクサムを見つめた。

「進展がありましたよ、ミセス・アップルヤード」空気がマクサムの口に吸いこまれる。

「ルーシーとは関係ないかもしれませんから、気をしっかり持ってください」

マクサムは部屋に数歩踏みこんで足を止めた。イヴォンヌがその横をまわってサリーのそばに立つ。ジュディスはサリーに身を寄せた。**何者なの、この人たちは？　看守？**

「セント・マイケル教会をご存じですか」マクサムが訊いた。

「どの？」サリーは鋭く答えた。「何十もあるわ」

「ボークラーク・プレイス──トッテナム・コート・ロードの西側の、シャーロット・ストリートの近くです」

サリーは何も言えず、ただ首を横に振った。

「世話係のかたが──教会区委員というんですか──けさ鍵をあけたとき、玄関ポーチで黒いごみ袋を見つけたそうです。教会堂の扉とは別に、敷地の外側には鉄製の門があります。何者かが鉄柵の隙間または上から、その袋を投げ入れたんでしょう」

早くその先を教えて。サリーはマクサムの顔を凝視した。黒縁眼鏡の奥で淡い色の目がしばたたかれ、口の端の筋肉が小刻みに動いている。ためらっているのだと察せられ、サリーは愕然とした。話す立場は、聞く立場に劣らず重圧を感じるのだろう。

空気の抜ける音がする。「実は、ミセス・アップルヤード、その袋には衣類がはいっていました。正確には子供のタイツとブーツです。ルーシーが身につけているとおっしゃったものとよく似ています」

「それで――ルーシーは？　あの子もそこに？」

マクサムはためらい、大きく息を吸いこんだ。「ふむ」ゆっくりと言った。「イエスともノーとも言えます」


ボークラーク・プレイスのセント・マイケル教会は、比較的新しく背の高いビルの一群に三方を囲まれた袋小路の突きあたりにあった。赤煉瓦造りの薄汚れた長方形の建物で、四隅に尖塔が載り、垂直様式の古びた窓が切られている。目につく窓は、どれも鉄格子と数十年ぶんのほこりに覆われている。愛情や金をじゅうぶんに注がれていない子供を髣髴《ほうふつ》させる教会だった。

無標識のローヴァーが袋小路の奥へ進めるように、制服警官が柵を横に動かした。両側に並ぶ建物は戦後にできたもので、板ガラスの窓にブラインドが掛かっている。どれも事務所であるらしく、日曜なので人影が見あたらない。まだ見物人は集まっていないが、警官たちはすでに配置についていた。車は教会のそばにゆっくりと停止した。近くにパトカーが二台停めてある。

玄関ポーチがあるのは、教会の南西の角だった。入口付近は警察によってシートで隠されている。ポーチの左側に鉄柵があり、その端が同じ造りの門になっている。

カーロウ部長刑事が車のエンジンを切った。振り向いて、後部座席にサリーとともにすわっているマクサムを見た。マクサムはうなずいた。カーロウは細長い体を車から引き出し、シートが張られているあたりへ向かった。腰幅が男にしては異常に広い、とサリーは反射的に思った。歩くと尻が女のように揺れた。

マクサムは膝の上で手を組んだ。「様子を見にいっただけです」

しばしの沈黙が車内にひろがった。助手席のイヴォンヌはフロントガラスの向こうに目を凝らしている。マクサムは腿をさすっている。そこへカーロウが帰ってきた。これまでになく青ざめて見える。

マクサムがサリーに顔を向けた。「ほんとうに平気ですか。まだ考えなおす時間はありますよ」

「だいじょうぶです」

「ご主人を待っても——」

「いいえ」**わたしの娘よ**。「さあ、行きましょう」

マクサムはうなずいた。三人は車をおりた。急に肌寒くなり、袋小路から灰色にくすんだ空へと、風が吹き抜けていく。サリーは玄関ポーチから視線をそらした。教会堂と鉄柵のあいだに、ビールの空き缶やファストフードの包み紙が山と積もっているさまや、北西の角の門から敷地の北側に沿って、隣の建物との狭間に細い路地が走っているさまが目にはいった。

壁の貼り紙によると、セント・マイケル教会は現在、イギリス国教会だけでなく、ロシア正教会とメソディスト派も使っているという。共有の形をとらなければ、はるか昔に取り壊されていたのだろう。ひょっとしたら、そのほうがこんな半端な状態に陥るよりよかったかもしれない。

半端な場所に、半端な死体？

気がつくと、玄関ポーチへ目を向けていた。シート越しに見たところ、幅が六フィート、奥行きが九フィートぐらいだと推察できる。急勾配の屋根がついていて、ひび割れたパンタイル瓦に苔が縞状にむしている。

サリーの肘をマクサムが手で支えた。ふたりが前を歩き、イヴォンヌとカーロウ部長刑事がつづいた。羽根の乱れた一本肢《いっぽんあし》の鳩が、行く手を横切って跳ねていく。**切断された脚**。恐怖をいだく者にとって、神の創造物は不吉な前兆にしか見えない。サリーはマクサムの腕を振りほどき、濃紺のロングコートのポケットへ手を深く入れた。一同はシートの横からポーチへ足を踏み入れた。

その瞬間、光に目がくらんだ。サリーは立ち止まり、まばたきと凝視を繰り返した。投光照明機が二台置かれ、幻覚を誘うほどの光を放っている。外へ通じる門は開いたままだ。ポーチの両脇にはベンチがあり、それぞれの上方に掲示板が掛けられている。屋内にしまうべきだと思うが、貼り紙が風にはためくのが見てとれた。写真係が一見でたらめにシャッターを切りつづけ、ライフルの不規則な発射音さながら、途切れがちにリズムを奏でている。

せまい空間に人がいっぱいだ。写真係の横では、現場検証班の別の警官が手のなかの器械に口述を録音している。三人目はポーチの広さを測っているらしい。四人目は横に鞄を置いて、左側の隅で身をかがめている。黒光りするビニールがサリーの目にはいった。

「こちらはドクター・ファーガソン」マクサムが言った。「ミセス・アップルヤードです」

しゃがんでいたひとりがそのことばに反応して振り向き、会釈をした。

サリーは小声で言った。「どこに――」

「こちらです、ミセス・アップルヤード」ファーガソンは柔らかな身のこなしで立ちあがった。サリーより年下に見えて、顔は若々しく健康的に焼け、リヴァプールのアクセントがある。視線をマクサムに向けてからサリーにもどした。「ほんとうにご覧になりたいのですね」

「はい」サリーは懸命に声を低く保ち、頭のなかの叫び声を抑えつけた。

ファーガソンはうなずいた。「わかりました」

サリーの予想に反し、ファーガソンの背後の床に敷かれた黒いビニールではなく、左のベンチに掛けられたビニールシートが指し示された。その下に、長さ十二インチほどのL字形のふくらみがふたつ見える。そこに目を据えることができなくて、思わず顔を上へそむけた。視線のすぐ先の掲示板を見て、その黄色い紙に、ほとんど読みとれないタイプ文字に、画鋲が残したまるい錆の痕に、意識を必死に集中させた。

マクサムとイヴォンヌが自分のすぐ後ろまで歩み寄っていることに、サリーは感づいた。ほかの警官たちは全員が手を止め、ファーガソンもこちらをじっと見つめている。もし自分が卒倒したら受け止められるように準備しているのだと気がついた。皮肉にも、おかげで勇気が湧いた。

「よろしいですか」

ファーガソンがビニールシートをめくった。その下には、透明のビニール袋が置かれていた。ていねいな字の書きこまれたタグがついている、袋のなかには、白いウールのタイツに包まれた小さな脚が二本。ぬいぐるみさながら、タイツにパンヤが詰められているのかと一瞬見まがった。それは赤茶色の血だまりに横たわっている。サリーは唇を嚙み、息を呑んだ。スーパーマーケットで売られていた肉をプラスチックのトレイで解凍しているさまが頭に浮かんだ。血は単なる血で、それ以上でも以下でもない。おもな成分は水で、生体に栄養分と酸素を供給し、老廃物を運び出すためのものだ。脈打つ心臓から離れてしまえば、ただの赤茶色の液体にすぎない。

汝《なんじ》らみな、この杯より飲め。これはわが血なり。（マタイ伝二十六章二十七節から二十八節、最後の晩餐の場面より）

「ミセス・アップルヤード」ファーガソンがつぶやいた。「落ち着いて」

「だいじょうぶです」

タイツの腰の部分はビニールにくっついていて、詰め物があるように見えない。最上部から腿の付け根のあたりまでが、血の色がいちばん濃い。ウールの白さはまったく見てとれない。

おお、神の子羊よ――

サリーは脚の下まで目を走らせた。小さな赤いカウボーイブーツを履いている。上品な作りで、革が柔らかく、くるぶしのあたりに細やかな模様が黒い糸で縫いこまれている。手前側の靴の爪先に、長さ半インチほどの浅い傷が見える。

お行儀の悪い子ね。いくらすると思ってるの？

「イタリア製のアンクルブーツです」サリーがことばを切ると、いっせいにため息が漏れた。「ラッシだったか、そんな名前のブランドです。二ヵ月ほど前にコヴェント・ガーデンの店で買いました」あまりにすばらしく、誘惑に勝てず買ってしまったブーツだ。デイヴィッド・バイフィールドからルーシーの誕生祝いとして贈られた金をつかった。マイケルはひどく腹を立てていた。「ラベルの裏にルーシーの名前を書いた覚えがあります」なくすわけにいかない、とサリーはそのとき思ったものだ。「タイツのほうは、ルーシーが金曜にそれに似たものを穿いていたのはたしかです。でも血がついていますから、そのものだと断言はできません」

ルーシーの血。ああ、主よ――やめてくださらないのですか？

ここにいる人たちは、ルーシーが何を身につけていたか、ブーツのメーカー名に至るまですでに知っている。だが確認したかったのだろう。**確認？**　サリーはおそるおそる二本の脚へ手を伸ばした。

「ミセス・アップルヤード……」ファーガソンが言いかけた。

サリーは取り合わなかった。右手の人差し指の先で、脚にそっとふれた。「氷みたい」

「最近まで冷凍されていたのでしょう」マクサムの声はかすれていた。

「キルバーン墓地で見つかった手のように？」

「ええ」

いまサリーが感じているのは静けさだった。世界でも有数の大都会にいながら、大いなる沈黙に包まれている。半径三十ヤード以内に少なくとも十数人の警官がいるはずだが、全員が息をひそめているらしい。

主よ、この子は苦しんだのでしょうか。犯人は先に命を奪うだけの、ひと思いに殺すだけの分別を持っていたのでしょうか。

サリーは膝のまるみに沿って注意深く脚に指を這わせ、すねからブーツの上へと動かした。そしてうなだれた。

「ミセス・アップルヤード？」マクサムのことばには懸念とわずかな苛立ちの響きがあった。「それでじゅうぶんです。ご協力ありがとうございました。あなたはとても勇敢だ」

サリーは親指と人差し指で足首のあたりをつかみ、ビニール袋とブーツ越しに力をこめた。骨の硬さが感じられた。

「ミセス・アップルヤード」ファーガソンが言った。「死後損傷を起こす可能性があります。検死の際に問題が発生するかもしれません」

イヴォンヌがサリーの腕に手を置いた。サリーはそれを振り払った。骨を奪われてうなる犬。いまの自分はまさにそうだ。サリーはいぶかしく思い、膝の部分をなでまわしてから、ブーツそのものへと指を滑らせた。マクサムがもう一方の腕をつかんだ。サリーは爪先の部分にふれた。**ありえない**。イヴォンヌとマクサムがサリーをそっと後ろに引いた。

「申しわけありません、ミセス・アップルヤード」マクサムは苛立ちを露骨に表して言った。「家までお送りします。そろそろご主人もお帰りでしょう」

会いたい相手は夫じゃない。**ルーシーよ**。

そのとき、何が起こったかがわかった気がした。いや、確信できた。

「脚が長すぎるわ」サリーはゆっくりと言った。「これはルーシーじゃありません」

ことわるべき確たる理由を思いつかなかったらしく、マクサムはサリーが教会のなかに残ることを許した。サリーが祈りたいはずだと思っていたようだから、マクサムは不快に感じているにちがいない。サリーにとって、相手の苛立ちはむしろ好都合に思えた。

ひどく寒かった。安っぽい赤タイルの床の一部が鉄格子になっていることから、地下に暖房設備があると思われるが、故障しているか、教会の関係者が使わせないかのどちらかだろう。沈黙に押しつぶされそうだ。香《こう》のにおいがかすかに漂っている。真鍮の聖書台は曇っていて薄汚い。質素なマツ材の天井を見あげると、そこには暗い影と蜘蛛の巣ばかりが満ちていた。

天井の端の線に沿って、東側の壁まで視線を移動させた。祭壇の上に、金色の額縁にはいった大きな絵が掲げられている。明かりが乏しいので、絵柄はよく見えない。たぶん〈最後の審判〉だろう。教会の残りの部分から察するに、ヴィクトリア時代に作られた安物の複製にちがいない。絵の中央には光輪を戴いたキリストがいて、足もとには炎の河が流れ、両脇を天使と使徒たちが固めている。絵の下方では、心正しき人々が天国への入場を求めて列をなしている。そして天秤を持った大天使が――ミカエルかガブリエルか？――のぼってきた死者の魂の重みを量っている。闇を恐れる子供のための絵図だ。

ルーシーはどうしているのか。恐れているのだろうか。それとも、すでに死んでいるのか。

サリーはくたびれたため息を長々とついた。**そんなことを考えてはだめ。いい知らせについて考えなさい。**このあいだの手と同様、あの脚もルーシーのものではない。形も大きさも、何もかもちがっていた。ルーシーの脚はもっと細くて柔らかく、足は赤いイタリア製のカウボーイブーツに押しこまれていたものよりはるかに小さい。

最初、マクサムはサリーを信じなかった。イヴォンヌとドクター・ファーガソンさえ疑っていた。サリーの確信を、願望ゆえのものと決めつけて、信用する気になれなかったらしい。

わたしは母親よ。わかるに決まってる。

サリーは頭を垂れた。脚がルーシーのものではなかったこと、だからたぶんルーシーはまだ生きていることを神に感謝するために、もう一度祈ろうとした。けれども、跳びたがらない馬さながら、心が祈りから離れていった。見えない壁が張りめぐらされ、自分を孤独な悲しみのなかに封じこめている。まるで教会がガラスの壁で自分を取り囲み、他者とつながる道を断ち切ったかのようだ。一瞬、この建物の性格がわかったかに感じられた。気むずかしく、悪意に満ちて、陰鬱な存在——かつて自分に毒づいた老女、オードリー・オリファントと同じだ。

何を考えてるの？　教会に性格なんかあるわけないのに。

いずれにせよ、感謝するのは筋がちがう。あの脚はほかの子供のものだ。ほかの子供が殺されて切り刻まれたことで、神に感謝の祈りを捧げてよいものだろうか。そのうえ、慈悲深い神は姿を隠している。

何かで気をまぎらしたくて、サリーは目をあけた。すぐそばの壁に掲示板が掛かっており、剝がれかけた金文字で、歴代の教会区牧師の名前が記されている。一八九一年、文学修士フランシス・ユールグリーヴ師にはじまり、七つの名前のあと、一九七〇年に教会区を去ったジョージ・バグナル師で終わっている。大きな掲示板で、四分の三は空白だった。ユールグリーヴやその後しばらくの後継者たちは、リストが果てしなく伸びつづけ、この建物も聖なる場でありつづけると信じて疑わなかったにちがいない。

いまよりもよくなることはない、悪くなるだけだ、とサリーは苦い思いを嚙みしめた。これら遠い昔の司祭たちが生きていたら、女性聖職者である自分をどれほど毛ぎらいするだろうか。そして、そもそも自分が叙任されたことになんの意味があったのか。聖職に就くために懸命に努力したこと、滅びゆく集団のなかでさして重要でもない役割を演じるために人生を捧げてきたことが、いまやばかばかしく思えた。これまでのところ、いいことは何ひとつなかった。自分の人生は叩きつぶされ、マイケルの人生も掻き乱され、そのうえルーシーを奪われてしまった。すべて自分のせいだ。おのれへの怒りがあまりに激しく、神と責任を分かち合う気にさえならなかった。そう、たしかに神はまだそこにいる。だが、もはや神は重要ではない。真実を語るとしても、それは神の声ではない。神は無関心だ。

自分を責めてはいけない。デイヴィッド・バイフィールドのことばが記憶のなかでねじれ、痛烈で、明らかに意図された皮肉の響きを帯びていった。デイヴィッドはまちがいなくサリーを責めていたのだから。聖職者になりたがったことと、マイケルを奪い去ったことで、以前から責めつづけていた。ふたりの男がなぜそれほど強く結びついているのか、サリーはまた不思議に思った。理由がどうあれ、いまの自分はふたりの絆に割りこんだ報いを受けたのであり、デイヴィッドはそれを喜んでいるにちがいない。

サリーは司祭のリストを見つめた。掲示板のいちばん上に、この教会が献じられた対象の名前がゴシック体の大文字で書かれている。〝聖ミカエルとすべての天使のために〟。無数の鳥が飛び立って潮干潟を渡っているような荒々しい音が、脳裏を満たした。夫の名前はマイケルで、この教会は聖ミカエル――セント・マイケル――に捧げられている。もちろん、偶然にすぎない。よくある名前だ。そう思わないのは妄想に駆られた人間だけだろう。

しかし――

悪意が形をとりはじめている。長期にわたって計画され、実行に移されたものだ。キルバーン墓地の褐色の手と、この教会の玄関ポーチに残された血まみれの脚とは、無関係であるはずがない。あまりに多くの共通点があるからだ。両方とも冷凍保存されており、子供の体の一部であり、神聖な場所に置かれていた。そして、両者は二十四時間以内に相次いで見つかった。理論上は、ふたつが別の事件で、切断された手についての報道が模倣犯を生んだ可能性もあるが、やはりそれは考えにくい。ブーツとタイツから、ルーシーがこの犯人に囚われているのは確実だ。あれには何かのメッセージがこめられているのだろうか。

ルーシーも切り刻まれている。

ルーシーを連れ去った犯人は、ただ性的満足を得るためや、感情の欠落によってそんなことをしたのではない。そういう面があったとしても、ごく一部だ。玄関ポーチに置いたのは衝撃を与えるためにほかならない。強烈な欲求が、目撃される危険への警戒を上まわったと言える。

翼の揺れ動く音が聞こえる気がした。**衝撃を与えるだけではなく、なぶりものにしたいのだろう。**

ルーシーがねらわれたのは警察官の子供だからだろうか。サリーは《イブニング・スタンダード》紙でセント・ジョージ教会を取りあげたフランク・ハウエルの特集記事を思い出した。警察全体、あるいはマイケルに恨みを持つ者があの記事を読んだのかもしれない。

では、どうして警察署の前に遺体を置かなかったのだろう。なぜきのうは墓地で、きょうは教会だったのか。警察ではなく神に憎悪が向けられているのかもしれない。サリーはさらに考えた。もしかすると、これはオードリー・オリファントを虜にしていた憎悪をさらに過激にしたものではないのか。だとしたら、犯人の目をルーシーに向けさせた責任は、聖職に就くことを望んだ母親にあるわけだ。

「妄想症になりそう」サリーはつぶやいた。がらんとした寒い教会で、その声はか細く子供のように響いた。声に出して言ったつもりがなかったので、驚きを覚えた。「もう、いや」

頭のなかを支離滅裂な思考の断片が駆けめぐった。翼の音が大きくなり、ほかのあらゆる響きを搔き消して、思考力を失わせた。とどろきがあまりに激しく、自分らしく考えることができない。サリーはもはや、翼の音そのものとなっていた。干潟の泥に包まれたように、音のなかで溺れかかっていた。

「やめて。ほうっておいて」

うなる音は勢いを増した。真っ暗だ。息ができない。何かが割れるような鋭い音が大きく響き、一瞬、翼の音が消された。冷たい空気がまわりで渦を巻いた。

「もうたくさんだ」怒りに震えた男の声がした。「すぐにやめさせなくては」

サリーは目をあけて振り向いた。涙のかなたに、マイケルの名づけ親デイヴィッド・バイフィールドが側廊をこちらへ向かってくる姿が見えた。

8

肉体という物質をひたすら探り、第一質料《プリマ・マテリア》にとどまることなく事物を分析すれば、天使の住みかを見つけられる。

――『医師の信仰』第一部三十五節

「ルーシーはわたしといるとほんとうに行儀がいいわ」エンジェルはルーシーのうなじについた石鹸をすすぎ落とした。「そうよね、お人形さん」

ルーシーは返事をしなかった。揺れ動く泡の堤防に体の一部が隠されて、浴槽のなかでやけに幼く、小さく見える。二羽の黄色いアヒルを載せたプラスチック製の青い船が、両脚の作る三角形の港で小刻みに浮き沈みしているさまに目を向けている。濡れて頭皮に張りついた髪は、漆黒の輝きを帯びている。

「きょうは十二月一日」ルーシーの背中をスポンジで手際よく洗いながら、エンジェルはつづけた。「月のはじめに〝白ウサギ〟って言って、心のなかでお願いすると、思いどおりになるって知ってる？　まあ、そんなふうに言う人もいるってことだけど」

エディはルーシーの唇が震えたように思った。〝白ウサギ〟とつぶやいて、願いをかけたのかもしれない。ママに会いたい、と。ルーシーはもう三十六時間以上、ほとんど食べ物を口にしておらず、それが見た目にも表れはじめている。子供がこうした変化に対してとても敏感に反応することを、エディは知っていた。日曜の朝を迎えたいま、ルーシーの肩は金曜の夜に比べて骨が浮きあがり、腹は平らになっている。相変わらず疲れた様子なのは、薬を飲まされているからだけでなく、ショックのせいもあるだろう。こんな状態でなかったら、エンジェルがわざわざ危険を冒し、防音処理が施された地下室からルーシーを連れ出して風呂に入れることもなかったはずだ。

薬を与えるのは、スーキの一件を受けて、エンジェルが作った決まり事だった。スーキはずる賢い子で、エンジェルがエディだけを残してタオルをとりに部屋を出ていくまでは猫をかぶっていたくせに、ドアが閉まるや、エディの手に嚙みつき、汽車さながらの金切り声をあげたのだった。それ以来、エンジェルは小さな客人たちに、決まった時間にフェネルガンのシロップを飲ませておとなしくさせた。ひどく取り乱した場合は、もとはエディの母親のために処方されたジアゼパムを与えてだまらせた。

「いい子ね。さあ、立って。拭いてあげる」

ルーシーはエンジェルの手を借りて、やっとのことで立ちあがった。その体をつたって水と泡がしたたり落ちる。つややかに輝く赤らんだ肌と、両脚のあいだの割れ目とを、エディはじっと見た。

「エディおじさんがタオルをとってくれるわ」

エディはあわてて従った。エンジェルの声には明らかに苛立ちの響きが混じっていた。おそらく疲労によるものだろう。目の下に隈がある。エンジェルはゆうべ外出して、夜半過ぎまで帰ってこなかった。留守中、エディは地下室のドアをあけようと試したが、施錠されていた。

ラジエーターであたためられた大きなピンク色のタオルで、エンジェルはルーシーの体を包み、浴槽から抱きあげて膝の上にすわらせた。エディの頭のなかで、ふたりは美しい一幅の絵、ラファエロ前派の聖母子になった。長く白い部屋着をまとい、輝く髪を自然に垂らしているエンジェル。小さく細く中性的で、タオルにくるまれてエンジェルの膝の上でその腕に抱かれているルーシー。エディは顔をそむけた。けさから頭が痛く、喉がひりついている。

ルーシーのために買った衣服が、椅子の上に用意してあった。ローラ・アシュレイの濃緑色のドレスだ。襟に白いレース、前身頃に細やかな刺繡が施され、後ろで蝶結びにできるように両脇にリボンがついている。エンジェルは女の子らしい恰好をさせるのが好きだ。男の子は男の子、女の子は女の子。そうでないふりをするのは不自然でばかげている、とかって言っていたことがある。

「服を着たら、ぼくと遊ぶってのはどうかな」エディは言ってみた。

ルーシーはちらりとエディを見やり、額に皺を寄せた。

「あれを見せたらいいんじゃないか」

「あれって?」エンジェルが言った。

エディは片手で口を覆い、エンジェルに身を寄せてささやいた。「奇術セットさ」

エディはきのうの朝それを買って、ルーシーの反応を楽しみにしていた。贈り物をもらうとどんな子供も喜ぶし、しばしば、こちらまでうれしくなる形で感謝の気持ちを示してくれる。

エンジェルがルーシーの髪をやさしくなでた。「別の日にしましょう。ルーシーは疲れてるの。そうよね、わたしのおりこうさん」

ルーシーは目をあげ、まばたきしながら視線をさまよわせた。「うちへ帰りたい。ママに会いたい。あたし――」

「ママとパパはお出かけしなくちゃならなくなったの。長くじゃないわ。言ったでしょう、あなたの面倒を見るように頼まれたって」

ルーシーの眉間の皺が深くなった。エンジェルの毅然たる態度は、混乱と不安のなかにあるルーシーにとって、唯一の足場なのかもしれない。

「ほらほら、お人形さん。とびっきりの笑顔を見せてちょうだい。むっつり顔の子はきらわれるわよ」

「みんなで遊んだら、ルーシーの気もまぎれるかもしれない」エディは眼鏡をはずして、タオルの隅でレンズを拭いた。「気晴らしになるさ」

「だめ」エンジェルは小さな肌着を持ちあげて言った。「この子はいま、そんなに元気じゃないの。これがすんだら、おいしいものを飲ませて、膝の上でおもしろい本を読んであげるわ」

思いがけないことに、エディは目に涙があふれるのを感じた。これではあまりに不公平だ。「だけど、ほかの子のときはいつも――」

エンジェルは咳払いをしてエディをだまらせた。ほかの子供たちのことを少女に知らせてはならないというのも、決まり事のひとつだった。ところが、エディが目を向けると、意外にもエンジェルは微笑んでいた。

「ルーシーはほかの子とはちがうの」エンジェルはそう言って、エディを見据えた。「この子とわたしは理解し合ってるのよ」唇がルーシーの頭のてっぺんをかすめる。「そうよね、わたしのお人形さん」

ぼくはどうなるんだ。

エディはことばを嚙みしめた。すぐにエンジェルから、下へ行って牛乳をあたためため、暖房をつけるよう指示された。階下に着くと、嫉妬が燃えさかった。腹立たしくもやるせなくもあり、ニュートラルのまま無意味に回転数をあげるエンジンのようだ。ふたりが美しい一枚の絵を形作っていたことを認めざるをえなかった。美しくも残酷な聖母子像だった。

暖房の温度を調節してから、牛乳をコンロにかけた。頭痛がいっそうひどくなる。鍋をのぞきこんで揺らめく白い表面を見つめるうちに、目の焦点がぼやけてきた気がした。

聖母子。聖家族の成員はふたりだけと言ってよい。哀れな父ヨセフはつねに脇役で、血のつながりをもって家族の成立に貢献するという当然の権利すら与えられなかった。母と子は、他を寄せつけない完結した一個の存在として、〝マリアと幼子《おさなご》イエス〟、〝聖母と新たに生まれた王〟、〝神の侍女と稚《いとけな》き救世主〟となった。

第三の人間はどこへ押しやられたのか。馬小屋の群衆のなかに埋もれているのだろう。あるいは、ロバを引いているのか。宿屋の主人と交渉しているのか。だとしたら、金を払っているにちがいない。使い走りであり、調整役であり、稼ぎ手でもあるのだろう。ヨセフがどうなったかは、だれも語らなかった。だれも気にかけなかった。なぜその必要があろう。重要人物ではなかったのだから。

ぼくはどうなるんだ。

人生の大半の期間を第三の立場で過ごしてきたのではないか、とエディは思った。たとえば、両親との関係はどうだったか。ふたりは好き合っているわけではなさそうだったが、互いが必要とするものがうまく噛み合っていたから、エディは除け者にされた。写真に加わるのを父のスタンリーが許してくれたときでさえ、父の興味はつねに少女に向けられ、少女のほうもエディより父に注目した。だれもがエディを調度品の一部と見なし、いやなにおいのする古びた肘掛け椅子並みに扱った。

スタンリーが死んでも、それは変わらなかった。母はあまり待つこともなく、下宿人を探すと決めた。だが、どうして？　ロシントン・ロードでふたりで生活していくだけの金は、じゅうぶんにあった。セルマにパラディンから支払われる寡婦年金と国からの年金、それにエディが社会保障省から受けとる金で、やりくりできたはずだ。つましく暮らす必要があるだろうが、ふたりだけならなんの問題もなかった。しかし、そうはならなかった。母はエディではなく、ほかのだれかを求めた。そしてエンジェルを見つけ、皮肉な結果が生まれた。エンジェルがエディのほうを選んだからだ。少なくともしばらくのあいだは。

自分を真剣に受け入れてくれたのはアリソンとエンジェルだけだ。けれども、アリソンは去ってしまったし、ルーシーがそばにいれば、エンジェルはもはや自分を必要としていない。それにしても、どうしてルーシーは特別なのだろう。

エディは目を見開いた。牛乳が吹きこぼれている。表面には、月の地形を思わせる突起や陥没が見える。白い泡が鍋のふちからあふれ、煮立った牛乳がしぶきを散らす。あわてて鍋の柄《え》に手を伸ばすと、焦げたにおいが充満した。

悪いのはそっちだ。

ママ、母さん、お母さん、おふくろ、セルマ。自分が母親をどう呼んでいたのか、エディは思い出せなかった。

セルマが死んだとき、主導権はすでにエンジェルが握っていた。エンジェルが奇跡を起こしてきたことを、エディは認めざるをえなかった。母が死んだ朝、エディは重い足どりでなんとか階下にたどり着いて、セルマの本拠の中心であったキッチンのテーブルの前に腰をおろし、両腕を出してその上に顔を伏せた。ひどい二日酔いが抜けきらないため、頭を働かせるのはあまりにつらく、何も考えたくなかった。

エンジェルがおりてきて、部屋にはいるのがわかった。香水のにおいが鼻を突き、蛇口から水がほとばしる音が聞こえた。

「エディ。顔をあげて」

しかたなく、そのことばに従った。

エンジェルが水のはいったグラスを目の前に置いた。「水分をたくさんとって」手間を省くためにあらかじめ封をあけて、アルカセルツァーの小袋を差し出した。「気分が悪くても心配ないわ。吐けばたいてい楽になるから」

エディは錠剤をひとつずつ水のなかに落として、泡が立つさまを見守った。「何が起こったんだろう」

「心臓発作じゃないかしら。お母さまが心配していたとおり」

「なんだって？」

「心臓の具合がよくなかったのは知ってるでしょう？」

新たな痛みがエディの頭を貫いた。「ぼくには言ってくれなかった」

「たぶん心配させたくなかったのよ。感づかれてると思ってたのかも」

「感づくわけがないじゃないか」エディは泣き声になった。

「煙草をやめたのはなぜだと思う？　医者に言われたからに決まってる。飲んでいた錠剤も、もちろんスプレーも……。息苦しそうだったのに、気づかなかったの？」

「でも、何年も前からそんなふうだったんだ。あまりひどくはなさそうだったけど――」

「それに、ときどき顔色が悪かったでしょう？　あれを見たとき、心臓の病気だなってぴんときたわ。さあ、全部飲んで」

エディは薬の溶けた水を飲んだ。一瞬、流し台へ駆けこみたくなったが、どうにか持ちこたえた。

「食生活を変えて、もっと体を動かすべきだったのに」エンジェルはつづけた。「でも、しかたないわね。老い木は曲がらぬ、とも言うし」

「ぼくが――ぼくが気づいていれば……」

「どうして？　あなたに何ができたの？　新しい冠動脈を与えてやれたとでも？」

二階のベッドに横たわる母の姿を、エディは頭から追い払おうとした。セルマはけっして大柄ではないが、死の床《とこ》でさらに縮んだ。エンジェルに目を向けると、コーヒーを淹れているところだった。すっかりこの場になじんで、自分のキッチンだと言わんばかりに見えた。

「ゆうべ何があったんだい」

エンジェルはスプーンを持ったまま振り向いた。「覚えてないの？　無理もないわ。すっかりワインがまわったのね。あんなにお酒に弱いとは思わなかった」

エディの脳裏に、ソーホーにある地下のレストランの光景が浮かんだ。交わした会話の断片がよみがえる。青地に緑の縞がはいった絹のネクタイ。停まっている車の輝くボンネットに嘔吐した自分。エンジェルの瞳で踊る、蠟燭のオレンジ色の炎。エンジェルの手のひらに載った三粒の白い錠剤。

「ゆうべ母さんを見た？」

「いいえ」

「ぼくたちがもどったときに、何があったんだ」

「何もないわ。きっと眠っていらしたんだと思う。わたしはあなたを二階へ連れていって、アスピリンを飲ませた。あなたはすぐ眠りこんだ。だからあなたに布団を掛けて、わたしも自分のベッドにはいった」

「ほんとに？」

エンジェルはエディを見据えた。「わたしは嘘つきじゃない」

エディは目を伏せた。「ごめん」

「いいのよ、わかってる。親が亡くなったんだもの。冷静に行動できるものじゃないわ」

エンジェルはことばを切り、見かけないコーヒーポットに水を注いだ。エディはにおいを嗅いだ。本物のコーヒー。エンジェルの持ち物にちがいない。母はインスタントコーヒーしか飲まなかった。

やがて、エンジェルはゆっくりと落ち着いた口調で言った。「ゆうべ、わたしたちは外で食事を楽しんだ。家に帰ったとき、お母さまは眠っていた。わたしたちも眠った。けさ目を覚まして、わたしはお母さまが起きていないのを変だと思った。そこで、具合でも悪いのかと思って部屋のドアを叩いた。返事がなかったから、中にはいった。すると、変わり果てた姿があった。わたしは事切れているのを確認してから、あなたを起こして、医者に電話をかけた」

エディはざらついた顎ひげをこすった。「死んだのはいつだろう」

「だれにもわからないわ。わたしたちが着いたときに、もう亡くなっていたのかもしれない。けさはすっかり冷たくなっていたから」

「ひょっとして……」

「何？」

「きのうのあの出来事が関係してると思わないか」

「ばか言わないで」エンジェルはテーブルに両手を置き、エディをまっすぐ見た。穏やかな美しい顔だ。「そんな考えは捨ててちょうだい」

「ぼくがここに残って、母さんと話をしていたら――」

「そんなことをしても、同じだったんじゃないかしら。たぶん、よけいに興奮させてしまうだけだったわ」

「だけど――」

「お母さまはいつ亡くなってもおかしくなかった。それに、言わせてもらうと、残された者が愛する者の死を自分のせいだと考えるのは、心理学的に見ればよくあることなの」

「医者には教えなくていいのかな。つまり、母さんが……興奮していたってことを」

「どうしてそんな必要があるの？　まったくないわ。なんの意味もない」エンジェルは背を向けてコーヒーを注ぎはじめた。「教えてはいけないと言ったほうがいいわね。話をややこしくするだけだから」

　セルマの葬儀が終わったあと、エディはよく夢を見るようになり、それがつぎの夏までつづいた（奇妙なことに、シャンタルとの一件があってからは見なくなった）。どの夢も細部がどこか似かよっていた。同じ話のいろいろな部分が、ちがう形で現れた。

いちばんわかりやすいのは、セルマがシングルベッドに横たわっている場面だった。羽毛布団と毛布の下に、小さな体がほとんど隠れている。エディは戸口の近くで、肉体から離脱した存在として天井付近を漂っている。母の顔はよく見えない。頭の重さに、柔らかいふたつの枕がしなっている。枕の端が顔の両側で盛りあがり、白く太い角《つの》のようだ。

その光景はときに薄暗く、ときにかすんでいた。夢のなかでエディが眼鏡を忘れたときもあった。スタンリーのベッドから別の枕が運ばれて、母の顔に重ねられたのだろうか。それから？　見えないほど小刻みな体の動きが、上掛けの重みと体力の衰えのせいで封じこまれているのか。

　つぎつぎと疑問が湧き起こるのは、これらの夢のどこをとっても、確実なことがひとつもないからだ。のしかかる息苦しい重圧に対して、母に勝ち目はあったのか。泣き叫んだのだろうか。だとしても、ことばは枕に吸いこまれたにちがいない。静かな寝室になんらかの音がしみわたったとして、それを耳にした者はいるのだろうか。自分以外に。

　検死審問はおこなわれなかった。セルマの担当医はためらうことなく死亡診断書を作成した。患者は心臓病の前歴を持つ老いた未亡人だった。前回の診察から一週間とたっていない。息子と下宿人の話によれば、死の前日に胸の痛みを訴えていたという。当日の夜に、心臓が無駄な抵抗をやめた。自分が遺体を見たとき、当人がニトログリセリンのスプレーを手にしていたことから考えると、発作がはじまったときに気づいていた可能性もある。

「まさしく頓死です」医師はエディに言った。「いつ起こってもおかしくなかった。おそらく本人はほとんど苦しまず、あっという間の出来事だったと思われます。あらゆる点を考えて、悪い亡くなり方ではありません——わたしも同じように逝きたいくらいだ」


セルマの死後、ロシントン・ロード二九番地はまったく別の家と化した。葬儀の翌朝、エンジェルとエディは部屋から部屋へと家財を見てまわり、ふいに未来が開けたことに驚きを覚えた。エディにとって、セルマの死去は魔法の効果を持っていた。部屋が以前より広く感じられ、大きな主寝室にある家具のほとんどは、それらに意義を与えていた主《あるじ》を失って、古びた無用のものとなった。階段を歩くエディとエンジェルの足音が明るく響きわたった。

「ここをどうにかできないかしら」地下室を調べながら、エンジェルが言った。

「どうして?」エディは天井を見やった。「上にたくさん部屋があるのに」

「わたしの居場所ができるわ」エンジェルはエディの腕に軽く手を載せた。「誤解しないでもらいたいんだけど、ときどきひとりになりたいことがあるの。人付き合いが苦手なのよ」

「奥の寝室があるじゃないか」

「せますぎるわ」エンジェルは両手をひろげた。「広い場所が必要なの。問題ないでしょう？」

「もちろんさ。ぜんぜんかまわない。ただ——きみの気持ちがよくわからなかっただけなんだ」

突然、くぐもった叫び声が聞こえた。エディはその源を、隣の地下フラットに住む若い夫婦だと考えた。互いを罵っているのだが、風の吹きすさぶ広大な荒れ野の両端にいると思いこんでいるらしい。

「やかましすぎやしないかい」エディは尋ねた。

「防音処理をすれば解決するわ。いずれにせよ、ドライウォールにするのはいい考えかもね。あっちはすごい湿気だもの」

話をつづけるあいだも、エンジェルは地下室をゆっくり歩きながら、空《から》の石炭貯蔵室や使われていない洗い場を調べたり、ボール箱のなかをのぞいたり、薄汚れた裏窓の一部をこすって曇りをとったり、庭とのあいだの閉ざされたドアの取っ手をまわしたりした。そして、古い肘掛け椅子のそばで足を止め、ティッシュペーパーでほこりを払った。

「すてきね。十九世紀後半のものかしら。ひどくぞんざいに扱われてきたみたいだけど。でも、肘掛けと脚にある彫刻を見て。みごとじゃない？　たぶん紫檀《したん》よ」

エディはそのにおいと、肌にふれたときのあたたかな質感を思い出した。「処分しなきゃならないと思ってた」

「ぜったいにだめよ。修復しましょう。落ち着いた感じに——ワイン色なんてどうかしら」

「全部やったら費用がかかりすぎるんじゃないかい」

「どうにかなるわよ」エンジェルは微笑んだ。「少しだけど、蓄えがあるの。役に立てると思う。そうなると、作業を請け負ってくれる人を見つけなくちゃいけないわね。このあたりでだれか心あたりはある？」

「ミスター・レノルズがいる」エディはジェニー・レンのことを考えた。「裏の公営アパートに住んでる。ゼラニウムのある家だ」

エンジェルは鼻に皺を寄せた。「奥さんは例のバード・ウォッチャー？」

「奥さんより親切だよ。だけど、もう引退してるかも」

「年輩の男性のほうがいいわ。仕事に誇りを持ってる人がね」

レノルズに話を持ちかけるのはしかるべき期間——この場合はセルマの死後二週間——待ってからにすることを、エンジェルは決めた。そしてそのあいだに、何を頼むかについて詳細な計画を練った。その知識の深さと計画の大きさに、エディは面食らった。

「洗い場に冷凍庫を置きましょう。上蓋のついた、大きな箱型のものを。一年かそこらで元がとれるわよ。特売をうまく利用できるから」

エンジェルは洗い場に隣接した小さな石炭貯蔵室を特に念入りに調べ、寸法を測ったり床や壁や天井を点検したりした。せまい前庭に面してハッチがあるが、スタンリーが二本の棒を渡してふさいでしまったために、出入りできなくなっていた。

「ここはすてきなシャワールームになるわ。床と壁のタイルを張り替えたら、じゅうぶん使える。シャワーは壁に取りつければいい。洗面台を置く余裕もあるかもね」

「ほんとうに要るのかな」

「そのほうがずっと便利になるわよ」

エディは満を持してレノルズに電話をかけ、地下室の改装に興味がないかと尋ねた。

「もう役には立てんよ」レノルズは言った。

「お気になさらないでください。どなたか推薦していただけませんか」

「やらんとは言っていない。腕をなまらせたくないし、何しろ、世話になってるお隣さんからの頼みだからな。ちょっと寄って、見てみよう」

十分後、レノルズは玄関口にいた。エディはずいぶん昔からこの男を知っているが、見かけはほとんど変わっていない。レノルズは、はじめて会うエンジェルからなかなか目を離せないようだった。エディとエンジェルは地下室へと案内した。

「ここを独立したフラットにできないかと考えているんです」エンジェルが言った。

「おやおや」

「見た目以上に手を入れる必要があると思います。こういう古い家では、そこが厄介ですよね」

レノルズが同意した。エンジェルの言うことのほとんどすべてに首を縦に振っているのかもしれない、とエディは時間がたつにつれて思った。やがて、防音材やドライウォールや石膏の話になった。エンジェルは、間借り人がうるさくするかもしれないから、天井にも防音処理をしてほしいと言った。配管、配線、塗装についてはあまり話題にならなかった。金のことを言いだす者もなかった。レノルズが到着して数分のうちに、仕事は当然引き受けるものと互いが了解した。

「心配は無用です、ミス・ウォートン。できあがったときには、ロールスロイス並みの仕上がりになる」

「どうぞ、アンジェラと呼んでください」

レノルズはじっと自分の手を見つめ、廃棄物用のコンテナを借りたらどうかと言って、話題を転じた。そのときも、それ以降も、レノルズはエンジェルを頑なにミス・ウォートンと呼びつづけた。形式へ逃げこんだのは、当人なりの愛情の表現だった。

レノルズはほとんどの仕事をみずから手がけ、電気と配管の工事だけを業者にまかせた。二ヵ月が過ぎ、三人のあいだには親愛の情が芽生えた。顔を合わせるのは作業の件にかぎられていたにもかかわらず、驚くほど濃密な、せまくも深い友好関係が育まれた。レノルズは長時間働きつづけ、ときどき思い出してはエディに少額の請求書を渡した。代金はエンジェルが賛辞とともに支払った。

「ミスター・レノルズ、この部屋を人に貸すのは忍びないわ。あなたが御殿みたいにしてくれたから、わたしの書斎にしようかしら」

レノルズはことばにならない声を漏らし、背を向けて工具袋を探りはじめた。

数週間が過ぎ、部屋は徐々に仕上がっていった。まず床が張り替えられ、つぎに天井、そして壁が新しくなった。裏庭を見渡す縦長の二重ガラスの窓と寸法をそろえて、硬材のドアが取りつけられた。

「統一感が出てきたでしょう?」エンジェルの賛辞ほしさに、レノルズは何度もそう言った。

エンジェルとエディの間柄に好奇心を覚えたとしても、レノルズはそれをあからさまにはしなかった。夫婦ではないことは、ほぼ確実に察していたはずだ。にもかかわらず、エンジェルは下宿人というより女主人のごとくふるまっている。レノルズが質問しないのは答を聞きたくないからではないかとエディは思いはじめた。妻を裏切るつもりはなかろうが、レノルズが自宅での暮らしを楽しんでいないことは、言動の端々からうかがい知れた。ぬかるみから逃れられ、金を稼げ、ほぼ毎日エンジェルと会うことができるこの仕事を気に入っているのは明らかだった。

工事が完了すると、地下室は密閉された納骨所さながらに乾いて空気のよどんだ空間になった。音響が奇妙で、音に潤いが欠けていた。人間の声に含まれるすべての感情を、防音材が吸収して消し去ったかのようだった。

「完璧だわ」エンジェルは言った。

「ほかにも手伝いが必要なら、申しつけてください」レノルズは耳の先を赤くして答えた。

三人は紅茶のはいったマグカップを持って、キッチンのテーブルを囲んでいた。「ところで、あの古いドールハウスはどうなったんだね」

小切手に署名していたエディは、上目づかいに相手を見た。「父は職場の慈善バザーで、くじ引きの景品として提供していました」

「それで思い出したわ」エンジェルが言った。「工具がいくつか、まだ地下の戸棚に残ってるの。役立ててくださらないかしら、ミスター・レノルズ」

レノルズの顔に赤みがひろがった。「さあ――どうしたものか」

「一度、ご覧になって。エディだって、ふさわしいかたに使っていただくのがいちばんだと思ってるわ」

「きみのお父さんがドールハウスを作っていたのを覚えてるよ」レノルズはエディに言った。「ご両親は、見にこないかとうちのジェニーを誘ってくれたものだ。娘はあれが大好きだった」そう言って含み笑いを漏らすと、目と口のまわりの乾燥した肌にひび割れができた。「覚えているかね」

「覚えてますよ。ジェニーは自分の人形を持ってドールハウスを見にきてましたね」

「そうだった。忘れていたよ。いまは三人の子持ちで、自分が世話をする立場だ。ケヴィンのことは困ったものだな。しかしまあ――それがいまどきの風潮なのかもしれないがね」

「ケヴィンって？」エンジェルが言う。

レノルズは深く息を吸った。エンジェルは微笑みかけた。

「ジェニーの夫だ。いや、夫と言えるかどうか」レノルズはためらった。「ここだけの話だが、あれはろくでもない男だ。いまも出ていったきりだよ。ああ、口が過ぎたようだな」

「お気の毒に。お孫さんたちのこと、ほんとうにご心配でしょうね」

「ジェニーが三人目を身ごもったころ、あの男はよその女と出ていった。どうしようもないじゃないか。家内はこうした事情を人に知られたくないらしい。そこのところは含み置いてもらいたい」

「もちろんです」エンジェルはエディに視線を向けた。「あなたとジェニーは、子供のころにお友達だったのよね」

エディはうなずいた。たいした話ではなかったが、エンジェルにはジェニーとの関係を適宜編集して伝えてあった。

「きみのご両親は娘にとても親切にしてくれた」レノルズがつづけた。皮肉を言っているふうではない。「聞くところによると、あの子だけじゃないらしい。きっと、きみに妹を作ってやりたかったんだろう」

「たぶんそうだと思います」エディは同意した。

「それに、お父さんは愛らしい写真を撮っておられた」記憶の小径《こみち》をたどりつつ、老いたレノルズは言った。「ジェニーの写真を一枚もらったよ。大きな肘掛け椅子に体をまるめて、やけに取り澄ました顔をしているやつをね。額に入れて、いまも飾り棚に置いてある」

「写真？」エンジェルがエディを見て言った。「お父さまが写真を撮っていらしたなんて知らなかったわ」

エディはテーブルの向こうのレノルズに小切手を押しやった。「はい、どうぞ」

「まだ残ってる？」エンジェルはふたりの男に均等に微笑みかけた。「わたし、写真を見るのが大好きなの」


エンジェルはエディの過去について事細かに尋ねた。だれにもそんなふうにされた経験がなかっただけに、エディはうれしく感じた。質問は思いつくままに、長時間にわたって繰り出された。これまでに出会った苦難や不公平について語っているうちに肩の荷が軽くなることを、エディは悟った。それをエンジェルに話した。

「特別なことじゃないのよ、エディ。だからこそ、多くの人が心理療法に惹きつけられる。そして、だからこそ、カトリック教徒のあいだで告解がこれほど広く実践されているの」

父が死んだあと、エディは残った写真をスーツケースに入れて鍵をかけ、ベッドの下にしまいこんでいた。エンジェルはそれを見せるよう言い含めた。ふたりでキッチンのテーブルにつき、エディは写真を一枚一枚持ちあげた。古びてかびくさい、過去のにおいがした。

「すばらしい」最初のヌード写真を見て、エンジェルは感想を口にした。「技術的にも申し分ないわ」

結局、エディがいっしょに写っているものや、アリソンが写っている一枚まで含めて、エンジェルはすべてに目を通した。

なんという小悪魔！

「そっちはミスター・レノルズの娘さんだよ」エディは別の写真を指さして、エンジェルの関心をアリソンからそらせようとした。

エンジェルはジェニー・レンを一瞥したあと、長い爪でアリソンの写真をつついた。「こっちの子のほうが見映えがするわね。この子の名前は？」

エディは答えた。その腕をエンジェルは軽く叩き、この年ごろの子供はほんとうにかわいらしいと言った。

「こういうゲームをきらう人もいる」エディはことばを切った。「子供にこんなことをしちゃまずいってね」

「ばかばかしい。子供たちは愛情と保護を求めてる。それだけのことよ。子供は大人とゲームをしたがるものなの。そうやって成長していくんだから」

た。エディは心休まる気がした。それ以後も、エンジェルの示す共感や理解によく驚かされた。エディはデイル・グローブ総合中等学校での屈辱的な経験さえも打ち明けた。エンジェルに促されて、マンディとシアンの仕打ちを正確に再現して聞かせた。エンジェルは意外なほど激しい反応を示した。唇が強く引き結ばれ、皺が深く刻まれた。

「そんな人間はこの世に必要ないわ。けだもの同然よ」

「だけど、どうにもできないだろう？　殺すわけにもいかないし」

エンジェルは完璧な形の眉を吊りあげた。「ある種の法を破った人間は、処刑されるべきだと思う。公正で良識に反していなければ、死刑は悪いことじゃないわ。そこまでの必要がない場合は、収容所へ送ればいい。労働の成果に応じて、食べ物その他を与えるようにする。そうすれば、少なくともまったくの社会のお荷物じゃなくなる。そのほうがずっと公平だってことを認めるべきなのよ」

「そうかもしれない」

「かもしれない、なんて仮定の話じゃないの。現実を見つめなきゃ」エンジェルの表情がふたたび穏やかになった。「人はだれかを利用せざるをえない――もちろん友達は除くわ、特別な存在だから。それができない人間は虐げられる。どうやったら他人を利用できるか、だれもが本気で考えてるものよ。でも、感傷的になってもはじまらない。敵が付けこんでくるだけだもの、マンディとシアンみたいに。長い目で見たら、最初から毅然とした態度をとったほうが親切なのよね」

　エンジェルはその小さな宮殿をひと間きりのアパートさながらにしつらえた。エディといっしょに、スタンリーの使っていたベッドを地下へ運び、細長い窓の向かいの壁沿いに固定した。張り替えたヴィクトリア朝風の肘掛け椅子は窓際に置き、骨董屋で見つけた六角形のテーブルと並べた。そして、鮮やかな幾何学模様が施された東アナトリア産の小さな絨毯を、床のあちらこちらに敷いた。白い壁には一幅の絵も掛けず、殺伐としたままにした。

　エディは呼ばれたときだけ地下室へおりていった。暗黙の同意により、新しいシャワールームはエンジェルの専用となった。かつての洗い場に置かれた大きな冷凍庫から何か持ってくる必要があるときは、つねにエンジェルが出向いた。

「どこに何があるかはわたしが知ってる」エンジェルは説いた。「自分なりのしまい方があるの。あなたに引っ掻きまわされたくないのよ」

　エンジェルは小型の電子レンジを買い、棚に載せた。

「キッチンに置いたほうが便利じゃないかな」エディは訊いた。

「場所をとりすぎるわ。それに、たいがい解凍に使うの。あそこにあれば、軽食をあたためたいときにも便利だしね」

　ベッドを運び入れたあとも、エンジェルはふだん地下室ではなく、セルマが使っていた二階の主寝室で寝起きした。エディの両親が利用していた衣装棚にはエンジェルの衣類がはいりきらなかったため、レノルズに頼んで、扉に姿見のある新しい棚を壁面に据えつけさせた。

五月初旬のある朝、レノルズが二階で仕事をしているとき、玄関の呼び鈴が鳴った。エディが応対に出ると、ミセス・レノルズが両手でハンドバッグのひもを握りしめて立っていた。一瞬エディを見据えた。重たげな眼鏡の奥で明るい茶色の瞳が輝いている。鼻は低くつぶれ、小さくすぼまった口は肛門のまわりの皺を思わせる。

「主人に話があるんだけど、いいかしら」

エディはレノルズを呼んでキッチンに引っこみ、ドアを閉めてひと息ついた。冬場に皿洗いをしていて、キッチンの窓越しに目をやると、葉の落ちた木々の枝の向こうに、公営アパートのベランダで双眼鏡をのぞきこむミセス・レノルズの姿が見えることがたびたびあった。妻の誕生日のプレゼントに新しい高性能の双眼鏡を買ってやったと、ミスター・レノルズはエンジェルに長々と話していたものだ。

キッチンのドアにノックの音がした。ミスター・レノルズが静かにはいってきた。

「すまんが――ちょいと用があってね。帰らなきゃならない。午前のうちに電話をするよ。それでいいだろうか」見かけはいつもと変わらず、言った内容もふつうだが、口調が妙だった。声が震え、呼吸が乱れている。実際より十歳は老けて聞こえた。

エディは立ちあがった。「いったいどうしたんですか」レノルズが早々に引きあげた理由をエンジェルが知りたがるのはまちがいない。

「ジェニーがな」レノルズは王族の前から立ち去るかのように、あとずさりでキッチンから出ていった。「事故にあったんだ」

哀れなジェニー・レン。物事の原型は繰り返されるということを、エディほどよく承知している者がいるだろうか。ときおりエディは自分の父親に思いをはせ、子供のころにどんな経験をしたのかと考えた。父親の父親、そのまた父親などはどうだったのか。何世紀も前へさかのぼり、人類の誕生までつづくであろう目のくらむ眺望が開けてくる。

子供のころすでに、ジェニー・レンは失敗者の烙印を押されていた。肥え太って不器用で愛に飢え、重いスーツケースを手錠につないで引きずるかのように、自意識をいつも持ち歩いていた。のちにレノルズから聞いたところによると、彼女は子供たちを施設に預けていたらしい。そして三人目の子を出産したあと、産後の鬱病に陥り、完全に回復することはなかった。

ジェニー・レンはハックニーにある高層公営アパートの五階に住んでいた。父親がエンジェルの衣装棚に最後の仕上げを施していた朝、ジェニー・レンは洗濯物のかごをベランダへ持っていった。ところが、衣類を干すかわりに、腰の高さの塀から身を乗り出して地面を見おろした。そして――隣の棟の窓から、なすすべもなく見守っていた人によると――まず片脚をあげ、それから他方の脚を床から離し、ぎこちなく塀をまたぎ越した。脳天から真っ逆さまに落ちたにもかかわらず、ジェニー・レンらしく、自殺の試みは失敗に終わった。灌木が衝撃を和らげた。頭蓋骨をはじめ、全身を骨折する大怪我をしたものの、不本意にも生き延びた。その一週間後、ミスター・レノルズはロシントン・ロード二九番地にもどってきて、衣装棚の仕上げに取りかかった。

「ジェニーは昏睡状態だ。二度と目を覚まさないかもしれない。覚めたとしても、頭はやられているだろう」

エンジェルはレノルズの手をさすり、ほんとうにお気の毒です、と言って慰めた。エディとともに、すでに病院へ花を送ってあった。

「奥さまもおつらいでしょうね」

「がっくりきてるよ。でも病院付きの牧師がとても親切でな」ショックのせいで、レノルズは口数が少なく、話し方も途切れ途切れだった。「むろん、わたしたちは教会へなどかよっていないんだが。何事にもいいめぐり合わせがあるものだ」

「衣装棚のほうは無理にとは申しません」エンジェルは言った。「ほかの人に仕上げをお願いすることもできるんです。しなくてはならないことがたくさんおありでしょう？　事情はよくわかっていますから」

「忙しくしていたいんだよ。気づかってくれてありがとう」

ジェニー・レンの自殺未遂から六週間ほどたった六月の半ばに、最初の少女がロシントン・ロード二九番地にやってきた。

シャンタルは、イギリス人の投資アナリストの父親とフランス人の母親を持つ子供だった。一家はナイツブリッジのハロッズからほど近い区域に住んでいた。三番目の子供であるシャンタルに両親はあまり注意を払わず、子守りや住みこみの留学生に面倒を見させることが多かった。エンジェルがはじめてシャンタルに目をつけたのは、シャンタルの級友の誕生会の折だった。当時エンジェルは、その級友の妹の子守りを臨時雇いで引き受けていた。

気をそそられることはたびたびあったにしても、エンジェルは預かった子供にはけっして手を出さなかった。「不必要な危険を冒すのは愚か者だけ」シャンタルを迎えるために地下室を整えているとき、エディにそう言った。「そういう連中が捕まるのよ」

シャンタルの父親は黒人で、シャンタルはその肌の色を受け継いでいた（エンジェルはセルマのような人種差別主義者を軽蔑している）。白いドレスを着ると、みごとな褐色の肌が引き立てられた。エディとゲームをして遊ぶとき、よくシャンタルはくすくすと笑った。エディのことばを借りれば、〝進行役〟をエンジェルが引き受けたこともある。しかし、エンジェルはゲームをあまり楽しんでいないように見えた。

人間というものは矛盾の塊だ。エンジェルは、子供の世話にかけてはすばらしかったし、意のままに操ることもできたが、いっしょに遊ぶのが好きではなかったらしい。

二週間と三日のあいだ、エディは充実した時間を過ごした。ある朝目を覚ますと、ベッドの横にエンジェルが立っていた。珍しいことに、お茶を持ってきている。エディは身を起こして礼を言ったが、その日予定していた楽しい計画に、すでに関心が移っていた。

「エディ」エンジェルは、ベッド脇でガウンの結び目を直しながら言った。「シャンタルがいなくなったの」

「どこへ？　何が起こったんだ」

「だいじょうぶ、心配しないで。ゆうべ家へ帰したのよ。ママとパパのところへ」

エディはエンジェルを見つめた。「どうして言ってくれなかったんだい」

「あなたが取り乱すとわかってたからよ。あの子にさよならを言うのは耐えられないでしょう？」エンジェルは間を置いた。「それに、あの子だって別れたくなくなるし」

エディは目に涙がこみあげるのを感じた。「帰さなくてもよかったのに」

「無理よ。ずっといるわけにはいかない。大きくなるにつれて、いろいろとむずかしい問題が出てくるわ」

エディは壁を向いてだまりこんだ。

「考えてごらんなさい」

エディは鼻をすすった。そこで新たな問題が頭に浮かんだ。「あの子がぼくたちのことを親に言いつけたらどうなるんだ。それで親が警察に通報したら?」

「あの子に何が言えるというの?　わたしたちの顔を見ただけなんだから。この家がどこにあるかも、どんな外観なのかも知らない。見たのは地下室だけよ。それに、警察だって本腰を入れては捜査しないでしょうね。シャンタルは無事に家へ帰った。なんの不都合もないじゃないの」

「それでも、さよならぐらい言いたかったな」

「これでよかったのよ。泣きながら眠るのはいやでしょう?」

「あの子がまた来てくれるといいんだけど」

エンジェルはベッドのへりに腰をおろした。「それはいい考えじゃないわね。でも別の子を見つけて、来てもらうことはできると思う」

「だれを?」

「まだわからない。だけど、ナイツブリッジに住んでる子はだめよ。警察は同じ手口に目を光らせているのよ。事件の共通点を見つけようとする」

ケイティのときは、ふたりはノッティンガムまで足を伸ばし、フラットを三ヵ月間借りた。ケイティは親に望まれなかった子供で、養父母のもとから事あるごとに逃げだしては、通りや店をうろついていた。

「愛情に飢えてるのよ」エンジェルは評した。「とても悲しいことね」

三人目の少女はスーキといい、鼻にピアスをして、片方の耳から十字架の耳飾りをぶらさげていた。ディーンの森に寝泊りしている放浪者の一団にいた。エンジェルによると、母親は麻薬中毒者だという。スーキはひどい体臭がして、はじめて風呂に入れたときは、浴槽の湯が真っ黒に近くなってしまった（エディの手に嚙みついて列車のような叫び声をあげたのはこのときだ）。

「子供をまかせておいてはいけない親もいるのよ」エンジェルは口癖のように言った。「そういう連中を戒めてやらなきゃ」

エンジェルがあまりに頻繁にそう力説するので、警察には気づかれないにせよ、これも共通点になるのではないかとエディは思った。


十二月一日の日曜日、エンジェルはルーシーを風呂に入れたあと、午前中いっぱいかけて地下室で本を読んでやった。少なくとも、エンジェル自身の説明によればそうだ。エディは傷つき、腹を立てていた。これまでエンジェルは子供をひとり占めしたりせず、楽しみを分かち合っていたのに。

なお厄介なことに、エンジェルが地下室でほんとうは何をしているのかがわからなかった。防音処理のせいで、盗み聞きはできない。しばらくして、エディには裏口の錠をはずして庭へ出た。

きょうはいつにも増して寒かった。湿った冷気が喉に突き刺さる。わざわざコートをとりにもどる気にもなれず、地下室の細長い二重窓のほうへ慎重に足を運んだ。案の定カーテンが引かれている。落胆して、涙で目が潤んだ。肌が燃えるように熱い。額を冷たい窓ガラスに押しあてた。

その拍子に、窓の横側の様子がわかった。窓枠とカーテンのへりとのあいだに、半インチほどの隙間がある。

息をするのもはばかりながら、コンクリートの敷石にひざまずいて、隙間から中をのぞいた。はじめは、カーペットと簡素な白壁しか見えなかった。姿勢を変えてみた。肘掛け椅子の一部が視界にはいった。そこにルーシーがすわっている。見えるのは足首から下だけだ。ミッキーマウスのスリッパと薄緑色のタイツが椅子の下に出ている。動きはない。眠っているのだろうか。薬のせいと思われるが、ルーシーは入浴中ひどくだるそうだった。

そのとき、まだ白いガウンを着ているエンジェルの姿が視界へ飛びこんだ。首には幅広のリボンに似たつややかな紫色のスカーフが巻かれ、先端に房飾りがある。目は閉じられ、唇は動いている。そのまま見守っていると、エンジェルは天井へ向かって両手をあげた。エディは乾いた唇をなめた。垣間見える地下室の断面は、ほとんど現実とかかわりのないもの、夢の世界に属するものに感じられた。

エンジェルが動いて、視界から消えた。エディはうろたえた。窓辺にいるのが見つかったのだろうか。すぐにも裏口のドアがあいて、のぞき見の現場を取り押さえられるかもしれない。**新鮮な空気が吸いたくて外へ出ただけだよ。**エディはすばやく身を起こし、あたりを一瞥した。強い風が吹き、庭の低木や、かなたのカーヴァーズの木々を揺さぶっている。裸の枝が黒い網目模様をなし、その向こうに、ベランダに立つミセス・レノルズの姿が見える。エディは身震いしながら引き返した。

ミセス・レノルズがぼくを見て、ぼくはエンジェルを見ている。ミセス・レノルズを見ているのはだれだろうか。きっと神さまだ。

神が天上から双眼鏡でミセス・レノルズの行動を追っているところを想像し、エディは声を忍ばせて笑った。夫のレノルズの話によると、ジェニー・レンが昏睡状態に陥ってからというもの、夫人は心を入れ替えて信心深くなったらしい。

「信仰が慰めになっているんだよ」レノルズは言っていた。「わたしはあまり性に合わんが、好きにしたらいいさ」

エディは裏口のドアをあけて、家のなかへはいった。キッチンのぬくもりに包まれたが、震えは止まらない。玄関広間へ行った。地下室のドアは閉まったままだ。羽目板のひとつに耳を押しあててみた。聞こえるのは、不自然なほど大きく感じる自分の呼吸音だけだった。手すりにしがみつきながら階段をのぼり、バスルームの戸棚を引っ掻きまわして、ようやく体温計を見つけた。不快な気分で浴槽のへりに腰をおろし、熱を計った。**不公平だ。どうしてぼくも地下室へ入れてくれないんだろう。**口から体温計を引き抜いた。三十九度ぐらいある。熱があがったことに、妙な誇らしさを覚えた。ほんとうに病気になったにちがいない。自分には特別な待遇を受ける資格がある。

戸棚にパラセタモールを見つけ、瓶から二錠取り出して半分に割った。子供のときから使っている、緑色のプラスチックの大きなコップに水を注いだ。水流に見とれているうち、コップのふちから水があふれ、指を伝ってしたたり落ちた。ようやく錠剤を呑み終え、寝室へ行って横になった。

熱と寒気《さむけ》を交互に感じながら、エディは服を着こんだまま上掛けにくるまっていた。エンジェルとルーシーが湯たんぽと冷たい飲み物を持ってきてくれたら、どんなにうれしいかと思った。少しのあいだかたわらにすわり、エンジェルが物語でも読んでくれたら。**だれもぼくを気にかけてくれない。**遠い昔、父親が母親に贈った少女の絵へ目をやった。**いい絵よ、スタンリー。もしこういうのが好きならね。**少したつと、両親の話し声が聞こえた。大きな主寝室から響く、くぐもった声。ひょっとすると、両親は死んでいなくて、いまも自分を見ているのかもしれない。

エディは眠ったり覚めたりしていた。午後三時近くになって起きると、口が渇き、体は汗で湿っていた。どうにかベッドから這い出して、ふらつきながら立った。**お茶を飲みたい。**

おいしいお茶を。

エディは眼鏡をかけて、ゆっくりと階下へおりた。驚いたことに、キッチンから声がする。ドアを押しあけた。ルーシーがテーブルでゆで卵を食べている。エンジェルはセーターにジーンズという恰好で、髪を後ろにひっつめてポニーテールにしてある。エディがおぼつかない足どりではいっていくと、ルーシーがこう言っているのが聞こえた。「ママはいつもトーストを細く切ってくれるけど、パパはそうしてくれないの」

エディを目にしたとたん、ルーシーは話すのをやめた。エンジェルとふたりでエディを凝視する。**ふたりは仲よし、三人だと仲間割れ。**

「キッチンで何をやってるんだ」エディはうわずった声で言った。「ルール違反じゃないか」

「ルールは石に刻まれているわけじゃないわ。時と場合によって変わるのよ」エンジェルはルーシーの濃い色の髪をなでつけた。「そして、いまは特別な場合なの」

「だけど、ほかの子たちのときは、ぜったいにキッチンに入れなかった」

「もういいわ、エディ。具合はどうなの？」

不意を突かれて、エディは見返した。

「猫に舌でもとられたの？」

「ぼくが病気だって、どうしてわかったんだい」

「鏡を見るといいわ」つっけんどんな言い方ではなかった。

「インフルエンザにかかったらしい」

「どうかしら。たぶんただの風邪よ。パラセタモールを飲んで、水分をいっぱいとらなくちゃ」

エディはテーブルについた。ルーシーはスプーンを口へ運ぶ途中でエディと目を合わせ、うれしいことに笑みを浮かべた。

「卵を食べなさい」エンジェルは言った。「冷めてしまうわ」

「もう要らない」

「だめ。おなかに何か入れなきゃ。ライビーナ（子供向けの黒スグリのジュース）も飲むのよ」

ルーシーはテーブルにスプーンを落とした。「でも、もうたくさん」

「さあ、がんばって。食べるの」

「おなかいっぱい」

「言うことを聞きなさい、ルーシー。お皿に載ってるものは全部食べなくちゃいけないの」

「ママは、わたしがおなかいっぱいのとき、無茶を言わないもん」ルーシーの目は涙があふれそうだが、大きな声なので、怯えているというより怒っているふうに聞こえた。「ママに会いたい」

「この家では、怒りんぼさんはおことわりよ」エンジェルは言い放った。

エディは笑った。いつもなら笑ったりしないところだが、いまは境目が変わっている。なんと言っても、これが現実の出来事だという実感があまりなかった。夢かもしれない。目が覚めて気がつくと、ドアの横に掛けてある少女の絵、父が母に贈ったあの絵を見ていることになりかねない。ルーシーに似たあの少女を。

「あなたはいつものあなたじゃないわ、エディ」エンジェルは玄関広間へ出て行った。「熱を計ってあげる」軽やかに階段をあがる足音がした。

ルーシーはトーストを右手で乱暴に押しのけた。皿の向こう側のへりがプラスチックのコップにあたり、それがテーブルの端へ滑り去った。ライビーナが床に飛び散った。

エディとルーシーは顔を見合わせた。つぎの瞬間、ルーシーは身をくねらせて椅子からおり、ドアへと走った。玄関広間ではなく、裏庭へ通じるドアのほうだ。これが夢でないなら、何かしなくてはならないのはエディもわかっている。しかし、立ちあがれそうもなかった。とはいえ、面倒なことにはなるまい。少女が滞在しているときには、裏口のドアに錠をかけておくのだから。

ルーシーが取っ手をまわして引くのが見えた。ドアがあくのがわかり、エディは肌に冷たいものを感じた。ルーシーが庭へ駆けこんではじめて、現実に逃げだしたことを悟った。そして、それが自分のせいであることも。地下室を窓から見ようと外へ出たとき、ドアの錠をはずした。そして、ベランダにいたミセス・レノルズに気をとられたせいで、もどったときに錠をかけなおすのを忘れてしまったのだ。エンジェルは責めるだろうが、それは筋がちがう。悪いのはミセス・レノルズだ。エディはテーブルを支えにして立ちあがった。

そのとき、エンジェルが度肝を抜く行動に出た。ポニーテールを跳ねさせながら、玄関広間からキッチンをひとっ飛びに駆け抜けて、裏口のドアから飛び出した。花火が破裂するような音が聞こえた。もう一度同じ音が響いたあと、緊迫した静けさがあった。嵐の前の静寂。エディは椅子に身を沈めた。

ルーシーが泣きだしたのは、むしろ救いだった。しゃくりあげる声は半狂乱に近い。エンジェルはルーシーを中へ引きずりこむと、足で蹴ってドアを閉め、錠をかけた。エンジェルは青ざめ、唇を嚙みしめている。

「やってくれるじゃないの、ねえ」エンジェルはルーシーの耳をつまみ、ピンク色の肌に爪を食いこませた。「悪い子はどうなるか知ってる？　地獄へ落ちるのよ」

エディは咳払いをした。「ある意味では、この子のせいじゃないよ。ただ――」

「この子が悪いに決まってる」

ルーシーは左の頰を手で押さえた。声は、か細く甲高いうめきに変わった。

「疲れてるんだと思う」エディは小声で言った。「休ませてやらなきゃ」

エンジェルはルーシーを突いた。少女は椅子に倒れかかり、床にくずおれた。一方の腕を椅子の脚にからませ、頭を座部の側面に寄りかからせて、半ばすわっているような、半ば腹ばいのような体勢だ。ライビーナがドレスのスカート部分にしみている。

泣き声がやんだ。ルーシーの口はだらりとあき、唇は濡れてゆるんでいる。恐怖は子供を醜くするものだ。

「いいんだよ、ルーシー」エディはルーシーがしがみついている椅子の隣に腰かけて、黒っぽい髪に覆われた頭を軽く叩いた。ルーシーはのけぞった。「少し頭に血がのぼったらしいね。それだけのことさ」

「それだけじゃないわ」エンジェルはキッチンの刃物類がしまってある抽斗を勢いよくあけた。「この子には戒めが必要よ。こういう人間には必要なのよ」

エディはうずく額をさすった。「だれに戒めが必要だって？　わからないよ」

エンジェルは振り向いた。手には、オレンジ色の柄がついた大きなはさみを持っている。はさみはエディに向けられて、一瞬閃光を放った。「あなたにわかるわけがないわ。愚か者だから」

エディはテーブルを見て、木の節目がかたつむりに似た形をしているのに目を留めた。死んでしまいたかった。

「悪いことをしたら」エンジェルは叫んだ。「その償いをしなくちゃいけない。ほかにどうやっておこないを正せるというの？」

エディはかたつむりを見つめていた。こう言いたかった。**でも、この子はライビーナをこぼしただけじゃないか。**

「償いをする気がないなら、わたしがぜったいにさせる」エンジェルの顔には激情がたぎっていた。「わたしたちはみな苦しみを背負ってるの。こういう人間が苦しまなくていいはずがないわ」

こういう人間とはだれだろう。四人の少女か、それとも――

「いらっしゃい、ルーシー」エンジェルは低い声で言った。

ルーシーは動かなかった。

エンジェルは右手ではさみをかざして、キッチンを突進した。

「だめだ」そう言ってエディは立ちあがろうとした。「いけないよ」

エンジェルは左手でルーシーの髪をつかみ、足もとへ引き寄せた。ルーシーは悲鳴をあげた。ローラ・アシュレイの緑のドレスにトーストのくずが散らばり、卵の黄身が細長いしみとなっていることに、エディは奇妙な孤独感を覚えながら気づいた。

エンジェルはルーシーの髪を引っ張った。ルーシーはテーブルの脚に腕を巻きつけて泣き叫んでいる。エンジェルはさらに強く引っ張った。テーブルが激しく揺れて、キッチンの床から数インチ持ちあがった。

「エンジェル、離してやったらどうだい。だれかに聞こえるよ」

ルーシーは金切り声をあげている。エンジェルは力をこめてルーシーをテーブルから引き剝がし、ルーシーの頭上高くはさみをかざした。

「やめろ、エンジェル、やめろよ！」エディは叫んだ。「エンジェル、頼むからやめてくれ」

9

亡霊がしばしば出現し、とりわけ墓地、納骨堂、教会に現れることが多いのは、そこが死者の眠る場所だからだ。

——『医師の信仰』第一部三十七節

悪魔の手本を求めるなら、デイヴィッド・バイフィールドはかならずしも最良とは言えまい。デイヴィッドは下等なたぐいではない。いわば高尚な悪魔であり、気まぐれなふるまいによって、ときに人を魅了し、ときに戦慄させる。

「ばかなことはやめなさい」老司祭の声は静かだがよく通る。拡声装置のない時代に、教会の広大な空間を満たすすべを身につけていた。

サリーは目を大きく開いて、デイヴィッドを見つめた。セント・マイケル教会には神聖な静寂が満ちている。サリーの頭は高熱が引いたかのように冴え、弱々しいながらも自制がきいていた。いつもながらの凛々しさをまとったデイヴィッドに意識を集中させる。思慮深く慎重で、存在感のあるデイヴィッド。すり切れた黒っぽいコートを着て、首に濃紺のスカーフをゆるやかに巻き、毛織りの生地の隙間から、白い立ち襟とたるんだ肌をのぞかせている。ひげはこざっぱりと剃ってある。出会ってから数年のうちに、かなり腰が曲がってきた。その骨張った顔は、教会の屋根につけられた怪物《ガーゴイル》の吐水口さながら、サリーの目の前に迫る。

「こういうときは連れが必要だ。湿っぽい教会にひとりきりでいるものじゃない」思いがけない速さで、デイヴィッドの右の手のひらがサリーの左手の指を、軽く、だがしっかりと包みこんだ。「凍りつきそうだ。朝もほとんど食べなかったんだろう。パン焼きフォークを振る悪魔どもが目に浮かんでも無理はない」

「変なことをおっしゃらないでください」胸の内を暴かれ、サリーはうろたえた。「考え事をしていただけです。それに、こんなときは少し沈んで当然でしょう」

「少々の考え事ではない。まったく隙だらけに見えるよ」デイヴィッドはサリーの前の会衆席に腰をおろし、ゆっくり振り向いた。「悪魔ども——度が過ぎる言い方だったようだな」

「気にしていません」

デイヴィッドは無視して話をつづけた。「単なる比喩だ。どうしてきみたちの世代には話が通じないのか。言語というものはすべて比喩だよ。最近司祭と話したのはいつだね」

サリーは自分の膝に視線を落とした。「きのうの朝です」

「だれと」

「教会区の牧師です」デレクと話したくないわけは言いたくなかった。「とても力になってくれます。奥さまも——教会区のみんなも」

「デレク・カッターか」

サリーは驚いて目をあげた。「ご存じなんですか」

「噂だけはな」デイヴィッドはわずかに、冷ややかな間をとった。「いっしょに祈ったのかね」

「伯父さまとは関係のないことです」そこで黙《もく》したが、デイヴィッドが何も言わないので、しばらくしてサリーは小声で言った。「あいにく祈っていません。時間がありませんでした。でも、きょうはあとで会えると思います」せめて電話ぐらいかけるべきなのはわかっている。協力の申し出をことわったことも、デレクをきらっていることも後ろめたい。

「ほかに、いつも話をする司祭はいないのか。打ち明けられる相手は?」

「失礼ですが、伯父さまに申しあげることではないと思います」

「きみがどう思うかという問題じゃない」

「マイケルはどこです」サリーは急に、無性にマイケルに会いたくなった。「それに、伯父さまはここで何を?」

「マイケルなら、外で警察関係者と話している。キングズ・クロスの駅で待っていて、わたしたちをここへ連れてきた人たちだ」

「何が見つかったかはご存じなんですね」

デイヴィッドはためらった。「道すがら教わったよ。きみはぜったいにその——体の一部がルーシーのものではないと言うのかね」

「はい」

「そんなことを断言できるものだろうか」

「ルーシーの母親でないから、そうお思いになるんです」

意外にも、デイヴィッドは相槌を打った。「おのれの血と肉のことはわかるものだ」

そのことばが呼び起こした映像に戦慄して、サリーは顔をそむけた。そのとき、ドアがきしんだ。

「マイケルだ」デイヴィッドが目をあげて言った。「さあ、帰りなさい」

「帰りたくありません。何か役に立ちたいんです」

マイケルの足早な歩みが側廊を騒々しく打った。顔は青ざめているが、ひげがさっぱりと剃られ、髪も整っている。上着の前が開いており、見覚えのないシャツとセーターが顔をのぞかせている。デイヴィッドから借りたものにちがいない。サリーは前の座席の背をつかんで、身を引き起こした。デイヴィッドはサリーから離れ、気をきかせたのか、歴代の教会区牧師の名簿に見入っているように装った。

「サリー」マイケルはサリーを抱きしめた。「すまなかった」

サリーは体を寄せた。「いいのよ。いいの」われ知らず背中を軽く叩いていた。「かまわないわ、帰ってきてくれたんだから」

マイケルの肩越しに、サリーはデイヴィッドが教会堂の前方へ歩くのを目で追った。デイヴィッドは内陣の手前の階段で立ち止まり、主祭壇に一礼した。膝を折って深々と敬礼したのではなく、軽く頭をさげただけだ。デイヴィッドほどの司祭にとって、聖なる儀式は特別なものではないということだろう。背筋を伸ばし、東の窓にながめ入っている。

マイケルが体を離した。「連中は近くのパブの主人と話してる。ゆうべ店じまいをしてるときに、ボークラーク・プレイスへ向かう人影を見かけたらしい」

デイヴィッドが振り返った。「人相や風体は？」

「いや、あまり気に留めなかったそうです。たぶん長めのコートを着ていて、ふつうの背丈。ふつうというのがどのくらいかわかりませんが」

「男なのか女なのか」

「それもわからないんです」マイケルはデイヴィッドに背を向け、サリーの頰にふれた。「行こうか」

サリーはマイケルに連れられて小さな聖具室にはいった。床にネズミ捕りがいくつも置かれ、テーブルの上はほこりだらけだった。横のドアから路地へ出ることができる。マイケルが何か言っていたが、サリーには聞きとれず、興味もなかった。頭のなかは、長いコートに身を包んだ実体のない人影に占められている。性別不明で、ふつうの背丈。おそらく、この聖具室の荷物とはなんの関係もないだろう。だが、たとえひとつの可能性でも、ないよりはましだ。そこへねらいを絞り、憎しみをぶつけることができる。**おまえとその一族に災いあれ**。そのことばが心にこだまする。オードリー・オリファントはセント・ジョージ教会でそう毒づいた。わずか三ヵ月前のことなのに、すでに記憶は遠く、他人事に感じられる。

おまえとその一族に災いあれ。

「しっかりしなさい」背後でデイヴィッドの声がした。

マイケルの手がサリーの腕を支えた。「だいじょうぶか」

サリーはうつろな目で夫を見た。なぜみんな、だいじょうぶかなどと尋ねるのか。最悪の状態なのに。

路地の突きあたりで、ボークラーク・プレイスとの境をなす忍び返しのついた高い門に、マクサムが寄りかかって待っていた。「車を用意してある。ハーキュリーズ・ロードへ帰るんだろう?」

「はい」マクサムと並んだところで、マイケルは足を止めた。「パブの主人が目撃した人物ですがね。どの通りを来ていたのですか」

マクサムは、答を渋っているのがわかるほど長い間を置いた。「北からだ」

「フィッツロイ・スクウェアやユーストン・ロードのほうですか」

「おそらくそうだろう」

「何時ごろでしょう」

「十一時四十五分から十二時のあいだだよ。わかっているのはそれだけだ。いいな？　それもまるっきり無関係かもしれない」

ふたりの男は見つめ合った。互いの反感が火花を散らす。サリーが腕を強く引くと、マイケルは抗わずその場を離れた。

サリーの乗ってきた車がフラットへもどることになっていた。カーロウ部長刑事がフェンダーにもたれて煙草を吸っている。イヴォンヌが軽く手をあげて合図をし、後ろのドアをあけた。

「ふたりで帰りたまえ」デイヴィッドが言った。

マイケルが振り返った。「遠慮なさらないでください。ぜひ来てもらいたいんですから」

「わかっている」デイヴィッドは足を止め、腕を組んだ。「サリーさえよければ、あとで行くとも」

「でも、いまからどちらへ？」時と場合が別なら、マイケルの驚きぶりはさぞ滑稽だったろう。

「ああ、心配するな。教会だよ」

車がハーキュリーズ・ロードへはいるや、セント・マイケル教会での新発見の情報が早くも広く伝わっていることがわかった。車や記者やカメラマンの数がさらに増している。制服警官がひとり、アップルヤード家のある一画の入口に立っていた。

「停まるなよ」マイケルがカーロウに言った。「うちの前を過ぎて、向こうの端へ出てくれ」

カーロウは速度をあげた。「どこへ行きたいんだ。ホテルかい」

サリーはマイケルの袖にふれた。「だけど、もしルーシーが——」

「マクサムの指示で四六時中だれか待機してるさ」

カーロウがうなずいた。家の前を過ぎるとき、ひとりの記者が車内のだれか——おそらくサリーに気づいた。その男が指を振りあげ、声なき声で叫んでいるのが見えた。路上の一団がみるみる散開する。ふたりの男が車を追いはじめたが、数ヤード走ってあきらめた。

サリーは言った。「でも着替えやら何やらがいるわ」

イヴォンヌが助手席から振り返った。「必要なものを書いてくだされば、わたしがとりにいって、ホテルへお持ちします」

「携帯電話を頼む」マイケルが言った。「どのホテルにする？」

サリーは腕組みした。「ホテルへは行きたくない」

「好きにしろ」マイケルの唇がゆがんだ。「じゃあ、どこへ行くんだ」

「わからない」

ハーキュリーズ・ロードを出て、車の流れにまぎれこんだ。後方でクラクションが鳴っている。しばしだれも口をきかなかった。

マイケルはサリーを見た。「デイヴィッド伯父さんはどうする？　泊まる場所を探してやらないと」

「どうして？」

「泊まってほしいかと訊かれて、おれがはいと答えたからだよ。うちへ帰るはずだったから――」

「うちに泊めるの？　どこで寝てもらうつもり？」

「たとえば――」マイケルはことばを呑んだ。

「いやよ。ルーシーの部屋を使えるわけがないでしょう？」

「まあ、そうだな」

「決まってるわ」

一行はすでにウェスト・エンド・レーンに達していた。カーロウが路肩に車を寄せた。

「さて、どこへ行くんだ。決まったのか」

マイケルはサリーを一瞥した。「さあね」

結局、オリヴァー・リックフォードの家に泊めてもらうことにした。提案したのはサリーで、そうするのがマイケルにも自分にもよいと考えたからだ。それに、オリヴァーは以前から招待してくれていた。マイケルは気乗り薄だったが、こんどばかりは、サリーは頑として譲らない構えを見せた。

「いいさ」マイケルは声を和らげた。「きみがそうしたいなら」

春の氷のごとく、マイケルの一徹さは溶け崩れようとしていた。夫が他人に頼るのをきらっていることを、サリーは知っていた。マイケルは家族と交友関係を切り離して考えたがる。弱みを見せることを何よりいやがっていたが、ルーシーが失踪して以来、マイケルのふるまいはおのれが無力であることを告白しているようなものだった。

オリヴァーは、アレクサンドラ・パークの半マイルほど南にあるホーンジー地区に住んでいる。交通量はごく少なく、カーロウは厄介な乗客とおさらばしたい一心で車を飛ばした。ハムステッド・ヒースの南をまわり、つづいてジャンクション・ロードを北上した。

最初はみな無言だった。カーロウとイヴォンヌは分別の権化よろしく、フロントガラスの向こうに目を凝らしている。サリーはマイケルとのあいだに手を置いていたが、夫は気づくふうではなかった。

アーチウェイ・ロードに近づいたとき、サリーはついに手を膝にもどして言った。「デイヴィッド伯父さんまでオリヴァーの家へ行く必要はないわ」

「なぜいけないんだ」マイケルはサリーに顔を向けてじっと見た。「本人はいっしょに寝起きするつもりなんだぞ」

「ホテルとか朝食つきの民宿《B&B》を都合できないかしら。そのほうがずっとくつろいでもらえるわよ」

マイケルは首を横に振った。「オリヴァーは客用寝室がふたつあると言ってる。伯父さんが加わっても平気だよ」

サリーは声を低めた。「だけど、デイヴィッド伯父さんがいて助かることなんてなさそうよ。なぜ来るのかしら」

「言ったろう。向こうが打診して、おれが頼んだって。わかったかい」

サリーは前にいるふたりの襟首を見据えた。「ただでさえつらいことばかりなのに。またひとつ厄介事なんて」

「伯父さんは厄介事じゃない」

「役に立たないのもたしかよ」

マイケルは窓の外を見つめた。サリーは膝の上で組んだ両手に力をこめ、涙をこらえた。車はアーチウェイ・ロードをあとにして、ホーンジー・レーン、クラウチ・エンド・ヒルからトッテナム・レーンを進んだ。

インカーマン・ストリートは、突きあたりに教会のある短い通りだ。灰色の煉瓦で造られたヴィクトリア朝風のテラスハウスが、二重に停められた車の列をはさんで、向かい合せに棟を並べている。ほとんどの家が数戸のフラットに区切られている。オリヴァーの家は例外のひとつだった。

〈売り出し中〉の札が正面の小さな庭に立っていた。車が門に寄るのとほぼ同時に玄関のドアが開いたことを考えると、オリヴァーは一行の到着を見守っていたにちがいない。

マイケルの手がサリーの手を包んだ。「はいってくれ。おれは署へもどる」

「なぜ?」サリーには、前の座席のふたりが耳をそばだてているのがわかった。「あなたには何もできないのよ」

「マクサムがどういう気なのか見きわめるぐらいはできるさ」

「それが助けになると思うのならいいけど」

「そんなこと、わかるものか。でも、何かしなきゃ」

オリヴァーは眉を寄せながらコーヒーポットの蓋を押しさげた。「ミルクは? 砂糖は?」

「いえ、けっこうよ」サリーは答えたものの、すぐに気が変わった。「砂糖をお願い」

オリヴァーはうなずいて、砂糖をとりにいった。サリーは肘掛け椅子に縮こまった。砂糖は打ちのめされた心や、傷つける者、病める者の体を癒す。ガスストーブの火力は最大なのに、サリーは凍えそうだった。ふたりは玄関に近い部屋にいた。せまくて天井が高く、通りに面した張り出し窓がある。ソファーと椅子の三点セットには緑色のベルベットが張られているが、どれも色あせてしみだらけだ。浮き出し模様の壁紙は黒ずんでおり、窓際のところどころが剝がれかけている。以前の住人が壁のどこに絵や写真や家具を配置していたかが容易に見てとれる。大きな長方形の跡は、おそらくそこにピアノが置いてあったのだろう。テレビとステレオとビデオだけは新しいようだ。それらの上にさえ、ほこりが膜を張っている。壁の一面に積み重ねられているのは、かなりの数にのぼる段ボールの箱で、粘着テープで封をされ、ていねいに荷札が貼ってある。いつから荷造りされたままなのだろう、とサリーは思った。

オリヴァーが砂糖を手にしてもどった。コーヒーを注ぐしぐさが、どういうわけか、以前お茶に招いてくれたことのある、セント・ジョージ教会の熱心な信徒である老婦人を思い出させた。オリヴァーの手際よく細やかな動作は、目に映る住まいの乱れようと好対照をなした。

「家は売りに出してから長いの？」サリーは明るく言った。

「シャロンが出ていってからだ」オリヴァーの声は淡々としていた。「売れたら、そのお金は分け合うことにしてる」

サリーはオリヴァーの悩み事への興味を失っていた。冷たい指を湯気の立つカップにかざしてあたためながら、黒くつややかなコーヒーを見つめた。水晶玉のようにルーシーの姿を映してくれればいいのに、と思った。すぐに、ルーシーがいないという現実に呑みこまれた。泣きだすのをこらえるのが精いっぱいだった。

「ぼくには広すぎるよ」オリヴァーはつづけた。「子供ができたときのことを考えて買ったんだ」そう言って口をつぐんだ。子供の話題にふれるのはよくないと感じたのだろう。「下宿人を置こうとも思ったんだが、赤の他人を住まわせるというのはどうもね」

「わたしでも気が進まないわ」サリーはなんとか身を入れてオリヴァーの話に合わせようとした。「それで、フラットか何かを探すつもり？」

「ここを売るのが先決だ。まあ、きみやマイケルの泊まる部屋はいくらでもあるってことさ。それに、伯父さんだろうとだれだろうと」

「名づけ親よ」マイケルの口の重さがまた明らかになった、とサリーは思った。「名前はデイヴィッド・バイフィールド」

「多少の不便はがまんしてもらうしかない。ベッドと寝袋は用意できるけど、シーツとカーテンにちょっと難がある」

「じゅうぶんよ。感謝するわ」

オリヴァーがコーヒーを搔き混ぜ、スプーンがマグカップのなかで軽く音を立てた。会話が途絶え、にわかに気まずくなった。オリヴァーの言うことはもっともだが、この家は好きになれないし、オリヴァー自身を深く知っているわけでもない。それに、自分たちが押しかけたせいで、クリスマスの計画を台なしにしてしまったにちがいない。サリーはここに来ようと決めたことを悔やんだ。元の埒もない考え――わが家で待っていなければ、ルーシーが帰ってきたとき困るという考えが、また浮かびあがる。この考えを捨てないかぎり笑われるだろうが、それでもかまわなくなっていた。

「ごめんなさい」サリーはこらえきれず言った。「わたしはハーキュリーズ・ロードへ帰ったほうがいいと思う」

「そうしたいなら送ってあげるよ。でも、マイケルがもどるまで待ったらどうだろう。もう途中まで来ているかもしれない。デイヴィッド伯父さんもね」

「どうすればいちばんいいのか、わからない」

「むずかしいな。だけど、ルーシーがハーキュリーズ・ロードに帰ってもだれもいない、なんて心配は無用だ。マクサムがしっかり取りはからうよ。結論を出す前にコーヒーをもう少しどうかな」

サリーは無意識にマグカップを渡した。

それを返しながら、オリヴァーは言った。「正確なところ、教会で何が見つかったんだい」

サリーはまじまじと見返した。「だれからも聞いてないの？」

「くわしくはね。時間がなかった」唇が震えている。「だれかが教えると、だれもが思っていたんだろう。なんにせよ、さぞつらかったろうな。すまない、尋ねるべきじゃなかった」

「いいのよ」抑揚のない乾いた声で、サリーはセント・マイケル教会の玄関ポーチの様子について語った。「いまのところ詳細は秘密にされてるそうよ。ほかにもあるわ。すぐ近くにパブがあって、店主が夜の十二時の少し前に、ボークラーク・プレイスへ忍びこむ人影を見たらしいの。長いコートを着ていたけど、男とも女とも言いきれないんだって」

「店主は信用できるのかな」

「わかるわけないわ」

「そうだな。簡単には判断できない。こういう捜査をしていると、いろいろな人間に出くわす。役立ちたいあまり、話を作る連中。重要人物扱いされたがる連中。果ては、軽いいたずら心から警察に無駄足を踏ませる連中」オリヴァーは苦笑した。「ぼくのことをひどく冷たいやつだと思うだろうな。でも結局のところ、現実的になるのが賢明だよ。その手の証言に望みを託さないほうがいい」

「どういう望み？」

オリヴァーはその問いには答えなかった。「たとえいまの話が事実だとしても、その人物は事件と無関係かもしれない」

「じゃあ、何者なの？　ボークラーク・プレイスには、教会のほかにオフィスしかないと思うけど。土曜の夜なんか、だれも行くはずがないわ」

「常識ではね。ただし、尋常でない時間に働く人間もいる。それに、何者かがねぐらを探していたのかもしれない。酔っぱらい、ヤク中。浮浪者とか、そんな連中はごまんといる。あるいは、道をまちがえただけかもね」

意外にも、サリーは笑みを浮かべている自分に気づいた。「大いに役立つわ」

かすかな笑みが返ってきた。「パブの主人の証言があいまいなのはいい兆候だよ。でっちあげじゃない証拠だ。ゆうべの話だから、日をとりちがえることもありえない。だけど行き着くところは？ ボークラーク・プレイスへ、男か女かもわからない人間が歩いていったということだけだ」

「きっと男よ。女ならあんなことはしない。子供には」

オリヴァーはかぶりを振った。「〝荒野の殺人鬼〟の事件（一九六三年から六五年にかけて子供を立てつづけに殺し、マンチェスター郊外の荒野に埋めた男女ふたり組）はどうだった？ マイラ・ヒンドリーのやったことは相棒のイアン・ブレイディに引けをとらなかったんだぞ」

過去と現在の苦悩がサリーに重くのしかかった。サリーは立ちあがり、窓へ向かった。オリヴァーが肘掛け椅子からこちらを見ているのがわかった。停まっている車の列や、向かいの家並に配された人気《ひとけ》のない窓に目を凝らす。記者たちはまだここにはいない。

「悪かった。こんなことを言うべきじゃなかったよ」

「もっと聞きたかったくらいよ」サリーは部屋へ向きなおった。「よくあることなの？」

「女性が子供をひどい目にあわせることが？ きみが考えてるよりずっと多いさ。無理もない場合もある。環境の産物というわけだ」

「幼子《おさなご》をかかえてひと間きりのアパートに閉じこめられた母親とか？」

「そのとおり。あるいは、男に操られていたり。でも、そうじゃない例もある。意図的な場合だ」

意図的。だれかが自分の意志でルーシーをさらい、別の子の手を切断し、また別の子の脚を切り落とし、見つかりそうな場所にあえて置き去った。どういうつもりなのか。許せないのはもちろん、説明すらつかない。

「悪霊だわ」サリーは静かに言った。

「悪霊？　何を言ってるんだ」オリヴァーは鋭く返した。「気を悪くさせるつもりはないが、それが聖職者の悪いところだよ。理解できない不愉快なことは、一も二もなく悪霊と決めつける。悪魔のしわざだの、すべて神の定めたことだの。人間の意向なんかどうでもいいってわけだ」

「あなたの言うとおりかもしれない。わたしたちには理解しようという努力が足りないのかもしれない。だけど、いまは理解なんかしたくないの。ルーシーを取りもどしたいだけ」

「サリー――ごめん。そんなつもりじゃ――」

「気にしないで」

サリーはふたたび腰をおろし、コーヒーを飲んだ。顧みられぬ家の顧みられぬ部屋は、あまりに肌寒い。一瞬、羽ばたきの音が聞こえた気がした。大きな鳥が頭上を舞うのを期待するかのように、われ知らず天井を見あげていた。**しっかりしなくちゃ。ルーシーにはわたし**

が必要なんだから。オリヴァーはまだこちらを見つめている。気づかいが過ぎて、苛立ってきた。

「きみにとって、あまりにつらいときだと思う」低くやさしい声で言われ、サリーは危うく絶叫しそうになった。「マイケルの問題があったうえに、こんどのことだからな」

「そうね」マイケルの問題？　サリーの脳裏に、思いがけない記憶が浮かびあがった。二週間前、デイヴィッド伯父が昼食に訪れたあのいまわしい土曜日に、オリヴァーからかかった電話のことだ。サリーは心の内を読まれまいとして、目を伏せた。急に一計を案じ、つぶやいた。「かわいそうなマイケル」

「あまり心配しなくていいさ。たぶん告訴は取りさげになる」

「もしならなかったら？」

「わからない」こんどはオリヴァーが目をそらした。「マイケルの勤務成績が好材料になってるんだ。それに、同僚のほとんどが同情しているよ。だれもが誘惑に駆られる」

「でも、マイケルはその誘惑に負けたのね」それはもはや質問ではなく、理詰めの推測だった。

「極度の挑発に乗せられて、激昂してしまったにちがいない」オリヴァーの語り口はまるで被告側弁護人だ。「マイケルに人を殴る性癖があるはずがない。それにあの状況では……」

声が小さくなり、やがて消え入った。また口が開かれた。「マイケルから聞いてると思っていたが」

「ごめんなさい」サリーは言った。「罠に掛けるつもりはなかったの。とにかく、つづきを教えて。だれを、どういう理由で殴ったのか」

「逮捕したばかりの男をだ」

「理由は？」

「盗品の故買。銃砲の所持。だけど、マイケルが殴ったのはそのせいじゃない。そいつは、年端もいかない子の腕に煙草の火を押しつけていたんだ。自分の娘だぞ。しかもそんなことをして、いっぱしの英雄気どりさ。肝のすわった男はそれくらいやるとでも言いたげに。だからマイケルは、やつの口にこぶしをお見舞いした。だまらせるために」

サリーはすわったまま頭を垂れ、祈ろうと試みた。

「ぼくでも同じことをしたと思う」オリヴァーは椅子から身を乗り出した。「相手が強烈に挑発した可能性が高いんだ。双方の弁護士とも示談にしたがってる。金曜の午前中の会議はそれが議題だった」

仕事中のはずのマイケルが金曜の昼どきに帰宅していたことを、サリーは思い出した。勤務時間にラガービールを飲んでいたことなど、それまで一度もなかった。しるしはたくさんあったのに。尋ねるべきだった。

「マイケルを責めるなよ」オリヴァーは言った。「きみに心配をかけたくなかったんだろう」

サリーはかぶりを振った。「わたしのせいでもあるのよ」そのときも、いまも。ルーシーが誘拐されているからといって、ほかの義務から解放されるわけではない、とすぐに悟った。

「いまは何を言ってもはじまらないさ」

サリーはもうこの件について話し合いたくなかった。「電話を借りてもいいかしら。教会区牧師に連絡しなくちゃ」

オリヴァーはサリーを奥の部屋へ案内した。家具は、黒っぽく趣味の悪いダイニングテーブルと、そろいの椅子だけだった。テーブルの上には電話機やコンピューターや書類や本が置かれている。サリーはセント・ジョージ教会の電話番号を押した。運がよければ、デレクとマーガレットがまだいるだろう。心のなかでは、留守番電話に備えて、当たり障りのなさそうなメッセージを考えていた。

「セント・ジョージ教会牧師館、デレク・カッターです」

「デレク……サリーです」

「おや、どうした。礼拝の前にそっちへ電話してみたんだが――」

「ごめんなさい、わたしたち、出かけなきゃならなくて」

「何か進展でも？」

サリーはためらった。「いえ、特にありません」

「きょうはきみたちのために祈ったよ」

だとしたら、あまり役に立たなかったわ。「ありがとうございます。心強いです」

「ほかに力になれることはないかね。朝食中にマーガレットが、きみだけに負担を集中させてはいけないと言っていた。うちに泊まってはどうだろう。こんなときこそ、友情が大いなる恵みとなるものだ。それに、便宜のよさだけを考えても——」

「実は、マイケルの友達の家に泊まることにしたんです」デレクにはことわって、別の申し出を受けたことに、いちだんと後ろめたさを感じた。

「そうか。だが、いつでも来てくれ」

「どうもありがとうございます」自分の声に誠意が感じられず、取りつくろうべくつとめた。「マーガレットにもよろしく。とても——とても感謝しているとお伝えください」

「本人と話したらどうかね。いまここにいる」

「いえ、けっこうです。急いでいますから。それに、なるべく電話回線をあけておきたいんです」

「もっともだ。では、そちらの番号を教えてくれないか。こちらで何かあったときのために」

さいわい、電話機の本体に番号が記されていた。サリーはそれを読みあげた。

「今晩電話してもいいだろうか」デレクは言った。「そちらからする気が起こらなければ、ということだが。ほんの少し話すだけだ」

「どうでしょう」サリーは取りつくろうのをやめた。「出かけているかもしれません。さあ、もう行かなくては」

挨拶を言って、電話を切った。直接話していないときは、デレクに対してやすやすと寛大になれる。少なくともいまは露骨な嘘はつかなかったはずだ。とはいえ、無言の嘘もあるという思いに苛《さいな》まれた。

デレクのおかげ、正確にはデレクへの嫌悪感のおかげで、わずかのあいだルーシーのことを忘れていられた。だが心はすぐ、失われた時間の埋め合わせをしている。サリーはおぼつかない足どりで玄関広間へ進み、水音につられてキッチンへ進んだ。

キッチンは清潔に片づけられ、まさにこの家の中心だった。最近改装されたらしい。そこでオリヴァーがマグカップを洗っていた。

「散歩してきていいかしら」ことばが思わず口をついて出た。「あれ以来閉じこもりっぱなしだわ。外の空気を吸いたいの」

これも、まったくの本心というわけではなかった。セント・マイケル教会での出来事と折り合いをつけるために、適当な教会を見つけたい気持ちもあった。

オリヴァーは根掘り葉掘り尋ねた。ほんとうにひとりで出かけたいのか。コートはじゅうぶんにあたたかいのか。近所の地図を持っていかなくてもいいのか。

「電話が必要なときはどうするんだ。携帯電話は持ってるのかい」

「ええ、だけど家に置いてきたの。それにほんの二、三分だもの」

子供扱いされている気がして腹立たしかった。ばあやの言うことをよくお聞き、というわけだ。ルーシーの情報が伝わる可能性があるのだから、長々と出歩くはずがないことぐらい、推察できないのだろうか。

ようやくオリヴァーは許可した。外は冷えびえとして、風が肌を切った。サリーは両手を上着のポケットに深く突っこむと、振り返ることなく左に曲がり、教会へ向けて早足で歩いた。予想以上にさびれた道だった。車は古いものばかりで、道路の側溝にはごみが詰まっている。崩れかけた煉瓦の壁から、編隊をなす空飛ぶ円盤よろしく、衛星放送のアンテナが同じ向きへ突き出して並んでいる。多くの窓に掛けられたカーテンは寸法の合わないぼろ布同然のもので、部屋のなかの様子が想像できる。

道の突きあたりに柵がめぐらされていた。門が一ヵ所開いていて、向こう側が教会の墓地になっている。昼どきだから、午前の礼拝は終わっているはずだ。扉に錠がかかっていてもおかしくないが、運がよければ管理者が近くに住んでいるだろう。

教会堂は、柵のすぐ内側に並ぶイチイやサンザシの木《こ》の間《ま》越しに見えた。煉瓦造りの細長い棟に身廊と聖歌隊席があり、東端の突き出した部分が後陣になっている。十九世紀初頭か、それより少し前のものかもしれない。西端に色あせた石造りの塔の柱脚があるのは、以前ここに存在した別の教会の名残にちがいない。上層はヴィクトリア朝風ゴシック建築だ。

サリーは門を通り抜け、墓地にはいった。ほどなく、失敗を犯したことに気づいた。ここに慰めは見いだせない。墓石のほとんどが取り払われ、一部が壁に立てかけられて残っているばかりだ。教会堂は、屋根のタイルが剝がれている。東側の窓のうちふたつは、格子こそついているものの、ガラスは割れて跡形もない。ぬかるんだ芝生の上でアスファルトの小道が網目状に交差し、黒いごみ缶が歩哨さながらに点在している。くすんだ空のもと、生気とぬくもりを感じられるものと言えば、犬の糞の隙間を漂う、彩り豊かなポテトチップスの袋やチョコレートの包み紙ぐらいのものだった。

サリーは教会堂の東端をめぐる小道のひとつを進んだ。墓地のその側にはベンチがいくつも置かれ、別の木立や柵がある。その向こうは大通りになっていて、日曜日でも車の行き来が激しい。サリーは建物に沿ってゆっくり歩き、一周してからオリヴァーのもとへ帰ることにした。

南側の門には、板で目張りをしたうえに南京錠がふたつかかっていた。教会堂と門の中間付近に、人間の排泄物とおぼしきものが山と積まれている。若者がスプレー塗料を使って、稚拙で卑猥な文句を書きなぐった跡もある。

こんなことをする連中が自分と同じ人間なのだろうか。もしそうなら、子供を性的に虐待したり殺したりする者は？　預かった幼児を殺す子守りや、わが子の腕に煙草を押しつける父親は？　いや、いちばんひどいのは、ルーシーをさらって、心と体に想像を絶するいまわしい行為を働く者だ。「わけがわからない」サリーはつぶやいた。これまで信じてきたものが実体を失ってしまったことを思い知った。

小道は徐々に細くなり、小便のにおいがする暗がりへ達した。教会の脇の塔と、墓地の西側に並んだ商店の地味な切妻壁とにはさまれた谷間だ。**死の闇ね。**サリーは足を速めた。道がひろがって前方に墓地が開けそうになったとき、塔の角からひとりの男が現れて、進路をふさいだ。心臓が高鳴り、サリーは立ち止まった。

男の背丈は約六フィート。髪が黒っぽく、皺だらけの青白い顔の中央にひしゃげた鼻があり、体はひょろ長い。この寒さだというのに、Tシャツと薄手のズボンに泥だらけの運動靴という恰好だ。Tシャツは、かつて白かったのだろうが、汚れて首まわりが裂けている。男はポケットに手を突っこんだ。

サリーはあとずさりしたが、塔と壁にはさまれて逃げ道を失った。男は驚くほどすばやくサリーの右手へ寄り、さらに近づいてサリーの背中を塔に押しつけた。サリーは手を上着のポケットに入れ、電話をする場合にとオリヴァーから渡された小銭を探った。二、三ポンドあるはずだ。

男はあまりに近く迫っている。口を大きくあけ、ぼろぼろの歯を見せた。ふと息のにおいがして、サリーは土をかぶせていない墓穴を思い浮かべた。男が腕を伸ばしてくる。すぐに唇の両端が引かれ、微笑に変わった。

「イエスを信じるか。どうだ」

「ええ」

「しっかり信じなきゃいけない」男は四十代にも見えるが、おそらくサリーより若いだろう。イングランド中部の訛りがあり、走りつづけていたかのようにあえぎつつ、ささやきに近い声で話した。「口先ではだめだ」

「そうね」

「本心から言ってるのか。イエスはあんたの胸の内をお見通しだぞ」

「本心よ。あなたこそ信じてるの?」

「イエスはおれを選んだ。見ろ、そのしるしだ」

男は左の前腕の内側を指さした。鳥肌の立った傷だらけの皮膚に、かすれたフェルトペンで赤い十字架が描かれており、そのまわりには震えた字で〝イエスが救いたまう〟と記されている。

「イエスはおれをどぶから引きあげてくれた。天使をつかわして、生命の水で罪を洗い清めてくれた」そう言って、両腕を大きくひろげた。「見ろ、おれは清らかだ。吹き寄せられた雪のように」

「わかるわ」

「あんたも清めてもらうんだな。でないと、天国に入れてもらえない」

サリーは男をかわそうとして、左へ一歩踏み出した。

「おれといっしょに祈るんだ。さあ」

「帰らなくちゃ。夫が――」

男はさらににじり寄った。「時間がないぞ。天国はすぐそこだ。さあ、膝を突いて」

男はサリーを無理にひざまずかせようと、肩に手を置いた。嫌悪感が湧きあがり、サリーはとっさに反応した。ありったけの力で男の顔に平手打ちを食らわす。手にふれた肌は不精ひげでざらつき、まるで張りのない紙やすりだった。

男はわざとらしい驚愕の表情を浮かべて息を呑み、あとずさった。サリーは壁と男の腕との隙間を通り抜けようとした。その手首を男の手がつかむ。サリーは恐怖と怒りで長い叫びをあげ、腕を振りほどいた。

「やめてよ、ばか野郎!」自分の金切り声が聞こえる。

サリーは身をかがめて駆けだし、一気に逃げ去った。目の前に墓地がひろがっている。木々の隙間から柵が見えた。混乱のあまり視野が乱れ、すべてが移ろって感じられる。小道、木立、芝生――何もかもが鈍くもすさまじい生命を持って脈動し、まるでこの目に映る現実が、まどろむ巨大な怪物の皮膚にすぎないかのようだ。

門のところで振り返ったが、男は追ってこなかった。墓地に人気《ひとけ》はない。サリーは柵にしがみつき、呼吸を整えようとした。怪物は姿を消した。体が萎え、全身の筋肉からエネルギーが抜けたように感じられる。危機が去ったいま、走ることはおろか、歩くこともかなわない。

「サリー？」

サリーは声のするほうを向いた。オリヴァーがインカーマン・ストリートを駆けてくる。サリーは呆然と見つめた。両の脚でかろうじて立っている状態だ。つぎの瞬間、暗く憤然とした面持ちのオリヴァーがかたわらにいた。

「どうしたんだ」

「男がいて……」

「さあ、落ち着いて。だいじょうぶだ」オリヴァーはサリーの腕にふれた。「強盗か？」

サリーは首を横に振ったが、あまりに的はずれだったので笑い出した。なかなか笑いが止まらない。

「わかった、サリー。気を静めて。もう安心だ」

オリヴァーはサリーの体に腕をまわしていた。半ば抱きかかえるように、半ば引きずるようにして、数ヤード離れたベンチへ連れていく。サリーは身震いしながらしがみついた。

「いったいどうしたんだ」

「その男――わたしを悔い改めさせようとしたの」

「けがはないか」

「ないわ。わたし、その男にとんでもないことを言ってしまった。そして、ぶったの」そう言って泣きだした。

オリヴァーは腕に力をこめた。「きみがそうしたのは、ふつうの状態じゃないからだ。無理もないことなんだよ」

一瞬、オリヴァーの唇が髪にやさしくふれた気がした。サリーは怒りの口調で言った。

「あんな人を野放しにしちゃいけない。少しでもまともな社会だったら、だれかがしっかり目を配らなくては」

「頭のいかれたやつを？　一般社会に押しもどすって？」

「できるわ。あの人の腕はナイフの傷だらけだった。捜して捕まえなくちゃ。まだ遠くへは行っていないはずよ。わたしは――」

「だめだ。他人を捜してる場合じゃないさ。とにかく、家から離れちゃいけない」

「あの人を救ってあげられなかった」そう言いながらも、サリーは自分のことばを疑わしく思った。ルーシーが行方不明だという事実をよそにして、ひとりの他人のためにつまらない弁明をしてどうなるというのか。だが、身についた癖はなかなか消えないものだ。もはや真実ではないことばを、いつの間にか口にしていた。「ああいう人たちと付き合うのは、わたしの仕事のうちなのよ」

「よかったら地元の巡査に連絡して、あとはまかせよう」

サリーはそれで自分を納得させた。しばしの沈黙があった。オリヴァーを見あげる。その顔は間近にあった。

「あなたは何をしてたの？　わたしを尾《つ》けてきた？」

「心配だったからさ。どういうわけか」

サリーは微笑もうとした。「わたしの守護天使ってこと？」

オリヴァーはサリーの額に控えめなキスをした。「帰ろう。体が冷たいよ」

ほんの一瞬、サリーは動きたくなかった。ほんの一瞬、あたたかく力強いオリヴァーの腕に包まれて、いつまでもベンチにとどまっていたかった。ほんの一瞬、かすかだがたしかに、欲望が目覚めるのを感じた。

10

われわれはだれもが忌みきらう食人種《アントロポファギ》であり、他人のみならず自身をも貪り食う……われわれの保つこの肉塊は、口から体内へとはいったものだ……要するに、われわれはおのれを食しつづけてきたのである。

――『医師の信仰』第一部三十七節

エディはドアを閉めて外へ出ると、キーがないかとポケットをまさぐりながら、足早にロシントン・ロードを歩いていった。数軒先に停めてあるバンの前で立ち止まり、こぶしをフロントガラスに叩きつけた。キーは寝室の、きのう穿いていたジーンズのポケットのなかだ。家の鍵もこのバンのキーといっしょにあるはずだ。一、二ポンドの小銭は持っているが、財布も置いてきてしまった。

わが家のドアのあく音が聞こえた気がする。振り返らず、やにわに走りだした。コートが後ろへはためく。顔や首や手に冷気があたり、その鋭い感触に息を呑んだ。氷の刃を持つしなやかに湾曲したナイフが、心の目に映った。

刃ということばから、はさみを連想した。悲鳴はもうやんだのだろうか。よくわからない。悲鳴が聞こえたと思ったが、いまとなってはなんの根拠もないとも言える。心の内部に閉じこめられた反響にすぎないのかもしれない。しかし確実なことがひとつあった。家には帰れない。

走っている途中、思いきって振り返った。だれもいなかった。エンジェルは追ってこない。自分には追われるだけの価値がないということだ。

息を切らしながら足どりをゆるめ、ぎこちない手つきでコートのボタンを留めた。エンジェルが追ってきたところで、どうということはない。自分としては、ただ歩きつづけるだけだ。ここは自由の国で、だれも自分を止めることはできない。エディは公営アパートへ通じる道を横切った。

「どうしたんだい」

立ち止まって、声の主へ目を向けた。レノルズがこちらに手を振っている。ガレージの扉をあけようとしているところだった。扉にはだれが吹きつけたのか、スプレーによる卑猥な落書きが残されている。

レノルズはジェスチャーゲームで冬を表すかのように、大げさに自分の体を抱きしめた。

「ひどい寒さだな」

エディは口を開いたものの、言うべきことを思いつかなかった。不安が喉もとまでこみあげている。

「たぶんホワイトクリスマスになるだろうな」レノルズは言った。「ラジオで言ってたよ」

沈黙がさらに流れた。レノルズは当惑顔になった。エディの手脚はしばし凍りついていたが、頭脳は働いている。ひとつ——レノルズはエンジェルのためならなんでもするだろう。ふたつ——この冬で最も寒い日曜の午後に、この男がガレージの外に立っているのはなぜか。結論——エンジェルに頼まれて、目を光らせている。自分を見張っている。

金縛りが解けた。エディはまた急に走りだした。

「おい」レノルズが背後で呼ぶのが聞こえる。「エディ、どうした」

エディは突きあたりまで走り、それから右へ曲がった。どこへ行くのか、はっきりしたあてはない。大事なのはまず逃げることだ。あのドアの向こうで起こっていることに荷担したくなかった。考えることさえいやだった。疲労に打ちのめされるまで、ひたすら歩きつづけたかった。

道を横切った。二台の車がクラクションを鳴らし、一方のドライバーが窓をさげて罵声を浴びせてくる。エディはかまわず歩きつづけた。なぜこんなに交通量が多いのだろう。きょうは日曜で休みなのに。子供のころ、これほどたくさんの車はなかった。十年か十五年前でも、ずっと静かだったと思う。すべては変わり、昔のままのものなど何ひとつない。じきに車の数は人口をしのぐだろう。

「どうでもいいさ」エディはひとりごとを言った。「まったくどうでもいいことだ」

世界がしだいに存在感のない、形の不確かなものになっていく。バスが音を立てて道を走り、エディを追い越していった。その輪郭から赤い色がにじみ出した。バスの形はもはや定まらず、ゆっくりと波打つバケツの水のように揺れ動いている。この世には頼みにできるものなど何もないし、ほかにどんな世界があるというのか。

エディは熱があることを思い出した。かなり重い病気かもしれない。死ぬかもしれない。大きな悲しみに襲われた。世界が機会を与えてくれさえしたら、エンジェルが与えてくれさえしたら、自分ができることはいくらでもあるのに。エンジェルのことは考えないようにした。

こんなに遠くまでまともに歩けるのには、自分でも驚いた。体が弱っているとは思えない。脚はふだんと変わらずしっかりしているが、健康なときと比べると、体のほかの部分との釣り合いがよくない気がする。

「ただの風邪だ」声に出すと、そのことばが青い小文字のゴシック体でそばに浮かびあがるかに思えた。風がその文字を掻き乱して、散りぢりに吹き飛ばすのを見守った。「あしたの朝にはよくなるさ」

もっと悪くなったら？　少しもよくならなかったらどうする？　速く歩くほど、答えようのない疑問から遠ざかれると考えてでもいるように、エディは無理に急ぎ足で歩いた。

肝心なのは逃げることだ。しばらくして、自分の足がどこへ向かっているかがわかった。ハヴァーストック・ヒルを横断し、イートン・アヴェニューへと、乱れた足どりで進んでいる。道の両側には、裕福な人々の住む大きくて立派な家が並んでいる。スイス・コテージ駅まで来たところで、繁華街へ地下鉄で行こうかと考えた。判断に迷ったが、エンジェルがやはり追ってくるかもしれないという恐怖心と、暖をとる必要を感じながら、歩きつづけた。フィンチリー・ロードを進むうち、ノース・ロンドン線の地上駅が見えた。脚がひどく疲れ、みぞれ混じりの冷たい小雨が降りはじめたので、駅にはいった。

西行きの列車が騒々しく駅に到着した。エディはプラットホームへ駆けおりた。車内はがら空きだった。乗りこんで、中のあたたかさと、腰をおろせることに感謝した。

とりあえず、なんの問題もない。目を閉じて休もうとした。けれども、ロシントン・ロードに残してきたものの記憶が脳裏に割りこんでくる。エディはいつものやり方で気をまぎらそうとした。頭をからっぽにし、アリソンがぶらんこに乗ったり、カーヴァーズの物置小屋にいるところを思い浮かべる。自分が大きな店のサンタクロースになって、幼い少女たちがその膝に乗る栄誉に浴そうと、列を作っているところを想像する。かわいい顔が並んでい

る。お砂糖と、スパイスと、すてきなもののいっぱい。女の子はそういうものでできている。（マザーグースの一節）

きょうは何もかもうまくいかなかった。列車がブロンズベリー駅に着き、エディは目をあけた。何人かの乗客に見られている気がする。声に出してしまったのだろうか。

窓の外に並ぶ家々の裏庭に、じっと目をやった。だれかが自分のことで内緒話をしているのは、ほぼまちがいない。列車の騒音に混じってささやき声が響く。背後から聞こえる気がするが、たしかめるには振り向くほかない。だがそうしたら、こちらが注目の的になっていると気づいていることを、相手に悟られてしまうだろう。

別の駅に着いた。ささやき声は列車とともに止まった。数人の乗客が降車し、数人が乗ってきた。発車したとたん、ささやき声がまた聞こえた。女の声にちがいない。十代の少女だろう。相手の目星がついたいま、それを裏づける証拠はすぐに見つかった。汗のにおいを消そうとして、完全には隠しきれない香水のにおい。甲高いくすくす笑いとおぼしき声。マンディか、それともシアンか。むろんちがう。ふたりはもうデイル・グローブ総合中等学校の生徒ではない。

これ以上耐えられなかった。つぎの駅で、緊張の極に達した。男がひとり乗ったが、おりる者はいない。最後の瞬間、エディははねあがってドアをあけ、プラットホームへ飛び出した。

だれも追ってこない。列車が動きはじめた。エディは流れ去る車窓に目を向けた。自分がすわっていた席の後ろには少女の姿などなく、目を閉じた老人がひとりいるだけだ。もちろん、断言はできない。少女たちは——ふたり以上いたはずだ——自分を混乱させるために、窓敷居の下に身をかがめているのかもしれない。あの連中の悪知恵を甘く見てはいけない。それはマンディとシアンから得た教訓だった。

　そのとき、ようやく自分のいる場所に気づいた。ケンサル・ヴェイル駅だ。驚くにはあたらない。ほかのことで頭がいっぱいだったあいだに、足はなじみ深い場所へ向かっていたわけだ。ルーシーをロシントン・ロードの家へ連れていくまで数ヵ月にわたって調査をしていたから、駅とその周辺はよく知っている。ここでしじゅう列車に乗りおりしたものだ。

　エディは駅の外へ出た。まだ雨が降っている。ふだんはケンサル・ヴェイルに来ると不安になった。暴力沙汰が多いという風評があるから、気が引けるのも当然だ。しかし、きょうはかなり緊張が和らいでいた。天気が悪く、日曜ということもあって、いつもより人通りが少ない。問題なのは住民であり、建物だけなら害はないはずだ。

　セント・ジョージ教会の低い尖塔のほうへ自然と足が向いた。寒さゆえに早足になる。四方を濡れた舗装道路に囲まれたせまい敷地に、教会堂と牧師館と専用駐車場がおさまっている。ふたつの建物にはさまれた土地は、かつて牧師館の庭だったが、現在はほとんどが駐車場だ。高い煉瓦塀と鉄柵のせいで、包囲された場所という印象を受ける。

いまは昼さがりで礼拝が終わり、夕方までは何もあるまい。エディは教会堂の西扉の外にある掲示板の告知を読んだ。サリー・アップルヤードの名前が目に飛びこんだ。雨水が樋から流れ落ちているのも見える。教会堂が泣いている。

バスが通り過ぎ、はるか西へ走っていった。列車のなかのぬくもりも、歩いて体をあたためることも頼りにできなくなったいま、エディは寒気《さむけ》を覚えはじめた。目をあげると、薄暗い空を背景に、建物の細部が色あせて見える。そろそろ態度を決めなくてはならないだろう。ここにずっと立っているわけにはいかない。ゆっくりと足を進めた。牧師館の扉が見える位置まで歩いたところ、レノルズのガレージと同じく落書きで汚されているのがわかった。扉のつややかな塗装の上に大文字のアルファベットが踊っている。からみ合ったお粗末な文字だ。すぐには解読できなかった。

〝そもそも、死の前に生などあるのか?〟

笑っているのか震えているのか自分でもわからないまま、エディはその字句を見つめた。では、生はないとでもいうのか、と思った。そのとき扉が開いた。エディはあわてて歩きだした。

誘惑に抗しきれず、振り返って扉のあたりを見た。ふたりの男が戸口の段に立っている。左の男は、《イブニング・スタンダード》紙で写真を見たことがある。教会区牧師のデレク・カッター。肌の色素が薄く、恐ろしく白い。立ち襟をつけた例のイタチ男だ。もうひとりはもっと年輩で、背が低く太っている。頬の血色がよく、整った顔立ちで、髪はまばらだった。カッターが何やら言うのを聞き、声をあげて笑っている。その見知らぬ男と自分が思いがけず似ているため、エディは落ち着かない気分になった。鏡に映した自分の姿ではなく、二十年後の姿を見ているようだった。

その男が目を向けてきたので、エディは足早に去った。セント・ジョージ教会にやってくるとは愚かなことをしたものだ。そのうえ気づかれる危険を冒すとは大まぬけだ。雨が顔を叩き、喉の奥の焼けつく痛みがぶり返した。何か飲みたくてたまらない。熱があると知らなかったら、頭がおかしくなったと思ったろう。おかしくなったところでだれも責めまい。耐えるべきことが山ほどあったのだから。もちろん、高熱と狂気は両立しうるものだ。頭のおかしい人間がインフルエンザにかかってはならない道理など、どこにもない。

バスが来ないものかと、あたりを見まわした。セント・ジョージ教会から、未来の自分を思わせる男のもとから、一刻も早く立ち去りたい。物事の原型や類似物は、いたるところにあるものだ。人はなぜそのことになかなか気づかないのか。

歩いていくと、ある建物の入口から黒人の男が三人出てきて、エディは恐怖に縮みあがった。けれども男たちはこちらに目もくれず、車に乗りこんで騒々しく走り去った。**たぶんぼくが見えないんだろう。**エディはさらに歩きつづけた。一歩ごとにロンドンの中心部に近づいていく。避けたいことだった。平和と静寂がほしかった。

バスの待合所が前方にかすんで見えた。それは雨露をしのぐことではなく、器物破壊を目論む者の気をくじくことをおもな目的としているため、ずぶ濡れに近かった。エディはそこに寄りかかった。だんだん頭痛もしてきた。風と雨が体を鞭打つ。ここで倒れたとして、だれが気づくだろうか。ここで死んだとして。

道の向こう側には、ケンサル・グリーン墓地の長く高い塀がつづいている。死者の集う街だ。黒いタクシーが入口のひとつの近くに停まり、背の高いやせた女が出てきた。タクシーのほうを向いて、鮮やかな赤い唇を動かしている。車の騒音でことばが掻き消されたが、その身ぶりから、運転手に腹を立てていることが見てとれた。女はやにわにその場を離れ、墓地の入口へ小走りで向かった。タクシーは車線をまたぎ越して向きを変えた。黄色い〝空車〟の表示ランプが灯る。エディが手をあげると、タクシーはバスの待合所のそばに寄った。エディはドアをあけて乗りこみ、座席にぐったり身を沈めた。車内にはエンジェルのものと同じ香水のにおいが濃厚に漂っている。これもまた原型の一致だ。運転手は促すような顔で後ろを見た。エディも見返した。

「で、どちらまで?」

エディはぼんやりと運転手を見つめた。つぎの瞬間、ポケットには一杯のコーヒーにも事欠くほどの小銭しかないことを思い出した。

運転手は、こんどは眉をひそめて言った。「どちらまで?」

「ロシントン・ロード」エディは思わず言った。ほかに答えようがなかった。

「どのへんですかね」

「北西部の五区。ビショップス・ロードの先だ」

タクシーは発車した。エディは座席に身を預けた。

「あのくそ女ときたら、亡きお人に会いにいってるあいだ、待っててくれって言うんでさ」

間仕切りのない前部座席から、運転手は振り向かずにことばを手榴弾よろしく投げこんだ。

「それでいて、待ち時間のぶんは払いたくないんだと。まいったね。〝おい、ねえさん〟っておれは言ったさ。〝こっちは慈善事業をやってるんじゃあねえんだ。わかったかい〟ってな。まったくひでえもんだ」

運転手は道中ずっと不平を言いつづけ、怒りのことばがエディの思考の対位旋律となって流れていた。答の出ないさまざまな問いかけがエディの脳裏をよぎっていく。すべては、帰宅したときエンジェルがどれくらい怒っているかにかかっている。家にはいって財布をとってくるあいだ待っていてくれと、運転手に告げるべきかを考えた。とはいえ、それからどこへ行けばいいのか。

あっという間に、タクシーはロシントン・ロードに着いた。エディは二九番地を指さした。家の前に車が寄せられた。エディは人影のない窓を見つめた。

「おりるんですかい？　それとも、日が暮れるまでそこにすわってるつもりですかい」

玄関の扉が開いた。エンジェルがタクシーまで走ってきて、後ろのドアをあけた。香水のにおいは後部座席に漂うものと同じだった。エンジェルは両手を差し出した。

「エディ。大切なエディ。だいじょうぶ？」

エンジェルに匹敵するやさしさは、だれも持ち合わせていない。エンジェルには相手を宇宙の中心であるかのように思いこませる才能がある。特別なことをしているわけではない。タクシーの支払いをすませ、エディを家へ招き入れる。居間のソファーにすわらせ、毛布をかけてくれる。甘いミルクティーと全粒粉のクッキーを持ってくる。こんなに熱があるのに出かけるなんて、と両手をさすりながら語りかける。どんな些細なことでも、エンジェルがすると計り知れない重みを帯びた。エディは自分が厚く遇されていると知り、天にものぼる気持ちだった。この種の幸福は長くつづかないことを物事の常として承知しているだけに、喜びもひとしおだった。

「それで――ルーシーは？」ソファーで人心地がついたところで、エディは尋ねた。

「あの子がどうかしたの？　ぐっすり寝てるわよ」

「無事かい」

「無事に決まってるでしょ」

「つまり、その――」

「さっきの癇癪？　すぐにおさまったわ。五分後にはけろりとしていた。子供ってそういうものなのよ、エディ」

「だけど、すごく興奮してた」

エンジェルは笑みを浮かべた。「あなたもわたしみたいに、扱いづらい子供をおおぜい預かってみればわかるわ。ときには断固とした態度をとることも必要だってことをね。そうするしかないの。要求に屈してばかりいたら、子供は小さな怪物に化けてしまうわ」

「それで、あの子はどうしてるって？」

「眠ってる。薬の時間だったの。それより、あなたのほうは？」しばしの間があったが、返事がないのでエンジェルは話をつづけた。「ひどく心配したのよ。どうするつもりだったの？」

ソファーの背もたれに顔を向けると、父の髪油のにおいがかすかに鼻を突いた。「外へ出たかった」エディは口ごもった。「新鮮な空気を吸いに出たんだ」

短い沈黙があった。エンジェルはため息をついた。「言わぬが花ってことね。不幸な出来事にはベールをかぶせておくのがいちばん」

「あの子はほんとうにだいじょうぶなのかい」

「あたりまえじゃないの」かすかな苛立ちがエンジェルの声にこもった。「ばかなことを言わないで」

エディは目を閉じた。「休みたいな。だいぶ疲れたんだ」

「そうでしょうね。それにしても、ケンサル・ヴェイルで何をしていたの？」

「行くつもりはなかったんだ。偶然そうなったのさ。自分が何をしているのかよくわからなかった」

「偶然行くなんてありえないわ」

「牧師を見かけた。向こうはぼくの姿を見ていないと思う。どのみち顔は知られていないし」

「そうね。さあ、おやすみなさい」エンジェルは微笑みながら静かに部屋を出て、そっとドアを閉めた。

エディはまどろんだ。結末のない夢が幾度となく訪れる。セント・ジョージ教会とおぼしき薄暗い建物のなかで、ルーシーとかくれんぼをしている夢だ。どうしてもルーシーを捕まえられない。それでも一度だけ、ルーシーが支柱をまわったところに鉢合わせして、期せずして行く手をはばみかけた。それまでは後ろ姿しか見えなかったが、いまはこちらを向いている。ところが顔がなかった。濃い色の髪が前で揺れてすっかり顔を覆い、前も後ろもまったく同じに見える。

夢うつつで、エディは家のなかの物音を聞いた。地下室は防音処理がされているから、むろんそこからではない。玄関広間や階段から、エンジェルの足音が聞こえる。月曜日に収集されるごみを表へ出す音。湯が浴槽に勢いよくほとばしる音。エンジェルが寝室を歩きまわり、抽斗や戸棚をあけたり閉めたりする音。

エディはふたたび眠りに落ちた。目が覚めると部屋は暗く、明かりはカーテンの隙間から漏れる街灯の光だけだった。いまはなんの物音もない。ソファーに寝ていたので筋肉が痛いが、どうにか力を振り絞ってトイレへ行こうとした。そのとき、玄関の呼び鈴が鳴った。

応対に出ようと、反射的に立ちあがった。急に動いたので目がくらみ、部屋を横切りながら酔っぱらいのように足がふらついた。部屋の出口で明かりをつけたものの、すぐに後悔した。だれにも会いたくなかった。差し迫った用事なら、電話をかけてくるか、あとでまた訪れるはずだ。しかしもう手遅れだった。明かりをつけてしまったので、不在のふりはできない。応対しなければ変に思われる。エンジェルの決め事のひとつに、小さなお客さんが家にいるときは、妙なそぶりを他人に見せないよう細心の注意を払わなければならない、というものがある。

玄関広間へ行き、片手を壁に突いて体を支えながらドアにたどり着いた。のぞき窓に目を凝らすと、外には小柄な女が立っており、こちらに背を向けて道路をながめていた。黒いコートを着て、つぶれたケーキのような帽子をかぶっている。ふと記憶がよみがえった。このレンズからはじめてエンジェルを見たときも、道路をながめていたものだ。エディはドアをあけた。

女が振り向くと、気むずかしい皺だらけの顔が現れた。ミセス・レノルズだ。左手に雑誌をひと山かかえている。

「こんにちは、エディ。教会区の機関誌はお入り用じゃないかしら」近寄ってきたので、エディは思わずあとずさった。夫人は入口の敷居のあたりに立ち、鋭い目でエディの肩越しに家のなかを観察している。「たったの二十五ペンスなのよ」

「ええ、いただきます」

追い払うためなら安いものだ。エディは玄関広間へ引き返したが、どこに金を置いたかを思い出せなかった。つぎの瞬間、自分の過ちを悟った。夫人はさらに一歩進み、完全に家にあがりこんでいる。

「定期購読なさったらいかがかしら。月刊なの。あなたが教会へ行かないのは知ってるけれど、何かしら興味深いことが載っているわよ」

「そうですね。どうもありがとう」

夫人は好奇心をあらわにして、あたりを見まわした。「ご両親がご健在だったころから、ずいぶん変わったのね」

「おいくらでしたっけ」エディはやけくそになって、玄関広間に掛けてあるコートのポケットを引っ掻きまわした。財布はなかった。

「二十五ペンス」

階段の下は明かりがついていた。地下室のドアは閉まっている。エンジェルは入浴中なのだろうか。

「ミス・ウォートンはいらっしゃるの？」

「いると思います。ぼくはうたた寝をしていたもので」

「主人がきょう、あなたを見かけたんですって。だいじょうぶだろうかって言ってたわ」

「ちょっと急いでいたものですから」話の矛先を転じようと、エディは考えをめぐらせた。「ジェニーの具合はどうですか」

「よくも悪くもないわ」

ジーンズのポケットにいくらか小銭が見つかった。「生きているんだから、望みはありますよ」

「生きてるんじゃないわ、エディ。生ける屍よ。どっちつかずの状態なの。だから、わたしたちもどっちつかず。なぜあんなことをしたのかしら。何よりそれが知りたい。そこを気にする人はほかにいないみたいだけど」

エディは五十ペンスを差し出した。「残念です」

「まったくね」夫人は金を受けとった。

「お釣りはけっこうですよ」

釣りを返すそぶりは、つゆほども見せていなかった。「子供は作るの？　あなたとミス・

ウォートンだけど」

「とんでもない。そういう関係じゃありません。彼女はうちの間借り人、それだけです」

夫人はエディに目を据えた。「まあ、わたしが口を出すことではないけどね」くるりと向きを変え、外へ歩み出る。ポーチ階段でもう一度振り返り、小さくうなずいてみせた。「ときどき、あの子が死んでくれたらと思うの。自分の娘なのに。あなたにわかる？　子供のころに死んでいてくれたらってね。三、四歳のときに。赤ちゃんのときでもいいわ」

夫人は唇を固く結んでエディを凝視した。それ以上は何も言わず、立ち去った。

その日の夜、ルーシーは眠たげだった。長い昼寝から目覚めたものの、喉が渇き、目は焦点が定まらなかった。

エンジェルはルーシーにもエディにもやさしかった。エディは誘われて地下室へおりた。予想はしていたが、ルーシーを見て衝撃を受けずにいられなかった。ルーシーは髪をほとんど切られていた。一瞬、男の子に見えたほどだ。

「髪が邪魔になってたのよ」エンジェルが言った。「それに、この子は髪を梳かすのがきらいなのよね」

エディがヴィクトリア朝風の肘掛け椅子にすわると、エンジェルはルーシーをその膝に乗せてやった。そして、赤いコップにはいった牛乳を電子レンジであたため、エディに渡してルーシーに飲ませた。

そのあと、エディは吠え声を失ったライオンの話をルーシーに読み聞かせてやり、エンジエルは脚を組んでベッドに腰かけ、エディのズボンの裾あげをした。まさに家族だ。これこそ人生のあるべき姿であり、現在も未来もこのままでいたい。

地下室はかなり暑かった。眠気を催すにつれ、ルーシーの体はしだいに重くなった。エディはこの子もインフルエンザにかかったのかと案じた。もう眠ったものと思っていたら、急に動きだした。

「ジミー」ルーシーはつぶやいた。すえたようでいて、ほのかに甘いその体臭を、エディは無垢の香りだと思った。「ジミーはどこ？」

「ここよ」エンジェルはベッドの枕の上にあった小さなぬいぐるみを取りあげて、エディに差し出した。エディからそれを渡されると、ルーシーは右手の人差し指と中指を口に入れ、左手でジミーを鼻の脇に押しつけた。エディは上から見ながら微笑んだ。

突然、ルーシーはエディの膝の上で身をよじり、ジミーをカーペットに投げつけた。

「何をするの」エンジェルが鋭く言った。「また汚れちゃうじゃない」

ルーシーは泣きだした。

エディはその細い肩を軽く叩いた。「どうしたんだい」

しばし泣き声がやんだ。「においがちがうの」

「だから言ったじゃないか」部屋の反対側にいるエンジェルに、エディはとがった声で話しかけた。「洗ったらにおいが変わってしまう。うちの粉石鹸のにおいに慣れていないんだろう」

「しかたないわ。ひどく汚かったんだから。少しは清潔にしないと」

エンジェルの声は静かだが、断固としていた。エディはルーシーの重みに苦労しつつも、なんとか椅子の前方へ体をずらして立ちあがった。

「何をしてるの」エンジェルは訊いた。

「物を取りにいくだけだよ」

エディはルーシーを抱きあげてベッドへ、そしてエンジェルのもとへ連れていった。エンジェルは両腕を差し出したが、ルーシーはもがいて椅子を指さした。

「あそこがいいのかい」エディはルーシーが自分を好いているしるしだと思い、ひそかに喜んだ。肘掛け椅子にルーシーをもどした。「すぐ帰ってくるからね」

エンジェルがいぶかしげに見ていることに気づいたが、エディは黙殺した。動くと頭痛が激しくなるので、ゆっくりと上階の寝室へのぼった。整理棚の最下段の抽斗にしまわれた靴箱のベッドに、ミセス・ワンプはまだ眠っていた。エディは取り出して鼻を寄せた。ボール紙と、清潔な布と、古新聞のにおいがする。エンジェルの粉石鹸の香りもするが、さほど強くもない。ミセス・ワンプを洗濯機で洗ったことは一度もない。

人形を持って階下へおり、肘掛け椅子のそばに膝を突いて、ルーシーに話しかけた。「ミセス・ワンプに会ってみたいかい」

ルーシーは胎児のようにまるまって、まだ右手の指二本を夢中で吸っていた。疑わしげにエディを見たが、やがて左手を差し出した。その手のひらに、エディはミセス・ワンプを注意深く載せた。ルーシーはにおいを嗅いだ。

「同じじゃないわ」

「もちろん同じにおいはしないよ。ジミーとはちがう。これはミセス・ワンプだ」

ミセス・ワンプをかかえたまま、ルーシーは気怠げに頭を椅子の背にもたせかけた。

「さあ、ねんねの時間よ」エンジェルが言った。「それから、歯磨きの前にお薬を飲まなくちゃね」

ルーシーが疲れきっていたので、エディはシャワールームまで抱いていった。小さな白い歯を磨いてもらうあいだ、ルーシーはエディに頭を預けていた。その後、エンジェルがパジャマを着せ、ベッドにもぐりこませてから、頭上の電灯を消した。

明かりは、窓際のテーブルに載った暗い電気スタンドだけになった。エンジェルは散らばった服を集めた。そして、赤いコップを洗い、夜中にルーシーがほしがるかもしれないので水を入れた。そのあいだに、エディはベッドの頭側に近い肘掛け椅子に腰をおろし、ルーシーにミセス・ワンプとジミーを渡した。ルーシーはジミーを枕の上に寝かせ、ミセス・ワンプを顔に押しつけた。

「もうだいじょうぶだよ」エディはささやいた。

「こわい」

「何が？」

ルーシーは答えなかった。髪を短く刈りこまれて、いちだんと小さくなったように見える。目は大きく感じられ、明かりの生み出す影のせいで、頬がこけた印象を受ける。強制収容所の犠牲者の写真が思い出された。

「夕飯を作るわ」エンジェルは階段をのぼった。「あなたも来る？」

「もうしばらくここにいるよ。ルーシーが眠るまで」

エディは手のひらに爪を食いこませ、拒絶されるのを待ち構えた。ところが、エンジェルはそのまま階段をのぼっていった。やがて、玄関広間に通じるドアのあく音が響いた。

「わかったわ」上から声がした。「でも、あまり長くはだめ。夜が更けないうちに、いろいろすませたいから」

ドアが閉まり、エディはルーシーとふたりきりになった。ルーシーは警戒の色を帯びた黒っぽい目でエディを見た。上掛けが顔の下半分を覆っている。夜中に窒息してしまうのでは、とエディは不安になった。こわがらせないようにゆっくり手を伸ばして、上掛けの端を顎の下までおろしてやった。そのせいで、ジミーが床へ転げ落ちた。エディは拾いあげて枕の上にもどした。

そのうちに、ルーシーは目を閉じた。エディは動きを止め、手でジミーを押さえたまま、ルーシーがふたたび目覚めないように静かにしていた。ルーシーのあたたかい息が肌にかかり、手の甲の毛をなでるのを感じた。ずっと不自然な姿勢をとっていたので、ほどなく右腕と背中の下方の筋肉が悲鳴をあげはじめた。この子が眠りに落ちるまでもう少しだけがまんしよう、と自分に言い聞かせた。

心地よく見守っていると、ルーシーの手が小動物さながら上掛けの下からひそやかに出てきた。枕の上をゆっくりと移動し、指を小さな脚のように動かして、エディの手にふれた。目を閉じたまま人差し指を握った。

数分が過ぎた。エディの指は汗で粘ついた。エディはベッドの上に身を乗り出して、小さな白い顔を見つめつづけた。やがて、ルーシーの呼吸は穏やかで規則正しくなり、指を握る力がゆるまった。

エディが目覚めると、あたりはまだ暗かった。高熱がぶり返したのがすぐわかった。寝る前はさがっていたが、よく眠れなくて、頭痛と体の火照りと喉の渇きを感じていた。

額にふれてみたところ、燃えそうに熱い。インフルエンザだと、これまで以上に強く確信した。エンジェルがしっかり看病してくれないのが腹立たしかった。インフルエンザで死ぬこともあるのに。エディはベッドから足をおろして、スリッパを探した。部屋はとてもあたたかい。ルーシーが来てから、エンジェルは夜中も暖房をつけっぱなしにしている。動くと頭痛がする。どうにかガウンをはおり、ドアをあけて廊下へ歩み出た。エンジェルの部屋はドアが閉まっている。忍び足でバスルームへ進み、長々と水を飲んだ。戸棚にあるはずのパラセタモールが見あたらない。ゆうべルーシーを寝かしつけてから何があったかを思い出そうとした。何も食べずにベッドにはいったのではなかったか。食べ物のことなど考えたくもなかった。パラセタモールは、キッチンでエンジェルがくれたはずだから、まだ下に置いてあるだろう。

室温が高いにもかかわらず、エディは身震いした。だが、熱のせいではなかった。バスルームの鏡に映る自分の姿を見て、ルーシーと同じことばを静かにつぶやいた。「こわい」

これからどうなるのだろう。夜のあいだに、記憶の断片が夢と入り混じり、両者の境目があいまいになっていた。またもや聞こえるルーシーの叫び声。輝くはさみの刃で切り刻まれる黒っぽい髪。ルーシーの目に迫るはさみの先端。エンジェルにつかまれて激しくもがき、危うく目をつぶしかけるルーシー。泣きわめくルーシーを地下室に閉じこめたときにエンジェルが発したことばを、ふたたび耳にした気がした。

「つぎは髪じゃすまないわよ」

鏡のなかから見つめ返す顔は、目がルーシーのものだった。エディは苦悶の声をあげてあとずさった。

手すりにつかまりながら、なるべく音を立てずに、ゆっくりと階段をおりた。エンジェルは眠りが浅く、起こされるのをひどくきらう。エディは玄関広間で立ち止まり、柱に寄りかかって耳を澄ました。

キッチンのドアの下からひと筋の明かりが漏れている。音を立てないように注意したのに、すべて徒労だった。エンジェルはもう起きているにちがいない。エディは静かに歩き、キッチンのドアをあけて顔を突っこんだ。だれもいない。不思議に思い、パラセタモールが置いてある調理台まで重い足どりで進んだ。二錠を口に入れ、水をグラスに流しこんで一気に飲んだ。

喉がひどく渇いて、お茶を飲みたい。エンジェルも飲むだろうかと考えた。二階の自分の部屋へもどった可能性もあるが、おそらく地下室にいるだろう。より合わさったロープがほどけるかのように、体のなかで興奮が渦巻くのがわかった。またルーシーに会えたらうれしい。寝ているはずだが、起きていないとも言いきれない。エンジェルにお茶を持っていけば、地下室へはいる口実になる。

やかんを火にかけて、玄関広間にもどった。望みどおり、地下室のドアは施錠されていなかった。それは音もなく開いた。エンジェルに命じられて、家じゅうの蝶番に油を差してあるからだ。

ピンク色の微光が部屋を満たし、ルーシーのベッドに近い側がかすかに明るくなっていた。エンジェルが常夜灯をコンセントに入れたままにしてある。ベッドの真ん中がややふくらんでいて、それがルーシーだとかろうじて見てとれた。エンジェルの姿は見あたらないが、右側のドアのひとつを四角い光の線がふちどっている。冷凍室のドアだ。エディはしばしためらった。そのとき、柔らかく澄んだ音が地下室に響いた。あまり大きくないが、金属質の冴えた音で、小さなベルをハンマーで叩いたかのようだ。一瞬ののち、その正体がわかった。電子レンジが規定の時間の終わりを知らせる音だ。エンジェルが昼食か夕食のために何かを解凍したのだろう。

エディは忍び足で階段をおり、部屋を横切って冷凍室へ向かった。玄関広間に面したドアとちがい、そこには防音処理が施されていない。近づくと、板の厚みでくぐもったエンジェルの声が耳にはいった。ことばのひとつひとつを聞き分けるのはむずかしい。けれども、閑散とした通りに響く足音のように、声にリズムがあった。

エディはさらにドアへ迫り、ノブに手を伸ばした。手がふれたとき、エンジェルの声がわずかに高くなり、こう言うのがはっきり聞こえた。「わたしの体」

エンジェルのひとりごとを聞いたのははじめてだ。しかし、ひとりきりだと思っているときに人がばかげたふるまいをすることは、じゅうぶん承知している。手から力が抜けた。ためらいが決心を弱めた。恥をかかせる危険を冒して、あえて声をかけるべきか、それともだまってキッチンへ引き返すべきか。

「わたしの思い出」エンジェルはまた声を高くして言い、すぐにあいまいなつぶやきにもどった。

エディはドアから引きさがった。声をかけないほうがいいだろう。なんと言っても、ドアが閉まっているからだ。エンジェルはよくひとりになりたがることがある。しじゅう釘を刺していたものだ。

冷凍室のドアに気をとられながら後退したので、エディは椅子の肘掛けにぶつかった。そこで足を止め、耳をそばだてた。ドアの奥のつぶやきはまだつづいている。ルーシーがベッドのなかで動いた。枕の上で頭を動かしているのが、おぼろげな明かりで見てとれる。

「ママ」ルーシーはか細い声でつぶやいた。

エディはベッドに身を乗り出した。「静かに。まだ起きる時間じゃないんだ。さあ、眠って」

ルーシーは答えなかった。エディは百まで数えた。それからまた忍び足で階段をあがり、外へ出て地下室のドアを静かに閉めた。

わたしの思い出。そのことばがエディの脳裏でくすぶって、消すに消せなかった。どういう意味だったのだろう。

やかんの湯がすでに沸いていた。エディはポットに茶葉を入れた。煎じ出すあいだに、キッチンのカーテンを開いて、かなたの薄闇をながめた。ロンドンの空は真っ暗にはならない。ガラスに顔を押しつけると、はるか北に並ぶナトリウム灯の黄色い明かりを浴びて、庭の低木が浮かびあがって見えた。カーヴァーズの右手に、三棟の公営アパートが黒い石板さながらそびえている。通路や踊り場、玄関口や地表など、いたるところから光が漏れている。そのどれかはレノルズ家のものだろうか。

エディは急に思い立ち、窓をあけて顔を冷たい空気にさらした。風が熱っぽさを吹き散らし、頭が冴えてくる。自分の心は星空のもとの砂漠のようだと思った。知らず識らず、幸福感が胸にひろがった。遠くで貨物列車がポイントを通過して、汽笛を鳴らしている。

「いったい何をしてるの？」エンジェルの声がした。

エディは振り返り、動揺のあまりふきんを床に落としてしまった。エンジェルはキッチンの戸口に立って、笑みのない顔で眉をひそめている。セーターにジーンズといういでたちで、髪は後ろにまとめられている。

「わたしなら窓を閉めるわ。そうでなくてもガス代が高いのに」

エディは窓に向きなおり、掛け金を動かした。エンジェルの足音が聞こえた。

「ずいぶん早起きね」

「よく眠れなくて。まだ熱があるんだ」

「パラセタモールは飲んだの？」

「うん」

「あら――お茶を淹れてくれたのね」

窓から視線をもどすと、エンジェルは冷蔵庫をあけていた。アルミホイルとボール紙で包まれたパックを最上段に置き、エディに目を向けた。

「今夜はムサカ（挽き肉や茄子やチーズを重ねて焼いた東欧料理）にしようと思うの。この寒さだから、体のあたたまるものが食べたいのよ」

エディは紅茶を注いだ。ふたりはテーブルでそれを飲んだ。

「ちょっと出かけてくるわ」エンジェルが言った。

「これから？　まだ六時にもなっていない」

「ひとつふたつ用事をすませてくるの」エンジェルはそれ以上質問する隙を与えなかった。

「ベッドにもどったほうがいいわ。熱でふらふらなんでしょう？　あなたじゃないみたい」

ふだんどおり気にかけてもらい、エディはほっとした。「まだひどくだるいんだ。夜通し寝返りを打ってたから、体が休まった気がしない」

「もう一杯お茶を飲んだら寝るのよ。ルーシーならだいじょうぶ。九時までは起きないから。帰ったらあなたの様子を見にいくわ」

体を動かすのが億劫なので、エディはテーブルで紅茶を飲みながら、いつになったらパラセタモールが効くのかと考えつづけていた。エンジェルが玄関広間や二階で動きまわる音が聞こえる。しばらくして、キッチンにもどってきた。白っぽい丈長のレインコートを着て、襟を立てている。黒いベレー帽をかぶり、髪をすっかり中に入れている。ドアの陰のフックから鍵束を手にとった。もう一方の手には黄褐色のクッション封筒を持っている。

「ひとりでだいじょうぶ?」エンジェルは言った。

「うん。もう少しお茶を飲んで、それから二階へ行くよ」

「水分をたっぷりとるのよ」出ていくとき、エディの腕にふれた。「少し休みなさいね」

足音が響き、やがて玄関のドアの閉まる音が聞こえた。エディはひとりになった。ここにいてもどうにもならないと思った。動かなくては。でも、どこへ? 自分のまわりに、空間が果てしなくひろがっているかのように感じられる。無限の世界にいるなら、どんなふうに動いても意味がない。けれども、エンジェルがもどってきて、自分がここにいるのを見たら、不機嫌になるだろう。

テーブルで体を支えて、エディはどうにか立ちあがった。エンジェルはもう少し水分をとれと言っていた。ポットと牛乳は、調理台の上にやかんと並んで置かれている。体重を支えきれない薄氷の上を歩くかのように、エディは危なっかしい足どりでキッチンを横切った。もう一度湯を沸かすのが面倒なので、生ぬるい紅茶をマグカップへ注いだ。

セルマと同じく、エンジェルは整理整頓に口うるさい。エディは牛乳パックの封を閉じ、冷蔵庫に片づけようと扉をあけた。奥へしまうために、エンジェルが地下室から持ってきたムサカを脇へどけた。それはスーパーマーケットで売られている出来合いのもので、ボール紙に包まれた平たいアルミホイルの容器にはいっている。箱の側面に、つぶれた蟻ほどの大きさの赤い点がついているのに気づいた。エディは指先でそこにふれた。青白いボール紙の上で、赤い色が濁って見える。ムサカからにじみ出たしみだろうか。かわいそうな子羊。あるいは、おとぎ話に出てくる王女さながら、エンジェルが指を刺したのだろうか。

ふらつきながら階段をのぼるあいだ、なぜエンジェルがこんなに朝早く出かけたのかと考えをめぐらせた。クッション封筒を持っていたということは、郵便局へ出かけたのだろうか。あの大きさの小包なら重さを量る必要がある。ロンドンには、レスター・スクウェアのあたりに二十四時間営業の郵便局があったのではなかったか。それにしても、なぜ急ぐのだろう。近所の郵便局が開くまで、どうして待たないのか。もしかしたら、顧客のだれかのためかもしれない。エンジェルがときおり顧客の一部に特別な便宜を図っているのは知っていた。現金払いのささやかな仕事で、ミセス・ホーリー－ミントンに仲介料をとられなくてすむ。

月曜の朝六時に？

エディはかぶりを振り、頭痛と混乱を一度に振り払おうとつとめた。どうでもいいではないか。エンジェルは秘密を好み、自分と他人の生活を画然と区別したがる人間なのだから。

ようやく階段をのぼりきった。自分の部屋のドアは開いていて、そこから見えるベッドに惹かれた。だが、戸口でためらった。ルーシーが目を覚ましたらどうするのか。起きないとエンジェルは決めつけていたが、もし読みがはずれたら？　子供はまったく予想がつかない。エンジェルが出かける前に、それを考えておくべきだった。エンジェル自身もだ。

エディは廊下を進み、エンジェルの部屋のドアを押しあけた。正当な理由があるにもかかわらず、彼女の部屋にはいるのはひどくきまりが悪かった。セルマがよくエンジェルの私物を探っていたが、自分はちがうと胸に言い聞かせた。

部屋はエンジェルのにおいがした。思ったとおり、すべてがきれいに片づいていた。ベッドは整えられている。家具の表面には、塵ひとつ見あたらない。レノルズがしつらえた衣装棚の扉は、しっかり閉じられている。

インターホンはベッドのそばのコンセントにつながっていた。エディはコードを引き抜いた。エンジェルならわかってくれると信じていた。子供の面倒をろくに見ない大人たちのことを、エンジェル自身がよく批判していたからだ。

エディはきびすを返した。その瞬間、インターホンの受信機など持っていっても無意味だと気づいた。ルーシーが目を覚ませば泣き声は聞こえるだろうが、地下室へ行って落ち着かせることはできない。鍵はエンジェルが持っている。バンのキーや玄関の鍵と同じ鍵束にあったはずだ。

エディは壁に寄りかかった。壁の冷たさが、火照る頬に心地よい。心配でたまらなかった。ルーシーが目覚めたら、階段をおりてドア越しに話しかけることはできるだろう。しかし、ドアには防音処理がされているから、なかなか声が通るまい。それに、怯えた子供にドア越しに話しかけたところで、なんの役に立つというのか。

そのとき、ひとつの案を思いついた。地下室のドアに錠を取りつけたとき、レノルズはエンジェルに鍵を二本渡していた。自分が知るかぎり、エンジェルが持ち歩いているのは一本だけだ。

エディは部屋を見まわし、もう一本の鍵のありかを考えた。エンジェルはどんなものも決まった場所に片づける人間だ。理詰めで行けば、鍵の場所もわかるにちがいない。

そのとき、車が家に近づいてくる音が聞こえた。バンのエンジン音ではないだろうか。急いで窓辺へ行き、下の通りに目を凝らした。安心したことに、それは赤いフォードのエスコートで、隣に住むけんか好きの若夫婦のものだった。けれども、エディは身も心も震えあがった。エンジェルがいつ帰ってきてもおかしくない。行動を予測することは不可能だ。部屋を探っているところを見つかったら、とんでもないことになる。高熱と、エンジェルの反応への恐怖のせいで、脚の力が抜けた。

エディは鍵探しをあきらめて自分の部屋へもどり、インターホンの受信機をコンセントにつないだ。気分が悪い。眠らなくてはいけない。病気だというのに、あれこれ心配の種があるのがつらかった。ベッドの上で体を半分起こし、冷たくなった紅茶を飲んだ。きのうの出来事のあとだから、けさのエンジェルのやさしさには胸をなでおろしたものだ。ルーシーにはさみを突きつけたときには、心底恐ろしい思いをした。エンジェルのあいう姿は見たことがない。わがままなスーキに対してさえ、あんなことはなかった。**やはりルーシーは特別だ。**

エディはクリスマスのことを考えて気をまぎらせようとした。あと三週間余りだ。ルーシーがクリスマスまでいるといいのにと思った。いっしょに楽しい一日を過ごせたら、どんなにすばらしいだろう。ルーシーに買ってやるプレゼントのリストを頭に描いた。ほかの子たちはそんなに長く滞在していない。約二週間と決まっていた。**とはいえ、ルーシーは特別だ。**

エディはベッドに横たわって目を閉じた。インターホンからかすかな音が漏れている。ガスストーブが奏でる音のような心地よい雑音を耳に感じながら、エディはまどろみはじめた。眠りに落ちかかったところで、インターホンから泣き声が響いた。

「ママ……」

エディは上掛けから脚を突き出し、急いで立ちあがった。そして、まるでこちらの声をルーシーに聞かれるかのごとく、息をひそめた。ルーシーが眠りにもどってくれるといいのだが。

「ママ……喉が渇いた」

エディは祈りながら待った。だがルーシーは起きたままで、やがて叫び声をあげた。いまは七時半を少し過ぎたところだ。

ガウンを着てスリッパを履くあいだも、泣き声はつづいていた。エディの呼吸は速く浅くなった。もう一度エンジェルの寝室へ行き、あわただしく整理棚の抽斗や衣装棚の扉をあけた。そのあいだもルーシーは泣きやまなかった。インターホンから離れたせいで、声が小さくなったが、それがかえって不安を掻き立てた。距離があると想像力を働かせる余地があり、悪いほうに考えてしまうものだ。

結局のところ、鍵はあまり苦もなく見つかった。エンジェルは隠すつもりなどなかったらしい。自分の家なのに、なぜその必要がある？　それはほかの複製とともに、整理棚の最上段左側の抽斗にしまわれていた。そこには黒い漆塗りの箱があって、アンジェラ・ウォートンのパスポートがはいっており、鍵束は手紙の束とパスポートの隙間にはさまっていた。

エディは鍵束を持ちあげた。鍵がひととおりそろっている。家の鍵、車のキー、奥の寝室や地下室の鍵。小さいものは冷凍庫の鍵だろう。

泣き声が勢いを増した。さらに大きく、鋭く、間隔が短くなった。取り乱して火がついたのか、すすりあげる回数も多くなったようだ。**あたしなんか要らないのね。だれも愛してくれない。死ぬまでここでひとりぼっち。**

泣き声で頭がいっぱいになり、エディはよろめきつつ、一度転げ落ちそうになりながら階段をおりた。手が激しく震えていたので、鍵穴に差しこむのがひと苦労だった。「いま行くから」

「だいじょうぶだよ」と呼びかけたが、ルーシーに聞こえないのではと不安だった。

ようやくドアがあいた。ベッドはからっぽだった。心臓が早鐘を打っている。常夜灯の光では弱すぎて、物を見分けるのはむずかしい。スイッチに手をこすりつけると、天井の明かりがついた。ルーシーは肘掛け椅子にまるまって、片手にジミーを、他方の手にミセス・ワシプを抱いていた。もう泣いてはいない。エディの姿を見て、驚きのあまり黙《もく》している。凝視する大きなその目は、この明るさと角度では黒く見える。

「どうしたんだい、ルーシー」エディは階段をおり、椅子のそばにひざまずいて、小さな体に腕をまわした。「もうだいじょうぶだ。ぼくがいるから」

ルーシーはエディにしがみついた。「おうちへ帰りたいの。ママに会いたい。それから――」

「静かにして。何か飲むかい」

「要らない」ルーシーは泣き叫んだ。「おうちへ帰りたい。ママに――」

「もうすぐだ」エディは思わずそう言った。「もうすぐママのところへ帰れるよ。だけど、いい子にしてなきゃだめだ」

ルーシーの息は生あたたかい。睫毛にはところどころに目脂《めやに》がついている。あくびが漏れた。

「きみがベッドにいないのを見たら、エンジェルは喜ばないよ」ぼくがここにいるのを見たら、喜ばないどころじゃないな、とエディは思った。「さあ、もう一度ベッドにもどろうか」

「いやよ。眠くないもの」

エディはルーシーを抱きあげて、ベッドに寝かせた。ルーシーは抗わなかったが、その体は重くこわばっていた。

「行かないで。ひとりにしないで」

「行かないよ」エディは肘掛け椅子にすわり、ミセス・ワンプとジミーを渡してやった。

「さあ、眠るんだ」

驚いたことに、ルーシーはそれに従った。五分とたたないうちに、深い眠りに落ちた。まだ薬が効いているらしい。エディは念のためにしばらく待ってから、立ちあがった。

椅子がきしみをあげ、その音でルーシーが目をあけた。

「何か飲みたい」

まるで遅延作戦だとエディは思った。赤いコップはまだベッドの脇にある。持ちあげると、空になっているのがわかった。

「じゃあ、水を入れてこよう」

「ライビーナが飲みたい」

「見てくるよ」エディは小声で言った。

冷凍室のドアをあけるや、何かを調理したと思われるにおいがした。流しの上の戸棚にライビーナの瓶を見つけ、コップに注いだ。それを持ってルーシーのもとへ引き返すと、また眠っていた。

ベッドのかたわらにコップを置き、冷凍室にもどって瓶を置いた。自分がここに来たことをエンジェルに知られてはならない。水切り台の上に深皿があり、ナイフとフォークとスプーンがラックに立ててあるのが目に留まった。この家には子供用の食器もあるが、いま見えるのは大人用のものだ。なんらかの理由で、エンジェルが朝食をとったにちがいない。とはいえ、ここにはエンジェルの食べるものなどないはずだ。エンジェルの朝食はたいていシリアル食品で、パンの場合もときどきある。いずれにせよ、どうしてフォークがいるのだろう。その問題が心から離れず、すぐさま冷凍庫の錠をあけて上蓋をとった。

新品のとき以来、冷凍庫のなかを見たことはなかった。そこは三つの区画に分かれていて、二ヵ所には銀色の容器に包まれた出来合いの冷凍食品が詰められている。三つ目は、調理されていない肉でいっぱいだった。エンジェルは料理にかける時間を惜しみ、簡単に作れるものを好むから、エディにとってこれは驚きだった。その肉はポリエチレン製のフリーザーバッグにはいっていた。袋は透明なものもあれば、白や半透明のものもある。それぞれ大きさも形も異なっている。日曜の食卓にちょうどよさそうな大きさのものもある。霜が覆っているので、中身はよくわからなかった。いくつかは骨張って見える。どの袋にもエンジェルの貼ったラベルがつけられている。エディは小ぶりのものをひとつ手にとった。ラベルには、エンジェルの小さくていねいな字で〝S——一九九五年七月〟と記されている。袋は透明だ。両手で持つと、冷たさが肌にしみた。ソーセージ？　それともスペアリブ？

熱のせいだ。これは夢だ。

袋の一端で白い骨が輝いている。切り口は鋭く不ぞろいだ。S——スーキのSにちがいない。体じゅうを戦慄が走った。指が動かない。両手が体の脇に垂れさがった。そして、もうひと組の小さな両手が、冷凍庫のなかへ落ちた。

11

人間にはある種の体質が存在し、それが体液に由来する精神の腐敗と相まって、名状しがたいほど奇矯で呪わしい悪徳を生じさせる。

——『医師の信仰』第二部七節

サリーはマイケルがその男を殴るのではないかと思った。月曜日の朝早く、オリヴァーの家を出てパラダイス・ガーデンズへ向かおうとしていたとき、その男が声をかけてきた。「やあ」フランク・ハウエルはそう言って、すり切れた智天使《ケルビム》の笑みを浮かべた。「初対面じゃありませんよ。あなたとも奥さんとも顔見知りです。こういうことはお互いのためにな る」

サリーは進み出て、盾の役を果たすべく、ふたりの男のあいだに体を入れた。「わたしたち急いでるのよ、ミスター・ハウエル。お話ならまたの機会に」

「どうやってここを突きとめたんだ」マイケルがローヴァーのドアロックを解除しながら尋ねた。

「方法はいろいろあります」ハウエルは笑顔で反応を探った。「それが仕事ですから」

「デレク・カッターにちがいないわ」サリーは急に険しい声で言った。ハウエルの睫毛が震えた。「きのう話したとき、電話番号を教えたもの」

マイケルは運転席に腰かけ、エンジンをかけた。サリーがドアをあけ、助手席に乗りこもうとすると、ハウエルは紳士ぶりを発揮してドアを押さえた。

「ミセス・アップルヤード、これはどちらにとっても悪い話じゃありません。あなたが知らなくて、ぼくが知っていることがあるかもしれない」

マイケルがクラッチを切ったので、ハウエルはあわててドアを閉めた。

「ごめんなさい」サリーは顔に血がのぼるのを感じた。

「きみが謝ることはない」マイケルは言った。「あの悪鬼《グール》のせいだ」

そのあと、ふたりは無言で車を走らせた。よりによってグールを持ち出すなんて、マイケルはどうかしている。しかし、無理もない、とサリーは思いなおした。グールとはイスラムの伝説に登場する食屍鬼であって、とりわけ墓から盗んだ死骸や子供の体を好んで食べるということを、マイケルが知っているはずがない。

フォーティス・グリーン・ロードで事故があったために、車の流れは遅く、滞っていた。

渋滞の列に並んで待っているあいだ、マイケルは座席で落ち着きなく体を動かしながら、視線を左右にさまよわせたり、あるはずのない脇道や抜け道を探したりしていた。

「マクサムに連絡したい。携帯電話を貸してくれないか」

「オリヴァーの家に忘れてきたの」サリーは嘘をついた。マイケルとマクサムがまたもや衝突すると思うと、筋肉がこわばった。

マイケルは渋い顔をした。サリーは罪悪感に苛まれた。嘘だったと打ち明けようと口を開いたが、そのとき車が流れはじめた。互いにまただまりこんだまま、北環状線にはいった。

「マズウェル・ヒルからずっと、紫のプジョー205が後ろにいる」

「尾行されてるってこと?」サリーは尋ねた。「まちがいないの?」

「もちろん断言はできない。ただ、二、三台後ろで離れずにいるのはたしかだ」

サリーは振り向いたが、運転席の人間の顔は見えなかった。「マクサムが監視をつけたのかしら」

「それはどうかな。手いっぱいで、そんな余裕はないはずだが」マイケルが大型トラックを追い越すと、五十フィート後方で、プジョーも車線を変更して追い越しをかけた。「ただし、おれたちがやったと疑ってるなら、話は別だ。おれが犯人だと思ってるなら」

「マイケル、やめて」

「番号を控えてくれ」

サリーはハンドバッグをあけて、古い封筒とペンを取り出した。マイケルが苛立ちを募らせているかたわらで、プジョーのプレートナンバーを読みとろうと苦心したが、おそらくは故意にだろう、相手はこちらの後ろを走る車の陰にすばやく隠れた。それでもどうにか番号を書き留めると、あとは自分の想念に耳を傾けるしかなくなった。どんな仕事でも、何もしないよりはましだ。

悪鬼のことを忘れるために、サリーは道路地図を取り出した。索引のページを開く。パラダイス・ロードが三つ、パラダイス・ガーデンズ、パラダイス・パッセージ、パラダイス・プレイス、パラダイス・ストリート、パラダイス・ウォークがひとつずつ。パラダイス・ガーデンズは、天国とは名ばかりの、ロンドン北西部にある掃き溜めまがいの一画にすぎない。だれがなんのためにそんな名前をつけたのか。おおかた、商売のための方便以上の意味はないにちがいない。その近辺にある家を買えば、来たるべき至福を現世で味わえるとでも言うのだろう。目に涙があふれた。残酷な場所を選んだものだ。きのうボークラーク・プレイスのセント・マイケル教会で見つかったものと同様、手のこんだやり口だと言える。

「正確にはなんと言ってたの？」サリーはマイケルに尋ねた。

「ルーシー・アップルヤードはパラダイス・ガーデンズ四三番地にいる、と。そして、同じことばがもう一度繰り返された。八時少し前にかかってきたらしい。警察では自動的に録音している。探知したところ、発信元はゴールダーズ・グリーンの公衆電話だとマクサムが言っていた」

「わたしたちに知らされたのは、八時四十五分ごろだったわ」

マイケルは必要もないのにギアを替えた。しばしののち、付け加えた。「電話の主はこうも言っていた。こんどはタイツだけじゃすまない、と」

「それで?」

「つまり、いたずら電話じゃないってことだ。ルーシーのタイツが発見された事実は公表されていない」

パラダイス・ガーデンズはケンサル・ヴェイルから西へ一マイル余り行ったあたりにあり、曲線を描く長い通りに、築九十年ほどの赤煉瓦のテラスハウスが並んでいた。家の多くに板囲いがされている。通りの突きあたりに、パトカーが二台と無標識のバンが一台停まっている。

「ルーシーじゃない」マイケルが言った。「だいじょうぶだ。生きていれば、望みはある」

窓の向こうに子供がふたり見えた。十歳くらいだろうか。学校にいるはずの時間なのに、車のフェンダーに寄りかかって、親しげに一本の煙草を分け合っている。「生きていれば、ね」

「情けないことに、生きていないほうがいいんじゃないかと思うことがときどきあるんだ」

「すべての苦しみに終止符を打てるから?」

マイケルはうなずいた。「あの子にとって。それに、おれたちにとっても」

「恐ろしいわ。この事件のせいで何もかも変わりつつある。あなたも。わたしも。ありとあらゆることが」

サリーは携帯電話について嘘をついたことを打ち明けようとした。しかし、マイケルはその隙を与えなかった。

「しっかり向かい合わなきゃ。元どおりになることはありえないんだ。何が起ころうと、引き返すことはできない。ずっと昔にそれを悟ったよ」

「というと？」

「子供のころ、殺人事件に巻きこまれたことがある」

「えっ？」腹を殴られたかのように、あえぎともつかぬことばが漏れた。「なぜいままで話してくれなかったの？」

マイケルはパトカーの後ろに車を停めた。歩道にいるふたりの巡査の一方が近づいてくる。

「デイヴィッド伯父さんのためさ」マイケルは言った。「そのとき約束したんだ。伯父さんとその家族は、おれよりもずっと深く事件にかかわっていたからね。きみと付き合いはじめたころは、どう反応するかわからなかった。そのうち、わざわざ波風を立てることもないと思うようになった。ルーシーの身にいま起きていることは、話さずにいた罰かもしれない」

「そんな……」

マイケルの視線が向けられた。その目に涙が浮かんでいる。口を開いて何かを言いかけたが、遅きに失した。こちらに向かっていた巡査が、運転席の窓際で腰をかがめている。マイケルは問題を未解決のままサリーに預け、巡査と話すために顔をそむけた。**デイヴィッドの家族？**

「おはようございます、部長刑事」巡査は若く、かなり神経質そうだった。サリーに目を向け、いたずらでもやらかしたかのようにさっと顔をそらした。「ミスター・マクサムは家のなかです。すぐにおはいりください。キーはつけたままでけっこうです。われわれが引き受けますから」

サリーが歩道を渡るとき、近隣の家々のカーテンが揺れ、いくつもの目がこちらを見ているのに気づいた。通りのはるか向こうで無頓着に煙草を吸っている少年たちのほかに、見物人はいない。そういう土地柄ではないということだ。ケンサル・ヴェイル同様、パラダイス・ガーデンズでも、警察は厄介事を招く存在であり、安心をもたらすものではない。つまり、社会の保護者ではなく、懲罰の代行者なのだ。

四三番地の一階の窓は、板でふさがれていた。上階の窓のひとつが割れており、カーテンのかかった窓はひとつもない。ふたり目の巡査が玄関のドアを叩くと、内側から開いた。足を踏み入れてすぐ、せまい廊下があった。天井と壁は黄色い漆喰が剝がれかけ、床には広告ちらしや古新聞が敷き詰められている。湿気と排泄物のにおいが鼻を突く。先刻ドアをあけてくれた私服の警官が、手ぶりで階段を示した。二階にいるらしい姿なき相手に話しかけながら、マクサムがおりてきた。「その女の供述をとれ。有無を言わせるな。遅くとも昼めしまでに、文書にして提出しろよ」サリーとマイケルに顔を向け、同じ声音のまま話した。「ずいぶんごゆっくりで。発見されたものを確認していただきたい。外で見たほうがにおいの問題が少ないんだが、そうすると野次馬が厄介でしてね。双眼鏡を持っている者までいる。隣の住人はビデオカメラをまわしているし」

マクサムはふたりを奥の一室へ導いた。二枚のマットレスが床に敷かれ、サッカー選手の色あせたポスターが壁に並んでいる。窓は板で覆われているが、部屋には強力な照明装置が仮設されていた。その光のせいで、マクサムは亡霊のように見え、肉づきのいい顔は色を失っている。けさはまだひげを剃っていないらしく、身につけたツイードの上着と同じくらい、顔がくたびれて見えた。この男にも感情があるのだろうという思いが、サリーの胸に浮かんだ。今回の事件に苦しめられているのかもしれない。

部屋にいたのは女性の巡査ひとりだった。そのかたわらに置かれた、背もたれのないキッチン用の椅子が、テーブルの役割を果たしていた。椅子には一枚の紙がひろげられ、座席の部分とほぼ同じ大きさのクッション封筒が載っている。

「どこの文房具店や雑貨屋でも買える」マクサムが歯のあいだから息を吸って、例の音を立てた。「新品だ。宛先も何も書かれていない」

「大きすぎて郵便受けに押しこめないでしょう」マイケルが言った。

「折り曲げられていた。跡が見えるよ」マクサムの指が封筒の中央をなぞった。「封さえされていなかった」

マクサムは手袋を着け、封筒の口のあたりをつかんで、椅子から離れないように慎重に持ちあげた。

「お願いします。部長刑事、きみじゃない。奥さんのほうだ」

女性巡査が照明の角度を調節した。サリーは封筒のなかをのぞきこんだ。黒っぽい髪の毛の塊があった。

「手をふれないでください」マクサムが命じた。「厳密に言えば、こういうことは規則に反する。しかし、この毛髪がルーシーのものかどうかを知る必要があります。早いに越したことはない」

「どうしろとおっしゃるんですか。さわるなと言われても」

「においを嗅いでください」

サリーは腰をかがめた。部屋の生々しい臭気が、封筒のビニールと紙のにおいとぶつかり合う。その奥から、また別の、北欧の森林を思わせる香りがわずかに漂ってくる。

「マツの香の入浴剤みたいなもの。シャンプーかしら」

「それに類したものをお使いですか。ルーシーの髪のにおいでは？」

「いいえ、使っていません」ルーシーの一部かもしれない薄黒いものにふれたい衝動を覚えながら、さらに念入りに観察した。「でも、あの子の髪かもしれない」

「だとしたら、連れ去った人間が風呂に入れて、髪を洗ったというわけか」ふいにマイケルが疲れきった声を出した。「感謝すべきなんだろうな」

サリーはマクサムに向きなおった。「いい兆候なんでしょうか。犯人が娘の面倒を見ているということ？」

黒縁の眼鏡が、照明を浴びて光った。「ええ、そうかもしれません」

「わかるわけがない」マイケルは言った。「あなたにだって」

マクサムはそれを無視した。「一、二時間ではっきりしますよ、ミセス・アップルヤード。お宅からルーシーの毛髪を採取しておきました。照合は簡単です」

「で、そのあとは？」マイケルが鋭く尋ねた。

マクサムは息を吸う音を立てただけで、返事をしなかった。

「見せてくださってありがとうございます」サリーはマクサムに言った。「場所を配慮していただいたことにも感謝します」

「いろいろ考えて、このほうがいいと判断しました」マクサムの声はかすれていたが、一瞬、温和な顔つきが垣間見えたかに思えた。

「目撃者は？」マイケルが言った。「何かを見た人間がいるはずです」

「話すほどのことはない」マクサムは玄関広間へ進んだ。「通りかかった女性が、六時半ごろ、外に白っぽいバンが停まるのを見た気がすると言っている。車種も、どんな人間が運転していたかもわからない。事情聴取をおこなっているところだが、ほとんど役に立たんだろう」

サリーとマイケルはあとを追った。

「われわれに監視をつけたりしませんでしたか」マイケルが訊いた。

マクサムが振り返った。「いや。なぜそんなことを？」

「インカーマン・ストリートからの道中、紫のプジョー205がずっとあとを尾けてきたものですから」

「ナンバーは？」

「これです」サリーはハンドバッグをあけて、封筒を取り出した。

マクサムは手を伸ばして受けとった。「照会して、結果をお知らせします。尾けられていたというのはたしかですね？」

「おそらく」マイケルが言った。「でも、絶対とは言えません」

玄関へ近づくと、待機していた巡査がドアをあけた。

「何かあったら連絡します」マクサムが言った。「照合の結果も、わかりしだい伝えますよ」

マイケルは目を大きく見開いただけで、何も言わなかった。

サリーは言った。「ありがとうございます。それでは」

ふたりはドアを閉めた。ローヴァーは先刻停めた場所にあった。若い巡査がためらいがちに手を振った。

ローヴァーはパラダイス・ガーデンズをゆっくりと進んだ。

「犯人のねらいはわたしね」サリーは言った。

「どうしてそう思うんだ」

「どれも宗教がらみだから」

「三つの事件はつながっていると考えるんだな」

「当然よ」サリーはそこで間《ま》をとったが、マイケルは反論しなかった。「まず墓地で手が見つかった」サリーはつづけた。「そのつぎは、ルーシーのタイツを穿いた脚が教会の玄関ポーチで。そしてこんどは、パラダイス・ガーデンズで髪の毛が」喉の奥から笑いがこみあげそうになる。サリーはそれを押し殺した。「相手がだれであれ、わたしたちをからかってるのよ。そう思わない？」

「どう考えるべきかわからないんだ」

マイケルは車の流れに加わって、ハロー・ロードを南東へ進んだ。しばらくのあいだ、ふたりとも口をきかなかった。左手のどこかにケンサル・ヴェイルがあり、セント・ジョージ教会の低い尖塔が見えるはずだ。

「つながりはほかにもある」だしぬけにマイケルが言った。「地理的な類似だ。ボークラーク・プレイス以外は、すべてロンドン北西部に集中している。数マイル四方の範囲に」

「だけど、すべてと言っても二ヵ所だけでしょ。パラダイス・ガーデンズとキルバーン墓地」

「セント・ジョージ教会もだ。ハールズデンとキルバーンのほぼ中間地点にあたる。カーラの家もそうだな。それに、ハーキュリーズ・ロードはキルバーンのすぐ東側だ」

サリーは座席で身震いした。「地図の上で何かの形になるんじゃないかしら」

「暗号のたぐいに？ それはどうかな。でも、このふたつのあいだ――ボークラーク・プレイスとその他の場所とのあいだに、おれたちの捜している人物の家か職場がある可能性は高い。もしかしたら――」

「どこへ行くつもりなの？」サリーはマイケルのことばをさえぎった。インカーマン・ストリートへもどるのではなく、街の中心部に向かっていることに、突然気づいたからだ。

「デイヴィッド伯父さんに会いたい」怒りとためらいが半ばする顔つきで、マイケルはサリーを一瞥した。「長くはかからないさ。ある意味で、そのほうが早道なんだ」

サリーはマイケルをまじまじと見た。「だけど、オリヴァーはどうするの？ それに、マクサムには行き先を伝えた？ 新しい知らせがあったらどうするのよ」

「きみが携帯電話を忘れたりしなければ、なんの問題もなかったんだ」声が大きくなった。「いいよ、おれがふたりに電話する」

マイケルはやにわに縁石に乗りあげ、黄色い二本線の引かれた駐車禁止区域に車を停めた。ふだんなら、瑣末な法規にも口うるさいくらい忠実な人なのに。数秒のあいだ、サリーは驚きにことばを失った。商店街のはずれに、電話ボックスがふたつ並んでいる。

サリーはハンドバッグの留め金をもてあそんだ。「マイケル、その必要はないの。実は――」

言い終わらないうちに、マイケルが車をおりた。乱暴にドアを閉め、振り返りもせずに電話ボックスへ突き進む。さいわい、電話は使用中でも故障中でもなかった。ガラスの向こうのマイケルがあえてこちらに背を向けて立っているのが見てとれ、サリーは苛立ちと憐れみの入り混じった感情を覚えた。夫に嘘をついたという意識が、腐食性の酸のように心を蝕んだ。

一台の車が背後に停まって、ドアが閉まったのに気づいたが、特に注意は払わなかった。つづいて歩道に足音が聞こえたので、サリーは振り返った。紫のプジョー205がすぐ後ろにいる。サリーはドアのロックをつかんで、すぐに押しさげた。フランク・ハウエルの顔が現れ、こちらの視線の高さまでおりてきた。サリーはしぶしぶ窓をおろした。

「ミセス・アップルヤード、邪魔をする気はないんですが――」

「だったら、やめて」

「迷惑をかけるつもりはありません。ただ、お役に立てるかと」

「どんなふうに？」

「わたしには情報がはいってくる」小さな目は充血していた。「マクサムの捜査班に提供者がいるんです」

「それはよかったわね」

「ご存じのとおり、マクサムはあなたにすべてを話しているわけじゃない。切り札は隠しています」

「たとえば？」

「見返りとして――」

「話によるわ」掛け合う気力がどこからともなく湧いてきた。「場合によっては、単独取材に応じてもいい。だけど、まだだめよ。そちらの手の内を見せてくれないかぎり」

「そんなふうにおっしゃられてもね」ハウエルはばつが悪そうに言った。「いいでしょう。取材はたしかにありがたいが、わたしはほんとうに力になりたいんです。みんな同じ気持ちですよ。デレクが言うには――」

「あまり時間がないの」相手を信じたいが、ここは辛辣にふるまったほうがいいとサリーは思った。「で、どんな情報があるって？」

「いい知らせです。ご主人の懲戒審査についてはご存じですね？　容疑者に暴力をふるった件で」

サリーはうなずいた。それは公にされていない話だから、警察内部につてがあるというハウエルの主張に嘘はなさそうだ。

「きょう、双方の弁護士が会合を開いています。といっても、形だけのものらしい。すでに非公式の打ち合わせがおこなわれ、話はついているようです。ご主人は処罰されません」

胸に覚えた安堵の情を、サリーは隠した。いずれにせよ、安心するにはまだ早い。「それだけ？」

ハウエルは口を引き結んだ。「最初の事件についてはどうです？　どこで手が見つかったかご存じですか」

「キルバーン墓地よ。それは秘密でもなんでもないわ」

「正確な位置は？　どの墓だったかを知っていますか。警察は詳細を公表していない。ところが、わたしは知っている。写真も手に入れました」

ハウエルは防水ジャケットの内ポケットから、六×四インチほどの写真を一枚取り出した。窓の隙間からそれを差し入れた。

「よろしければお持ちください。取材はいつにします？　誘拐犯に呼びかけてはいかがですか」

「きさま、何をしてる」マイケルが窓の前に姿を現した。

ハウエルは歩きはじめた。サリーはさらに窓をさげて、首を外へ突き出した。自分の車へと足早に去るハウエルを、マイケルはにらみつけた。

「いいのよ、マイケル。さあ、急がなくちゃ。ミスター・ハウエルはもう追いかけてこないわ」

「では、あとで電話しますよ」マイケルから目を離さずに、ハウエルが言った。「幸運を祈ります」

ハウエルはそそくさと背を向け、車のドアに手をかけた。マイケルが運転席に腰かけたときには、プジョーはハロー・ロードを急速に遠ざかっていた。

マイケルはエンジンをかけた。「ハウエルは何を企んでるんだ」

「わたしたちの味方になってくれるから、独占取材したいんですって」

「こんど現れたら——」

「だいじょうぶよ。わたしにまかせて」

マイケルは道路から視線を離して、サリーを見つめた。「きみにできるのか？」

「子供扱いしないで」

車の流れが遅くなり、赤信号とともに動きを止めた。

マイケルは横を見た。「それで、ハウエルは何か目新しい話でもしたのか」

「弁護士があなたの懲戒審査の件を解決してくれそうだって」

ローヴァーがスズメバチに刺されたかのように震え、エンジンがストールした。マイケルはエンジンをかけなおした。「どうしてそれを?」

「きのうオリヴァーが教えてくれたの。あなたがとっくに話してると思っていたみたい。オリヴァーから聞いておいてよかったわ。じゃなきゃ、ハウエルが何を言っているのか、さっぱりわからなかったと思う」

信号が青に変わった。声にこもった心の痛みを、マイケルは自分と同じくらい感じたのだろうか。

「金曜の晩に話そうと思ってたんだ」マイケルにとって、それが精いっぱいの謝罪のことばなのだろう。

「いいの。気にしてないから」もちろん、嘘だった。マイケルが子供のころにデイヴィッド・バイフィールドと分かち合い、いまも隠している秘密と同様、気になっていた。どちらの場合も、いちばんの問題は、マイケルが打ち明けてくれなかったという事実だ。

マイケルは咳払いをした。「ハウエルはどうやって知ったんだろう」

「警察につてがあるみたい。どこのだれかはわからないけどね。それから、キルバーン墓地の、手が見つかった墓石の写真をくれたわ。てっぺんに円形の飾り模様があった。ジャコビアン様式を真似た感じで、骸骨なんかの彫ってあるやつ」

「おおかた、適当に選んだんだろう。あるいは監視がついていなかったか。とにかくそんなところさ」

「そうとはかぎらないわ」悪夢が長引くにつれ、すべてに意味があるのではないかという思いがサリーのなかで募っていた。

しばらくして、マイケルは言った。「電話ボックスで、デイヴィッド伯父さんに連絡したよ。こちらの到着を待ってる」

「さっき嘘をついたの」思わずことばが口を突いて出た。「携帯電話はあったのよ。鞄のなかに」

「なぜ嘘なんか？　わからないな」

「あなた、マクサムに嚙みつくだけだと思ったから」

「そのとおりだったかもな」

サリーはかぶりを振って、きっぱりと言った。「わたしが悪かったわ」

目的地に着くまでのあいだ、サリーは目を閉じて、祈ろうとつとめた。胸のなかで主の祈りを唱える。ことばは石と化し、冷えびえとした緑のしじまへと落ちていった。心が静まったにもかかわらず、神は現れない。ほかの場所へ注意を向けているのだろう。**主よ、いちばん来ていただきたいときに、助けてくださらないのはなぜですか。**

時が流れをゆるめ、やがて止まった。あまりに静かだ。ミス・オリファントは死んだ。天使に囲まれて。サリーは暗がりへ手を伸ばして、ルーシーを捜し求めた。指が空《くう》をつかみ、体が底なしの闇に沈む。これが地獄というものだろうか。胸いっぱいにひろがる黒い水の塊で、こんなふうにゆっくり溺れていくことが。とはいえ、溺れる者は、浮かびあがって息をするためなら、どんなものにもすがりつく。そう考え、サリーはもはやなんの意味も持たないことばを繰り返し唱えた。

「主の御心がおこなわれますように」サリーは言った。あるいは、言った気がした。「わたしの思いではなく」


「たしか、つぎを左だ」マイケルが言った。「それとも、そのつぎか」

サリーは目をあけた。車はラドブルック・グローブ地区の北部を走っており、ウェストウェイの高架部分をめざして南進している。ゆうべ、マイケルはデイヴィッドをこの付近まで車で送ってきた。オリヴァーの家に泊まらないかという申し出を、幸いにも本人がことわったからだ。

「伯父さんはどこに泊まってるの？」

「ピーター・ハドソンという人の家だ。引退した主教で、長年の仲間だよ」

「七〇年代のロシントンの主教に、ハドソンという人がいたようだけど」教区主教だったころ、女性の聖職叙任に断固反対した人物だから、まさしくデイヴィッド・バイフィールドの友人にふさわしい。

「たぶんその人だろう。伯父さん自身もロシントンにいたことがある。時期はそれよりずっと前だが」

ミス・オリファントの本にはさまっていたロシントンの絵はがきを、サリーは思い出した。〝わたしたちの共通の友達は、まだ覚えていたわ。せまい世界ね!〟。秘密を持てないほどせまいわけでもないだろう。

サリーは言った。「デイヴィッド伯父さんには家族がいたの? 奥さんも子供も?」

「両方だ。子供はひとり」

「どうなったの」

「ふたりとも亡くなった」マイケルは路肩に車を寄せた。「サリー、それについてはいずれ話す。いいね」

ハドソン自身もその住まいも、サリーの予想とはまるで異なっていた。道路から奥まったところに変哲もない近代的な建物があり、ハドソンはその最上階の小さなフラットに住んでいた。当人にしても、主教どころか聖職者らしい雰囲気さえなく、袖口のすり切れたツイードの上着に、ゆったりしたコーデュロイのズボンと室内履きといういでたちだった。ドアをあけてふたりを迎え入れたときはパイプをくわえており、別れるときまでそれを手放さなかった。血色のいい、ふくよかで小柄な男だ。客人であるデイヴィッド伯父のほうがはるかに主教らしく見える。

　ハドソンの案内で居間にはいると、裏手にある殺風景で小さな庭と、かなたにひろがる雑然とした町並みが目に映った。壁と天井は白く塗られている。家具も書物もほとんどなく、絵は一枚も飾られていない。唯一の装飾品は、ガスストーブの上の棚板に置かれた大きな木製の磔刑像だった。床に積まれた毛布と枕の山が、デイヴィッド伯父が小さなソファーをベッドがわりに夜を過ごしたことを物語っている。

　しばらくして、ハドソンは牛乳で薄めたインスタントコーヒーと、少し干からびたビスケットを運んできた。コーヒーカップを全員に渡し終えると、サリーの横に腰をおろした。

「ほんとうにひどい話だよ」打ち解けた口調で切り出され、サリーはすっかり虚を突かれた。「つらいだろうね」

「ええ」サリーはそうつぶやいて、涙ぐんだ。

　ハドソンはズボンのポケットから、しっかり折り目のついた大判の白いハンカチを取り出した。その気配りに、サリーは心のなかで満点をつけた。「遠慮は要らない」ハドソンは言った。「泣く暇もなかったんだろう。たしかに、それが許されないときもあるからな」

　マイケルとデイヴィッドは、窓際でふたりに背を向けて話をしていた。サリーが泣いていることには気づいていないらしい。ほとんど声もなく涙が流れ、一分以上が過ぎた。ハドソンは半ば目を閉じてすわっている。サリーにふれようとも、ことばをかけようともしない。

しだいに涙がおさまった。サリーは鼻をかみ、目を拭いた。

ハドソンは口にパイプをくわえ、マッチの箱へ手を伸ばした。「洗面所を使うかね？よかったら、廊下の突きあたりにあるよ。左のドアだ」

サリーは質素なせまいバスルームへ進み、冷たい水で顔を洗った。目を赤く腫らした醜い顔が、鏡の向こうから責めるようにこちらを見つめている。居間にもどったが、先刻と何も変わっていなかった。マイケルとデイヴィッドは相変わらず窓際で話をつづけ、ハドソンは肘掛け椅子でパイプをふかしている。

「マイケルとデイヴィッド伯父からいきさつはお聞きになりましたか」サリーは尋ねた。

ハドソンはうなずいた。「事細かに」

「何もかもわたしのせいではないかと感じています。わたしの行動や立場が何者かの恨みを買ったのです。そして、ルーシーがそれを償っている」

「わたしには自分を責める悪癖があると、以前妻から言われたものだよ」ハドソンはマッチをすり、パイプの火皿の上で炎を踊らせた。「〝そんなのは思いあがりよ〟と妻は言っていた。まったくそのとおりだ」

「でも、事件が長引けば長引くほど、犯人がわたしに復讐しようとしていると思えてきて」

「相手がきみなのか、あるいは犯人の両親や、犯人自身や、神なのか――そんなことになんの意味があるのだろうか。つまるところ、咎めを負うべきはきみではなく、犯人だ。自分を責めてはいけないよ。惹かれるのはわかるが、耐えねばならない」

「惹かれる？」

「明らかに罪がない場合でも、自分のせいだと考えるほうが楽なものだ」ハドソンは微笑んだ。「ビスケットをどうだね」

サリーは納得できないまま、ビスケットをひとつ手にとった。

「だいじょうぶだろうか」ハドソンはつづけた。「来客用にとっておいたものだが、ずいぶん長いこと封をあけたままなんだよ」

瑣末な問題が、一瞬、はるかに大きな問題を退けた。礼を失しても正直になるべきか、嘘をついてでも礼儀を重んじるべきか。この恐ろしいビスケットを食べるべきか否か。相手の心を傷つけず、しかも嘘をつかずにすませるには、いったいどうすればよいのか。

「例の写真はあるかい」マイケルが窓際から声をかけた。「伯父さんが見たいそうだ」

サリーはビスケットをほうり出して、ハンドバッグを手で探った。写真は四人へ順繰りにまわされた。小さな墓石を写した白黒の写真だ。かつては鉛直だったと思われる石板が、歳月を経て心なしか左へかしいでいる。その両側にひとりずつ人が立っていて、ほぼまちがいなく男性だが、腰の高さで画面が切れているせいで、脚の一部しか見えない。右側は丈が短めのピンストライプ柄のズボンだが、左側ははっきりしない。焦点が合っているのは、脚と墓石と、そのすぐ前に生えた草だけだ。ほかの部分は灰色にぼやけている。

「被写界深度がかなり浅いな」マイケルが言った。「たぶん、墓地を見おろす場所にあるどこかの家から、望遠レンズで撮ったものだろう」

墓石の表面に浅く浮き彫りにされた、円形の飾り模様が目を引いた。大鎌をかざして僧帽をかぶった死神の顔が描かれている。碑文ははっきり読みとれた。

フレデリック・ウィリアム・メッセンジャー

一八三七年四月十九日生

一八八四年三月四日没

「ずいぶんあっさりしているな」ハドソンは墓石に合わせて首を傾けた。「自分の墓に月並みな信仰の文句を刻みたくなかったのかもしれない」

「ここで手が見つかったのはたしかなのか」デイヴィッドがだしぬけに言った。「まちがいないのかね」

マイケルは首を横に振った。「ハウエルがそう言っただけですから。何も——」

「ほかにもわかることがあります」サリーは口をはさんだ。「左側のズボンは霜降りのツイードで、マクサムのものと似ています。それから、カーロウ部長刑事のスーツはピンストライプ柄です」

「警察はなぜこれを伏せているんだ」デイヴィッドが尋ねた。

「きのうルーシーのタイツが見つかった事実を公表しないのと同じ理由です」マイケルが言った。「情報の真偽を見分けられるように」額をこすり、ハドソンの持つ写真に目を注いだ。

「気味が悪いですね」

ハドソンは写真を見据えた。「この御仁《ごじん》の名前に何かの意味があるとは考えられないかね」そう言いながらデイヴィッドに目をやったが、デイヴィッドは肩をすくめ、顔をそむけて煙草に火をつけた。

「どういうことですか」サリーは言った。

「使者《メッセンジャー》は伝言をもたらす者にほかならない。だとしたら、発見された手もひとつの伝言と解釈するべきなのかもしれない。そう思うかね、デイヴィッド」

デイヴィッドは赤く燃える煙草の先端に目を向けて、うなずいた。

「言うまでもなく、〝使者〟はギリシャ語で〝アンゲロス〟だ」ハドソンはつづけた。「英語の〝エンジェル〟はそこから由来している。死の天使《エンジェル》？　犯人はことば遊びを楽しんでいるのだろうか」

デイヴィッドは背筋を伸ばし、ハドソンに顔を向けた。「大事なのは髑髏と大鎌ですよ」顔つきはふだんと変わらないが、言いきるとき、声に震えがあった。年相応の声に聞こえたのは、サリーが出会って以来はじめてだ。デイヴィッドは煙草の先で写真を指し示した。

「そこと、きのうのセント・マイケル教会と、きょうのパラダイス・ガーデンズ。三つには共通するものがある」煙を吸いこむ。「背後にいるのは、おそらくはカトリックの信者か、少なくともカトリックの教義をかじった者だろう」

「でも、セント・マイケルは国教会に属していますよ」マイケルが言った。

デイヴィッドが苛立たしげに煙草を振りまわしたので、灰がカーペットに落ちた。「広い意味のカトリックだ。ローマ・カトリックじゃない」煙草の先端がサリーとマイケルに交互に向けられ、つかの間、神学校で教えていたころのデイヴィッド・バイフィールドが顔をのぞかせた。「〝四つの終末〟とはなんのことか知っているかね」

マイケルは横目でサリーを見て、かぶりを振った。

「死、審判」サリーは反射的に答えた。頭ではルーシーのことを考えていた。「天国、地獄。ローマ・カトリックの教理問答では、〝永遠に記憶さるべき〟とされています」

「そのとおり」ハドソンが小声で言った。「最終なるもの《レス・ノウィッシマ》。トリエント公会議（一五四五年から一五六三年まで断続的に開催され、カトリックの教理を明確にした）より前からある考えだったな」

デイヴィッドはうなずいた。「神学的な典拠は、旧約外典の『ベン・シラの知恵』の一節です。しかし四つにするのは正式な分類ではなく、一般的な慣習にすぎません。もっとも、久しくそれで定着していますがね。たとえば、十六世紀の聖ピーター・カニシウスの教理問答のなかに見受けられます。だが、それ以前のフランス教会派にさかのぼってもいいのではないでしょうか」

「すみません」そう言ったマイケルが、あまりに若く弱々しく見え、サリーは抱きしめたくなった。「なんの話だかわからないんですが」

「大いなる悪」デイヴィッドがゆっくり言った。「堕落だよ」

「そんなことはいい」マイケルは鋭く言った。「今回の件が神学とどう関係があるんです」

「厳密に言えば、終末論だ」

ハドソンはパイプの煙を吐き出して、完璧な輪を作った。「わたしもつねづね、とらえどころのない問題だと思ってるよ」

「うわべだけを見れば、終末論は実に単純です」扱いにくい神学生を相手にするかのごとく、デイヴィッドは言った。「学術的には、個人と人類全般双方の究極の運命を論じる組織神学の一分派だと言える」

ハドソンが身を乗り出した。「デイヴィッド」

「はい？」

「単純明快に言ってくれないか」

一瞬、ふたりの老人は見つめ合った。サリーは息を呑んだ。理由はわからなくとも、そこで闘いが進行しているのが見てとれたし、ハドソンの醸し出す権威とデイヴィッドの執拗な怒りも感じられた。そして、もうひとつ、思いも寄らぬ感情がそこに存在していた。デイヴイッドが怯えている。

やがて、デイヴィッドは小さくうなずき、無条件降伏の姿勢を見せた。「あなたのおっしゃるとおり、メッセンジャーという名前から考えて、手の置かれた墓は無作為には選ばれていません」穏やかな口調は、もはや教師のそれではない。「わたしたちへ向けた伝言があるということ、読みとるべき意味がこめられていることが暗に示されているわけです。そして、飾り模様に描かれているものがその意味を明らかにしている。死です」

「そう言えば、あの絵」サリーは急に息苦しくなり、ことばを切らざるをえなかった。「セント・マイケル教会の主祭壇の上にあった絵です。ご覧になりましたか」

デイヴィッドは振り返った。驚いたことに、その瞳に涙が浮かんでいる。「ああ。〈最後の審判〉のできそこないだった。ジョットを模したものだろう」

サリーはうなずいた。「模したのか崩したのか、わかりませんけど」

デイヴィッドの表情がゆるんで笑顔になりかけたが、また険しくなった。「だとすると、セント・マイケル教会はわれわれに〝審判〟を与えるわけだ」

「聖ミカエル《セント・マイケル》という名前は、教会が祀る聖人を表しています。そこに意味があるのかもしれません」

「やめてくれ」マイケルは三人全員をにらみつけた。「そんなものは妄想まがいの理屈ですよ。それに見合った事実を選んでいるだけでは？」

「そうかもな」デイヴィッドは煙草をもみ消し、すぐに箱を揺すって一本取り出した。「しかし、わたしには捨てきれない。あまりにも多くの事実が合致するんだよ。セント・マイケル教会と〝審判〟のあいだには、ほかのつながりもある。初代の司祭がフランシス・ユールグリーヴ師だったことを、あのとき偶然思い出してね」

「ユールグリーヴだって？」マイケルがさえぎった。

「そうだ」

「だけど、その一族はロスに住んでいたでしょう？」

「だからこそ名前を知ってるんだよ」デイヴィッドはマイケルを見つめ、それからサリーへ視線をもどした。「アメリカへ渡る前、わたしは数年間ロスの教会区牧師だった。ロスのことはマイケルから聞いているだろうか。ミドルセックスの町で、かなりの田舎だったよ」

サリーは呆然と相手を見た。ロスと言えば、ミス・オリファントが住んでいたか、少なくとも滞在していた町だ。**せまい世界ね！**

「実は、フランシス・ユールグリーヴはその教会に埋葬されている」デイヴィッドはつづけた。「ユールグリーヴ師は余暇に詩をしたためていたという。名前が同じフランシス・トムスン（十九世紀末の宗教詩人）に通じるものがあるがね。よく選集に載せられる詩がある。〈寄留者の審判〉という作品だ」

マイケルが眉をひそめた。「でも、偶然の一致にすぎないのでは？」

マイケルとデイヴィッドは見つめ合った。ふたりの共有する過去から締め出され、いつもの嫉妬がサリーのなかで渦巻いた。

「わたしに言わせれば、人は偶然というものを大げさにとらえすぎる」ハドソンが言った。「偶然の一致は、例外ではなく正常なものなのに」

デイヴィッドのライターが火を発した。「たしかに。ともあれ、そうなると、パラダイス・ガーデンズは天国《パラダイス》、すなわち〝四つの終末〟の三番目を示すことになる。あなたの意見は？」ハドソンを見た。

「筋は通る。しかし、警察は納得するだろうか。話すつもりなのかね」

「話してみてもいいです」マイケルが言った。「マクサムが耳を貸すかどうかは保証できませんが」

「聞かせなくては」デイヴィッドが言った。「なんとしても」

そのとき、呼び鈴が鳴った。だれひとり動かなかった。

「それじゃ、四番目はどうなるんです」ビスケットのかけらをこぼしながら、サリーは立ちあがった。「そのご立派な仮説がルーシーにとってどんな意味を持つのか、考えていらっしゃいますか？」

「はい」サリーは言った。喉が渇き、胃が痙攣している。「まちがいありません」

カーロウ部長刑事が、ぬくもりを求めるかのように、すらりとした手をこすり合わせている。「十字架だったんです。マクサム主任警部はそこに注目なさいまして」

「十字架の耳飾りを子供につけさせるような信者は多くないと思います」

一同は――カーロウとイヴォンヌ・ソーンダーズ巡査、サリーとマイケルは、ハドソンの家の玄関広間に立っていた。老人ふたりは居間に残っており、奥からその声が途切れ途切れに響く。マイケルの顔は蒼白だった。カーロウは相変わらずピンストライプ柄のスーツをまとっている。ズボンの丈が短すぎて、体を動かすたびに、黒い靴下との隙間から青白く体毛の薄い肌が見える。サリーはめまいの波に襲われ、一瞬、気を失うかと思った。

「ルーシーの耳にピアスの穴があけられていなかった、と断言できますか？」

「もちろんです」ある考えが心に浮かび、めまいを押しのけた。「その穴は最近あけられたものではないんですね？」息を凝らして答を待つ。

「おそらくかなり前にできたもので、それもかなりぞんざいです。耳たぶにケロイドと言いますか、ふくらんだ瘢痕組織がありました。何年も前ではないにせよ、数ヵ月は経っているでしょう」

サリーは息をついた。心臓はなお不気味に高鳴っている。一時執行猶予の知らせは、胸の奥までは届いていない。サリーは身を震わせて唾を呑んだ。マイケルはむせび泣くような声を漏らしている。

イヴォンヌがみごとな歯並びを見せながら心配そうに微笑み、サリーの腕を軽く叩いた。

「ねえあなた、おすわりになったら？」

サリーは導かれるまま、壁際の椅子へ向かった。「ルーシーじゃない。ルーシーじゃないわ」

「そのとおりよ、あなた」テレビの広告で粉末洗剤の品評をする主婦並みの朗らかな誠実さを漂わせて、イヴォンヌが言った。「ぜったいちがうわ」

「驚かせてしまって申しわけありません」カーロウが事務的に言った。「しかし、主任警部のお考えで、真っ先にあなたがたにお尋ねすべきだということになったのです」

クッション封筒の奥底から、髪の塊よりもはるかに小さな包みが見つかったという話だった。それはポリエチレンのラップに覆われ、頭部から無造作に切り落とされた小さな耳がひとつはいっていた。耳たぶから、銀製の十字架のついたピアスがぶらさがっていたという。

マイケルがサリーの肩にふれた。サリーは手を伸ばし、その指をつかんだ。

「その耳は、例の脚や手と同じ体から切りとられたものだろうか」マイケルが訊いた。

「手とは明らかに別人だ」カーロウは男性が相手のほうがはるかに話しやすそうだ。「肌が白かったからな。脚についてはなんとも言えない。しかし、どちらかに賭けろと言われたら、別人だと思う」

「どうして？」

カーロウは肩をすくめた。「さあね——ただ、脚は大きくて不恰好な感じだったけど、耳はかなりきゃしゃだったから。あくまで推測だが、ちがう子供のものだろう」

「耳も冷凍されていたのか」

「まだわからない。その可能性は大いにあるよ」

犠牲者が三人、とサリーは思った。〝死〟にひとり、〝審判〟にひとり、〝天国〟にひとり。そして、〝地獄〟にも——

「もうひとつあるんです」カーロウがつづける。「きのうわれわれが発見したタイツを覚えていらっしゃいますね」

サリーはうなずいた。如才のない言い方だ、と思った。タイツがルーシーのものであったことや、その中身についてはふれていない。

「生地に付着していた毛髪を鑑識が発見しました。天然の金髪。きょうの午後には詳細がわかるはずです」

「男か、女かは？」サリーの肩を強くつかんだまま、マイケルが尋ねた。

「女性と思われる。長さは約十二インチ、細い毛髪だ」

「マクサムに話がある」

カーロウはぼんやりとマイケルを見た。「はあ？」

「しっかりしろよ！」マイケルは声を荒らげ、サリーから手を離してカーロウに詰め寄った。「さっき、事件の法則性らしきものを見つけたんだ。もしそれが正しければ、事態は急を要する」

「わかった、わかった。どんな法則性だ」

「殺人犯の行動について」

「話してくれ」

「マクサムに話したい。事件の陰に宗教にのぼせた異常者がいるという、これまでの考えを裏づけるものだ」

カーロウは唇を引き結んだ。大きな顎の上で筋肉が引きつっている。「自信があるのか」

「ある。それから、同行したい人間がいる」

カーロウは眉を吊りあげて、サリーに目をやった。

「司祭だ」マイケルが言った。「デイヴィッド・バイフィールド――きのう会ったろう。おれより正確に専門的な事情を説明してもらうためだ」

「専門的な事情？」カーロウは訊き返した。「いったいどういう――」

「すぐに行動に移さないと、全員が後悔することになる」マイケルはサリーに向きなおった。「ここに残ってもいいいし、インカーマン・ストリートへ帰ってもいい。きみの好きなようにしてくれ」

「考えるわ。携帯電話を持っていってちょうだい。ここかオリヴァーの家にいるから」夫が自分を同行させたがらなかったことに動揺したが、せがむのも気が進まなかった。そんなことをしても、よけいに気持ちが混乱するだけだろう。それに、どこか静かなところで、だれにも邪魔されず、同情も受けずに思いきり泣きたい衝動も抑えきれなかった。

カーロウが食いさがった。「そんなことをしてどうなるものだろうか。そちらで何かわかったというなら、もちろん伝えてやってもいい。しかし、主任警部は多忙だから、おそらく──」

「わかってる」マイケルは大声で言った。苛立ちの限界へ近づいている。「あの人は山ほど仕事をかかえていて、無駄話に費やす時間はほとんどない。でも、それを説き伏せてみると言ってるんだ」

インカーマン・ストリートに着くと、サリーは空きスペースへ注意深く車をバックさせた。ところが、ブレーキをかけそこない、ローヴァーの後部が濃紺のシトロエンの前面にぶつかった。エンジンが止まった。

サリーは額をハンドルにもたせかけた。**主の御心がおこなわれますように**。こんなばかげたことが起こるのを、神は本気で望んでいらっしゃるのか。計器盤のオイルランプが赤く点滅し、暗い背景に浮かぶ紅《くれない》のしずくとなって、床に血だまりを映し出した。目を閉じたが、その光景は消えようとしない。何を措いても、ルーシーのために祈りたかったのに。いざ試みると、わが娘の名前や顔ではなく、存在そのものが胸にひろがった。心のなかでルーシーがあまりに大きな割合を占めているため、ほかのものは、たとえ神でもはいりこむ隙がなかった。

しだいにルーシーの映像が縮んだ。離陸する飛行機のごとく、それはみるみる小さくなり、存在するのに姿が見えなくなった。**聖職者として失格ね。神を受け入れる余地がないのだから。**

何かを叩く音が、意識を引きもどした。邪魔されて不快を覚えながら、サリーは目をあけた。オリヴァーが窓の外の道路に立って、先刻のフランク・ハウエルと同じ姿勢で、こちらの顔の高さまで身をかがめている。サリーは窓をおろした。

「だいじょうぶかい」

サリーは無言で首を左右に振った。

「家にはいって」オリヴァーは窓から手を入れて、ドアのロックをはずした。「何か知らせでも？　もしかして――」

「いいえ、まだ見つかっていないわ」

「なら、無事だと思うよ。元気にしてるさ」オリヴァーはドアをあけた。「さあ、おりて」

サリーは老女のような動きでなんとか車から出て、オリヴァーの腕にしがみついた。オリヴァーはあいたほうの手でイグニッションを切り、キーを抜きとり、窓を巻きあげ、ドアを閉め、ロックをかけた。

サリーはシトロエンの前部を見つめた。今年の型で、塗装面が輝いている。それなのに、前部にはへこみができ、一方のヘッドライトのガラスが割れている。些細な衝撃がいかに大きな損害を与えうるかに驚いた。車がこれほど壊れやすいものだとは知らなかった。

「わたしがぶつけたの」

「気にしなくていいよ」

「だけど、持ち主が――」

「持ち主はぼくだ。好きなだけぶつけるといい。たかが車なんだから」

ふたりは家へ向かった。オリヴァーはサリーをキッチンへといざない、やかんを火にかけた。サリーはハンドバッグをテーブルに置いた。ふきんを手にとり、水切り台の上にあったマグカップを拭きはじめた。

「その必要はないよ」しばらくして、オリヴァーが言った。

「必要ってなんの？」

「それは拭かなくていい。ゆうべからそこに乾かしてあったし、もし濡れていたとしても、きみがそれを拭くのはもう四回目だ」

サリーは手に持ったマグカップとふきんに目を向けた。「自分が何をしてるのかわからないの」

「無理もない。すわったらどうだい」

サリーはオリヴァーが紅茶を淹れるのを見守った。ふたつのカップに茶を注ぎ、サリーのぶんに砂糖をスプーン三杯加える。やがて、キッチンのテーブルへ手を向けた。

「すわろう」

サリーは椅子に身を沈めた。決定権を取りあげてくれたことがありがたかった。「あなたの車をどうにかしなくちゃ。わたしから保険会社に電話をしてはいけない？ それとも、警察に報告する？」

「言ったろう、車のことは忘れてくれって。それより、何があったかを話してくれないか」

何よりサリーの心に留まったのは、オリヴァーの話の進め方だった。提案をしたり意見を述べたりする前に、まず質問を投げかける。この点で、警察官は聖職者や心理学者に似ている。サリーは、パラダイス・ガーデンズでマクサムから見せられたものについて説明した。そしてオリヴァーの問いかけに促され、ほかの出来事も残らず語った。ハウエルの待ち伏せ、デイヴィッド・バイフィールドによる仮説、カーロウ部長刑事の到着。

「で、結局どうなるのか」ひととおり聞いて、オリヴァーが言った。「ぼくがマクサムだったら、その金髪は被害者のひとりのものだと考えるだろうな。ほかの事柄については推測の域を出ない。それでも、宗教に固執する異常者が事件の陰にいるという説を裏づけるものではあると思う」

サリーは冷えた両手で、あたたかいマグカップを包んだ。「それだけじゃないわ。ふたつの法則性が見つかったの。ひとつは単純なもので、事件の舞台がロンドン北西部に偏っているということ。もうひとつは宗教的なものよ。単に漠然とした宗教への敵対心に基づくのではなく、〝四つの終末〟に関連しているということ」

地獄《ヘル》のあるところにルーシーがいる。

オリヴァーが部屋から出ていった。しばらくすると、ロンドンの市街地図を持ってもどってきた。そして索引のページを開いた。

「もうマイケルが調べたわ」サリーは言った。「ヘリングス・ストリートというのがあるけど、ワッピング地区だから東部よ」

「地理的な法則に大きく反するわけだ」オリヴァーの指が活字の列を下へとなぞった。「でも、綴りがヘルにいちばん近い」

「そんなに単純な話じゃないと思う。たぶん、もっと遠いつながりなのよ。ボークラーク・プレイスの教会を使って審判を表したみたいに」サリーはテーブルの向こうのオリヴァーを見た。「本気で検討するよう、マイケルがマクサムを説得するそうよ」

「薄弱な根拠だということは認めざるをえないな」

「ほかにどんな手がかりがあるって言うの？」突然の激情に駆られ、サリーはマグカップを脇へ押しのけた。紅茶がテーブルの上にこぼれた。ふたりとも動きを止めた。「時間は刻一刻と過ぎていく。どんな日程で進んでいるか、わかってる? 金曜にルーシーが連れ去られた。土曜にはキルバーン墓地で手が見つかった。日曜にはセント・マイケル教会、きょうはパラダイス・ガーデンズ。そしてあしたは――」

「なぜだ」オリヴァーがことばをはさんだ。「こんなことをする目的はなんだろう。それを考えたことはあるかい」

沈黙が落ちた。やがて、サリーは言った。「復讐よ、もちろん。相手が教会なのか、権力なのか、親なのかはわからない。だけど、ほかにも何かある気がする」かぶりを振り、頭をすっきりさせようとする。「〝四つの終末〟というのは、神学の考えで言えば、われわれすべてに訪れる未来、すなわち、死とその先にあるものを象徴してるの。犠牲者が四人いるとしたら、ひとりひとりが〝四つの終末〟のそれぞれの段階、つまり人間の魂が行き着く可能性がある場所を示している……」オリヴァーに目を向け、反応を探った。

「司祭になりたいという望みをかなえられなかった人間のしわざだろうか」オリヴァーは言った。「それなら、こういうふうに――」

「ちがうの。それもありえなくないけど、そういう意味じゃないのよ」サリーは身を起こした。「犯人は身代わりを使ってみずからの死を体現しようとしてるんじゃないかしら。犠牲者は犯人のために死んでるの」

「でも、なんのためにそんなことを?」

「偽りの死を経て、生まれ変わるためか。第二の人生を得るためか。あるいは、その人に与えられた地獄から逃れるためか」

窓のカーテンを閉めきった家さながら、オリヴァーの表情は内にこもったふうだった。

「なるほどな」

「わからない。わからないことばかりなの」サリーはもう一度オリヴァーに視線を向けた。

「何もかもが」

わかっているのはひとつだけ。**地獄のあるところにルーシーがいる。**

オリヴァーは紅茶をひと口飲んだだけで、何も言わなかった。

頭上の静寂から、サリーは耳ではなく肌で翼の羽音を感じとった。オリヴァーとの会話を途切れさせまいと思いながらも、その音に身をゆだねてしまいたい強烈な誘惑に駆られた。

「不安というのはとてもわびしいものね」サリーはせき立てられるように言った。「はじめてわかったわ。砂漠と同じ。不毛なのよ」そこでひと息つく。「あなたは教会にかよっていないんだったわね」

「いまはね。父も母も礼拝好きだった。十六歳のとき、どれも自分には合わないと思ったんだ。礼拝だけじゃない。何もかもが」

「うらやましい」

「なんだって？」

「そういう生き方のほうが簡単だと思うの。気楽そうだわ」オリヴァーが怪訝な顔をするのが見えた。「多くの人が、宗教は心の支えだと考えている。だけど、実はそうじゃない。神を信じる人間は、絶え間ない難題に立ち向かっているも同然なの。つねに行動することを求められるから、くつろいで自分自身の暮らしを楽しむことができないのよ」

「それでも、きみは信じているのかい。いまこの瞬間」

「ええ、そうよ。一応はね。だけど、助けにはならないわ。少しも」

オリヴァーがティーポットを持ちあげ、サリーに差し出した。サリーは首を横に振った。

「わたし、よく夢を見るの」サリーは自分の声を聞いた。「白日夢のときもある。どうにかならないかしら」

「緊張がそういう形で表れるのはよくあることだよ」オリヴァーは軽い声でそう言って、自分のマグカップを満たした。「緊張と、暗示へのかかりやすさとのあいだには関係がある。パブロフ以来、明らかにされてきたことだ。緊張と幻覚にもつながりがある。脳のしかるべき部位にしかるべき刺激を加えれば、幻覚を引き起こせる」

「で、白日夢は?」

「ああ、そうか。白日夢ね」オリヴァーは肩をすくめ、幻覚と白日夢のあいだに自分はちがいを認めていない、と暗に伝えた。「緊張はよくある刺激のひとつにすぎない。それが、視覚をつかさどる側頭葉に、一種の電気的な作用を引き起こすことがある。それだけだよ。神秘的なものでもなんでもない」

「そうなの？」

オリヴァーはすぐに弱腰になった。「あいにく、素人の聞きかじりでね。真に受けないでくれ。子供のころあれこれ説教されたことへの反発で、そんなふうに考えるようになったんだ」

「いまは岐路に立っているのよ」サリーは言った。「何が起ころうと、どんな結末を迎えようと、ここが分かれ目になる。元どおりになることはありえないって、パラダイス・ガーデンズでマイケルが言っていたわ。そのとおりだと思う。事の前後では、かならずちがいが生じる。けっして繰り返すことはない」

オリヴァーはわかったというふうにうなずいたが、むろんそんなはずはなかった。それでも取りつくろってくれるのを、サリーはうれしく思った。オリヴァーといっしょにいること、話をすることが、なぜこれほど心地よいのかはわからない。同じようにマイケルに話しかけても、耳を傾けようとしないだろうし、傾けたとしても、賛否を問わず、激しく論じ合おうとするはずだ。

オリヴァーは窓を見あげた。「車でハムステッド・ヒースまで行って、散歩でもしてから、パブで食事をしないかい」

「いまから？　無理よ」

「いいじゃないか。ここでぶらぶらしているよりずっといい」

「だけど、もし――」

「マクサムに居場所を知らせておくし、ぼくの携帯電話を持っていく」

「それでいいのかしら。だって――」

「行こう。体を動かせば気分もよくなる。きょうはすばらしい天気だ」

サリーは顔をあげて、窓の外をながめた。「曇ってるわ」

「きのうよりはましさ。雨は降っていないし、風も強くない」

「それはすばらしいとは言わないわ」

オリヴァーは微笑み、その瞬間、落ち着いた表情が消えた。「認めよう。でも、外出については譲れない」

急に議論に飽き、サリーは肩をすくめた。降参するほうが楽だし、ひとりでいるよりはオリヴァーといっしょのほうが心強い。身支度にはいつもよりずっと時間がかかった。ルーシーがいないという事実ではなく、瑣末でどうでもいい事柄が心を掻き乱した。財布のなかの金を二度数えたが、それでも金額が頭にはいらない。二枚のセーターのどちらを着ていくかを決められず、延々と悩んだあげく、上にコートを着るのだし、どのみちだれに見せるつもりもないのだから、どちらでもかまわないと悟った。

準備ができたとようやく告げたが、それは実際にできたと感じたからではなく、オリヴァーをこれ以上待たせたくないからだった。ぶつかったままの二台の車をオリヴァーが引き離したあと、ふたりでシトロエンに乗りこみ、ヒースをめざした。ミルフィールド・レーンに車を停め、ハイゲート・ポンドからパーラメント・ヒルへと、南に向かって歩いた。

ふたりのほかには、数人が足早に歩いているだけだった。のんびりと散歩をするほどあたたかくはない。サリーは人とすれちがうたびに注意深く観察し、敵意をいだかれているのではないか、自分と異なる種類の人間ではないかと身構えた。子供がさらわれる世界でなら、何が起こってもおかしくない。

サリーはオリヴァーに寄り添って歩いた。この緑の荒れ地に怯えていたからであり、また、オリヴァーの携帯電話の着信音を聞き逃すのを恐れていたからでもある。はじめはふたりとも無言だった。やがてオリヴァーが、こちらから訊き返したくなる話題を切り出した。

「けさ、シャロンから手紙が届いた。いい人を見つけたらしい」

「気になるの？」サリーは自分がそう言うのを聞いた。

「ほっとしてるよ。別れたとき、ふたりとも罪悪感を感じていたと思う。結婚生活がうまくいかなかったがゆえの負い目をね。シャロンが新しい相手を見つければ、ぼくたちの結婚は修正のきかない過ちのひとつではなくなるんだ」

修正のきかない過ち——たとえば、子供の死とか。

「あなたに新しい人が現れたら、すっかり解決するわね」

「そういう理屈になるな。やりなおせること、二度目の機会を持つことには、いい面がたくさんある。きみは認めないだろうけど」

「どうして?」

「婚姻関係は永遠につづくものなんだろう?」

「そうよ。だけど、知ってのとおり、敬虔な信者でも離婚するわ」

「聖職者でも?」

サリーはその質問にたじろいだ。オリヴァーの真意が——というより、そのことばの含みと思われるものが、サリーの心に立ちこめる不安と恐怖の霧を一瞬にして突き破った。「近ごろでは、国教会の牧師ですら離婚をするわ。主教の気には召さないかもしれないけれど、実際に起こってるの」

サリーはそっとオリヴァーの顔を見あげ、まずまずの反応だと思った。オリヴァーは微笑んだ。こんな折にこんな会話を交わし、こんなことを考えているのが、奇妙で不埒に思えた。**主の御心《みこころ》がおこなわれますように**。乱れた人生に溺れることはあまりにたやすい。だからこそ、船のマストのごとく、永遠の誓いにしがみついて、沈まないように願うしかない。

「サリー」オリヴァーが言った。「きみはこれまで——」

「いますぐインカーマン・ストリートにもどりたいんだけど」サリーはさえぎった。

「どうかした?」

恐怖が押し寄せた。オリヴァーのこわばった顔が迫って見え、造作のひとつひとつが気味が悪いくらい肥大して、怪物《ガーゴイル》そっくりになった。ボークラーク・プレイスのあのいまわしい小さな教会で、デイヴィッド・バイフィールドがガーゴイルに見えたことを思い出した。若いころは魅力的な男性だったにちがいない。防御がすべて取り払われ、サリーは自分がもろい人間だと悟った。

サリーは身を震わせた。「帰らなくちゃ。何かが起こった気がする」

12

人間の目から見れば神から見捨てられて当然でありながら、救われる者が多くいる……最後の審判の日には、神の正義と慈悲との、奇妙かつ意外な例が見られるであろう。ゆえに、このふたつを定義しようとすることは、人間においては愚挙であり、悪魔たちにおいてさえ傲慢なふるまいである。

——『医師の信仰』第一部五十七節

時間がない。無駄にできる時間はない。あとさきを考える時間はない。

眠っているルーシーを残し、エディは自分の寝室へ駆けあがって、衣装棚の扉をあけた。いちばん下に茶色いキャンバス地の鞄があった。人工皮革で補強され、真鍮と思われるめっきの施されたファスナーと鍵がついている。父の鞄だ。毎年、父はこれを持って休日のパラディン・キャンプへ出かけたものだった。

エディはその鞄を引っ張り出した。何足もの靴の下敷きになっていたので、つぶれている。ファスナーをあけ、部屋をざっと見まわした。棚からシャツを一枚出して鞄へ詰める。つづいて靴下と下着も入れた。書類をしまってある抽斗を開き、中を搔きまわした。小切手帳が見つからないため、抽斗をまるごと抜いて中身をベッドの上にぶちまけた。そこから小切手と財布を鞄に入れる。思いついて、出生証明書と住宅金融組合の通帳も投げこんだ。もう一度棚をよく探し、いちばん厚いセーターを見つけ出した。そのあいだずっと、外でバンが停まる音がしないかと耳を澄ませていた。

ふと思いつき、父が母へ贈った黒髪の少女の絵を壁からはずした。持っていきたいが、邪魔になるだけだろう。絵を枕の上へほうり投げた。ねらいがはずれて、ベッドの端から床へ滑り落ちる。額のなかでガラスが砕ける鋭い音がした。

鞄を持ってバスルームへ行き、練り歯磨きや歯ブラシやひげ剃り道具をまとめた。脚がひどくふらつくので、浴槽のへりに腰をおろした。何もかもが同時に起こるなんてひどすぎる。具合が悪いときに、こんなことに立ち向かわなくてはならないなんて。タオルも必要だと思った。自分のものが濡れているため、エンジェルのものを手にとったところ、かすかに香水のにおいがした。そのせいで気分が悪くなり、結局、乾燥用の棚から清潔なタオルを引き抜いた。

ゆっくりと階段をおりてキッチンへ進み、食器棚を手あたりしだいに探った。食べ物や飲み物が必要だ。ビスケットや、コーラの缶ふたつや、ベイクド・ビーンズの缶詰を鞄に入れた。財布をあらためたが、恐ろしいことに数ペンスしかない。家計費のはいった壺から、中身を手のひらにあけた。小銭ばかりで五ポンドにも満たない。それらを裸のままジーンズのポケットに突っこんだ。こんなものではとうてい足りない。銀行や住宅金融組合へ行けるとはかぎらないのだから。

そのとき、カーラの緑色の財布を思い出した。それは〈ウールワース〉の袋といっしょに地下室に置いてある。土曜日にルーシーのために奇術セットを買ったが、まだ渡していない。

エディは玄関広間へ行って、コートを着た。地下室の開いたドアの前でしばしたたずんだ。おりていきたくない。中を見ると、ルーシーがまだ眠っているのがわかった。奇術セットと財布は、ルーシーの届かない、エンジェルの本棚の最上段に載っている。エディは足音を忍ばせて階段をおりた。無事に下までたどり着き、茶色の鞄を持ったまま本棚へ歩み寄った。爪先立ちしないとてっぺんに手が届かなかった。

「エディ」

驚きのあまり、財布と奇術セットを落としてしまった。「なんだい」

「起きる時間?」

「ええと」エディは自分でもよくわからなかった。「どうかな」身をかがめて財布を拾い、札入れの部分をのぞきこんだ。十ポンド札が三枚はある。

ルーシーはベッドから這い出して、財布を見つめた。「カーラのよ」

「そうだ」エディは奇術セットを拾いあげた。財布とともに茶色い鞄にしまう。

「何してるの？」

エディはルーシーを見据えた。濃い黄色地に赤い星の模様がついたパジャマを着て、かわいらしい。しかし、いまはその赤い星も飛び散った血に見えた。何もかも台なしだ。

「ちょっと外へ行かなきゃいけないんだ」

「いっしょにいて」ルーシーは甘えた声を出した。

エディは微笑んだ。「そうもいかないんだよ」

「エンジェルはいや。あなたがいい」

「エンジェルはいないよ」エディは言ったが、失敗したと気づいた。「すぐもどってくるけどね。少し出かけただけなんだ」

「行かないで」ルーシーは顔をゆがめた。「ママに会いたい。ママとパパのところへ連れてって」

脚から力が抜け、エディはベッドにすわりこんだ。その膝にルーシーが手を置いた。ジーンズの生地を通してルーシーのぬくもりが感じられる。これほど信頼を寄せてくる小さなお客さんは、かつていなかった。

「やさしいエディ」ルーシーのつぶやきが胸に響いた。

知らず識らずのうちに、エディの目は冷凍庫と電子レンジのある部屋のドアを見ていた。ルーシーをここに置き去りにしたら、いずれ命のともしびが消えるだろう。まもなく氷の冷たさが訪れるにちがいない。エンジェルのもとに残してはならない。とはいえ、ハーキュリーズ・ロードの自宅へ帰すことも、近場の警察署へ連れていくこともむずかしい。「こんにちは、エディ・グレイスといいます。この子はルーシー、三日前にぼくが誘拐しました」なんて。面倒を起こさずにすます方法があるはずだ。けれども、頭がひどく痛んで何も浮かばない。自分たちには時間が必要だ。そして、逃れる場所が――エンジェルから、警察から、ルーシーの両親から、世界全体から隠れられる場所が必要だった。

「エンジェルはきらい」ルーシーは言った。「あなたが好き」

エディはすかさずルーシーの手を軽く叩いた。「ぼくも好きだよ」

エンジェルはいつ帰ってもおかしくない。無駄にできる時間はない。幼くもあだっぽいルーシーが睫毛の下からこちらを見あげている。はるか昔、カーヴァーズでアリソンが見せたしぐさとそっくりだ。

カーヴァーズのアリソン。そうだ。それがいい。しばらくはなんとかなるだろう。

「出かけるなら、急いで着替えなきゃ」エディは整理棚をあけて、適当に服を引っ張り出した。ジーンズ、ソックス、肌着、セーター。すべて新品で、この数ヵ月のあいだにエディとエンジェルが買いそろえたものだ。「急いで、急いで。外は寒いから、パジャマの上から着るんだ」

いつもとちがう着替えに、ルーシーが驚いたのはほんの一瞬だった。すぐに、興味をそそる新しいゲームと見なした。ただひとつの問題は靴がないことだ。ここへ来たときにルーシーが履いていた赤い革のブーツが見あたらない。エディはそのブーツが好きだった。そのとき、地下室の戸棚にスーキの編みあげ靴があるのを思い出した。それを出して、ルーシーに履かせてみた。新しい靴であり、しかも青地に緑の鰐皮の装飾が施されているのを見て、ルーシーは大喜びではしゃいだ。サイズがいくぶん大きすぎるが、気にするふうでもない。隙間があくので、エディは靴下を余分に履かせることにした。寒さを防ぐにもちょうどいい。

「出かけるのね」エディの助けを借りて二枚目のセーターを着ながら、ルーシーは尋ねた。

「もうもどらないの？」

「そうだよ」

「もうエンジェルと会わない？」

「ああ」そのとおりになってほしい、とエディは思い、ルーシーの髪を強くなでつけた。

「おなかがすいた。朝ごはんは何？」

「鞄のなかに食べ物があるよ。外へ出てから食べよう」

ルーシーは興奮に目を見開いた。いま聞いたことを理解するまで、一瞬の間があった。それから尋ねた。「ジミーは？　ミセス・ワンプは？」

「連れていきたいのかい。じゃあ、鞄に入れて」

ルーシーはしゃがみこんで鞄を開いた。奇術セットを見つけ、息を呑んだ。「ねえ――これ、あたしの？　あたしの？」

「そうだよ」エディはルーシーの服をさらに何枚か詰めた。鞄はすでに大きくふくらんでいる。「行かなきゃ」

「サンタクロースが呼んでるの？」

「そうだよ。おいで」

入口のかんぬきを締めるべきかどうかとエディは迷った。すでに施錠はされているが、エンジェルは自分の鍵を持っているはずだ。どういう結果になるかと、考えをめぐらせた。頭痛が激しくなる。もし玄関のかんぬきがかかっていたら、エンジェルは裏口へまわるにちがいない。変に思うだろうが、理由はわかるまい。では、裏口のかんぬきもかけて、ルーシーとふたりで家に閉じこもっていたらどうなるか。エンジェルは窓を割るだろうか。あるいは、レノルズを呼ぶだろうか。

かんぬきをかけても無駄だ。エンジェルはどうにか家にはいって、怒りをぶちまけるだろう。はいれなかった場合は、叫び声が近所の人々の耳に届き、場合によっては警察が駆けつけて自分たちを見つけるかもしれない。

すぐに発つべきだ。玄関には錠をかけず、あけっぱなしにすればいい。帰ってきたエンジェルが、留守中にこの家がロンドン北西部のマリー・セレスト号（一八七二年、ポルトガル沖で乗員全員が謎の失踪をとげた）に成り果てたと悟るさまを想像すると、自分でも驚いたことに噴き出してしまった。

「何がおかしいのよ」ルーシーが訊いた。

エディはその手をとり、キッチンへ引っ張っていった。「たいしたことじゃない」

「どこへ行くの？」

裏口のドアをあけると、冷たい空気が流れこんだ。「秘密の場所だ。エンジェルから隠れるんだよ」

ルーシーは返事をしなかったが、興奮で目をまるくし、体を上下に揺すった。朝の薬を飲んでいないせいで、活発なのかもしれない。カーラの家の裏庭で会ったあの夕方も含めて、こんなに元気なルーシーは見たことがない。

「コート」ルーシーが言った。「コートを着なくちゃ」

「どこにあるんだい」

ルーシーは足もとを指さした。「下」

「ここで待っててくれ」エディは鞄を床に置き、急いで玄関広間へ出て地下室への階段をおりた。緑色のキルトのコートは整理棚の最下段にあった。フードがついていてあたたかそうだ。そして、上へ持っていく途中で、ポケットから手袋が見つかった。

キッチンには人影がなかった。パニックに襲われて、エディは身震いした。**逃げられた。だまされた。ルーシーにまで裏切られた。**そのとたん、ルーシーが制服の警官に向かってロシントン・ロードを猛然と走っている様子がまざまざと目に浮かんだ。

裏庭へ通じる戸口に、ルーシーが姿を見せた。「鳥がいたの。コマドリかしら」

エディは一目散に走って、その肩をつかんだ。「だめだよ。いなくなったかと思ったじゃないか」

ルーシーは目をあげたが、何も言わなかった。親からも幾度となく似たことを言われているのだろう。自分はルーシーの親ではなく、友達だ。エディはコートを着せてやり、ファスナーをあげてボタンを留めた。手をつないで、ふたりは庭へ出た。エディはレノルズ家のベランダに目をやった。だれもいない。ふたりは庭の端に並ぶ木々のあたりまで来た。遠くから列車の音が聞こえる。とても静かだ。

エディは夏以来ここに来ていなかった。若木や低木のあいだに、狐がつけたらしい小道の跡が見つかった。塀には、穴をある程度ふさぐ形で木箱の蓋が置かれている。さらに、穴の存在がだれにも知られないように、カーヴァーズの側から木の棒を突っこんである。エディは蓋をどけ、足を穴に入れて棒を蹴倒した。

「変な茂みね」ルーシーは真剣な声で言った。

エディは六年前にここを通ったときより太っている。塀の穴は小さすぎるにちがいない。エディが穴をひろげるのを、ルーシーは興味深げに見守った。地面からの湿り気で、穴のまわりの板は腐敗が進んでいる。エディは押したり蹴ったりして周囲の板を剝がし、穴をなんとかもぐりこめるぐらいの大きさにした。

「エンジェルは怒る？」ルーシーが尋ねた。

無意味にルーシーを怯えさせたくなくて、エディはあいまいにうなった。穴を見つけたら怒るかと訊いているのか、ほかの理由ですでに腹を立てていると言いたいのか。エディは鞄を拾いあげ、カーヴァーズへとほうり投げた。

「先に行くよ」

ジーンズの膝を泥だらけにしながら、這って穴を抜けた。塀の向こうへ出て向きなおり、身をかがめて穴からルーシーへ手を差し伸べた。なんのためらいもなく、ルーシーはエディに手を預け、すぐにくぐり抜けた。エディは塀の穴を木箱の蓋でふさいだ。多少の運があれば、エンジェルはふたりが玄関から出ていったと思うだろう。

「この先に小さくてすてきな物置小屋がある」エディは草むらの向こうを指さした。「隅っこが見えるよ。家みたいだろう？　さあ、探検しよう」

新鮮な空気のおかげで、エディの気分は少し落ち着いた。一方の手に鞄を持ち、イバラの茂みや葉の落ちた枝々を掻き分けつつ、ルーシーを引き連れていった。地面はぬかるんでおり、スニーカーの底に泥がこびりつく。倒木を踏み越すとき、エディはルーシーを抱きあげた。腕のなかでルーシーは羽毛のように軽やかに浮かび、微笑みを投げかけた。その瞬間、エディはこの上なく幸せだった。

「これが家なの？」小屋に近づくと、ルーシーが訊いた。声は疑念に満ちている。

「ぼくたちの家になるよ」

入口でエディはためらった。過去と現在が衝突する。思い出のなかでは、季節はいつも夏で、小屋ははるかにきれいだった。最後にここを訪れた日ではなく、アリソンといっしょに来た日の印象が残っている。いまは冬で、小屋には五十年以上も風雨にさらされた影響が如実に現れていた。屋根は三分の一しか残っていない。トネリコの若木が二本、壁よりも上へ伸び、のっぽの若者が並んでいるように見える。床は枯れ葉の海だ。窓は、ガラスだけでなく、枠ごと失われている。ごみも散乱しており、以前より増えたところを見ると、カーヴァーズにはたびたび人が来るらしい。エディは空き缶や瓶、ポテトチップスの袋や煙草の吸い殻をにらみつけた。自分だけの聖域が穢《けが》された気がした。

ルーシーが入口から頭を突っこんで、中を見まわした。何も言わなかった。

「掃除しなきゃ」エディは言った。「もっと気持ちのいい場所にしよう」小屋の奥に、セメントがはいっていたらしい缶をふたつ見つけた。「ほら、あれが椅子になるよ。屋根のあるところに置こう」

エディはいささか乱暴に掃除をはじめた。枯れ葉とごみの大半を窓の下の壁際に押しやり、積みあげた。それから、缶をひっくり返して椅子にし、木の抽斗を立ててテーブルがわりにした。さらに、天井に張った蜘蛛の巣のいちばんひどい部分を取り除いた。

最初、ルーシーは指を吸いながら見守っていた。すぐにままごとの楽しさに魅せられて、片づけを手伝いはじめた。ルーシーは缶と抽斗の配置にこだわった。置きなおし、後ろにさがって全体像を観察し、また位置を変える。そのあいだじゅう、三つの音を単調に繰り返すだけの自前の鼻歌を口ずさんでいた。エディはその姿を盗み見て、熱意に驚かされた。

ルーシーはがらくたの山からジャムの空き瓶を見つけ、中の茶色い水を捨てて、得意げにテーブルに置いた。

「花瓶よ」ルーシーは言った。「お花を入れるの」

ルーシーは小屋から飛び出した。外の壁際に、か細いアオイが数本生えていた。花はしなびて色あせ、ピンクのはずが葬式を思わせる濃い紫に変わっているが、葉はまだしっかりついている。ルーシーは枝を折り、小屋のなかへ持ちこんで空き瓶に挿した。

「すてきだ」エディは言った。「すごくかわいらしいよ」

ルーシーは缶に腰をおろし、空き瓶からエディへ視線を移した。「朝ごはんは？」

エディはもうひとつの缶にすわり、鞄を膝に載せてファスナーをあけた。片づけのために激しく動いたせいで、熱がすっかりぶり返している。めまいがひどく、目が眼窩から飛び出しそうだ。ビスケットの袋と、コーラの缶をひとつ、テーブルの上に出した。

ルーシーはそれを見つめた。「これが朝ごはん?」

エディは袋をあけ、缶のプルトップを引いた。うやうやしく手で示す。「さあ、召しあがれ」

ルーシーは当惑顔になった。「ママはコーラを飲ませてくれないの。歯に悪いからって」

「特別のごちそうだよ」

「お休みのときみたいに?」

エディはうなずいた。ルーシーに食べさせているあいだ、体を縮こめて寒気《さむけ》に耐えた。この時間を利用して、エンジェルと警察という相反するふたつの脅威から逃れる計画を立てなくてはならない。ルーシーがなんとも厄介だった。残していくことはできないし、連れていくこともできない。見つめると、ルーシーは顔をあげた。小さな白い乳歯でビスケットを嚙んでいる。エディに微笑みかけ、コーラの缶を手にとった。

エディは鞄の中身をあらためることにした。もしひとりきりだったら、そして警察に追われる立場でなかったら、事は簡単だ。銀行と住宅金融組合の口座には、数千ポンドの預金がある。運転免許も持っている。国じゅうどこへでも行けるし、パスポートを申請して外国へ逃げることさえできる。そうすればエンジェルに見つからないだろう。事務弁護士を雇って、エンジェルを家から立ち退かせてもいい。地下室の冷凍庫の中身をどうするのかは、考えるとぞっとした。たぶんエンジェルが自分で持ち去るだろう。必要なら家はあきらめ、どこか別の土地で新しい人生をはじめよう。その考えは思いがけずエディの心をとらえた。新しい自分。ロシントン・ロードを捨て、エンジェルを捨て、すべての思い出を捨てる。可能性は無限だ。

けれども、ルーシーといっしょではだめだ。警察はルーシーを捜している。最近はいたるところにビデオカメラがある。銀行にも、住宅金融組合にも、ショッピングセンターにも。どこへ行っても、監視される危険は避けられない。

考えながら、エディの指は鞄のなかをせわしなく探っていた。カーラの財布を見つけた。それを開いて、金を勘定した。クレジットカードもあるが、使うわけにはいかない。だらしがない女だ、とエディは思った。財布のなかは必要のないものばかりだった。古いレシートやクレジットカードの控えが、何ヵ月も前のぶんまである。何も貼られていないスタンプブック。図書館の貸出券。幼い子供たちの写真。住所や電話番号を殴り書きした紙片の数々。手帳ぐらい買えばいいのに。なんの考えもなく、エディは一枚の紙を伸ばしていた。突然、そこに書かれている文字が目に飛びこんだ。**サリー・アップルヤード**。名前の下に、ハーキュリーズ・ロードの家の住所と電話番号が記されている。ほかにも三つの電話番号が並んでいる。ひとつはマイケルの職場で、内線番号まである。二番目は、三桁の局番を見るかぎりケンサル・ヴェイルのものらしく、三つ目は携帯電話の番号だった。

「エディ」ルーシーが訊いた。「クリスマスはまだ？」

「あと三週間ある。どうしてだい」

「それまで待たなくちゃだめ？　奇術セットを」

「いや――かまわないよ。いまほしいのかい」

「いいの？　怒られないかしら」

「だれに？」

「サンタクロースよ」

「いや、怒られないさ。いまもらってもだいじょうぶだ」

　エディは細長いボール箱にはいった奇術セットを手渡した。箱の表面には、黒いマントをまとった小柄な金髪の少年のカラー写真が印刷されている。少年は大きな笑みを浮かべ、逆さにしたシルクハットを魔法の杖で叩いているところだ。ピンク色のウサギらしきものが、怯えた顔を帽子からのぞかせている。ルーシーはうまく箱をあけられなかった。

「貸してごらん」

　ルーシーはしぶしぶ箱を返した。箱の端に貼られているセロテープを、エディは親指の爪で切った。蓋を開き、箱をまた渡す。ルーシーはありがとうと言わなかったが、エディは気にしなかった。奇術セットのことで頭がいっぱいなのはわかっている。

　ルーシーはテーブルの上に箱の中身をあけた。実物は箱の写真よりはるかに安っぽかった。よく太ったハツカネズミぐらいの大きさの、毛が長いピンクのぬいぐるみのウサギがはいっていた。魔法の杖は厚紙製で、真ん中がねじれている。ほかにビニール袋があり、おもに厚紙とプラスチックでできた小物が詰めてある。小型のトランプカードが三枚と、紫の指ぬきがひとつ。最後に、質の悪い紙にぞんざいに印刷された小さな説明書が出てきた。ルーシーはエディに目を向け、また奇術セットへ視線をもどした。がっかりしながらも、興奮した気持ちを保とうと必死なのだろう。希望をいだきつつ旅をするほうが目的地に着くよりも楽しいということを、どうやったら四歳の子供に説明できるだろうか。

「帽子がない」唇をわななかせて、ルーシーは言った。

「たぶん借りられるよ」

つぎに何をすべきか、エディは筋道立てて考えようとした。だが集中できなかった。かわりに、奇術セットの中身をいじくりまわすルーシーの手を見つめた。ルーシーはうなだれている。奇妙にこわばったその姿勢がすべてを物語っていた。

「ルーシー、手伝おうか」

ルーシーは顔をあげた。表情は明るいが、目は涙で光っている。何も言わず、説明書をエディのほうへ押しやった。エディは手にとって、適当に開いた。文字が小さな虫のように見える。蠅だろうか。それらは動いている。一部がページから飛び立って、脳髄に襲いかかる。一部は意味のある文を形作っている。**友達をびっくりさせましょう。**なんのためにそんなことをするのか。**親指でカードを支えて、みんなから見えないようにしましょう。**ページをめくると、傷口に群がるようにさらに多くの虫がいた。**簡単ですがすばらしい手品……**エディは視線を斜めに滑らせた。**スペードのクイーンです。**

「カードの手品をやりたいの。どうしてこんなにむずかしいの？」

「さあね」エディは答えた。物事は予想よりむずかしいと相場が決まっている。「遊び方を見てみるよ」

ふつうの三分の一程度の大きさのカードが三枚ある。そのうち一枚は表裏に絵柄が印刷されている。エディは三枚のカードを、説明文と図に従ってどうにか並べた。これを書いた人間は、カードが三枚ではなく五枚あるという妄想に取りつかれていたらしい。おまけに、英語が母国語ではないと思われる。手品と取り組みながら、頭の別の部分では、これからどうするかを考えていた。手はますます冷たくなってきた。ずっとここにいるわけにはいかない。いまは冬だ。

「早く」ルーシーがせかした。

写真の少年のように、苦もなく友達や家族を驚かせる自分を思い描いているにちがいない。現実が期待どおりになるなんて無理な話だ、とエディは思った。ルーシーを待たせつづけるほうが賢明かもしれない。

「たぶんこうやればいいんだ」エディはルーシーに絵柄のある側を向けて、三枚を扇形にひろげた。「ほら――スペードのクイーンが真ん中だ」

ぼんやりと見返され、遅まきながら、ルーシーが〝スペードのクイーン〟の意味を知らないのだと気づいた。そこでカードをテーブルに並べ、それぞれの呼び名を教えてやった。ルーシーは眉をひそめてうなずいた。それから、エディは手品のやり方をでっちあげた。三枚のカードをお客さんに見せてから、箱の下に隠す。魔法の杖を振り、アブラカダブラ、と唱える。つづいてお客さんに、隠してあるカードの右側、真ん中、左側、どれがスペードのクイーンかと尋ねる。みんなはわかっているつもりだが、そこでだましてやる。スペードのクイーンは両面に絵があるから、箱の下に隠すときに、こっそりひっくり返しておく。スペードのクイーンのカードの裏はハートの2だから、みんなにはそっちを見せる。スペードのクイーンが消えてしまったと思わせるんだよ。

「おしまい？」エディが説明を終えると、ルーシーが言った。

「そうだ」

ルーシーはだまっていた。

「気に入らないかい」

ルーシーは缶の上で体を揺すった。「べつに。トイレはどこ？」

「ないよ」

ルーシーはさらに大きく身悶えした。「けど、行かなくちゃ」

「外でするんだ」

ルーシーはエディを見つめた。驚いた顔だったが、文句は言わなかった。エディはルーシーを連れて外へ出て、アオイの茂みと小屋のあいだの隅で用を足すのを手伝った。そのあいだじゅう、ルーシーが体を濡らして風邪をひくのではないか、だれかに見られるのではないかと心配のしどおしだった。冬だから、思っていたより身を隠す茂みが少なかった。

ルーシーが事をすませると、せき立てて小屋へもどり、それから服を着させた。外で小便をさせられたことより、急がされたことのほうが気に障ったらしい。ルーシーは泣きはじめた。エディはミセス・ワンプとジミーを渡し、ルーシーを膝の上にすわらせて抱き寄せた。震えが徐々におさまるのが感じられた。ルーシーが指を吸う柔らかい音だけが響く。エディは顎をルーシーの頭の上にそっと載せた。

「ルーシー。何がしたい？」

長い沈黙があった。あまりに長いので、自分の声が聞こえなかったのではないかと思った。やがて、ルーシーははっきりと言った。「ママに会いたい」

「そうか。わかった」

「家へ帰れるの？」顔に浮かんだ喜びの色は、エディには耐えがたいものだった。「すぐ？ママとパパのところへ？」ルーシーはエディの膝から滑りおりた。ひび割れたコンクリートの床にカードが散らばった。「バスに乗るの？」

エディはルーシーの手をとって、そっと揺り動かした。「そんなに簡単じゃないんだ」どうすればいいのか、ようやくわかった。完璧な計画とはとうてい言えないが、悪いなかではいちばんましだろう。「ママに電話をかけにいかなきゃいけない。ここに来てもらうように頼むよ」ルーシーの手は冷たく、エディの手以上だった。「電話をかけにいってるあいだ、ひとりでだいじょうぶだね」

「いっしょに行きたい」

「だめだよ。ここにいなきゃいけない」

通りでいっしょにいるところを見られる危険は冒せない。ルーシーはエディを見つめて唇を震わせたが、何も言わなかった。エディの声に断固たる響きを聞きとり、理由を尋ねずに従った。エディは立ちあがり、コートを脱いだ。

「ぼくが出かけているあいだ、ここを離れちゃいけない」ルーシーをすわらせて、コートでくるんでやる。

「この子たちも」ルーシーはジミーとミセス・ワンプを持ちあげた。

エディはふたつの人形にコートの一方の袖を巻きつけた。ルーシーは人形たちを顔へ近づけ、二本の指を口に押しこんで、目を閉じた。エディはカーラの財布を拾いあげた。電話番号はこのなかにあり、小銭やテレホンカードもはいっている。「すぐに帰るよ。約束だ」エディは身をかがめ、ルーシーの頭のてっぺんにキスした。

いたいけなルーシーをひとり小屋に残し、エディは出かけた。すぐに問題にぶつかった。

塀の穴からもどった場合、すでにエンジェルが帰っていて、罠に落ちる危険がある。そして、警察が逆探知するだろうから、どのみちわが家の電話は使えない。ほかの抜け口からカーヴァーズを出て、公衆電話を使うのが賢明だろう。

エディはロシントン・ロードの家々の庭の塀を左に見ながら、ゆっくりと西へ歩いた。体調が万全だったとしても、進むのは骨が折れたはずだ。奥へ行けば行くほど、茂みが深くなる。草木の陰から、煉瓦やコンクリートや錆びた鉄の塊がところどころ顔を出す。イバラが服を裂き、手の甲を傷つける。コートがないのがつらかった。雨が降りはじめ、濃密な灰色の空から粉のように細かい水滴が舞い落ちている。歩きながら、左手の塀に穴がないかと探してみたが、無駄だった。

何時間もたったかと思われたころ、敷地の南西の隅にある正門に行きあたった。驚くほどせまいもので、二枚の鉄板が鋳鉄の枠にはめこまれ、上部には有刺鉄線が何本も張りめぐらされている。両側には、頂部のとがった煉瓦の門柱がある。左側の扉にくぐり戸がついており、かんぬきと大きな南京錠がかけられている。

エディはどうしたものかと考えた。近ごろは、カーヴァーズからの出口はここしかない。線路の残骸は処分され、北側の線路と完全に分断されている。ここは要塞か牢獄のようだ。エディは西側の高い塀へ目を走らせた。東の公営アパートとのあいだを隔てる塀と同じものだが、こちらのほうが傷みが激しい。のぼれるかもしれない、と思った。しかし、塀の向こうはビショップス・ロード沿いに商店が並んでいる。店の裏には庭があるだろう。塀を乗り越えたとしても、庭から道路へ出られるかどうか疑問だ。

塀の上を見ていたので、落ちていた煉瓦につまずいて倒れそうになった。めまいを感じつつ、しゃがみこんで、泥に埋まっている煉瓦を掘り出した。裏にワラジムシが群がっている。鳥肌が立った。煉瓦を落とすと、くっついていた虫はほとんど落ちた。木の枝で、残った虫を掻き落とした。結局のところ、力まかせに攻めるしかないのかもしれない。

エディは門へ向かって注意深く煉瓦を運んだ。冷たく、硬く、重い。欠けたふちで手が痛かった。

くぐり戸の横で足を止めた。反対側にだれもいなければ問題はないだろう。昼間に大きな音がしたからといって、それだけで怪しまれることはあるまい。両手で煉瓦を持ちあげ、南京錠の上に打ちおろした。鈍い音が響いた。煉瓦が手からこぼれ落ちた。足を直撃する前に、エディはなんとか飛びのいた。左手の親指がすりむけて血がにじんでいる。南京錠はほとんど無傷だった。

痛みに耐えようと腹を据え、エディは煉瓦を拾って、こんどはもっと慎重に試みた。煉瓦は落ちなかった。錠はやはりびくともしない。だが、錠のつながっている部分の留め金がわずかに曲がった。調子をつけて、繰り返し打ちつける。空気が忙しく肺から出入りし、焼けつくような痛みが手のひらにひろがった。

ついに留め金がはずれた。南京錠が落ちた。錠には小さな傷がいくつかあるだけで、打ち据えられた形跡はないに等しい。掛け金をあげ、かんぬきを左右に動かしてはずした。別の掛け金をあげると、くぐり戸が開いた。

警官の一隊が待ち構えているのではないかと半ば思いながら、警戒しつつ路地へ足を踏み出した。くぐり戸を閉めて、歩きはじめた。両手から血が出ているので、ポケットに突っこんだ。両側に煉瓦塀がそびえている。右側は建ち並ぶ商店の裏庭で、左側はロシントン・ロードとビショップス・ロードの交差点にある幼児学校の運動場だ。

路地の出口はビショップス・ロードに面していた。ひどく目立つ気がして、出るのがためらわれた。歩道は人通りが多い。車道では、乗用車やバンや大型トラックがうなりをあげている。だれもが自分を見ている気がした。

エディは深く息を吸い、バスのあとについて歩道を進んだ。前方はのぼり坂で、やがて線路をまたぐ橋となる。橋の近くに電話ボックスがふたつあるはずだ。エンジェルがバンで通りかかるとまずいので、店のショーウィンドウへ顔を向けて歩いた。寒さで目が潤んだ。

ようやく電話ボックスにたどり着いた。ひとつは使用中だが、もうひとつはあいていた。急いでもぐりこみ、冷たい風と通行人の好奇の目から逃れられたことに安堵した。テレホンカードが使える電話機なので、カーラのカードを差しこみ口へ入れた。まず、ハーキュリーズ・ロードの番号を押した。

呼び出し音が二回聞こえ、受話器がとられた。「もしもし」

エディは何も言わなかった。確信はないが、サリー・アップルヤードの声ではなさそうだ。声が高すぎる気がする。

「もしもし。どちらさまですか」

まちがいなく別人だ。ウェールズの訛りがかすかにある。急いで受話器を置いた。友達か。警官か。つぎにケンサル・ヴェイルの番号へかけた。

「セント・ジョージ教会牧師館、デレク・カッターです」

エディはまた通話を切った。ばかな真似をした、と思った。こんなときにルーシーの母親が勤め先にいるはずがない。泣きたくなった。ルーシーを助けたいだけなのに、なぜこんなに困難が待ち受けているのか。親切をするのがなぜこんなにむずかしいのか。もし神がいるのなら、簡単に善行をさせてくれてもいいようなものなのに。

ゆっくりと携帯電話の番号を押した。呼び出し音が鳴るあいだ、サリー・アップルヤードと連絡がとれない場合のことをはじめて考えた。問題がますます複雑になる。そのとき、電話がつながった。

「アップルヤードです」

マイケル・アップルヤード。夫のほうだ。「サリーは?」エディは言った。あわてていたので、声がいつもよりうわずった。「サリーと話したい」

「ことづけを伝えます。どちらさまですか」

突然、未来が変えられないものに思えた。それは高波のように自分に迫ってくる。「ルーシーの居場所を知っている」

「なんだって？」

「何もかも過ちだった」エディは自分がそう言うのを聞いた。「ルーシーを助けなきゃ」

「あんたを信じていい理由は？　いたずら電話じゃない証拠はあるのか」

不当な扱いに、エディは息を詰まらせた。助けようとしているだけなのに。「ルーシーはいま、カーラの家で着ていた緑のキルトのコートを身につけている。この電話番号はカーラの財布から見つけた紙に書いてあった」声に苛立たしさが混じった。「信じるか」

「信じる。ルーシーは無事なのか」

「無事だ。保証するさ」

「最後にルーシーを見たのはいつだ」

「十分か十五分ぐらい前だ。奇術セットで遊んでいたよ」

電話口で音がしたが、最初は何かわからなかった。一瞬ののち、すすり泣きではないかと思った。

「ルーシーを返してやってもいい。だけど、警察に知らせるな。警察を連れてくるな。約束するか」

「約束する」

「もし知らせたら」エディはできるかぎり凄みをきかせて言った。「後悔するぞ。ルーシーも後悔する。警察には言うな。生きたルーシーに会いたいなら」

「わかった。いまどこにいるんだ」

「ケンティッシュ・タウンのビショップス・ロードを知っているか」

「探してみる」

「線路のすぐ南に学校がある。学校の脇に路地があって、昔の鉄道工事会社の敷地へ通じている。名前はカーヴァーズ。ルーシーはそこにいる」

すがすがしい気持ちで、エディは受話器を置いた。**やった。これで全部うまくいく。**電話機からテレホンカードが舌のように出てきた。引き抜くとき、カードに自分の血が付着しているのに気づいた。**ムサカの包みについていた血はだれのだろう？**バス停まで歩いてつぎのバスに乗ろう、と思った。エンジェルのしたことの後始末は、ほかの人間にまかせる。ルーシーにもう会えないのは残念だが、これがだれにとってもいちばんいい選択だ。

エディは電話ボックスのドアを押しあけた。冷たい空気が吹きこんだ。そのとき、自分のまちがいを悟った。

エディはカーヴァーズへと走りつづけた。路地に駆けこんだとき、レノルズのバンとすれちがった。学校の先でロシントン・ロードへ左折する合図を出している。

見られていない。どうか見られていませんように。

カーヴァーズの門にたどり着いた。くぐり戸を閉めると、安堵の波が押し寄せた。ここなら危険はない。小屋へ向かって数歩進んだところで足を止めた。塀にもたれ、前かがみになって吐きそうになったが、何も出なかった。脇腹に強いさしこみを感じる。動悸が激しくなり、母と同じように心臓が止まるのではないかと一瞬思った。吐き気が繰り返し襲いかかる。頭が痛い。肉体の苦痛と精神の混乱がからみ合っている。額に手をやると、卵を焼けそうなほど熱かった。

藪のひろがるなかを、足もとをたしかめながら小屋へ進んだ。自分はどうかしていたと思った。ルーシーをここに残して立ち去れるわけがない。茶色い鞄を持たないままでは、ルーシーをわが家の塀からほんの数ヤードの場所に残したままでは、金を持たないままでは、無茶な話だ。

運がよければ、マイケル・アップルヤードが到着する前に、必要なことをすべて終えられるだろう。小屋にもどったら、鞄を持ってルーシーを引き連れ、まわり道をして門のところへ行くつもりだった。門のすぐ内側に、ジミーやほかの持ち物といっしょにルーシーを残しておけばいい。危ないことはないはずだ。すぐに父親が助けにくる。もちろん、ルーシーがわが家の裏庭へ警官たちを連れていく可能性はある。その危険は避けられない。となると、カーヴァーズの地形についてルーシーを煙に巻くほど、自分は安全になるわけだ。ともあれ、不運が重なって警察がわが家へ踏みこんだとしても、そこで発見されるのはエンジェルだ。いや、エンジェルと冷凍庫の中身だ。自分ははるか遠くへ去っている。平熱にもどって力が回復したら、あらためて今後のことを考えればいい。

出ていったときよりも、もどるいまのほうが道が短い気がした。小屋の輪郭がぼんやりと見える。視線をあげた瞬間、レノルズ家のバルコニーで何かが動いたかと思った。**気のせいだ**。熱があるために、頭のなかと外側の世界の境目がいつもとちがう。ないわけではないが、穴だらけだ。内面の出来事が外面の出来事に変わってしまうし、その逆も起こりうる。

エディは木の根につまずき、顔から倒れた。**集中しろ。集中しろ**。

立ちあがり、先を急いだ。服が濡れて泥だらけなのがなんとなくわかった。だれか面倒を見てくれる人がほしい。脳裏に映像がひらめいた。親切で体の大きい、顔のわからない人物が、自分をあたたかい風呂に入れ、飲み物を作り、ベッドに湯たんぽを滑りこませ、枕の上にミセス・ワンプを横たえてくれる。

小屋はもうすぐだ。甲高い叫び声が聞こえた。一瞬、心のなかの悲鳴かと思った。風呂も湯たんぽもベッドも現実ではないと知った、嘆きの声ではないかと。

ルーシーの泣き声だ。エディは足を速めた。木の根に足をとられ、泥で滑りながら、小屋へと急いだ。泣き声はやまない。子供の悲しみは絶対のもので、終わりがないという思いによって増幅される。子供にとって、悲しみは永遠につづくからこそ悲しみなのだろう。

エディは小屋の戸口で立ち止まった。ルーシーは先刻と同じ場所で自分の体を抱きしめ、間に合わせのテーブルの上に身をかがめていた。奇術セットに涙がこぼれている。花瓶は床に落ちている。ルーシーの顔は青みがかり、いつもよりむくんで目鼻立ちがはっきりしない。人間らしさが心なしか減るのが、子供の悲しみのもうひとつの特徴だ。

「ルーシー、かわいそうに」

エディはルーシーを抱きあげ、自分はもう一方の缶に腰をおろして、膝に乗せてやった。ルーシーは腕をエディの首に巻きつけた。顔を激しく頬に押しつけてくる。感情の高ぶりを全身に伝えながら泣きつづける。エディはその背中を叩き、慰めのことばをささやいた。

すすり泣きは徐々におさまった。泣きやむにつれ、ルーシーは子猫を思わせる音を口から発した。やがて、その音はことばになった。

「ママ。ママに会いたい。パパにも」

しばしののち、エディは答えた。「さっき電話でパパと話したよ。それで――」

「さみしかった」ルーシーはまた泣き声になった。「もう帰ってこないと思った」

「帰ってきたじゃないか。あたりまえだよ」

「行かないで。行かないで」

「行かないよ。約束だ」考える間もなく答えた。もちろん、行かないわけにはいかない。

「パパが迎えに来てくれるよ。おうちへ、ママのところへ連れていってくれる」

「行かないで」エディの言ったことがわからなかったらしい。あるいは意味のないことだとはねつけたのかもしれない。「寒い」

エディはルーシーを抱いたまま身をかがめ、床に落ちているコートを拾った。あいているほうの手でぎこちなく肩をコートで包んでやった。その体を無意識に前後に揺り動かした。あたたかい息が頬にかかる。

「行かなきゃ」首にまわされた腕に力がはいったのを感じた。「行くんだ」

ルーシーは激しくかぶりを振った。「喉が渇いたの」

エディはまた身をかがめ、床からコーラの缶をとった。重さからすると、ゆうに半分以上は残っているようだ。缶を渡すと、ルーシーは一方の手をエディの首に巻きつけたまま体を少し引いた。むさぼるように飲み、缶を奪われるのではないかと恐れているかのように数秒おきにエディに目をやる。エディは背中をなでてやった。

時間が流れていく。エディの頭痛はいっそう激しくなった。心の一部は痛みや恐怖を超越し、聖なる高みからいまの状況を見おろしている。刻一刻と危険が増す。とはいえ、ルーシーの心の準備ができていないのに、置いていくことはできない。ルーシーは自分を必要としている。最悪の事態が訪れ、自分が逮捕されて刑務所へ送られたらどうなるのか。刑務所は汚くてせま苦しく、昔から性犯罪者はほかの囚人からいたぶられることになっているらしい。子供相手の性犯罪者はとりわけきらわれ、想像を絶するほど残虐な目にあわされるという。

「エディ」ルーシーは缶を差し出した。「少し飲んだら」

エディはコーラがきらいだったが、とっさにうなずいて缶を受けとった。ルーシーは微笑を返した。ほんの一瞬、ふたりの役割が入れ替わった。ルーシーがエディの世話をしている。さわやかな液体が喉を落ち、思いのほか元気づけられた。エディは唇から缶を離した。

「飲みなさい」ルーシーは命じた。「あなたのぶんよ」

エディは笑みを浮かべて従った。缶が空《から》になると頬にあて、金属の冷たさで火照りを冷ました。ルーシーが膝から滑りおり、奇術セットのなかから魔法の杖をとった。

「もっと手品をしたい」

エディは急に立ちあがった。ふたたびめまいに襲われた。壁に寄りかかって体を支えた。

「時間がないんだ。行かなきゃならない」

「パパのところへ?」

エディはうなずいた。しゃがんで荷物を鞄に押しこんだ。

「ママもいる?」

「ああ」エディは鞄を持って立ちあがった。頭がふらついた。「さあ、行こう」

ルーシーは、ジミーやミセス・ワンプや奇術セットを手放したがらなかった。それらを腕にかかえ、エディにやさしく押されながら戸口へ向かった。だがそこで泣きべそをかき、あとずさりをはじめた。エディの耳に、枯れ葉を踏む足音が響いた。枝が折れる音も。そして、ルーシーの見たものがエディの目にも映った。

「いやよ」ルーシーは小声で言い、扉からいちばん離れた隅に身をひそめた。「いや、いや、いや」

「すぐに出かけるよ」エディはルーシーに声をかけた。「魔法の杖を出して、別の手品をやってみるといい」

エディは戸口に立った。小屋のすぐ外にエンジェルがいた。フードのついた丈長の白いレインコートを着ている。唇は固く結ばれ、顔は皺が刻まれて老けて見える。

「で、どこへ行くつもり？」エンジェルは穏やかな声で尋ねた。

「ルーシーを……連れていく」エディの声は震え、かすれていた。「家へ帰すんだ」

「それは無理ね」

どうやったら機嫌を取り結べるかと必死で考えながら、エディはエンジェルを見つめた。

「ルーシーを家へ帰す。だれにも知られないよ」

「何を？」

エディは家のほうへ手を振ってみせた。「何もかもだ」

「ばかね。ミスター・レノルズがビショップス・ロードであなたの姿を見たのよ。電話ボックスから出てくるところだったって言ってたわ。だれに電話したの?」

エディは体じゅうから汗が噴き出すのを感じた。「だれにもしてないさ」

「笑わせないで。家から電話しなかったのは、探知されたくなかったからよ。つまり、警察に通報したってこと」

「ちがう」

「嘘つき」

エンジェルは体を少し動かした。コートの長い裾が右手を隠していたが、いまや手だけではなく、持っているものまで見えた。手斧だ。セルマがスタンリーの最後のドールハウスを壊すのに使った手斧。もう何年も見かけなかった。以前と変わらず、刃の部分はほとんどがなまくらで、錆が浮いている。しかし刃先はそうではなく、細く銀色に輝いている。冷凍庫のなかの肉塊と、あのドールハウスさながら跡形もなく切り刻まれた三つの命のことをエディは考えた。

背後でルーシーがつぶやいているのが聞こえた。「アブラカダブラ。さあ、あなたは王子さまです」

「何を密告したの?」手斧を前後に揺らしながら、エンジェルは訊いた。

「何も。警察になんか電話していない。誓うよ。ルーシーを帰したくて、母親に電話したんだ。でも、いなかった」

エンジェルは手斧をエディの鎖骨に打ちおろした。骨の砕ける音をエディは聞いた。自分の叫び声も。エンジェルはもう一度叩きつけた。こんどは側頭部だ。エディは戸枠にぶつかり、ゆっくりと地面に崩れ落ちた。

振り向いてルーシーに声をかけたかった。「だいじょうぶだ。すぐパパが来るよ」と。

エンジェルはまた手斧を振りあげた。あたたかい液体がエディの左の頬を流れ落ちる。その痛みはすさまじく、頭痛などすっかり消し飛んだ。だれかが叫んでいる気がする。自分を励ましているのか、なじっているのか。何かが砕け、こすれる音。炎が木を焼く音。自分が燃えている。エンジェルはもはや美しくなく、老いた醜い女、魔女、復讐の鬼だった。刃が振りおろされる。銀色の刃先が血に染まっている。

ふたりの男がエンジェルに駆け寄った。すべては夢だ。熱があると、ひどい夢を見る。ひとりの男が叫びつづけている。だまってもらいたい。ルーシーが怯えるかもしれない。こわがらせるのはもうたくさんだ。

雷がエディを打った。衝撃で体が深く沈む。地の底へ。炎が表面を覆う、火の湖の底へ。泡の立つ音がする。息ができない。だれかが目を赤いガーゼで覆う。

そして、炎が消え、太陽が沈み、大人たちが明かりを消した。

13

この日を記憶にとどめることによってのみ、われわれは闇のなかでも誠実でいられ、人目にふれずとも高潔でいられる。

——『医師の信仰』第一部四十七節

「マイケルはもう着いたかしら」サリーは言った。「着いたことを祈るわ」

オリヴァーは車をビショップス・ロードに入れた。かなりのスピードを出しているので、シトロエンは危険なほど歩道側へ傾いた。「たぶん着いてるさ。渋滞じゃなければ」

マイケルから携帯電話で連絡があった。電話が鳴ったのは、サリーとオリヴァーがハムステッド・ヒースからもどった直後だった。出たのはオリヴァーだ。誘拐犯からの電話を受けたとき、マイケルはデイヴィッドとハドソン主教とともにラドブルック・グローブ駅のあたりにいたという。マクサムからけんもほろろに追い払われたからだ。

「だけど、マイケルは車を持ってないわ」サリーはか細い声で言った。

「ハドソンが貸したんだよ」運転しながら、オリヴァーは道路の両側へ目を走らせた。「まちがいなくここだ。ほかにありえない」

オリヴァーはハンドルをまわし、車の流れを突っ切って曲がった。クラクションが鳴った。シトロエンはせまい路地へ滑りこんだ。危うく轢かれそうになった女性の恐怖にゆがんだ顔がサリーの目に焼きついた。買い物袋が歩道に落ち、缶や包みが飛び出している。轍《わだち》や小さな穴のせいで、車は激しく揺れた。角に学校が見えたが、運動場にはだれもいなかった。それから、両側に高い煉瓦塀が現れた。路地が大きくカーブする。オリヴァーはブレーキを強く踏んだ。

すぐ前方に、小さな白い車が路地をふさぐ恰好で停まっていた。運転席のドアが開いている。車の向こうは、高い煉瓦の柱にはさまれた両開きの鉄製の門だった。

オリヴァーはその車の隣にシトロエンを停めた。サリーが出るとき、力まかせにドアを押したので、それが白い車のあいたままのドアとぶつかった。通り過ぎるとき、その車のイグニッションにキーがついたままで、後部座席に黒い傘と《チャーチ・タイムズ》紙があることに気づいた。サリーは駆けだした。

「マクサムはどこだろう」オリヴァーが後ろで言った。「近くの警察官を集めてるはずなのに」

門柱の一方に看板が残っていた。

JW&TB・カーヴァーズ鉄道工事会社
ご用のかたは事務所へお申し出ください

サリーはくぐり戸の掛け金をあげた。戸が開いた。

「サリー——ぼくが先に行くよ」

そのことばを無視し、サリーは奥の茂みへはいっていった。冬だというのに、緑が目立つ。建物の残骸はほとんど目につかない。いまこの場では、自然が優位に立っている。

「広すぎる」オリヴァーは後ろから声をかけた。「呼びかけてみたらいいんじゃないか」

「だめよ」サリーは地面を指さした。泥の上に足跡があり、門から右側の塀とほぼ平行に走っている。「まだ新しいわ」

「南京錠が壊されている。内側からだ」

サリーは地面を調べていた。「このあたりは入り乱れてる」声が高くなった。「子供の足跡があるかどうかはわからないわね」

オリヴァーは歩み寄った。「三人いたらしい。ひとりはスニーカーを履いている」オリヴァーは示した。それから指を動かした。「スニーカーの人物は門とのあいだを往復している。

もうひとりは底の平らな靴を履いている。サイズは八か九だ」

「デイヴィッドかしら。あれはマイケルのだと思う」石膏像さながらに鮮明なひとつの靴跡をサリーは指さした。「となると、たぶんスニーカーはマイケルに電話してきた男のものよ」

「マイケルは女かもしれないと言っていた」オリヴァーは体を起こした。「あるいは、男がわざと甲高い声で話していたか。女性っぽい小さな声だったそうだ」

　話しながら、もっと足跡がないかと探しつつ、ふたりは前へ進んだ。声は絞られ、ささやきに近かった。

「こっちだ」オリヴァーは走りだした。

　サリーもあとを追った。幾度かつまずいた。一度は転び、放置された石油のドラム缶に肩を打ちつけた。サリーは祈りつづけた。何度も何度も「お願い」とだけ繰り返すことを、祈りと呼べるのなら。

　ふたりは草木のない場所を横切った。しばし前方の視界が開けた。高い塀。そしてその向こうに、風雨であせたコンクリートに覆われた灰色のアパートがある。バルコニーのひとつに女が立っており、手に双眼鏡を持っているのがはっきり見てとれた。悪鬼。女は、自分自身とサリーの中間のあたりを見おろしている。やがて、塀もアパートも女も視界から消えた。

　サリーはオリヴァーのあとについて、イバラや若木の茂みに分け入った。棘が服や手や顔を傷つける。オリヴァーは落ちていた枝に足をぶつけ、イラクサの茂みに頭から倒れこんだ。毒づく声がした。サリーは追い越し、取り囲む藪からどうにか抜け出そうとした。気がつくと、かつて小道があったとおぼしき場所に立っていた。泥と水たまりの隙間から、荒れたコンクリートの路面が顔をのぞかせている。足跡がまた見つかった。先刻のスニーカーのものもある。かなたに、屋根がほとんど失われた小さな煉瓦造りの物置小屋が見えた。サリーは建物をめざして走った。近くまで来たとき、マイケルの声が聞こえた。「さあ、それを捨てろ。地面に落とすんだ」

サリーは猛然と駆けつづけ、小屋の角をまわった。最初に目に飛びこんだ色は鮮烈な赤だった。

五ヤード向こうに、マイケルとデイヴィッドがいた。ふたりともサリーを見ていない。小屋の戸口に立つ女に目を据えている。

一瞬、サリーはそれがミス・オリファントだと——自分を罵り、その後みずから命を絶ち、死後に再会した女だと思った。

だが、それはほんの一瞬だった。真の姿が現れ、さらに悪いことに、その女はあまりに現実的な存在だった。ミス・オリファントと同じく、女は丈の長いレインコートを着て、黒いベレー帽をかぶっているが、ほかに似ているところはほとんどない。見覚えはなかった。細身で背が高く、髪は長くて薄い金色だ。顔はゆがみ、肌が怒りで赤くまだらになり、歯と目が不自然に飛び出している。手には、弓状の長い刃のついた斧らしきものを持っている。

女のまわりは血の海だった。おびただしい量だ。何パイントあるだろう。小屋の壁にも、戸枠にも、女のレインコートの裾や袖にも、血が飛び散っている。女の顔に点々と浮かんでいるのはしみではなく、血のしぶきだ。

この世にこれほど多くの血があることを、サリーははじめて知った。ひとりの人間のものとなれば、なおさらだ。衝撃で体を凍りつかせたまま、眼前の光景を見つめた。しばらくして、血だまりのなかにひとりの男が仰向けに倒れているのがわかった。

男は女の足もとに横たわり、一方の手は女の左の靴にふれそうなほど近くにある。脚は戸口の敷居を横切り、体は壁に沿って倒れている。サリーは視線を男の上半身へと移した。男の首は肩からはずれている。

血は、その首の横から出たものだった。まだ流れているが、ほんのわずかだ。ゆっくりと地面へしたたり落ちている。頸動脈、とサリーは反射的に思った。もはや手遅れだ。しかし実のところ、サリーは倒れている男のことも、戸口に立つ女のことも、マイケルやデイヴィッドのことさえも気に留めていなかった。

「ルーシーはどこ？」

マイケルとデイヴィッドを取りつかれたように見ていた女は、サリーに目を向けた。「しーっ」女は小声で言った。「ルーシーに見せちゃだめ」手斧を男のほうへ振る。「ひどい精神的打撃を受けることになる。あの年齢の子供だと、一生心に傷が残るの。わかるでしょう?」

「手斧を捨ててくれたら」信じられないほど落ち着いた穏やかな声で、マイケルが言った。

「われわれがコートをかぶせて隠す」

オリヴァーがおぼつかない足どりで小屋の角をまわってきた。その腕にサリーは手を置いた。

「やむをえなかったの」女は言った。「この男はルーシーを殺そうとした。やめさせるには、こうするしかなかったのよ。この男は前にも女の子たちにひどいことをしていた。ああ、恐ろしい」時計が止まるときのようなゆっくりとした低い声で、女は繰り返した。「恐ろしい、恐ろしい」

「どういう間柄なんだ」マイケルが尋ねた。

「家主なの」その声には中流階級と思われる響きがあり、歯切れがいい。「名前はエドワード・グレイス。わたしはこの男の家に五、六年前から下宿してる。でも、こいつが何を企んでいるのか、きょうまでこれっぽっちも知らなかった」

サリーは嘘だと直感した。そして、女が弁明ではなく時間稼ぎをしているということも。

「ルーシーに会わせてもらえるかしら」

手斧の先端がサリーのほうへ振られた。「すぐにね」足もとに倒れているものへ、女は視線を向けた。「この変質者――もう死んだかしら」

　血はもう流れ出ていない。

「ほぼ確実だ」マイケルが答えた。「もし生きているとしても長くはない。さあ、手斧を下に置いて……」

「あんた」女はデイヴィッド・バイフィールドへ手斧を向けた。「ルーシーに会いたければ、会わせてあげる。ここへ来て」

　サリーははじめてデイヴィッドを見た。デイヴィッドの顔は異様に青ざめている。

「そう」女は平板な声で言った。「あんたに会わせたいの」

　デイヴィッドは女を見据えたが、動かなかった。ふたりの様子は、闘いがはじまる直前に互いを探り合うレスラーたちを思い起こさせた。ゴングが鳴れば、偽りの静けさは消え、すべてが変わるだろう。

　主はお変わりになりません。けれども、わたしたちは変わるのです。

　どこからともなく、そのことばが訪れた。時間が凍りついた。完全な静寂が支配する。時が流れず、永遠に現在がつづく。はじまったときと同じだ、とサリーは思った。セント・ジョージ教会にミス・オリファントが現れたあの瞬間。そして、発端はこの結末をはらんでいた。

　デイヴィッドの顔の奥に苦悩が――そしてさらにその奥に罪悪感が見透かせた。なぜ罪悪感が？　そんなものに苛まれるだけのことをしたというのだろうか。女の顔に目を向けると、デイヴィッドの顔を鏡に映したかのように見えた。だが罪悪感はない。見受けられるのは、怒りに染まった苦悩、さらには、石炭の層さながらに凝縮された暗く濃密な苦悩ばかりだった。

「主の御心がおこなわれますように」サリーは言った。あるいは、言った気がした。「わたしの思いではなく」

そのことばが合図になったかのように、時間がふたたび流れはじめた。

「ママ」

活人画が崩れた。ルーシーが小屋の向こう側の隅、女の右側に立っていた。手に三枚の小さなトランプカードを持っている。

「ルーシー」女は鋭く言った。「窓をよじのぼったの？」

ルーシーは口をあけたまま、その険しい顔を見つめた。

「中にいなさいと言ったでしょう？　言うことを聞かない子はぶたれるのよ」

ルーシーに男の姿を見せてはいけない。サリーのなかで、その思いがすべてにまさった。おびただしい血と恐ろしい死体。これは子供が見るべきものではない。

サリーはルーシーに向かって駆けだした。どういうわけか、女の体が地面に横たわる凄惨なものを隠す盾になっていると判断できる余裕があった。

背後であわただしい動きが起こったのもわかった。オリヴァー、マイケル、デイヴィッドが、小屋の戸口にいる女へいっせいに駆け寄った。

女は手斧を持ちあげ、サリーめがけて振りおろした。刃が弧を描くのが見えるほど、ゆっくりと時間が流れる。一刻も早くルーシーのもとに着くためには、女から一ヤード以内のところを通らなくてはならず、逃れることができない。しかし、一撃をかわしたい気持ちよりも、ルーシーを押しとどめたい気持ちが強かった。

左の二の腕に手斧がぶつかった。サリーは息を呑んだが、動いていたおかげで直撃は避けられた。ルーシーを腕のなかへすくいあげ、泣き叫ぶ声を聞くと、深く息をついた。

サリーはルーシーを小屋の陰へほうり投げた。ルーシーは腕と脚をひろげて仰向けに倒れ、死んだ男と同じ恰好になった。サリーはその上に覆いかぶさった。

「だいじょうぶ。だいじょうぶ。ママが来たから」目に涙があふれた。むせび泣きの合間に、まるでひとりでに流れ出るかのように、ことばが発せられた。「だいじょうぶよ、ルーシー。だいじょうぶ。ママはここよ。だいじょうぶ……」

ルーシーは身動きせず、何も言わなかった。トランプが一枚、ハートの2のカードが顔の横に落ちている。叫び声や悲鳴が聞こえるが、サリーはもう気に留めなかった。ルーシーのにおいが以前とちがうのに気づいた。見知らぬ人間や場所のにおいがしみこんでいる。つかの間、サリーは絶望のふちへ追いやられた。ひょっとしたら、何もかも無駄だったのか。助けたのはルーシーではなく、ほかの子供なのだろうか。

しばらくして、叫び声と悲鳴がやんだ。ほんの数秒間、世界は静まり返った。サリーの顔を涙が流れ、ルーシーの刈りこまれた黒っぽい髪の上に落ちた。

ようやくルーシーが体を動かした。母を見あげて言った。「ママ、あたし、手品ができるのよ」

エピローグ

真の愛情には驚嘆すべき事柄が含まれている。それは不可解で、神秘的で、謎めいたものである。

――『医師の信仰』第二部六節

その礼拝堂は、奥の壁に十字架が掛けられ、椅子がたくさん並べられた部屋にすぎなかった。デイヴィッド・バイフィールド師は、赤いプラスチック製の椅子のひとつにゆっくり体を沈めた。女性の教誨師が隣にすわり、デイヴィッドと直角になるよう椅子を動かした。

「変わりはありません」教誨師は胸にさげた十字架に手をふれた。「自由時間はほとんど、祈っているか聖書を読んでいます」

「ほかの連中とはどう接しているだろうか」

「なるべくかかわりを持たないようにしているようです。態度が悪かったり、面倒を起こしたりという意味ではありません。他人と交わらないだけです。中には〝気どり屋〟と呼ぶ者たちもいます。面と向かってではありませんが」

「問題は、その改悛が本物かどうかだろうな」

「それを見きわめるのはとてもむずかしいことです、師父さま」教誨師はどこまでも礼儀正しかった。「精神科医も確信を持ってはいません。ご存じのとおり、欺いていた前歴があるわけですから、こんどもそうかもしれないと医師は思っています」

「それはそうだろう」デイヴィッドは膝の上で組み合わせた自分の手を見つめた。指はもつれ合った木の根のようだ。「しかし、ほんとうに悔い改めている可能性も心に留めておかなくては」

「もちろんです。もうひとつ医師が懸念しているのは、まだ自分の名前を使おうとしないことです。自分をエンジェルと呼べと言い張っています。だれに対しても」

ふたりのあいだに沈黙がひろがった。心が安らぐ沈黙であり、気詰まりではない。この女性は祈っているのだろう、とデイヴィッドは思った。おそらく五十代で、不恰好な服に包まれた体はずんぐりしている。聖職に就く前は、かなり大きな養護施設を切りまわしていたという。

やがてデイヴィッドは体を揺すり、かねてから尋ねたかった質問を口にした。「わたしのことを何か言っていなかったかね」

「いいえ、聞いたことがありません。過去にかかわりのあった人物の話はいっさいしませんね。ここに来たときから人生がはじまったとでもいうように」教誨師は身を乗り出した。

「いっしょにお祈りなさいますか」

「いや」デイヴィッドは目をあげた。「気を悪くしないでもらいたい。まず本人に会いたいんだ」

教誨師はうなずいた。

一瞬ののち、デイヴィッドは言った。「あなたとサリーは、ウェスコットハウス（ケンブリッジ大学にある神学校）へ同時期にかよっていたと聞いたが」

「そうです。あまり付き合いはありませんでしたが。サリーは元気ですか。それに、ご家族は？」

「いくらか落ち着いてきたようだ」

「ルーシーはどうでしょう」

「時間がかかるだろうな。あの子は変わったよ」

「癒しのために祈ることはできますが、時計をもどすことはできません」

「そのとおりだ」デイヴィッドは肩をすくめた。「夜の祈りの時間に、ルーシーは例のグレイスという男のために祈ろうとする。祈りを捧げる相手として、両親とともに名前をあげるんだよ」デイヴィッドはひと息ついて言った。「それに、サンタクロースも」

「どうしてその男のために祈るのですか」

「好きだったからだ。その男から奇術セットと抱き人形をもらったという。まだ持っている。ずいぶん気に入っているらしい」

「サリーとマイケルにとっては受け入れがたいでしょうね」

「そうだな。それに、事実がはっきりしないこともだ。あの家で何がおこなわれていたのか、正確なところはだれにもわからない。どう決着がつくのかもはっきりしない。マイケルは警察をやめるつもりだ。知っていたかね」

教誨師はうなずいた。

「本人の意志だよ」弁解がましく聞こえるのはわかっていた。そして、それを自分が気にしていないことに少々驚いた。「退職を迫られる理由はない」

「これからどうなさるんでしょう」

「決めていない。サリーはまだ休暇中だ。しかし、いつまでもこのままというわけにはいくまい。宙ぶらりんの状態だよ」

「でも、ふたりにはルーシーがいます」

デイヴィッドは前夜聞いた知らせを伝えたくなった。サリーの妊娠だ。けれども、それは自分のことではないし、どのみち妊娠から出産までには長い道のりがある。しばらくのあいだ、ふたりとも黙《もく》していた。

「そろそろ時間です」やがて教誨師が告げた。

デイヴィッドは教誨師のあとについて礼拝堂を出て、何マイルもあるかのように思える廊下を歩いた。ここは学校に似たにおいがする。高窓から夏の日差しが注いでいる。控えめではあるが、警備の行き届いた場所だ。前にも来たことのある面会室へ案内された。教誨師が当番の看守に話しかけた。

看守は無表情にデイヴィッドを見た。「面会できます」

エンジェルはテーブルの向こうに腰かけていた。金属の天板に載せた自分の手の甲を見つめている。デイヴィッドが中へ進むと、顔をあげた。すこし太ったかもしれない。化粧はしていない。顔は血色がよく、皺もない。

突然、子供のころのエンジェルの姿がデイヴィッドの目にはっきりと浮かんだ。庭の出入口に向かって小道を駆けてくる姿が、戸口で待つ自分の顔を見あげている姿が、脳裏によみがえった。

「こんにちは、師父《ファーザー》さま……お父《ファーザー》さま」エンジェルは言い、微笑んだ。

訳者あとがき

アンドリュー・テイラーによる三部作 *Requiem for an Angel* の第一弾『天使の遊戯』をお届けする。この三部作はイギリスで一九九七年から二〇〇〇年にかけて発表されたもので、以下のような構成になっている。

第一作　*The Four Last Things*　本書
第二作　*The Judgement of Strangers*　講談社文庫より刊行予定
第三作　*The Office of the Dead*　講談社文庫より刊行予定

第三作の *The Office of the Dead* は、イギリスで最もすぐれた歴史ミステリに与えられる、英国推理作家協会（CWA）エリス・ピーターズ・ヒストリカル・ダガーを二〇〇一年に受賞した。ただし、三部作のそれぞれは密接につながっているため、この賞は第三作だけというよりも、実質的に三部作全体に贈られたと考えていいだろう。

この三部作では、アップルヤード家とバイフィールド家にまつわる歴史が、時代をさかのぼる形で徐々に明らかにされていく。三作すべてがイギリス国教会の聖職者を中心人物に据えており、その意味では宗教色の濃い大河小説と呼べるだろう。随所にはさまれる天使のイメージが、神々しくも不気味な雰囲気を醸し出している。

三つの小説が合わさって全体を作りあげているのだが、それぞれが完結した物語であり、別個に楽しむことも可能だ。また、三作の時代、土地、語り口、さらにはジャンルに至るまでがばらばらだというのがおもしろい。

第一作『天使の遊戯』は現代のロンドンが舞台のスリラーで、追う者と追われる者を交互に描いた三人称小説である。

第二作は一九七〇年代のロスという小さな町が舞台の本格物で、男性視点の陰鬱な一人称小説だが、コージーミステリのパロディとも呼べる奇妙な味わいがある。

第三作は一九五〇年代の聖堂都市ロシントンを舞台として、そこからさらに五十年ほど前の謎を解き明かしていく歴史ミステリで、女性視点の軽妙な一人称小説である。

作者のアンドリュー・テイラーは、自身のウェブサイトなどで、さまざまな角度から人間を描くためにこういう形式を選んだと述べており、さらには、三作をどういう順序で読んでもかまわないとまで言いきっている。

訳者としては、第一作から順に読んでいくことをお薦めするが、三作読み終えた時点で逆に時代順に読みなおしてみるのもいいと思う。これは噛めば噛むほど味が出る三部作だ。

なお、アンドリュー・テイラーは二〇〇三年にも、エドガー・アラン・ポーを中心人物にした *The American Boy* という作品で、二度目のＣＷＡヒストリカル・ダガーを受賞している。

解説

三橋　暁

サーガ、クロニクル、大河ロマン。その呼び方はさまざまだけれども、壮大な時間の流れの中で、人生さらには歴史全体を眺め渡す大河小説は、読者にそこはかとないカタルシスを与えてくれる。時は流れ、人々が行き交い、そこにドラマが積み重ねられていく。大河小説の中に広がる壮大なスケール感には、読者を物語へと引きずりこまずにはおかない不思議な力があるのだ。

大河小説というと、誰もが思い浮かべるのは、ロマン・ロランの『ジャン・クリストフ』やマルタン・デュ・ガールの『チボー家の人々』といった文学作品だろう。しかし、ミステリの世界にも、登場人物たちの歴史を時代の流れの中で捉えたすぐれた大河小説は少なくない。

アトランタの田舎町を舞台に、三世代にわたる警察署長の殺人捜査を描いたスチュワート・ウッズの『警察署長』は、半世紀もの歳月の流れが、物語の主題のひとつでもあった。また、冒険小説色の強い作品ではあるが、『極大射程』に始まるスワガー家の物語で、作者のスティーヴン・ハンターはアメリカの歴史とシンクロさせる形でスワガー家の男たちの系譜を今なお遡《さかのぼ》り続けている。さらに、時代の変遷を背景に置いたジョージ・P・ペレケーノスやリチャード・ノース・パタースンの諸作も、これらの仲間に加えることができるかもしれない。

そして、ここにお届けするアンドリュー・テイラーの『天使の遊戯』（一九九七年・ハーパーコリンズ社刊）も、その系譜に属する作品といっていいだろう。既に、訳者である越前敏弥氏のあとがきに目を通された読者はお判りだと思うが、本作は、続く『The Judgement of Strangers』（一九九八年）、『The Office of the Dead』（二〇〇〇年）とともに三部作を構成することになる。海の向こうでは、この三作は二〇〇二年になって、『Requiem for an Angel』として一冊のオムニバスにまとめられ、『愛されない女』などで有名なミステリ作家フランセス・ファイフィールドの序文を付し、改めて刊行されている。ちなみに、作者は、この三部作を、二作目に登場する地名にちなんで〈The Roth Trilogy〉と呼んでいるようだ。

この〈The Roth Trilogy〉は、作品を追うごとに過去の時代へ遡っていくという形で語られていく。その幕開きである本作『天使の遊戯』の舞台は、現代のロンドンである。エディという男が、託児所の裏庭で遊ぶ四歳の少女ルーシー・アップルヤードを連れ去る。ルーシーの両親は、教会の副牧師である母サリーと、刑事の父マイケルだった。エディはガールフレンドのエンジェルが待つ自宅へとルーシーを連れ帰り、三人の奇妙な共同生活が始まる。

　警察はルーシーを探すが、捜査は難航し、一向に手がかりは摑《つか》めない。やがて、墓地で子どものものと思われる切断された手が見つかり、アップルヤード夫妻はパニックに陥る。結局、手はルーシーのものでなかったことが判明するが、夫妻の間には焦燥が広がり、子育てをめぐってあった摩擦が、夫婦間の亀裂へと発展していく。一方、エディの中では、エンジエルに対する恐怖感が次第につのり、裏切りの気持ちが芽ばえる。

　ルース・レンデルを思わせる犯罪小説、とでも言ったら判りやすいだろうか。誘拐された子どもをめぐって、奪う者と奪われる者のサスペンスを基調とした濃密なドラマが繰り広げられ、息つく暇もない。さらには誘拐犯であるエディの少年時代の陰惨な家庭環境のエピソードが差し挟まれ、それと交錯するように謎の女エンジェルに秘められた歪《いびつ》な心が明らかにされていく。

　レンデルの諸作は言うに及ばず、ミネット・ウォルターズの『女彫刻家』、ジェレミー・ドロンフィールドの『飛蝗《ばった》の農場』、モー・ヘイダーの『死を啼《な》く鳥』といった英国から登場したすぐれた犯罪小説の多くが、二十世紀終盤に巻き起こったサイコロジカル・スリラー・ブームの洗礼を受けているのと同様に、この『天使の遊戯』にも異常心理の陰影が深く刻まれている。とりわけ、断続的に挿入されるエディの異常な幼年体験の回想や、誘拐事件の主犯格であるエンジェルの不気味な存在感などに、その傾向が色濃く現れている。

作者の小説作法は、幼女誘拐という犯罪をテーマに、両親、誘拐犯双方の揺れる心理をじっくりと描き込んでいく。前述のとおりサイコロジカル・スリラーの雰囲気が濃密にたれこめているが、犯罪小説として、正統派の堂々たる格調と読み応えを備えている。このあたりの巧《うま》さは、さすが二十年を越えるキャリアの持ち主で、自信あふれるアルチザンの技を見る思いがする。

さて、アンドリュー・テイラーの作品がわが国に紹介されるのは実に久しぶり（なんと十三年ものインターバルがあった！）のことなので、このあたりで作者について簡単に紹介しておこう。アンドリュー・テイラーは、一九五一年ハートフォードシャーに生まれた。ケンブリッジのエマニュエル・カレッジで学んだ後、しばらく教師、図書館員、肉体労働、フリーランスの編集者など仕事を転々としたあと、一九八一年になってフルタイムの作家となった。翌年、デビュー作の『あぶない暗号』がＣＷＡ（英国推理作家協会）の最優秀新人賞にあたるジョン・クリーシー賞に輝いたのは、作家として実に幸運なスタートだったといえるだろう。

しかし、その実力のほどを証明するかのように、テイラーはその後もコンスタントに作品を発表し続け、第三作の『我らが父たちの偽り』ではCWAのゴールドダガー賞の候補に、さらに二〇〇〇年の『The Office of the Dead』と二〇〇三年の『The American Boy』は、CWAのエリス・ピーターズ賞に輝いている。さらに、本名のジョン・ロバート・テイラーの名義で、ヤングアダルトものも発表するという精力的な活躍をつづけている。現在は、創作にあたっての良き相談相手である妻、そして子どもたちとともに、イングランドとウェールズが境を接する地方に居をかまえているという。

二十年を越える作家歴の持ち主だけに、やや長大なものにはなるが、テイラーのキャリアを俯瞰するためにビブリオグラフィーを掲げる。

Caroline Minuscule (1982) ○『あぶない暗号』(ハヤカワ・ミステリ)
Waiting for the End of the World (1984) ○
Our Father's Lies (1985) ○『我らが父たちの偽り』(サンケイ文庫)
An Old School Tie (1986) ○
Freelance Death (1987) ○
The Second Midnight (1988) ●『第二の深夜』(文春文庫)
Blacklist (1988) ●

Hairline Cracks (1988) ＊ヤングアダルト
Snapshot (1989) ＊ヤングアダルト
Private Nose (1989) ＊ジュブナイル
Blood Relation (1990) ◯
Double Exposure (1990) ＊ヤングアダルト
Toyshop (1990) ●
The Raven On the Water (1991)
The Sleeping Policeman (1992) ◯
Negative Image (1992) ＊ヤングアダルト
Odd Man Out (1993) ◯
The Barred Window (1993)
An Air That Kills (1994) ◎
The Invader (1994) ＊ヤングアダルト
The Mortal Sickness (1995) ◎
The Four Last Things (1997) ★ ＊本書
The Lover of the Grave (1997) ◎
The Judgement of Strangers (1998) ★講談社文庫刊行予定

The Suffocating Night (1998) ◎
The Office of the Dead (2000) ★講談社文庫刊行予定
Where Roses Fade (2000) ◎
Death's Own Door (2001) ◎
Requiem for an Angel (2002) ★（The Roth Trilogyのオムニバス本）
The American Boy(2003)
Call the Dying(2004) ◎本年秋に本国で刊行予定

○…ウィリアム・ドゥーガルもの
●…The Blaines Trilogy
◎…Lydmouthシリーズ
★…The Roth Trilogy

デビューから九〇年代前半にかけては、パトリシア・ハイスミスのトム・リプリーを思い起こさせるような善と悪の両面を兼ね備えた主人公ウィリアム・ドゥーガルのシリーズに力を注いでいたテイラーだが、それ以後は五〇年代後半の架空の田舎町Lydmouthを舞台に、独立した作品を発表し人気を博している。その間には、『第二の深夜』の邦訳もあるエスピオナージュ三部作〈The Blaines Trilogy〉や本作『天使の遊戯』を含む〈The Roth Trilogy〉がある。また、まったくのノンシリーズ作品もあり、『The Office of the Dead』に次いで、二度目のエリス・ピーターズ賞に輝いた『The American Boy』は、若き日のエドガー・アラン・ポーが登場する十九世紀を舞台にした歴史ミステリである。

さて、この『天使の遊戯』は、不気味な余韻を残して、幕を下ろす。しかし、本作は〈The Roth Trilogy〉のほんの第一章に過ぎない。登場人物たちのルーツも、さらに過去から現代へと連なる因縁も、まだ読者には伏せられたままとなっている。残念ながら、筆者も現時点では他の二作を読んでいないため、この大河ドラマの全体像について語る予備知識を持ちあわせていない。

だが、この『天使の遊戯』には、サーガ全体の輪郭を彷彿《ほうふつ》とさせるいくつかの手がかりと謎がちりばめられている。例えば、教会でサリーに呪いの言葉を投げつけ、その直後に急死してしまう老女オードリー・オリファントとはどういう人物なのか。そしてマイケルの名づけ親であるデイヴィッド叔父が時折見せる不思議な存在感の秘密は。さらに、何より邪悪な影がつきまとう謎の女エンジェルの正体とは。これらの、なにやら曰《いわ》くありげなジグソーパズルの断片から、果たしてどういう絵柄が浮かび上がってくるのか。〈The Roth Trilogy〉の今後の展開に向けて、興味は尽きない。

|著者|アンドリュー・テイラー　1951年英国生まれ。さまざまな職業を経て、'82年、デビュー作『あぶない暗号』が英国推理作家協会(CWA)の最優秀新人賞を受賞。以後、精力的に執筆を続け、本作に始まる連作Requiem for an Angelの3作目The Office of the Deadで2000年の、若きエドガー・アラン・ポーが登場する最新作The American boyで2003年の、CWA最優秀歴史ミステリー賞を受賞している。

|訳者|越前敏弥　1961年生まれ。東京大学文学部卒業。英米文学翻訳家。訳書にジェフリー・ディーヴァー『死の教訓』(講談社文庫)、ダン・ブラウン『天使と悪魔』(角川書店)、ロバート・ゴダード『惜別の賦』、ジェレミー・ドロンフィールド『飛蝗の農場』(以上、創元推理文庫)、スティーヴ・ハミルトン『狩りの風よ吹け』(ハヤカワ文庫)などがある。

天使《てんし》の遊戯《ゆうぎ》

アンドリュー・テイラー|越前敏弥《えちぜんとしや》 訳

講談社文庫

定価はカバーに
表示してあります

2004年2月15日第1刷発行

発行者――野間佐和子
発行所――株式会社 講談社
東京都文京区音羽2-12-21　〒112-8001
電話 出版部 (03) 5395-3510
販売部 (03) 5395-5817
業務部 (03) 5395-3615

Printed in Japan

デザイン―菊地信義
製版――豊国印刷株式会社
印刷――豊国印刷株式会社
製本――株式会社若林製本工場

落丁本・乱丁本は購入書店名を明記のうえ、小社書籍業務部あてにお送りください。送料は小社負担にてお取替えします。なお、この本の内容についてのお問い合わせは文庫出版部あてにお願いいたします。

ISBN4-06-273954-2

講談社文庫刊行の辞

二十一世紀の到来を目睫に望みながら、われわれはいま、人類史上かつて例を見ない巨大な転換期をむかえようとしている。

世界も、日本も、激動の予兆に対する期待とおののきを内に蔵して、未知の時代に歩み入ろうとしている。このときにあたり、創業の人野間清治の「ナショナル・エデュケイター」への志を現代に甦らせようと意図して、われわれはここに古今の文芸作品はいうまでもなく、ひろく人文・社会・自然の諸科学から東西の名著を網羅する、新しい綜合文庫の発刊を決意した。

激動の転換期はまた断絶の時代である。われわれは戦後二十五年間の出版文化のありかたへの深い反省をこめて、この断絶の時代にあえて人間的な持続を求めようとする。いたずらに浮薄な商業主義のあだ花を追い求めることなく、長期にわたって良書に生命をあたえようとつとめるところにしか、今後の出版文化の真の繁栄はあり得ないと信じるからである。

同時にわれわれはこの綜合文庫の刊行を通じて、人文・社会・自然の諸科学が、結局人間の学にほかならないことを立証しようと願っている。かつて知識とは、「汝自身を知る」ことにつきていた。現代社会の瑣末な情報の氾濫のなかから、力強い知識の源泉を掘り起し、技術文明のただなかに、生きた人間の姿を復活させること。それこそわれわれの切なる希求である。

われわれは権威に盲従せず、俗流に媚びることなく、渾然一体となって日本の「草の根」をかたちづくる若く新しい世代の人々に、心をこめてこの新しい綜合文庫をおくり届けたい。それは知識の泉であるとともに感受性のふるさとであり、もっとも有機的に組織され、社会に開かれた万人のための大学をめざしている。大方の支援と協力を衷心より切望してやまない。

一九七一年七月

野間省一

講談社文庫　海外作品

海外作品

小説

グレッグ・アイルズ 雨沢 泰 訳　神の狩人（上）（下）
グレッグ・アイルズ 雨沢 泰 訳　24時間
グレッグ・アイルズ 雨沢 泰 訳　沈黙のゲーム（上）（下）
R・アンドルース 渋谷比佐子 訳　ギデオン 神の怒り
S・ウォイエン 笹野洋子 訳　雪豹
M・W・ウォーカー 矢沢聖子 訳　凍りつく骨
M・W・ウォーカー 矢沢聖子 訳　処刑前夜
M・W・ウォーカー 矢沢聖子 訳　すべて死者は横たわる
バーバラ・ウッド 加藤しをり 訳　女性司祭
ダグラス・E・ウィンター 金子 浩 訳　撃て、そして叫べ
L・D・エスルマン 宇野輝雄 訳　欺《あざむ》き
A・エルキンズ 笹野洋子 訳　略奪
レニー・エアース 田中 靖 訳　夜の闇を待ちながら
D・エリス 中津 悠 訳　覗く。（上）（下）
チャールズ・オズボーン 羽田詩津子 訳　招かれざる客〈アガサ・クリスティー〉
J・カッツェンバック 高橋健次 訳　理由（上）（下）
ベイン・カー 高野裕美子 訳　柔らかい棘
エイミー・ガットマン 坂口玲子 訳　不確定死体
C・キング 翔田朱美 訳　盗聴
W・キンソルヴィング 大澤 晶 訳　外交官の娘（上）（下）
J・キャドウ 田中一江 訳　無法の正義
S・クーンツ 高野裕美子 訳　大包囲網（上）（下）
S・クーンツ 高野裕美子 訳　ザ・レッドホースマン（上）（下）
S・クーンツ 高野裕美子 訳　イントルーダーズ（上）（下）
S・クーンツ 高野裕美子 訳　撃墜王
S・クーンツ 北澤和彦 訳　キューバ（上）（下）
ロバート・クラーク 小津 薫 訳　記憶なき殺人
ロバート・クラーク 小津 薫 訳　記憶なき嘘
D・クロンビー 西田佳子 訳　警視の休暇
D・クロンビー 西田佳子 訳　警視の隣人
D・クロンビー 西田佳子 訳　警視の秘密
D・クロンビー 西田佳子 訳　警視の愛人
D・クロンビー 西田佳子 訳　警視の死角
D・クロンビー 西田佳子 訳　警視の接吻
D・クロンビー 西田佳子 訳　警視の予感
D・グターソン 高儀 進 訳　殺人容疑
L・グラス 翔田朱美 訳　刻印
L・グラス 翔田朱美 訳　紅唇《ルージュ》
W・グルーム 小川敏子 訳　フォレスト・ガンプ
M・J・クラーク 山本やよい 訳　女性キャスター
M・J・クラーク 山本やよい 訳　緊急報道
ウィリアム・K・クルーガー 野口百合子 訳　凍りつく心臓
ウィリアム・K・クルーガー 野口百合子 訳　狼の震える夜
ロバート・クレイス 村上和久 訳　破壊天使（上）（下）
D・クーンツ 田中一江 訳　汚辱のゲーム（上）（下）

講談社文庫 海外作品

アイラ・ゲンバーグ 石田善彦訳 終身刑
J・ケニーリー 高橋健次訳 誘拐指令
ジョナサン・ケラーマン 北澤和彦訳 イノセンス(上)(下)〈女性刑事ペトラ〉
ダグラス・ケネディ 玉木 亨訳 どんづまり
テリー・ケイ 笹野洋子訳 そして僕は家を出る(上)(下)
エーリッヒ・ケストナー 山口四郎訳 飛ぶ教室
J・コーゾル 公文俊平 藤原作弥 訳 ドル大暴落の日〈ハードランディング作戦〉
P・コーンウェル 相原真理子訳 検屍官
P・コーンウェル 相原真理子訳 証拠死体
P・コーンウェル 相原真理子訳 遺留品
P・コーンウェル 相原真理子訳 真犯人
P・コーンウェル 相原真理子訳 死体農場
P・コーンウェル 相原真理子訳 私刑
P・コーンウェル 相原真理子訳 死因
P・コーンウェル 相原真理子訳 接触
P・コーンウェル 相原真理子訳 業火

P・コーンウェル 相原真理子訳 警告
P・コーンウェル 相原真理子訳 審問(上)(下)
P・コーンウェル 相原真理子訳 黒蠅《くろばえ》(上)(下)
P・コーンウェル 相原真理子訳 スズメバチの巣
P・コーンウェル 相原真理子訳 サザンクロス
P・コーンウェル 矢沢聖子訳 女性署長ハマー(上)(下)
R・ゴダード 幸田敦子訳 閉じられた環(上)(下)
R・ゴダード 加地美知子訳 今ふたたびの海(上)(下)
R・ゴダード 加地美知子訳 秘められた伝言(上)(下)
マイクル・コナリー 木村二郎訳 バッドラック・ムーン(上)(下)
マイクル・コナリー 古沢嘉通訳 夜より暗き闇(上)(下)
ハーラン・コーベン 佐藤耕士訳 唇を閉ざせ(上)(下)
ジョン・コナリー 北澤和彦訳 死せるものすべてに(上)(下)
J・サンドフォード 北沢あかね訳 餌食
L・シェイムズ 北沢あかね訳 灼熱
S・シーゲル 古屋美登里訳 ドリームチーム弁護団

S・シーゲル 古屋美登里訳 検事長ゲイツの犯罪〈ドリームチーム弁護団〉
B・シーゲル 雨沢 泰訳 潔白
ジェラルド・シーモア 長野きよみ訳 囮《おとり》(上)(下)
クリスティーナ・シュワルツ 北沢あかね訳 湖の記憶
L・スコットライン 高山祥子訳 売名弁護
L・スコットライン 高山祥子訳 逆転弁護
L・スコットライン 高山祥子訳 似た女
W・スミス 大澤 晶訳 秘宝(上)(下)
W・スミス 大澤 晶訳 リバー・ゴッド(上)(下)
マーティン・C・スミス 北澤和彦訳 ハバナ・ベイ
ブラッド・スミス 石田善彦訳 明日なき報酬
マンダ・スコット 山岡訓子訳 夜の牝馬
R・ダンサー 中川 聖訳 天使は夜を翔べ
リンゼイ・タウンゼンド 犬飼みずほ訳 スカルピア
L・チャイルド 小林宏明訳 キリング・フロアー(上)(下)
L・チャイルド 小林宏明訳 反撃(上)(下)

S・デュナント 小西敦子訳 フィレンツェに消えた女
ネルソン・デミル 白石　朗訳 王者のゲーム(上)(下)
ネルソン・デミル 白石　朗訳 アップ・カントリー(上)(下)〈兵士の帰還〉
マーク・ティムリン 北沢あかね訳 黒く塗れ！
ジェフリー・ディーヴァー 越前敏弥訳 死の教訓(上)(下)
N・トーシュ 高橋健次訳 抗争街
リチャード・ドゥーリング 白石　朗訳 ブレイン・ストーム(上)(下)
ホーカン・ネッセル 中村友子訳 終止符《ピリオド》
ハックスリー 松村達雄訳 すばらしい新世界
D・ハンドラー 北沢あかね訳 傷心
B・パーカー 佐藤耕士訳 擬装心理
B・バーガー 笹野洋子訳 リスクを追いかけろ
W・バーンハート 白石　朗訳 殺意のクリスマス・イブ
L・S・ハイタワー 小西敦子訳 引火点
L・S・ハイタワー 小西敦子訳 切断点
L・S・ハイタワー 小西敦子訳 消失点

T・J・パーカー 渋谷比佐子訳 凍る夏
C・ハリソン 笹野洋子訳 闇に消えた女
J・L・バーク 佐藤耕士訳 シマロン・ローズ
J・L・バーク 佐藤耕士訳 ハートウッド
ジェーン・ハミルトン 紅葉誠一訳 マップ・オブ・ザ・ワールド(上)(下)
ジャン・バーク 渋谷比佐子訳 骨
B・ブロンジーニ 木村二郎訳 幻影
ジャネット・フィッチ 杉　奈穂訳 扉
W・D・ブランケンシップ 中川　聖訳 女競買人横盗り
ジーニー・ブルーワー 矢沢聖子訳 愛は永遠の彼方に
T・ペリー 飯島　宏訳 蒸発請負人
A・ヘンリー 小西敦子訳 フェルメール殺人事件
G・ホワイト 加地美知子訳 サンセット・ブルヴァード殺人事件
ジェイムズ・W・ホール 北澤和彦訳 大密林
J・マーサー 北沢あかね訳 猜疑
M・マギャリティ 渋谷比佐子訳 弔鐘

ボニー・マクドゥーガル 吉野美耶子訳 背任
スジャータ・マッシー 矢沢聖子訳 雪殺人事件
スジャータ・マッシー 矢沢聖子訳 月殺人事件
リサ・マークルンド 柳沢由実子訳 爆殺魔《ザ・ボンバー》
S・マルティニ 斉藤伯好訳 弁護人(上)(下)
C・G・ムーア 井坂　清訳 最後の儀式
カレン・モリーン 田村達子訳 囚われて(上)(下)〈復讐のペラドンナ〉
ウォーリー・ラム 細美遙子訳 人生におけるいくつかの過ちと選択
P・リンゼイ 笹野洋子訳 目撃
P・リンゼイ 笹野洋子訳 宿敵
P・リンゼイ 笹野洋子訳 殺戮
P・リンゼイ 笹野洋子訳 覇者(上)(下)
ギリアン・リンスコット 加地美知子訳 姿なき殺人
G・ルッカ 古沢嘉通訳 守護者《キーパー》
G・ルッカ 古沢嘉通訳 奪回者
G・ルッカ 古沢嘉通訳 暗殺者《キラー》

講談社文庫　海外作品

D・レオン　北條元子訳　ヴェネツィア殺人事件
N・ロバーツ　加藤しをり訳　スキャンダル(上)(下)
N・ロバーツ　加藤しをり訳　イリュージョン(上)(下)
N・T・ローゼンバーグ　吉野美耶子訳　女性判事(上)(下)
N・T・ローゼンバーグ　吉野美耶子訳　炎の法廷
N・T・ローゼンバーグ　吉野美耶子訳　不当逮捕
K・ロス　吉川正子訳　ベルガード館の殺人
K・ロス　吉川正子訳　フォークランド館の殺人
K・ロス　吉川正子訳　マルヴェッツィ館の殺人(上)(下)
C・ロジャース　斉藤伯好訳　愛の棘《とげ》
ピーター・ロビンソン　幸田敦子訳　誰もが戻れない
キム・S・ロビンスン　赤尾秀子訳　南極大陸(上)(下)

ノンフィクション

W・アービング　江間章子訳　アルハンブラ物語
M・セリグマン　山村宜子訳　オプティミストはなぜ成功するか
ユン・チアン　土屋京子訳　ワイルド・スワン　全三冊
ニルソン他　松山栄吉訳　生まれる〈胎児成長の記録〉
J・ラーベ　E・ヴィッケルト編　南京の真実
J・ロジャーズ　林康史・林則行訳　21世紀〈この国が買い、この国は売り〉
J・D・ワトソン　江上・中村訳　二重らせん

児童文学

トーベ・ヤンソン　山室　静訳　たのしいムーミン一家
トーベ・ヤンソン　下村隆一訳　ムーミン谷の彗星
トーベ・ヤンソン　山室　静訳　ムーミン谷の仲間たち
トーベ・ヤンソン　下村隆一訳　ムーミン谷の夏まつり
トーベ・ヤンソン　山室　静訳　ムーミン谷の冬
トーベ・ヤンソン　小野寺百合子訳　ムーミンパパの思い出
トーベ・ヤンソン　小野寺百合子訳　ムーミンパパ海へいく
トーベ・ヤンソン　鈴木徹郎訳　ムーミン谷の十一月
リンドグレーン　尾崎　義訳　長くつ下のピッピ
L・ワイルダー　こだま・渡辺訳　大きな森の小さな家
L・ワイルダー　こだま・渡辺訳　大草原の小さな家
L・ワイルダー　こだま・渡辺訳　プラム川の土手で
L・ワイルダー　こだま・渡辺訳　シルバー湖のほとりで
L・ワイルダー　こだま・渡辺訳　農場の少年
L・ワイルダー　こだま・渡辺訳　大草原の小さな町
L・ワイルダー　こだま・渡辺訳　この輝かしい日々

講談社文庫　目録

有吉佐和子　和宮様御留
阿川弘之　七十の手習ひ
阿川弘之　雪の進軍
阿川弘之　故園黄葉
阿刀田　高　冷蔵庫より愛をこめて
阿刀田　高　ナポレオン狂
阿刀田　高　食べられた男
阿刀田　高　ブラック・ジョーク大全
阿刀田　高　最期のメッセージ
阿刀田　高　猫を数えて
阿刀田　高　奇妙な昼さがり
阿刀田　高　新トロイア物語
阿刀田　高　新諸国奇談
阿刀田　高　獅子王アレクサンドロス
阿刀田　高　ミステリー主義
阿刀田高編　ショートショートの広場10
阿刀田高編　ショートショートの広場11
阿刀田高編　ショートショートの広場12
阿刀田高編　ショートショートの広場13
阿刀田高編　ショートショートの広場14
相沢忠洋　「岩宿」の発見〈幻の旧石器を求めて〉
安西篤子　花あざ伝奇
安西篤子　洛陽の姉妹
赤川次郎　真夜中のための組曲
赤川次郎　東西南北殺人事件
赤川次郎　起承転結殺人事件
赤川次郎　三姉妹探偵団
赤川次郎　三姉妹探偵団2〈キャンパス篇〉
赤川次郎　三姉妹探偵団3〈珠美・初恋篇〉
赤川次郎　三姉妹探偵団4〈怪奇篇〉
赤川次郎　三姉妹探偵団5〈復讐篇〉
赤川次郎　三姉妹探偵団6〈危機一髪篇〉
赤川次郎　三姉妹探偵団7〈駈け落ち篇〉
赤川次郎　三姉妹探偵団8〈人質篇〉
赤川次郎　三姉妹探偵団9〈青ひげ篇〉
赤川次郎　三姉妹探偵団10〈父恋し篇〉
赤川次郎　三姉妹探偵団11〈死が小径をやってくる〉
赤川次郎　死神のお気に入り〈三姉妹探偵団12〉
赤川次郎　次女と野獣〈三姉妹探偵団13〉
赤川次郎　心地よい悪夢〈三姉妹探偵団14〉
赤川次郎　ふるえて眠れ、三姉妹〈三姉妹探偵団15〉
赤川次郎　三姉妹、呪いの道行〈三姉妹探偵団16〉
赤川次郎　三姉妹、初めてのおつかい〈三姉妹探偵団17〉
赤川次郎　沈める鐘の殺人
赤川次郎　冠婚葬祭殺人事件
赤川次郎　人畜無害殺人事件
赤川次郎　棚から落ちて来た天使
赤川次郎　純情可憐殺人事件
赤川次郎　静かな町の夕暮に
赤川次郎　ぼくが恋した吸血鬼
赤川次郎　秘書室に空席なし
赤川次郎　結婚記念殺人事件
赤川次郎　微熱
赤川次郎　死が二人を分つまで
赤川次郎　豪華絢爛殺人事件
赤川次郎　乙女の祈り
赤川次郎　妖怪変化殺人事件

赤川次郎　我が愛しのファウスト
赤川次郎　流行作家殺人事件
赤川次郎　手首の問題
赤川次郎　ABCD殺人事件
赤川次郎　おやすみ、夢なき子
赤川次郎ほか　二十四粒の宝石〈超短編小説傑作集〉
赤川次郎 横田順彌　二人だけの競奏曲
泡坂妻夫　奇術探偵曾我佳城全集(全二巻)
新井素子　グリーン・レクイエム
新井素子　近頃、気になりません？
安土　敏　小説スーパーマーケット(上)(下)
浅野健一　犯罪報道の犯罪
河野義行 浅野健一　松本サリン事件報道の罪と罰
安能　務訳　封神演義　全三冊
安能　務　春秋戦国志　全三冊
安能　務　隋唐演義　全三冊
安能　務　三国演義　全六冊
安能　務監修　「封神演義」完全ガイドブック
阿部牧郎　盗まれた抱擁
阿部牧郎　後家長屋〈町之介慕情〉
阿部牧郎　出合茶屋
嵐山光三郎　「不良中年」は楽しい
嵐山光三郎　ざぶん〈文士温泉放蕩録〉
綾辻行人　十角館の殺人
綾辻行人　水車館の殺人
綾辻行人　迷路館の殺人
綾辻行人　人形館の殺人
綾辻行人　時計館の殺人
綾辻行人　黒猫館の殺人
綾辻行人　緋色の囁き
綾辻行人　暗闇の囁き
綾辻行人　黄昏の囁き
綾辻行人　アヤツジ・ユキト 1987—1995
綾辻行人　どんどん橋、落ちた
阿井渉介　雪花嫁の殺人〈警視庁捜査一課事件簿〉
我孫子武丸　8の殺人
我孫子武丸　0の殺人
我孫子武丸　メビウスの殺人
我孫子武丸　人形はこたつで推理する
我孫子武丸　人形は遠足で推理する
我孫子武丸　殺戮にいたる病
我孫子武丸　ディプロトドンティア・マクロプス
有栖川有栖　マジックミラー
有栖川有栖　46番目の密室
有栖川有栖　ロシア紅茶の謎
有栖川有栖　スウェーデン館の謎
有栖川有栖　ブラジル蝶の謎
有栖川有栖　英国庭園の謎
有栖川有栖　ペルシャ猫の謎
有栖川有栖　幻想運河
有栖川有栖　幽霊刑事《デカ》
有栖川有栖 篠田真由美 二階堂黎人 法月綸太郎　「Y」の悲劇
有栖川有栖／恩田陸 加納朋子／貫井徳郎 法月綸太郎　「ABC」殺人事件
明石散人 佐々木幹雄　東洲斎写楽はもういない
明石散人　二人の天魔王〈信長の真実〉
明石散人　龍安寺石庭の謎〈スペース・ガーデン〉
明石散人　ジェームス・ディーンの向こうに日本が視える

明石散人　謎ジパング〈誰も知らない日本史〉
明石散人　アカシックファイル〈日本の「謎」を解く！〉
明石散人　真説 謎解き日本史
明石散人　視えずの魚《うお》
明石散人　鳥玄坊〈根源の謎〉
明石散人　鳥玄坊〈時間の裏側〉
明石散人　鳥玄坊〈ゼロから零へ〉
明石散人　大《だい》老《ろう》猫《びょう》の外交術〈鄧小平秘録〉
明石散人　日本国大崩壊〈アカシックファイル〉
明石散人　七つの金印〈日本史アンダーワールド〉
姉小路 祐　刑《デ》事《カ》長《チョウ》
姉小路 祐　刑事《デカ》長《チョウ》四の告発
姉小路 祐　刑事《デカ》長《チョウ》越権捜査
姉小路 祐　東京地検特捜部
姉小路 祐　仮面官僚〈東京地検特捜部〉
姉小路 祐　逆転法廷〈有罪率99%の壁〉
姉小路 祐　汚職捜査〈警視庁サンズイ別動班〉
雨の会編　ミステリーが好き
雨の会編　やっぱりミステリーが好き

浅田次郎　日輪の遺産
浅田次郎　勇気凜凜ルリの色
浅田次郎　勇気凜凜ルリの色 四十肩と恋愛
浅田次郎　地下鉄《メトロ》に乗って
浅田次郎　霞町物語
浅田次郎　勇気凜凜ルリの色 福音について
浅田次郎　勇気凜凜ルリの色 満天の星
浅田次郎　シェエラザード(上)(下)
青木 玉　小石川の家
青木 玉　帰りたかった家
青木 玉　なんでもない話
青木 玉　手もちの時間
芦辺 拓　地底獣国《ロスト・ワールド》の殺人
浅川博忠　小説角栄学校
浅川博忠　小説角福戦争
浅川博忠　小説池田学校
浅川博忠　電力会社を九つに割った男〈民営化の鬼、松永安左ヱ門〉
浅川博忠　人間小泉純一郎〈三代にわたる「変革」の血〉
浅川博忠　自民党・ナンバー2の研究

浅川博忠　平成永田町劇場
荒 和雄　勝ち残った中小企業伸びてる女社長
荒 和雄　支店撤退〈銀行の内幕〉
安部龍太郎　密室大坂城
安部龍太郎　忠直卿御座船
安部龍太郎　開陽丸、北へ〈徳川海軍の興亡〉
阿部和重　アメリカの夜
阿川佐和子　あんな作家こんな作家どんな作家
麻生 幾　加筆完全版 宣戦布告(上)(下)
青木奈緒　ハリネズミの道
赤坂真理　ヴァイブレータ
赤尾邦和　イラク高校生からのメッセージ
浅暮三文　ダブ(エ)ストン街道
五木寛之　恋歌
五木寛之　ソフィアの秋
五木寛之　狼のブルース
五木寛之　海峡物語
五木寛之　風花のひと
五木寛之　鳥の歌(上)(下)

講談社文庫　目録

五木寛之　燃える秋
五木寛之　みみずくの大サーカス〈流されゆく日々'76〉
五木寛之　雨の日の珈琲屋で〈流されゆく日々'77〉
五木寛之　真夜中の望遠鏡〈流されゆく日々'78〉
五木寛之　ナホトカ青春航路〈流されゆく日々'79〉
五木寛之　海の見える街にて〈流されゆく日々'80〉
五木寛之　改訂新版 青春の門 全六冊
五木寛之　旅の終りに
五木寛之　野火子
五木寛之　旅の幻燈
五木寛之　メルセデスの伝説
五木寛之　男が女をみつめる時
五木寛之　疾《はし》れ！逆ハンぐれん隊
五木寛之　爆走《ばくそう》！逆ハンぐれん隊
五木寛之　危《あや》うし！逆ハンぐれん隊
五木寛之　挑戦《チャレンジ》！逆ハンぐれん隊
五木寛之　珍道中《ちんどうちゅう》！逆ハンぐれん隊
五木寛之　怒《いか》れ！逆ハンぐれん隊
五木寛之　さらば！逆ハンぐれん隊

五木寛之他　力
五木寛之　こころの天気図
井上ひさし　モッキンポット師の後始末
井上ひさし　ナイン
井上ひさし　四千万歩の男 全五冊
井上ひさし　四千万歩の男 忠敬の生き方
井上ひさし 樋口陽一　「日本国憲法」を読み直す
井上ひさし 司馬遼太郎　国家・宗教・日本人
池波正太郎　忍びの女(上)(下)
池波正太郎　まぼろしの城
池波正太郎　私の歳月
池波正太郎　殺しの掟《おきて》
池波正太郎　よい匂いのする一夜
池波正太郎　梅安料理ごよみ
池波正太郎　田園の微風
池波正太郎　新私の歳月
池波正太郎　抜討ち半九郎
池波正太郎　剣法一羽流
池波正太郎　若き獅子

池波正太郎　池波正太郎の映画日記〈1978・2～1984・12〉
池波正太郎　きままな絵筆
池波正太郎　新装版 緑のオリンピア
池波正太郎　新装版 殺しの四人〈仕掛人・藤枝梅安(一)〉
池波正太郎　新装版 梅安蟻地獄〈仕掛人・藤枝梅安(二)〉
池波正太郎　新装版 梅安最合傘〈仕掛人・藤枝梅安(三)〉
池波正太郎　新装版 梅安針供養〈仕掛人・藤枝梅安(四)〉
池波正太郎　新装版 梅安乱れ雲〈仕掛人・藤枝梅安(五)〉
池波正太郎　新装版 梅安影法師〈仕掛人・藤枝梅安(六)〉
池波正太郎　新装版 梅安冬時雨〈仕掛人・藤枝梅安(七)〉
池波正太郎　新装版 近藤勇白書(上)(下)
石川英輔　大江戸神仙伝
石川英輔　大江戸仙境録
石川英輔　大江戸えねるぎー事情
石川英輔　大江戸遊仙記
石川英輔　大江戸テクノロジー事情
石川英輔　大江戸仙界紀
石川英輔　大江戸生活事情
石川英輔　大江戸リサイクル事情

講談社文庫　目録

石坂晴海　やっぱり別れられない〈離婚を選ばなかった夫婦たち〉
石坂晴海　掟やぶりの結婚道〈既婚者にも恋愛を!〉
井上祐美子　桃　天　記
井上祐美子　紅　顔
井上祐美子　公　主　帰　還
井上祐美子　臨安水滸伝
井上祐美子／塚本青史／森福都　妃《ひ》・殺《さつ》・蝗《こう》〈中国三色奇譚〉
岩上安身　あらかじめ裏切られた革命
飯島勲　代議士秘書〈永田町、笑っちゃうけどホントの話〉
岩本順子　おいしいワインが出来た!〈名門ケラー醸造所飛び込み奮闘記〉
池井戸潤　果つる底なき
池井戸潤　架　空　通　貨
岩瀬達哉　新聞が面白くない理由
井田真木子　ルポ　十　四　歳〈消える少女たち〉
乾くるみ　Jの神話
乾くるみ　塔の断章
伊波真理雄／石村博子　不完全でいいじゃないか!
伊東四朗／吉田照美　親父熱愛《オヤジ・パッション》PARTⅠ
伊東四朗／吉田照美　親父熱愛《オヤジ・パッション》PARTⅡ

岩間建二郎　ゴルフここだけ直せばうまくなる
岩城宏之　森のうた〈山本直純との芸大青春記〉
石月正広　渡　世　人
内橋克人　破綻か再生か〈日本経済への緊急提言〉
内橋克人　新版匠の時代〈全六巻〉
内田康夫　死者の木霊《こだま》
内田康夫　シーラカンス殺人事件
内田康夫　パソコン探偵の名推理
内田康夫　「横山大観」殺人事件
内田康夫　漂泊の楽人
内田康夫　江田島殺人事件
内田康夫　琵琶湖周航殺人歌
内田康夫　夏泊殺人岬
内田康夫　平城山《ならやま》を越えた女
内田康夫　「信濃の国」殺人事件
内田康夫　鐘
内田康夫　風　葬　の　城
内田康夫　透　明　な　遺　書
内田康夫　鞆《とも》の浦《うら》殺人事件

内田康夫　箱　庭
内田康夫　終幕《フィナーレ》のない殺人
内田康夫　御堂筋殺人事件
内田康夫　全　面　自　供〈浅見光彦と内田康夫　いいたい放題〉
内田康夫　記憶の中の殺人
内田康夫　北国街道殺人事件
内田康夫　蜃　気　楼
内田康夫　「紅藍《くれない》の女《ひと》」殺人事件
内田康夫　「紫《むらさき》の女《ひと》」殺人事件
内田康夫　藍色回廊殺人事件
内田康夫　明日香の皇子
内田康夫　伊香保殺人事件
内田康夫　不《し》知《ら》火《ぬい》海《かい》
歌野晶午　長い家の殺人
歌野晶午　さらわれたい女
歌野晶午　正月十一日、鏡殺し
歌野晶午　死体を買う男
歌野晶午　放浪探偵と七つの殺人
歌野晶午　安達ヶ原の鬼密室

内館牧子　出逢った頃の君でいて
内館牧子　リトルボーイ・リトルガール
内館牧子　切ないOLに捧ぐ
内館牧子　あなたが好きだった
内館牧子　ハートが砕けた！
内館牧子　B・U・S・U〈すべてのプリティ・ウーマンへ〉
内館牧子　別れてよかった
内館牧子　小粋な失恋
内館牧子　愛しすぎなくてよかった
宇神幸男　美神の黄昏
宇都宮直子　人間らしい死を迎えるために
宇都宮直子　だから猫と暮らしたい
薄井ゆうじ　竜宮の乙姫の元結いの切りはずし
内田洋子　シルヴェリオ・ピズ　食べてこそわかるイタリア
宇江佐真理　泣きの銀次
宇江佐真理　室の梅〈おろく医者覚え帖〉
浦賀和宏　記憶の果て
内田正幸　生活クラブ生協連合会「生活と自治」　こんなモノ食えるか!?〈食の安全に関する101問101答〉
上野哲也　ニライカナイの空で

魚住昭　渡邉恒雄 メディアと権力
遠藤周作　海と毒薬
遠藤周作　わたしが・棄てた・女
遠藤周作　新撰版 怪奇小説集〈「恐」の巻〉
遠藤周作　新撰版 怪奇小説集〈「怖」の巻〉
遠藤周作　ぐうたら人間学
遠藤周作　聖書のなかの女性たち
遠藤周作　さらば、夏の光よ
遠藤周作　最後の殉教者
遠藤周作　何でもない話
遠藤周作　父親
遠藤周作　イエスに邂《あ》った女たち
遠藤周作　妖女のごとく
遠藤周作　反逆(上)(下)
遠藤周作　ひとりを愛し続ける本
遠藤周作　決戦の時(上)(下)
遠藤周作　深い河《ディープ・リバー》
遠藤周作　周作塾〈読んでもタメにならないエッセイ〉
遠藤周作　『深い河』創作日記

永六輔　無名人名語録
永六輔　一般人名語録
永六輔　わが師の恩
永六輔　どこかで誰かと
永六輔　壁に耳あり
永六輔 ピーコ　I愛Eye〈よってたかって目の勉強・7年後〉
江波戸哲夫　新入社員 船木徹
江波戸哲夫　偽《ぎ》薬《やく》
江波戸哲夫　希望退職を募る〈小説 企業再建〉
海老名香葉子　海老のしっぽ〈噺家の嫁と姑〉
衿野未矢　依存症の女たち
大江健三郎　新しい人よ眼ざめよ
大江健三郎　宙返り(上)(下)
大江健三郎・文 大江ゆかり・画　恢復する家族
大江健三郎・文 大江ゆかり・画　ゆるやかな絆
小田実　何でも見てやろう
大原富枝　婉《えん》という女・正妻
大橋歩　すてきな気ごこち
大橋歩　おしゃれする

講談社文庫　目録

大石邦子　この生命ある限り
大石邦子　この生命《いのち》を凛《りん》と生きる
沖守弘　マザー・テレサ〈あふれる愛〉
岡嶋二人　焦茶《こげちゃ》色のパステル
岡嶋二人　七年目の脅迫状
岡嶋二人　あした天気にしておくれ
岡嶋二人　開けっぱなしの密室
岡嶋二人　三度目ならばABC
岡嶋二人　とってもカルディア
岡嶋二人　チョコレートゲーム
岡嶋二人　ビッグゲーム
岡嶋二人　ちょっと探偵してみませんか
岡嶋二人　記録された殺人
岡嶋二人　ツァラトゥストラの翼〈スーパー・ゲーム・ブック〉
岡嶋二人　そして扉が閉ざされた
岡嶋二人　どんなに上手に隠れても
岡嶋二人　タイトルマッチ
岡嶋二人　解決まではあと6人〈5W1H殺人事件〉
岡嶋二人　なんでも屋大蔵でございます

岡嶋二人　眠れぬ夜の殺人
岡嶋二人　珊瑚色ラプソディ
岡嶋二人　クリスマス・イヴ
岡嶋二人　七日間の身代金
岡嶋二人　眠れぬ夜の報復
岡嶋二人　ダブルダウン
岡嶋二人　殺人者志願
岡嶋二人　コンピュータの熱い罠《わな》
岡嶋二人　殺人！ザ・東京ドーム
太田蘭三　赤い雪崩
太田蘭三　餓鬼岳の殺意
太田蘭三　南アルプス殺人峡谷
太田蘭三　木曽駒に幽霊茸を見た
太田蘭三　殺意の朝日連峰
太田蘭三　謀殺水脈
太田蘭三　寝姿山の告発
太田蘭三　密殺源流
太田蘭三　殺人雪稜
太田蘭三　失跡渓谷

太田蘭三　仮面の殺意
太田蘭三　被害者の刻印
太田蘭三　遭難渓流
太田蘭三　遍路殺《ころ》がし
太田蘭三　奥多摩殺人渓谷
大前研一　企業参謀 正・続
大沢在昌　野獣駆けろ
大沢在昌　氷の森
大沢在昌　死ぬより簡単
大沢在昌　相続人《ウォームハート》TOMOKO《コールドボディ》
大沢在昌　アルバイト探偵《アイ》
大沢在昌　調毒師を捜せ アルバイト探偵《アイ》
大沢在昌　女王陛下のアルバイト探偵《アイ》
大沢在昌　不思議の国のアルバイト探偵《アイ》
大沢在昌　拷問遊園地 アルバイト探偵《アイ》
大沢在昌　走らなあかん、夜明けまで
大沢在昌　雪蛍
大沢在昌　涙はふくな、凍るまで

2003年12月15日現在